아리랑

조정래 대하소설

아리랑

12

제4부 동트는 광야

해냄

차례

아리랑 제4부 동트는 광야

12권

38

승자와 패자

지하취조실은 어둠침침했다. 열댓 평 남짓한 지하실 천장에는 촉수 낮은 알전구가 대롱거리고 있었다. 알전구에서 나오는 빛은 지하실의 어둠을 쫓기에는 너무 미약했다. 가운데서 밀린 어둠은 사방 구석에 도사리고 있었다.

지하실에는 출입문 이외에는 창문 하나 나 있지 않았다. 아무런 칠도 되어 있지 않은 벽들은 시멘트의 맨살 그대로였다. 그런데 시멘트벽 여기저기에는 거무칙칙한 색깔들이 얼룩덜룩 묻어 있었다. 그건 변색된 핏자국들이었다. 흐린 불빛과 거친 시멘트벽과 얼룩진 핏자국들로 지하실은 살벌했다.

그런데 지하실을 더욱 살벌하게 하는 것들이 몇 가지 있었다. 출입문 가까이에 책상 하나가 놓여 있었고, 그 맞은편 벽의 수도꼭지 아래는 커다란 나무물통이 놓여 있었다. 나무물통 옆벽으로는 투박하게 짠 폭 좁은 침대가 자리잡고 있었다. 그리고 알전구가 대롱거리는 천장에는 굵은 밧줄 걸린 쇠고리가 박혀 있었다. 침대 옆으로 박힌 대여섯 개의 못에는 가죽채찍이며 죽도, 밧줄 같은 것들이 걸려 있었다. 그리고 그 아래쪽 나무의자에는 전깃줄이 사려져 있었다. 책상을 뺀 그 모든 것들은 누가 보거나 한눈에 고문기구들이었다. 아니 단 하나, 투박하게 생겼지만 두툼하게 담요가 깔린 침대가 그나마 살벌함을 조금이라도 덜어주고 있었다.

덜컹 쇳소리를 내면서 출입문이 열렸다. 푸르칙칙하게 칠이 변색한 출입문은 철문이었던 것이다.

"빨리 들어가!"

일본말 외침과 함께 한 사람이 등을 떠밀리며 지하실로 들어섰다. 눈이 가려진 그 사람은 여자였다. 머리가 짧고 원피스 차림인 그 여자는 손도 뒤로 묶여 있었다.

"에이, 이놈의 냄새."

한 남자가 투덜거리며 들어섰고, 그 뒤를 두 남자가 따라 들어왔다.

그 남자가 지하실로 들어섰을 때 왈칵 끼쳐온 것은 퀴퀴하면서도 찝찔하고 텁터그리한 냄새에다 눅눅한 습기였다.

"이런 냄새가 나야 지하실 맛이 제대로 나는 것 아닙니까."

뒤따르던 한 남자가 말했다.

"됐어, 자네들은 나가서 좀 쉬어. 내가 특급으로 먼저 한번 돌려볼 테니까."

앞장선 남자가 걸음을 멈추고 돌아서며 말했다.

"특급으로요? 자신 있으십니까?"

한 남자가 묘한 느낌으로 흐흐거렸다. 그 어조와 웃음은 상대방을 놀리는 것 같은가 하면 얕잡아보는 것 같은 느낌을 풍기고 있었다.

"자신? 내가 그렇게 한심하게 보이나?"

앞장섰던 그 남자는 빠르고 싸늘하게 되물었다.

"아니 저어……, 그것이 아니고……."

그 남자는 당황해서 어물거렸다.

"이봐, 우리 계장님은 끄떡없어. 두셋도 한꺼번에 문제없는데 저까짓 하나쯤이야. 자네 괜히 젊다고 으스대지 말어. 큰코다치니까."

다른 남자의 아부가 역연한 말이었다.

"싱거운 소리들 말고 어서 가서 쉬어. 하도 독한 년이라 밤샘을 해야 될지도 모르니까."

계장이라고 불린 그 남자는 빨리 나가라고 손짓했고, 두 부하는 고개를 꾸벅꾸벅하고는 돌아섰다.

그 남자는 지하실 문을 잠갔다. 그리고 천천히 여자에게로 다가갔다. 구두밑창 앞뒤에 박은 징이 시멘트바닥을 밟는 소리가 유난히 크게 지하실을 울리고 있었다. 구두밑창의 앞코 부분과 뒤축에 박은 반타원형의 은빛 쇠붙이는 비싼 구두를 오래 신으려고 고안된 것이었다. 그런데 그 쇠붙이는 흙길, 아스팔트길, 시멘트복도, 나무복도에 따라 소리가 달라질 뿐 어디에서나 그 특유의 소리를 냈다. 그 쇳소리는 검은 스틱과 함께 신사요 멋쟁이의 상징이 된 지

오래였다.

그 남자는 여자의 눈을 가린 검은 천을 풀었다. 흐린 불빛 아래 드러난 여자의 얼굴은 다름 아닌 최현옥이었다. 그녀의 얼굴은 창백했지만 윤철훈과 헤어질 때의 모습이 별로 변하지 않고 그대로 남아 있었다. 변한 것이 있다면 나이가 좀더 들어 보일 뿐이었다.

"똑똑히 봐둬. 여긴 지하고문실이다. 영리하고 똑똑하신 선생님이시니까 하나하나 설명하지 않아도 저게 다 어떤 고문기구들인지 잘 아시겠지. 아무리 독종들도 차례로 절반만 고문을 당하면 다 불게 마련이지. 가끔 진짜 독종들이 있어서 저 고문들을 다 거치고도 불지 않는 놈들이 있긴 하지. 그러나 그런 놈들은 여기서 죽어서 나가는 거야. 일단 여기 들어오면 두 가지 길밖에 없다. 순순히 불어서 나가는 길과 죽어서 나가는 길이다. 그건 알아서 선택해라."

일본말로 말하는 그 남자의 목소리는 낮고 느렸다. 그런데 그 낮고 느린 말이 묘하게도 잔인하고 싸늘한 냉기를 풍기고 있었다.

그 남자는 담배를 뽑아물고 성냥을 그었다. 그 불빛에 좀더 확실하게 드러난 그 얼굴은 바로 양치성이었다. 그는 이제 젊은 날의 모습은 간곳없이 늙어 있었다. 살이 좀 찌긴 했지만 얼굴에는 쉰 나이의 세월이 고스란히 드러나 있었고, 머리카락도 많이 빠져 반대머리가 되어 있었다.

"이봐, 난 여자 고문하는 것을 원치 않아. 순순히 불고 여기서 나가. 그리고 전향서 한 장만 써. 그럼 이 원산서 살기 거북할 테니까 평양이든 경성이든 원하는 대로 제일 좋은 학교로 보내주지. 똑똑하고 영리한 사람이 왜 모르지. 사회주의 혁명이고 조선독립이고 완전히 가망이 없다는 걸 말야. 지금 일본은 필리핀 싱가포르 버마까지 다 장악했어. 이제 그야말로 아세아의 맹주야. 이게 너에게 베푸는 마지막 기회야. 순순히 대답해. 이주하가 어디 숨어 있지?"

양치성은 담배연기를 내뿜으며 최현옥의 얼굴을 들여다보았다.

그런데 최현옥은 그 눈길을 피해 고개를 돌려버렸다.

"이주하 어디 있지?"

양치성의 목소리가 조금 높아졌다.

"난 몰라요."

최현옥의 싸늘한 대꾸는 조선말이었다.

"말해. 어디 있지?"

양치성의 목소리가 조금 더 커졌다.

"몰라요."

최현옥은 고개까지 내저었다.

"이 쌍년아, 대답해!"

양치성이 마침내 고함치며 최현옥의 얼굴을 후려쳤다.

"……."

"이년아, 이주하놈이 네년 남편이라도 되냐! 어디 맛 좀 봐라."

양치성은 담배를 내팽개치며 최현옥의 옷 중간쯤을 움켜잡더니 힘껏 잡아챘다. 얇은 여름원피스가 북 찢어졌다.

"어머!"

최현옥은 반사적으로 주저앉았다.

"이 쌍년이 그래도 처녀라고 창피한 줄은 아네. 일어나!"

양치성은 최현옥의 정강이를 여지없이 걷어찼다.

"엄마!"

최현옥은 비명을 토하며 엉덩방아를 찧었다.

"이건 초보에 초보도 아니다. 일어나!"

양치성은 최현옥의 뒤로 묶인 팔을 사정없이 잡아챘다.

"엄마아!"

최현옥은 또 비명을 토하며 일으켜세워졌다.

양치성은 밧줄 늘어져 있는 쇠고리 아래로 최현옥을 끌어갔다. 그는 숙달된 솜씨로 밧줄을 최현옥의 뒤로 묶인 손목 사이로 끼워 두 줄을 위로 잡아당겼다. 최현옥의 두 팔이 휘어져 들리면서 목은 앞으로 늘어지고 발뒤꿈치가 올라갔다. 최현옥의 발끝이 가까스로 몸을 지탱하게 된 상태에서 양치성은 밧줄을 고정시켰다.

"다시 묻겠다. 이주하 어디 있나!"

목이 늘어진 최현옥 앞에 버티고 선 양치성이 가라앉은 소리로 물었다.

"……."

최현옥은 늘어진 고개를 저었다.

"이런 개쌍년!"

양치성은 벌컥 화를 내며 찢어진 옷을 다시 잡아챘다. 연보랏빛 원피스가 위아래 두 쪽으로 찢어지며 흰 속치마가 드러났다.

"제발……, 제발……."

최현옥의 울음 섞인 소리였다.

"그러니까 발가벗기기 전에 빨리 대답해. 어디 있나!"

"글쎄 모른다니까요."

"이년이 누굴 놀리나!"

양치성은 소리를 빽 지르며 두 손으로 최현옥의 원피스 윗부분을 잡아 찢었다.

"이년아, 빨리 대!"

양치성은 또 소리치며 최현옥의 속치마를 북북 찢어댔다.

"모르니까 모른다잖아요. 제발……."

최현옥은 울부짖고 있었다.

"이년아, 개소리 치지 마! 기억이 나게 해주지."

양치성은 최현옥의 젖가리개를 잡아챘다.

"엄마아!"

"불어!"

"……."

양치성은 길이가 허벅지의 중간쯤 닿는, 끝에 고무줄이 든 최현옥의 검정 팬티를 주르륵 끌어내렸다.

"엄마아!"

찢어진 옷들이 어깨에 발목에 걸린 채 최현옥의 알몸이 드러났다.

"빨리 불어!"

"……."

최현옥의 눈앞에는 이주하와 동지들의 모습이 떠올랐다. 이주하의 은신처가 목을 치밀어 올라오고 있었다. 그 순간 최현옥은 이를 앙다물었다.

차라리 나 혼자 죽자!

혈서로 맹세했던 그날이 선하게 떠올랐다. '죽음을 택할지언정 조직의 비밀을 누설하지 않는다.' 피로 쓴 문구였다.

"어서 대라니까!"

양치성은 두 손으로 최현옥의 젖가슴을 덥석 잡았다.

"……."

최현옥은 이를 갈아붙이며 부르르 떨었다.

"젖이 아주 예쁘구나. 빨리 불어!"

"……."

"이년 이거, 정말 안 되겠네."

양치성의 한 손이 최현옥의 불두덩 거웃을 움켜잡았다.

"엄마야!"

최현옥은 울음을 터뜨리며 두 다리를 꼬아붙였다.

"어디야? 어서 불고 여기서 나가."

양치성은 거웃을 슬슬 쓸어댔다.

"……."

최현옥은 이를 악문 채 부들부들 떨고 있었다. 또 은신처가 목을 치받쳐오르고 있었다.

안 돼, 안 돼. 이런 수법에 넘어가면 안 돼. 이건 상투적인 수법일 뿐이야.

최현옥은 다시 동지들의 목숨과 혈서를 생각했다.

"이런 독한 년 봤나. 어디 보자!"

양치성은 침을 내뱉으며 최현옥의 뒤로 돌아가 밧줄을 풀었다. 몸이 축 처져내리자 최현옥은 몸을 바짝 웅크리며 쪼그려앉았다.

"이년아, 일어나!"

양치성은 최현옥의 뒤로 묶인 손목을 사정없이 잡아채며 올렸다. 어깨가 꺾이는 고통을 줄이려고 최현옥의 의지와는 상관없이 몸이 일으켜세워졌다.

양치성은 최현옥을 침대 쪽으로 우악스럽게 밀어댔다. 최현옥은 침대를 보는 순간 전신이 굳어졌다. 무슨 짓을 하려는 것인지 퍼뜩 깨달았던 것이다.

어머니, 살려주세요. 어쩌면 좋아요.

최현옥은 절박하게 부르짖으며 밀리지 않으려고 버티었다.

"하! 기운 쓰네. 이까짓 병아리기운 쓰지 말고 무서우면 어서 불어!"

양치성은 최현옥의 뒤에서 무릎으로 엉덩이를 걷어참과 동시에 손으로 등을 밀어제쳤다. 최현옥은 곧 넘어질 것처럼 앞으로 밀려가다가 침대 위에 나뒹굴어졌다. 최현옥은 일어나려고 버둥거렸다. 그러나 팔이 뒤로 묶여 있어서 뜻대로 되지 않았다.

"흐흐흐……, 아직도 생각이 안 나시나?"

양치성은 능글능글하게 웃으며 혁대를 풀었다.

"제발 이러지 말아요, 제발……."

최현옥은 몸을 일으키려고 기를 쓰며 울먹거렸다.

"내 뜻이 아니잖아. 네년이 날 이렇게 만들고 있잖아. 빨리 불라 니까."

양치성은 바지 앞단추를 따내리고 있었다.

"……."

최현옥은 가까스로 상체를 일으키고 있었다.

"흥! 그리 애쓰실 것 없어."

바지를 벗은 양치성은 최현옥의 얼굴을 획 밀어버렸다. 최현옥의 상체는 뒤로 벌렁 넘어갔다. 손이 뒤로 묶여 있어서 최현옥의 허리 는 활시위처럼 휘어져 있었다.

"제발, 제발 이러지 말아요. 제발……."

최현옥은 다시 몸을 일으키려고 버둥거리며 울부짖었다.

"마지막으로 묻는다. 그놈 어디 있냐!"

아래가 알몸이 된 양치성이 최현옥의 두 다리를 붙들며 달려들 었다.

"저어……, 저어……."

은신처가 혀끝까지 밀려나왔다. 최현옥은 눈을 질끈 감으며 혀 를 깨물었다.

안 돼, 안 돼, 정신 차려!

최현옥은 스스로에게 채찍을 휘둘렀다. 동지들의 목숨과 조직의 파괴와……, 정조가, 처녀성이 그것보다 중요할 수는 없었다. 혈서 를 썼을 때 목숨은 이미 내놓은 것이었다. 목숨에 비해 정조가 더

럽혀지는 것은 얼마나 하잘것없는 것인가. 혈서는 강요에 의해 쓴 것이 아니었다. 스스로의 선택이었다.

"이년이 정말 쓴맛을 봐야 아가리를 열겠군."

양치성은 최현옥의 두 다리를 쫙 벌렸다.

"정말 마지막이다. 빨리 불어!"

양치성이 고함을 질렀다.

"……."

최현옥은 혀를 더 세게 깨물었다.

"이 쌍년, 어디 맛 좀 봐라!"

"으음……."

최현옥은 신음을 흘리며 발버둥질을 쳤다. 그러나 양치성의 숙달된 솜씨와 우악스러운 기운은 당해낼 수가 없었다.

"불어, 빨리 불어!"

양치성은 엉덩이를 흔들어대며 소리질렀다.

"……."

"이년아, 빨리 불어!"

양치성은 흔들어대는 엉덩이에 장단을 맞추듯 소리치고 있었다.

"……."

"이 쌍년아, 불어! 불어!"

양치성의 거칠은 외침만 지하실을 울리고 있었다.

"이년아, 이 독한 년아……."

양치성이 신음처럼 이 소리를 흘리며 몸을 떨어댔다.

"독한 년, 몸을 더럽히는 것쯤 아무것도 아니라 그거지."

양치성은 마른침을 내뱉으며 팬티를 꿰입었다. 그는 숨을 몰아쉬며 기분 나쁜 패배감을 느끼고 있었다. 이번 일이 잘 풀려 이주하를 잡기만 하면 승진도 하고, 고향으로 전보발령을 받도록 되어있었다. 이것이 마지막 기회였다. 그런데 어떻게 된 년이 특종고문에도 굽히지 않은 것이었다. 저건 확실히 이주하의 은신처를 알고있는 년이었다. 그리고 어쩌면 저년은 시집만 가지 않았지 이미 처녀가 아닌지도 몰랐다. 처녀로서 특종고문을 이겨내는 년은 천에하나, 만에 하나가 있을까 말까 했다. 아니, 처녀로서 특종고문을이겨냈을지도 몰라. 그렇다면 저년은 틀림없이 은신처를 알고 있는년이다! 어디 누가 이기나 보자.

양치성은 담배에 불을 붙였다. 살찐 그의 얼굴에는 땀이 번들번들했다. 그는 담배를 빨며 침대로 다가갔다. 그리고 최현옥의 옆에엉덩이를 걸쳤다.

"이 독한 년아, 눈떠. 이것으로 다 끝난 게 아니야. 지금부터 시작이야. 넌 결국 불게 될 거야. 다 죽게 되어 불지 말고 지금 불고 평양이나 경성에 가서 편히 살도록 해. 다 좋은 게 좋은 것 아닌가."

그때 최현옥의 눈이 뜨였다. 그리고 고개를 번쩍 들더니 침을 내뱉었다. 그 침은 양치성의 얼굴 한복판에 달라붙었다. 그런데 그양이 많은 침에는 피가 더 많이 섞여 있었다.

"아니, 요런 개쌍년이!"

벌떡 몸을 일으키는 양치성의 입에서 마침내 조선말이 튀어나왔다.

"더러운 놈, 너도 조선놈이냐. 똥통에 구더기만도 못한 놈!"

최현옥은 양치성을 노려본 채 이를 뿌드득 갈았다.

양치성은 바지 뒷주머니에서 손수건을 꺼내 얼굴을 닦아냈다. 그리고 담배를 빠는가 싶더니 후닥닥 침대로 뛰어올랐다. 그는 삽시간에 최현옥의 배에 올라타고 앉았다. 그러더니 왼손으로 최현옥의 목을 누르며 담뱃불을 얼굴로 가져갔다.

"아아악······."

최현옥의 비명이 자지러졌다.

양치성은 또 담배를 빨아댔다. 담뱃불이 빠알갛게 살아났다. 양치성은 담뱃불을 이제 최현옥의 왼쪽 볼에다가 갖다 댔다.

"으아악······."

양치성은 또 담배를 빨아댔다. 그리고 이번에는 오른쪽 젖가슴에다 갖다 댔다.

"으아아아······."

양치성은 또 담배를 빨아댔다. 그리고 이번에는 왼쪽 젖가슴에다 담뱃불이 꺼질 때까지 비비댔다. 담배는 꽁초가 되어 있었다.

"으아아아······."

최현옥은 비명을 지르며 정신이 가물거리고 있었다.

"이년아, 어디다 대고 버르장머리 없이 까불어. 조선? 조선은 영원히 없다!"

양치성은 최현옥의 얼굴에다 침을 내뱉고는 침대에서 내려갔다.

그는 손수건으로 얼굴을 몇 번씩 닦아내며 지하실을 나갔다.

최현옥은 철문 울리는 소리에 정신이 들었다. 얼굴이며 젖가슴이 화끈거리며 쏙쏙 아리는 통증으로 전신이 비비 꼬였다. 그녀는 몸뚱이를 옆으로 돌려 가까스로 상체를 일으켰다. 그녀는 몸을 옹등그리고 떨며 더 살고 싶지 않다는 생각에 몰리고 있었다. 발가벗겨진 채 또다른 놈들에게 무슨 일을 당할지 몰랐던 것이다.

최현옥은 침대에서 내려섰다. 그러면서 침대가 침대가 아니라 또하나의 고문기구라는 것을 다시 생각하고 있었다. 그동안 얼마나 많은 여자들이 이 고문대에서 그 특종고문을 당했을 것인가……. 눈물이 솟구쳐올랐다.

최현옥은 엉기적거리고 걸음을 옮겨놓으며 고문기구들을 살펴보았다. 그 여러 가지 고문을 당하며 끝까지 견뎌낼 수 있을 것 같지 않았다. 고문을 견디다 못해 실토를 하느니 비밀을 지키자면 죽는 길밖에 없었다.

최현옥은 다시 고문기구들을 살펴보았다. 손이 뒤로 묶여 있으니 그것들은 아무 쓸모가 없었다. 방법은 단 하나, 시멘트벽에 머리를 박치는 수밖에 없었다.

최현옥은 이를 앙다물며 맞은편 벽을 응시했다. 동지들의 얼굴이 떠올랐다. 2년 전에 수사를 받다가 자살한 동지의 얼굴이 크게 확대되어 왔다. 그 동지가 그때 자살하지 않았더라면 조직은 지금까지 보존될 수가 없었다. 혈서도 떠올랐다.

'죽음을 택할지언정 조직의 비밀을 누설하지 않는다.'

그 붉은 피글씨들이 선명하게 다가오고 있었다. 최현옥은 숨을 들이켜며 아랫입술을 응등물었다. 그리고 전신에 힘을 주었다.

양치성은 옷을 털며 사무실로 들어섰다. 두 부하는 바둑을 두느라고 그가 들어오는 것도 모르고 있었다.

"에이, 날이 벌써 이리 더우니 원."

양치성은 짜증스럽게 투덜거리며 의자에 주서앉았다.

"아, 계장님……."

"어찌 됐습니까?"

두 형사는 놀라 몸을 일으켰다. 그들은 둘 다 일본사람이었다.

"그년 아주 독종인걸."

양치성은 담배를 꺼내며 혀를 찼다.

"그년 그럴 줄 알았습니다."

"예, 얼마나 독하면 노동자도 아닌 선생이 그 짓을 하겠어요."

두 형사는 자리에 앉으며 맞장구를 쳤다.

"자네들 정신 바짝 차리고 다뤄야 해. 그년이 실토하게만 만들면 이주하 일당은 아주 뿌리를 뽑는 거니까. 그리되면 자네들은 틀림없이 일계급씩 특진이니까 말야."

양치성이 담배연기를 내뿜으며 부하들을 번갈아 보았다.

"예, 염려 마십시오. 오늘 밤 안으로 당장 해치우겠습니다."

형사 하나가 벌떡 일어났다.

"아니야, 그 바둑이나 한판 다 끝내고 시작해도 괜찮아. 그년 지금 기절해 있으니까."

양치성이 앉으라고 손짓했다.

"아니, 특종에 기절을 다 해요?"

앉아 있던 형사가 의아해했다.

"이따가 가보면 알아. 여러 말 할 것 없고, 자네들은 내가 왜 이번 일에 자네들을 뽑았는지나 똑똑히 알아두라구."

양치성은 다시 한 번 고문을 단단히 하라는 여운을 남기고 일어섰다.

"어디 가십니까?"

두 형사가 엉거주춤 몸을 일으키며 인사말 겸해 물었다.

"난 딴 사건 조사할 게 있네."

양치성은 무뚝뚝하게 대꾸하고 사무실을 나갔다.

"이봐, 왜 기절했지? 그게 그리 큰가?"

형사 하나가 속삭이며 주먹 쥔 팔뚝을 흔들어 보였다.

"이사람아, 가운뎃다리가 제아무리 크다 한들 기절하는 여자가 어딨어. 그리고 별로 크지도 않아."

다른 형사가 양치성이 사라진 쪽을 눈짓하며 입을 비틀었다.

"그럼 특종주사를 찔러도 특효가 안 나니까 두들겨팬 모양이군."

"그렇겠지. 정조로 죽고 사는 조선년들한테는 그게 특훈데, 효과가 안 났으니 얼마나 화가 났겠어."

"근데 말야, 계장 체면도 있는데 저렇게 직접 나서는 건 좀 심하지 않아?"

"그런 속편한 소리 말어. 만년 계장 신세 면하려고 얼마나 몸이 달아 있는 줄 몰라서 하는 소리야?"

"그건 과욕이지. 조센징으로 본서 계장까지 올랐으면 엄청나게 출세한 것 아니야? 제 주제를 알아야지."

"그리 보면 그렇기도 하지. 허지만 사람 욕심이 어디 그런가? 그리고 사실 말이지만, 능력이 아주 뛰어난 데가 있어. 그런 능력으로 조센징이 아니었으면 진작 경찰서장 해먹었겠지."

"조센징이 능력 많은 것도 곤란해. 만년 계장으로 묶어둔 건 아주 잘한 일이야."

"그야 그렇지. 위에서 어련히 잘 알아서 하겠어."

"그리고 계장은 인간성이 좋지 않아."

"그건 왜?"

"특종주사를 찔러 특효를 봤더라면 그 공을 혼자 차지해서 자기 승진에 이용해 먹었을 것 아닌가. 처녀 가지고 재미는 재미대로 보고 말이야."

"응, 듣고 보니 그렇기도 하군."

"그년이 실토하지 않은 게 천만다행이지 뭔가. 특진 기회가 우리한테 돌아왔으니."

"그렇긴 한데, 일이 잘될지 모르겠군. 보통 독종이 아닌 모양인데."

"아무리 독종이라도 별수 있나. 자네하고 나하고 밤새도록 돌려대서 아가리 안 연 것들이 있었나? 우리 솜씨에는 아무도 못 당해. 그러니까 아까 계장이 우리를 특별히 뽑았다고 하잖았어?"

"그야 그렇지. 빨리 바둑 끝내고 특진할 준비를 하세."

"좋아. 밤샘을 해야 될 테니까 저녁부터 두둑이 먹자구."

"암, 그래야지. 특진 기회는 아무때나 오는 게 아니니까."

"좋아, 좋아. 흐흐흐흐……."

"내가 둘 차례지? 크크크크……."

바둑판에 마주 앉은 두 형사는 어깨를 들썩이며 흥이 돋고 있었다.

양치성은 경찰서 뒤쪽의 골목을 따라 한참 걷다가 어느 허름한 밥집으로 들어갔다.

"왔어?"

양치성은 주모에게 낮게 물었다.

"예에, 저기 뒤, 뒷방에서 기다리고 있어요."

곰보인 주모는 굽실거리며 허둥지둥 앞장섰다. 양치성이가 거미줄을 쳐놓고 있는 거점들 중의 하나였다.

"여보세요, 오셨어요."

주모가 방문을 두들겼다.

지체없이 안에서 방문이 열렸다. 그리고 한 사내가 뛰쳐나왔다.

"안녕하십니까."

그 사내는 양치성을 향해 허리가 반으로 접히는 깊은 인사를 했다.

"음, 들어오게."

양치성은 먼저 방 안으로 들어갔다.

"술상 올릴까요?"

주모가 치켜뜬 눈으로 빠르게 눈치를 살폈다.

"응, 간단하게 빨리 가져와. 난 찬물 한 사발 먼저 주고."

양치성이는 방에 주저앉으며 일렀다.

사내는 조심스럽게 방문을 닫고 윗목에 무릎을 꿇고 앉았다.

"요샌 어떤가?"

양치성의 날카로운 눈길이 사내를 향해 날아갔다. 그 사내는 기름때 묻은 노동복 차림이었다.

"찬물 가져왔는데요."

방문이 살며시 열리며 나무쟁반에 받친 물사발이 들어왔다. 사내가 그것을 황급히 받아 양치성 앞에 갖다 놓았다. 그리고 어렵게 입을 열었다.

"저어……, 계속 아무 움직임도 없습니다."

"자네가 속고 있는 것 아니야?"

물사발을 입에 대던 양치성이가 신경질적으로 내쏘았다.

"아, 아닙니다. 아무리 열심히 살펴봐도 전혀 움직이질 않습니다."

"그럼 모두 일만 열심히 한다 그거야?"

"예에, 조금만 게으름을 피우면 사정없이 내쫓아버리니까요."

"여기 술상……."

사내가 또 재빠른 동작으로 술상을 받았다.

"그럼, 그놈들이 공장 쪽에는 완전히 손을 끊은 것인가?"

"예, 아마 그런 것 같습니다. 여기 술 한잔……."

사내는 양치성의 앞에 놓인 잔에 술을 따르려고 했다.

"아니야, 난 또 급한 일이 있어서 가볼 데가 있어. 자네 혼자 천천히 다 마시게."

양치성은 술잔 대신 물사발을 들었다. 지하실에서 한바탕 속이 상하고 땀을 흘린 탓에 갈증이 심하면서 기운이 풀리고 있었다. 술은 입에 대기도 싫었고 시원하게 목욕을 하고 눕고만 싶었다.

"내 말 똑똑히 들어. 그놈들은 완전히 손을 끊은 게 아니야. 그놈들은 옛날과 달리 방법을 바꾼 거야. 그놈들은 지금도 암암리에 움직이고 있어. 그걸 자네가 포착하지 못하고 있는 거야. 새 노동자들을 접촉해 봐. 술도 사주고 하면서 말야. 그놈들 꼬리만 잡아내. 그럼 자네 팔자를 고쳐줄 테니까."

양치성은 돈을 던져주고 일어섰다.

"또 뵙겠습니다."

"됐어, 나오지 말어."

양치성은 큰길로 나왔다. 기운이 더 풀리면서 한숨 자고만 싶었다. 양치성은 인력거를 불러세웠다.

양치성은 인력거에 몸을 부리며 눈을 감았다.

아아, 내가 벌써 늙은 것인가…….

또 불현듯 떠오른 생각이었다. 그 생각은 너무 기분 나빠하지 않으려고 했지만 자신도 모르게 불쑥불쑥 일어나는 것이었다. 그런데 그 짓 한 번 했다고 이렇게 몸이 나르지근해지는 판이니 그 생각이 안 날 수가 없었다. 마음은 아직도 만주벌판을 누비고 다니던 시절의 청춘 그대로인데 몸이 표나게 달라져 가고 있었다. 마흔다섯을 고비로 제일 먼저 달라지기 시작한 것이 머리였다. 머리를 빗을 때나 목욕을 할 때마다 머리카락은 꼭 거짓말처럼 뭉텅뭉텅 빠졌던 것이다. 그러면서 대머리가 되어갔다. 그 다음에 표나는 것이 얼굴의 주름살이었다. 빠지는 머리카락을 어찌할 수가 없듯이 얼굴에 잡히는 주름살도 그 어떤 재주로도 펼 수가 없는 일이었다. 세 번째로 표가 난 것이 성욕이었다. 마음은 청년 시절과 전혀 달라진 것이 없는데 관계를 하고 나면 너무 맥이 풀리고 몸이 무거웠다. 그리고 하룻밤에 두 번이란 상상도 할 수 없게 되었다. 그래도 마흔다섯 전에는 세 번은 몰라도 두 번은 거뜬했던 것이다. 몸이 이렇게 변해가고 있으니 늙었다는 생각이 불쑥불쑥 안 떠오를 수가 없었다.

그런데 마음이 더 초조해지는 것은 직위 때문이었다. 나이에 비해 너무 출세를 못한 것이었다. 자신의 경력과 공적으로 일본사람이었으면 벌써 10년 전에, 아무리 늦어도 5년 전에는 경찰서장이 되었을 거였다. 그런데 자신은 계장에서 멈추어 더 올라갈 줄을 몰랐다. 죽을 고비를 수십 차례씩 넘기며 압록강 두만강을 넘나들 때 꿈꾸었던 것은 경찰서장이었다. 그런데 그 중간지점에서 멈추어버린 것이었다. 전혀 그렇다는 이유가 붙지 않았지만, 그건 조선사람이기 때문이었다. 목숨을 걸고 충성을 다했지만 위로 올라갈수록 차별은 심해졌다. 그렇다고 불만을 표시할 수도 없었다. 불만을 나타냈다가는 그 자리나마 유지할 수가 없었던 것이다. 조선사람으로 도(道) 본서 계장이면 하늘을 찌르는 권세였다. 그걸 잃어버리느니보다는 속이 상해도 참아야 했다.

그러나 차별을 당하는 대신 그 권세를 이용해 착실히 모은 것이 재산이었다. 충성을 다 바치느라고 만주로 어디로 떠돌며 일에 정신을 팔다 보니 결혼이 형편없이 늦어졌던 것이다. 나이에 비해 아이들이 너무 어린데 돈 없이 관직을 떠나면 그것이야말로 큰일이었다. 자신의 젊음 다 바치고 원하는 만큼 출세를 못할 바에는 실속을 단단히 차려야 그 보상이 되는 것이었다. 그래서 말썽이 나지 않을 범위 내에서 돈을 차곡차곡 끌어모았다. 그러나 표나지 않게 하려고 은행에 일체 저금하지 않고 고액권 현찰로 집 안 깊숙이 감추고 있었다. 그 사실은 아내도 모르고 있었다. 이제 자신이 유일하게 믿는 건 그 재산뿐이었다. 동생의 사업에 아낌없이 자금을 대주었던 것도 언제 닥칠지 모를 퇴직에 대비하기 위해서였다. 그리고 원산과 군산은 거리가 워낙 멀어 돈을 빼돌려도 말썽이 일어날 염려가 없었던 것이다.

빌어먹을, 그년 참!

양치성은 또 화가 치밀어오르고 속이 상했다. 몸이 이렇게 피곤한 것은 그 짓을 했기 때문만이 아니었다. 그년에게 자백을 받아내지 못한 속상함이 더 크게 작용하고 있었다. 이주하 그놈은 전국적으로 몇 남지 않은 공산주의 수사대상자 중의 하나였다. 그런데 그놈은 어디를 어떻게 숨어다니는지 아무리 애를 써도 잡을 수가 없었다. 그놈을 잡지 못하는 것은 원산경찰서의 수치였고, 그러므로 그놈을 잡으면 승진과 전보발령은 보장된 것이었다. 그런데 그년이 몸을 망치면서도 입을 열지 않았다.

"다 왔습니다."

인력거가 멈추었다. 양치성은 생각에서 깨어나며 무겁게 상체를 일으켰다.

"어머 아빠, 일찍 오시네요?"

대문을 딴 큰딸이 화들짝 반갑게 양치성을 맞이했다. 열네다섯 살쯤 되어 보였다. 그런데 단발머리의 그 학생은 일본말을 썼다. 그건 경찰집안답게 총독부의 시책을 충실히 따르느라고 양치성이가 그렇게 하게 만든 것이었다. 총독부에서 모든 학교에서는 물론이고 가정에서도 일본말을 쓰도록 강압하기 시작한 것이 1년을 넘었다.

"그래, 학교 잘 다녀왔니?"

양치성은 딸의 어깨를 다독거리며 웃었다. 그 웃음이 더없이 다정하고 인자했다.

"아니, 어쩐 일이세요? 이렇게 일찍."

양치성의 아내도 남편을 반갑게 맞이했다. 예쁘장한 그 여자는 양치성에 비해 열 살은 더 젊어 보였다.

"응, 피곤해서. 나 목욕물 좀 데우라고 해."

양치성은 일본식 집의 마루로 올라서며 아내에게 일렀다.

"어디 아프세요?"

그녀는 남편의 눈치를 살폈다.

"아니, 좀 속상한 취조가 있어서."

양치성의 대꾸는 퉁명스러웠다.

"네, 알았어요."

그녀는 마치 일본여자 같은 몸짓을 하며 날렵하게 돌아섰다. 일
단 경찰서에서 일어난 일에 대해서는 일체 사족을 붙일 수 없게 되
어 있어서 그녀는 더 말하지 않은 것이었다.

"동생들은 다 어디 갔니?"

양치성은 방으로 들어가며 딸에게 물었다.

"놀러 나갔어요. 곧 들어올 거예요."

딸이 낯꽃 좋게 방싯방싯 웃었다.

"아이고 피곤하구나. 내가……."

양치성은 윗도리를 벗다가 말을 멈추었다. 내가 이젠 늙었나 부
다 하는 말이 자신도 모르게 흘러나오려 했던 것이다. 열다섯 살
밖에 안 먹은 딸 앞에서 할 말이 아니었던 것이다. 별 느낌이 없는
딸에게 애비가 늙었다는 것을 확인시키고, 괜히 실망하게 할 염려
가 있었던 것이다.

"아빠, 누우세요. 제가 주물러드릴게요."

딸이 옷을 받아 걸며 상냥하게 말했다.

"그래? 역시 우리 히데코는 효녀야."

양치성은 흡족하게 웃으며 딸이 받쳐주는 베개를 베고 누웠다.

"팔을 주무를까요, 다리를 주무를까요?"

"다리를 주물러라."

딸은 아버지의 다리를 주무르기 시작했다.

"아아, 시원하다. 아아, 시원하다아."

눈을 사르르 감은 양치성은 더없이 행복한 얼굴로 읊조리고 있

었다.

"아빠, 저한테 소원이 하나 있어요."

"소원? 어디 말해 보려무나."

"꼭 들어주셔야 해요."

"암, 들어주지."

"이번 하기방학에 동무들하고 동경에 여행 가기로 했는데 보내
주세요."

"동경? 위험하지 않을까?"

"다섯 명이 되면 담임선생님이 데리고 가신댔어요."

"그럼 됐군. 보내주지."

"야야, 우리 아빠 최고!"

히데코는 소리치며 아버지의 얼굴에 제 볼을 비비댔다.

양치성은 달디단 행복을 느끼고 있었다. 늦장가를 가서 얻은 첫
딸이라서 더 귀엽고 정이 많이 갔던 것이다.

히데코는 콧노래를 부르며 다시 아버지의 다리를 주무르기 시작
했다.

마루에서 전화종 울리는 소리가 들렸다. 그 소리는 곧 양치성의
아내가 전화받는 소리로 바뀌었다.

"여보, 전화받으세요. 경찰서예요."

양치성의 아내가 마루를 콩콩 울리고 뛰어오며 말했다.

"엉?"

양치성이 벌떡 몸을 일으켰다.

"뭐, 뭐라구?"

양치성은 수화기를 귀에 대자마자 집이 떠나가게 고함을 질렀다.

"뭐, 머리가 깨져 죽어! 기다려, 기다려. 나 곧 갈 테니까."

양치성은 윗도리를 손에 든 채 미친 듯이 대문 밖으로 뛰쳐나가
고 있었다.

39

두 여자

공원 입구 언저리에는 행상들이 즐비했다. 산책객들에게 제 나름의 특색 있는 먹거리를 만들어 파는 행상들이었다. 토요일 오후라 그런지 공원 입구에는 사람들이 많았다. 행상들이 손님을 부르는 소리들과 산책객들의 상쾌한 웃음소리들이 어우러지고 있었다.

전동걸은 그 술렁거리고 거리낌 없는 왁자함이 아주 마음에 들었다. 모두 자유스러워 보이고 활기차 보였던 것이다. 전쟁의 분위기도 그곳까지는 제압하지 못하고 있었다.

전동걸은 계속 미행에 신경써 가며 사람들 속으로 섞였다. 사람들 사이사이를 재빨리 빠져나가며 먹을 만한 것을 찾아 행상들을 살펴나갔다. 작은 알감자를 기름에 볶은 것과 기름에 막 튀겨내고 있는 꽈배기가 구미를 당겼다. 그 두 가지를 사들었다. 입구 가까이로 가니 아이스크림을 팔고 있었다. 살까 말까 잠시 망설였다. 아직

오지 않았으면 녹을 것이고, 그냥 지나치자니 날씨가 좀 더운 게 발목을 잡았다. 녹기 시작하면 내가 다 먹어치우면 되지. 이런 생각으로 아이스크림 두 개를 사들었다.

전동걸은 사람들 속에 섞여 공원으로 들어갔다. 그런데 사람들 울타리는 금방금방 허물어져 갔다. 사람들은 여러 갈래의 길을 따라 넓은 공원으로 흩어져 가고 있었던 것이다.

전동걸은 넓은 중앙로를 따라 걷다가 혼자가 되자 오른쪽의 아름드리 나무를 향해 길을 건너갔다. 그리고 아름드리 나무를 지나치는 듯하며 순간적으로 뒤를 살폈다. 계속 확인해 온 대로 미행은 없었다.

전동걸은 오른쪽 세 번째 길로 접어들었다. 공원에는 나무들이 많았고, 무성한 잎들은 울창한 숲을 이루고 있었다. 세 번째 길로 들어서자 금방 햇빛을 느낄 수 없는 숲그늘이었다. 짙은 숲이 풍기는 서늘함과 함께 풋풋하고 향긋한 숲내음이 코끝을 스쳤다. 전동걸은 자신도 모르게 심호흡을 했다. 그러면서 왜 사람들이 공원을 찾아오는지 새삼스럽게 느끼고 있었다. 도시의 거의 끝이라고는 하지만 조금 전까지 느꼈던 피곤한 도시의 번잡이 이처럼 말끔히 차단되는 것이 신기하기도 했다.

햇살이 스며들지 못하는 짙은 숲그늘 여기저기에는 벤치들이 놓여 있었다. 그 벤치에 누워 늘어지게 자는 사람도 있었다. 그러나 아직 숲이 깊어지지 않아서 그런지 끌어안고 있는 연인들은 보이지 않았다.

그 길은 한참을 가다가 세 갈래가 되었다. 전동걸은 갑자기 뒤를 돌아보았다. 역시 미행은 없었다. 그는 비로소 안심하며 왼쪽으로 세 번째 길로 접어들었다. 숲길은 계속 이어지고 있었다. 지요코가 왜 이런 장소에서 만나자고 했는지 알 수가 없었다. 개인적인 일일까? 이런 낭만적인 공원에서 산책을 즐기려는 것일까? 글쎄, 요즈음 상황이 그런 생각이 들게 좋지가 않은데. 아마 그런 것은 아닐 것이다. 공원이긴 했지만 복잡하게 장소를 정하는 품이 전혀 낭만적이지 않았던 것이다.

그 길이 다시 두 갈래로 갈리면서 왼쪽 길 저쪽에 호수가 보였다. 공원으로 들어오고 있던 그 많은 사람들은 어디로 갔는지 이 근방에서는 사람이 드문드문 보일 뿐이었다. 전동걸은 호수를 향해 걸었다. 나무숲은 호숫가에서 끝나고 있었다. 그 숲그늘을 따라 벤치들이 놓여 있었다.

전동걸은 어느 벤치에 앉을까 두리번거렸다. 그 호숫가의 벤치였지 몇 번째 것이라고 지정된 것이 아니었다. 전동걸은 기왕이면 호수가 잘 바라보이는 벤치를 골랐다. 저쪽 벤치에 남녀 한 쌍이 다정하게 앉아 있었다. 전동걸은 옆구리에 끼고 있던 먹을 것을 내려놓고 벤치에 앉았다. 그때서야 그는 지금까지 아이스크림 두 개를 무슨 신주단지 모시듯 받쳐들고 왔다는 것을 깨달았다. 그는 픽 웃으며 아이스크림을 내려다보았다. 윗부분이 약간 녹을 기미를 나타내고 있었다. 그는 우선 자기 것부터 먹어야 되겠다고 생각했다.

"전동걸 씨!"

아이스크림을 막 입에 대던 전동걸은 깜짝 놀라 고개를 홱 돌렸다. 뒤에서 들린 소리는 남자 목소리였던 것이다.

"뭘 그리 놀래요? 역시 혼자 먹으려는 흑심을 들켜서 그런 거지요? 후후후……."

지요코가 입을 가리고 웃으며 다가서고 있었다.

"이런 장난은……, 언제 왔소?"

전동걸은 실소를 하며 물었다. 아까 뒤에서 전혀 모습을 보지 못했던 것이다.

"먼저 와서 저쪽 나무 뒤에 숨어 있었지요. 전동걸 씨는 여러 가지가 낙제점이에요."

지요코가 벤치에 앉으며 나직하게 말했다.

"뭐가 말이오?"

전동걸은 지요코에게 아이스크림을 내밀었다.

"제가 숨어 있는 것도 몰랐지요, 퇴로를 생각지도 않고 경치 좋은 자리만 골라 앉았지요, 자기 이름을 부른다고 모른 척하지 않고 그리 놀랐지요, 이게 얼마나 결정적인 것들이에요."

지요코는 단둘이 있을 때 전동걸을 꼭 부를 일이 있으면 '전동걸 씨'라고 했다. 전동걸이 창씨개명한 이름을 일본말로 부르는 것을 딱 싫어했기 때문이었다. '전동걸 씨'는 순 조선식이라며 전동걸이가 가르쳐준 것이었다.

"예, 잘 알겠습니다 선생님. 차후로 다시는 그런 실수 없도록 하겠습니다."

전동걸은 정말 야단맞은 소학생이 선생님에게 하는 것처럼 고개까지 깊이 숙였다. 그러면서 그는 또 지요코와 이미화를 비교하고 있었다. 지요코는 역시 침착하고 냉정한 조직원으로서 적격이었다.

"후후후…… 그러니까 꼭 착한 소학교 생도 같네요."

지요코가 눈을 곱게 흘기며 아이스크림을 입으로 가져갔다.

"왜, 무슨 일 있소?"

전동걸도 아이스크림을 한입 베물고 용건부터 물었다.

"예, 문제가 좀 생겼어요."

지요코가 앉음새를 단정하게 하며 대답했다.

"……?"

전동걸은 다음 말을 눈으로 독촉했다.

"회장님한테 미행자가 따르는 것 같은 게 낌새가 이상하대요. 정기모임을 연기하고, 전원 조심하라는 전달이에요."

웃음기 사라진 지요코의 건조한 말이었다.

"그거 곤란한데…… 미행자 확인은 됐다는 거요?"

전동걸은 아이스크림 맛이 싹 가시는 걸 느끼며 물었다.

"더 이상 자세한 건 모르겠어요. 그런데 정기모임을 연기할 정도면 꽤 확실한 것 아니겠어요?"

지요코는 이렇게 말하면서도 아이스크림은 계속 먹고 있었다. 그 여자답지 않은 태연함에 자신의 긴장이 쑥스러워 전동걸은 아이스크림을 듬뿍 베물었다.

"이상한데……, 뭐가 단서가 됐을까?"

조직을 은폐하고 수사기관의 눈초리를 피하기 위해 조직원들이 노출행동을 절대 하지 않기로 되어 있는 원칙을 생각하며 전동걸은 고개를 갸웃거렸다.

"그 문젠 이제 그만 생각하도록 해요. 더 생각하면 근거 없는 추측만 많아질 뿐이잖아요. 그리고 추측이 많아지면 사태를 오판할 위험이 크니까요."

지요코의 냉정한 논리였다.

"물론 그럴 수 있소. 그리합시다."

전동걸은 동의했다. 지요코는 그 사실을 자신보다 먼저 알고 있어서 그런지 이미 감정이 정리된 상태였다. 그건 조직원으로서 이성적이고 옳은 태도였다. 어쩌면 지요코는 지금 당장 그 사실을 알았더라도 그런 태도를 취했을지 몰랐다. 지요코는 언제나 빈틈없고 판단이 빠르며 적극적인 여자였다.

"이건 뭐예요? 정문 앞에서 뭘 샀나 보죠?"

지요코가 봉투를 가리켰다.

"아, 이것 먹읍시다. 미행을 확인하고, 애인하고 산책을 나온 것으로 위장도 하고, 시장하기도 해서 겸사겸사 산 거요."

전동걸은 봉투를 찢어 감자볶음과 꽈배기를 펼쳐놓았다.

"어머, 참 맛있게 생겼네요. 마침 배가 고팠는데."

지요코가 반색을 했다.

"많이 먹어요. 자아, 먹읍시다."

지요코는 서슴없이 꽈배기를 집어들었다.

"요즘 가끔 인간으로 태어난 게 혐오스럽기도 해요."

호수 쪽으로 눈길을 돌린 지요코가 갑자기 한 말이었다.

"혐오? 나이에 안 어울리게 염세는 아닐 것이고, 무슨 일이 있소?"

전동걸은 혹시 가정교사를 하는 집과 무슨 일이 있나 생각하며 물었다.

"저것 좀 보세요. 저 흰 거위들하고 오리들, 얼마나 사이좋고 평화로워요. 인간들은 저런 평화가 뭔지도 모르고 그저 서로 죽이고 죽는 싸움에 광분하고 있잖아요. 인간이라는 게 도대체 어떤 존재인지 생각할수록 싫고 지겨워요."

"그거 생각해 봐야 과히 소득 없는 거니까 더 생각하지 않는 게 좋소. 인간이란 도구를 만들어낼 수 있는 능력을 가진 유일한 동물이오. 그 능력에서부터 인간의 모든 행불행은 좌우되기 시작한 거요. 저 거위와 오리들이 저만큼의 평화를 누릴 수 있는 건 그런 능력이 없기 때문이오."

전동걸은 호수에서 유유히 노닐고 있는 거위와 오리 떼를 바라보며 말했다. 그것들은 정말 한가하고 평화롭게 물 위를 떠다니며 날개를 퍼득이기도 하고 물속에 머리를 박고 물구나무를 서기도 했다.

"그런 것도 같군요. 인간이 인간을 대량살육하는 전쟁을 보면서, 인간은 만물의 영장이라는 말을 생각하면 웃음만 나와요."

지요코는 코웃음을 쳤다.

"그 말이야말로 인간이 얼마나 자만에 빠진 동물인지를 스스로 입증한 명언 중에 명언이오. 그런 말을 지어낸 어리석은 자만으로 그후로 또 얼마나 많은 인간들을 어리석은 자만에 빠지게 만들었 겠소. 그 말도 인간들의 불행에 크게 공헌한 것들 중의 하나요."

"말이 좀 어렵네요. 저어기 저 오른쪽 끝에 있는 거위 두 마리 있 잖아요. 아주 사이가 좋아 보이지요? 저도 요즘 저런 거위가 되고 싶은 꿈을 가끔 꿔요."

전동걸은 가슴이 뜨끔해지는 걸 느꼈다. 그건 지요코다운 직설 적인 표현이었던 것이다. 전동걸은 지요코의 인간에 대한 혐오가 어디에서부터 기인하는 것인지를 포착했다. 지요코는 언제부터인 가 사랑의 감정에 빠지기 시작했고, 그 깊이가 점점 깊어져 가고 있 는 것이 분명했다. 오늘 굳이 이 장소를 선택한 것도 안전을 도모 할 겸 그런 감정을 표현하기 위해서였는지도 몰랐다. 지요코가 자 신에게 색다른 감정을 표시하기 시작한 것은 이미화와 동행한 것 을 목격한 다음부터였다.

"글쎄, 그런 꿈이 참 아름답긴 한데, 뭐랄까……, 조직생활자로서 는 너무 사적이지 않나 싶소."

전동걸은 지요코의 감정이 다치지 않게 조심하면서 조직을 슬쩍 내세웠다.

"조·직·생·활·자……." 지요코는 한마디 한마디를 꼭꼭 씹듯이 말하고는, "그게 대립관계인지 병행관계인지를 심각하게 생각하고 있어요." 그녀는 자신의 감정을 드러낸 쑥스러움이나 부끄러움을 감추기라도 하려는 것처럼 꽈배기며 감자볶음을 계속해서 먹고 있었다.

"대립관계니 병행관계니 하니까 무슨 연구논문 같소. 하하하하……."

전동걸은 마땅한 말이 없어서 웃음으로 말을 피하려고 했다.

"그럼요. 어떤 연구논문이 그보다 더 심각할 수가 있겠어요. 그거야말로 인생 전체가 걸린 문젠걸요."

지요코의 또렷한 말이었다.

이거 야단났군.

전동걸은 지요코가 육박해 오는 것을 느꼈다. 그는 뒷걸음질 치는 기분으로 또 이미화와 비교했다. 이미화 같으면 속앓이만 할 뿐 입에 올릴 수 없는 말이었다.

"내가 철학교수를 하나 소개해 줄 수도 없고 이거 큰일이군. 허허허허……."

전동걸은 발밑에서 조약돌을 하나 집어들고 몸을 일으켰다. 호수를 향해 조약돌을 던지려는데 오리 한 마리가 다른 오리를 올라타고 있었다.

저놈 저거…….

그 순간 전동걸은 이미화의 얼굴이 쑥 다가드는 것을 느꼈다. 그는 눈을 질끈 감았다 뜨며 그 오리를 향해 조약돌을 힘껏 내던졌다.

"우리 저쪽으로 산책해요."

지요코가 휴지를 챙겨가지고 일어났다.

"그럽시다. 여긴 숲이 아주 일품이오."

"그 잘난 신궁이 있어서 그래요. 그러니까 이 숲은 시민 휴식용이 아니라 신궁 치장용인 거지요. 비행기를 타고 전쟁을 하는 자들이 또 신궁을 끔찍히 떠받드는 건 뭔지 모르겠어요."

"그건 당연하지 않소. 군국주의자들은 국민들을 자기네 목적에 동원하는 수단으로 신궁을 최대한 이용해 먹고 있는 것 아니겠소?"

"네, 맞아요. 헌데, 우리 위장을 하려면 아주 철저히 해요."

이 말과 동시에 지요코는 재빨리 전동걸의 팔짱을 끼었다.

어어, 이거 곤란한데…….

전동걸은 당황했다. 그러나 팔을 뺄 수는 없었다. 만약 그랬다가는 지요코와의 관계가 끝장나고 말 거였다. 그건 곧 조직의 와해와 직결될 수도 있는 문제였다.

위장을 빙자하기는 했지만 여자가 먼저 팔짱을 끼다니……. 전동걸은 그 적극성에 곤혹스러움과 거부감을 동시에 느꼈다. 지요코는 직접 사랑의 고백만 하지 않았을 뿐 이제 드러낼 마음은 다드러낸 것이었다. 대낮에 청춘남녀가 팔짱을 낀다는 것은 아주 관계가 깊은 사이라는 것을 의미했다. 조선에서는 아무리 신교육을 받은 개명한 남녀라 해도 대낮에 팔짱을 끼고 다닌다는 것은 감히 상상할 수도 없는 일이었다. 조선에 비해 일본은 서양풍조가 훨씬 더 유행하고 있었지만 그래도 젊은 남녀가 사람들 보는 앞에서 팔짱을 끼고 다닌다는 것은 조심스러운 일이었다.

"이렇게 하고 걸으니 기분이 어떠세요?"

지요코가 평소와는 달리 나긋한 목소리로 물었다.

"글쎄, 위장이라 그런지 그저 그렇소."

전동걸은 시침을 뚝 떼며 덤덤하게 대꾸했다.

"어머, 멋없어. 위장이 아니라고 생각하면 되잖아요."

지요코는 전동걸의 팔을 더 꼭 붙들며 말했다.

"글쎄, 난 문학적 소양이 부족해서 그런지 그런 상상력이 발동 안 되는데요."

전동걸은 계속 피해 서기에 바빴다.

"동지의 선은 넘고 싶지 않다 그런 뜻인가요?"

지요코의 어조가 달라졌다.

"아니 꼭 그런 뜻은 아니오. 이거 너무 갑작스러워서……."

전동걸은 말이 궁해 얼버무렸다. 사실 여자와 팔짱을 끼고 걷는 것이 난생처음이라 어색스럽고 쑥스러울 뿐, 지요코 같은 여자가 자신의 팔짱을 낀 것은 전혀 기분 나쁜 일이 아니었다. 조직원들 중에서 지요코에게 호감을 갖는 남자가 한둘이 아니었다.

"네, 그래요. 조선남자들은 아주 보수적인 데가 있어요. 특히 예의범절과 이성문제에 대해서. 제 행동에 너무 부담 느끼지 마세요."

지요코는 오늘은 이 정도에서 끝내기로 했다. 더 적극적으로 나갔다가는 조선남자의 감정을 상하게 할 수도 있었던 것이다. 그 조선여학생에게 쏠리지 않도록 그동안 꾸준하게 마음을 표현해 왔으니까 조금 더 뜸을 들일 필요가 있었다. 어쨌거나 그 여학생한테 전동걸을 빼앗길 수 없다는 사실만은 분명했다. 그러기 위해서라도 조급한 마음을 눌러야 했다.

숲길이 깊어지면서 팔짱 낀 남녀들의 모습이 심심찮게 나타나고 있었다. 전동걸은 그 모습들을 눈여겨보며 어떤 새로운 감흥을 느끼고 있었다. 그런데 자신의 이런 모습을 이미화가 보면 어떨까 하는 생각이 퍼뜩 떠올랐다. 그 순간 지요코의 팔을 뿌리치고 싶었다. 동지관계인 여자 때문에 이미화를 잃을 수는 없었던 것이다. 지요코가 이렇듯 적극성을 띠는 것은 그 성격 탓도 있었지만 이미화 때문이기도 했다. 그동안 지요코는 여러 가지 방법으로 이미화를 입에 올리며 지속적인 관심을 써왔던 것이다.

"저 길로 돌아서 나가도록 해요. 또 족쇄를 찰 시간이 다가오고 있어요."

지요코의 풀죽은 목소리였다. 그녀는 가정교사 노릇을 언제나 족쇄를 찼다고 표현하고 있었다.

"그럽시다."

전동걸은 또 지요코가 딱해졌다. 족쇄를 찼다는 말의 실감만큼 지요코에게 학비를 대주고 싶었다. 그러나 집안 형편이 그렇게까지는 여유가 없었다.

지요코는 숲을 벗어나면서 팔짱을 풀었다. 전동걸은 왼쪽 팔이 굳어진 것 같은 느낌과 함께 소리 없는 안도의 숨을 내쉬었다. 아무리 위장이라 하더라도 팔짱을 낀 채 사람들 많은 정문 앞을 지나갈 용기는 없었던 것이다.

"만일을 모르니까 정문 앞에서 헤어져요."

지요코는 조직원의 모습을 갖추고 있었다.

"그럽시다. 조심해서 가시오."

"네, 조심하세요."

두 사람은 정문 앞에서 사람들 사이에 섞이며 자연스럽게 헤어졌다.

전동걸은 전차를 타고 하숙으로 돌아가는 동안 줄곧 회장의 미행에 대해서 생각했다. 그러나 스스로 납득할 수 있는 원인이 잡히지 않았다. 그러면서 회장이 만약 체포되면 어떻게 되나 하는 불안감이 의외로 크게 밀려들었다. 경찰에서 의심하게 되면 언제든지 잡아넣을 수 있는 일이었던 것이다. 조금이라도 의심나는 조선사람을 잡아넣는 것은 일본경찰이 가장 손쉽고 마음대로 하는 일이었다.

조직원 중에 한 사람이라도 잡혀 들어가면 조직은 위기였다. 물론 그 어떤 경우에도 조직의 기밀을 누설하지 않는다고 맹세되어 있었지만 그것이 완전한 방어책일 수는 없었다. 그동안 검거된 무수히 많은 비밀결사들이 그런 맹세를 하지 않아서 그렇게 된 것이 아닐 것이었다. 맹세의 강도를 고문의 강도가 압도해 버리면 그렇게 될 수밖에 없었다. 죽음으로 몰아가는 고문의 혹독함 앞에서 인간은 강철일 수 없는 한계를 드러내는 것이었다.

전동걸은 책도 읽히지 않는 불안감 속에서 며칠을 보냈다. 그런데 이미화한테서 만나자는 연락이 왔다. 너무 뜻밖이라서 전동걸은 어리둥절했다.

"조선여자 같던데 애인인가요?"

하숙집 주인여자가 물었다.

"아 예, 뭐 그저……."

전동걸은 수화기를 전화통에 걸며 우물쭈물했다.

"뭘 숨기려고 그래요? 학생 같은 미남이면 애인이 있을 만도 하지."

40대의 주인여자는 야릇하게 눈을 흘겼다. 여자한테서 처음 걸려온 전화라서 그리 관심을 나타내는 모양이었다.

"하하하…… 제가 미남이면 이 세상 남자가 다 미남이게요? 미남 소리 처음 듣습니다."

전동걸은 진짜로 웃었다. 남자답게 생겼다는 말은 가끔 들어왔지만 미남이라는 말은 정말 처음이었던 것이다.

"아니, 왜 그래요? 사람들이 얼굴을 볼 줄 몰라서 그렇지. 남자 얼굴이 여자처럼 예쁘고 매끈해야 미남인가요? 학생처럼 남자답게 생겨야 미남이지."

주인여자는 정색을 하고 말했다.

"예, 빈말이라도 감사합니다. 앞으로 용기를 내서 살겠습니다."

전동걸은 그런 말 듣기가 민망해 좀 과장되게 몸짓을 지으며 돌아섰다.

"내 말을 믿어요. 여자들이 반하게 생긴 매력적인 얼굴이니까."

"예, 믿겠습니다."

저 아주머니가 왜 저리 인심이 후하신가. 여자한테서 전화가 걸려오니까 갑자기 마음이 동하시나.

전동걸은 2층으로 올라가며 떫게 웃고 있었다. 생선 한 토막이라도 잘 얻어먹으려면 하숙집 주인여자가 이불 속으로 파고들었을 때 잘 눌러주라는 말을 생각하며. 그 말은 유학생들 사이에 흔히 오가는 농담 반, 진담 반이었다. 정조관념이 희박하고 성이 개방적인 일본여자들이라서 하숙생들과 관계를 갖는 주인여자들이 적지 않은 모양이었다. 어떤 경우에는 주인여자와 딸을 동시에 상대하다가 들통이 나서 줄행랑을 친 학생도 있다고 했다. 어쨌거나 일본여자들이 몸을 함부로 내돌리는 것은 조선여자들과 정반대인 것이 사실이었다. 전동걸은 그런 성풍속이 영 마땅찮았다. 여자들이 그리 헤프고 난잡하다 보면 마누라가 낳는 아이가 누구의 자식인지도 모를 판이니 그건 도무지 상상할 수도 없는 일이었던 것이다.

지요코가 그렇게 적극적인 것이 애정 때문인가, 성풍속 때문인가?

전동걸의 머리에 문득 떠오른 생각이었다. 지요코의 의지 강한 얼굴이 떠오르면서 전동걸은 그런 생각을 하지 말아야 한다고 생각했다. 지요코는 상식적인 여자가 아니었다. 일본여자이기 이전에 일본사람으로서 갖추기 어려운 의식을 가진 지극히 희귀한 존재였다. 그런데 그런 상식적인 생각을 한다는 것은 지요코에 대한 모독이고, 자신의 천박성을 드러내는 것일 뿐이었다.

전동걸은 단골 카페로 나갔다. 이미화와 첫 만남을 가졌던 카페가 단골이 되어 있었다. 무슨 의미를 부여하듯 이미화가 그 카페를 좋아했던 것이다.

이미화는 먼저 와서 기다리고 있었다.

"아니, 이거 미안합니다. 영국신사가 못 돼서."

전동걸은 흔히 쓰는 '영국신사'라는 말을 끌어다 대며 웃었다. 일본사람들이 중절모자에 양복과 스틱까지 갖춘 차림을 유행시키면서 '영국신사'라는 말도 일상어로 자리잡은 것이었다.

"아니에요. 아직 시간이 다 안 됐는걸요."

이미화가 반가움 담긴 얼굴로 잔잔히 웃으면서 말했다.

"아, 그래요? 그럼 영국신사 자격이 없진 않군요."

전동걸은 이미화의 곱고 함초롬한 얼굴을 보는 것만으로도 기분 상쾌해 싱글벙글하며 의자에 앉았다.

"뜻밖에 전화를 다 하고, 무슨 좋은 일 있어요?"

다른 날과 달리 상기된 기색에 명랑해 보이는 이미화를 바라보며 전동걸은 담배를 꺼냈다.

"네에……."

이미화는 방그레 웃음지으며 고개를 까딱까딱했다. 무슨 일인지 맞혀보라고 하는 듯.

아, 예뻐라…….

전동걸은 가슴이 꿈틀하는 것을 느꼈다. 저게 정말 꽃이라면 당장 꺾고 싶다는 충동이 일고 있었다. 이미화는 희기만 했던 꽃에서 발그레하게 물든 꽃으로 변해 있었던 것이다. 그동안에도 어느 순간마다 갖고 싶은 마음이 동하고는 했었다. 그러나 그건 욕심이었지 지금 같은 충동은 아니었다.

"그게 무슨 일일까……?"

전동걸은 자신의 마음을 눈치챌까 봐 눈길을 돌리며 고개를 갸웃거렸다.

"오늘이 무슨 날인지 생각해 보세요."

이미화의 목소리가 명랑했다.

"오늘? 오늘이 무슨 날일까? 조선이 망한 날도 아니고……, 우리가 만난 날도 아니고……, 미화 씨가 시집가는 날도 아니고……."

전동걸은 담배를 뻐끔거리며 계속 고개를 갸웃갸웃했고, 이미화는 입을 가리고 쿡쿡거리며 웃었다.

"나 그런 것 맞히는 데 소질 없어요."

전동걸은 두 팔을 반쯤 들어 보였고

"안 되는데요, 꼭 맞히셔야 해요. 동걸 씨한테 관계되는 날이에요."

이미화가 재미있어하며 말했다.

"나하고 관계된 날? 글쎄요, 오늘이 왜 나하고 관계가 있나……."

전동걸은 장난기 사라진 얼굴로 생각을 더듬는 표정이었다. 그러나 그의 머리에 떠오르는 것은 없었다.

"글쎄요, 모르겠는데요."

전동걸은 포기하겠다는 듯 헤식게 웃었다.

"정말 모르시겠어요?"

"예, 모르겠어요."

"가르쳐드려요?"

"예, 가르쳐주세요."

꼭 소년처럼 말대답을 하고 있는 전동걸이가 이미화는 그렇게 좋을 수가 없었다. 얼마나 큰일에 몰두하고 살면 자기와 직접 관계되는 날도 어떤 날인지 모를 것인가. 그런 전동걸이가 더없이 남자답고 매력적이었다.

"생일을 축하드려요."

이미화는 전동걸 앞에 선물을 불쑥 내밀며 말했다.

"예? 내 생일······?"

전동걸은 어리둥절해졌다.

"네, 어서 받으세요."

이미화는 선물을 더 내밀었다. 하얀 한지에 빨간 끈으로 포장된 선물이었다.

"그걸 어떻게 알았습니까?"

전동걸은 선물을 받을 생각도 하지 않고 계속 어리둥절한 얼굴이었다.

"언젠가 말씀하셨잖아요."

"내가요?"

"네, 제가 물어서."

"아, 그랬던가요."

전동걸이 자신의 이마를 가볍게 쳤다.

"팔 빠지겠어요."

"아 예에, 고, 고맙습니다."

전동걸은 얼떨결에 선물을 받으며 말을 더듬었다. 그 선물은 너무 갑작스럽기도 했고 생소하기도 했던 것이다. 생일날 반찬 푸짐하게 차린 생일상을 받는 것은 익숙했지만, 생일선물을 받는 것은 난생처음이었던 것이다. 어머니는 해마다 생일날 아침에 쌀밥과 미역국에 반찬 푸짐한 생일상을 차려주고는 '무병허게 잘 커라' 하는 말을 잊지 않았던 것이다. 그러나 유학을 오고 나서부터 생일날은 까맣게 잊고 지나갔다. 그런데 이미화가 생일을 챙겨주다니! 전동걸은 이미화의 그 자상함에서 어머니의 따스함을 물큰 느꼈다.

"이거 풀어봐도 됩니까?"

전동걸이 상기된 얼굴로 물었다.

"어머, 안 돼요. 이따가 혼자서 보세요."

이미화는 당황하며 얼굴이 빨개졌다.

"예, 알았어요."

전동걸은 선물의 앞뒤를 살펴보며 포장도 얌전하고 예쁘게 잘했다고 생각하고 있었다. 그러면서 또 이제 이미화와 지요코를 비교하고 있었다. 지요코 같았으면 선물을 풀어보라고 했을지 몰랐다. 그러나 선물을 풀어보라고 하는 것보다는 풀어보지 못하게 하면서 얼굴 빨개지는 그 부끄러워함이 훨씬 더 여자답고 아름다운 모습이었다.

"저녁은 내가 살 테니까 뭐 맛있는 거 시켜요."

전동걸은 선물을 탁자 가장자리로 조심스럽게 밀어놓으며 이미화를 바라보았다.

"아니에요. 생일날 본인이 밥을 사는 법이 어딨어요. 오늘은 제가 전부 맡을 거예요. 축하하려고 제가 먼저 연락했잖아요."

이미화는 평소와는 다르게 아주 강한 어조로 말했다.

"하아……."

전동걸은 놀라움인지 어리둥절함인지 잘 구분이 안 되는 얼굴로 이미화를 멍하니 쳐다보고 있었다.

"아니, 왜 그렇게 쳐다보세요?"

"아니오, 그럼 내가 영화 구경을 시켜드릴 테니까 밥을 사세요."

전동걸은 이미화를 꼭 끌어안고 싶은 마음으로 말했다. 평소에는 잔잔하다가도 어떤 경우에는 그렇게 자기 의사를 또렷하게 밝히는 이미화가 너무 대견하고 사랑스러웠던 것이다.

"네, 그렇게 하세요."

영화 좋아하는 이미화가 살풋 웃으며 고개를 끄덕였다.

언제부터인가 활동사진은 영화라는 새 이름으로 바뀌어 있었고, 활동사진이라고 하면 촌사람 취급을 당했다.

이미화는 거침없이 값이 제일 비싼 비프스테이크를 시켰다.

"이거 너무 과용하는데……."

"걱정 마세요. 우리 아버지 편하게 돈 잘 버는 거 아시잖아요."

이미화가 장난스럽게 웃었다.

"에이, 미화 씨가 나같이 사상 불건전한 놈한테 이렇게 돈 막 쓰는 줄 아시면 아버지가 혼쭐을 낼 거요."

"네, 그렇잖아도 큰일이 한 가지 있어요. 동걸 씨 만나면서 자꾸 이야기 듣다 보니까 아버지를 점점 무시하게 되고 싫어지고 그래요. 어쩌면 좋을지 모르겠어요."

이미화의 말은 진지했다.

"너무 그럴 것 없어요. 미화 씨와 아버지는 생각에 있어서는 별 개고 독립체니까 미화 씨 생각을 아버지와 연결시키지 말고 독립 시키도록 해요. 아버지 같은 분들은 대화로도 설득으로도 의식이 바뀌지 않으니까요. 그리고 정치성이 있거나 사회성이 있는 대화 는 피하면서 그냥 아버지로만 대하도록 하시오."

전동걸의 말 또한 진지했다.

"말로는 그렇지만 실제로는 그렇지 않으니까 문제지요. 글쎄 아버 지는 아버지 생각을 자식들한테까지 주입시키려고 하신다니까요."

"그거야말로 쉽지 않소. 한 귀로 듣고 한 귀로 흘려버려요."

"네, 그럴 수밖에 없지요."

이런 대화가 자연스럽게 이루어지게 되는 것이 전동걸은 무엇보 다도 보람스럽고 즐거웠다. 이미화는 처음에 비해 의식의 채색화가 많이 바뀌어 있었던 것이다. 그 의식의 변화는 곧 자신에 대한 애 정의 반증이기도 했다.

"근데 남동생이 내년에 대학에 진학하게 되는데 아버지 생각이 문제예요."

이미화가 고기를 자르면서 말했다.

"어떤 과를 원하시오?"

"권세 좋아하는 사람들이 원하는 것 있잖아요."

이미화는 말하기도 창피하다는 듯 미간을 찌푸렸다.

"법학부 말이오?"

이미화는 속상하는 표정으로 전동걸을 쳐다보며 고개를 끄덕였다.

"동생은 뭐라고 하지요?"

"어디 우리네 가정에서 자식들이 무슨 발언권이 있어요? 아버지 말이 법이고, 저처럼 동생도 꼼짝 못하고 법학부로 가야지요."

"어쩔 수 없는 일이오. 동생이 일단 법학부로 진학한 다음에 똑바른 의식을 갖게 하는 수밖에는."

"그렇게 해주시겠어요?"

이미화가 반색을 했다.

"수업료는 안 받겠소. 미화 씨 동생이니까."

전동걸은 이미화와 눈길을 맞추며 능청스럽게 웃었고, 이미화는 얼굴이 붉어지며 눈길을 떨구었다.

"영화는 볼만한 게 있소?"

전동걸은 커피를 저으면서 물었다.

"네, 또오…… 슬픈 애정영화데요."

이미화가 목을 움츠리듯 하며 말을 주저했다.

"그거 좋지요."

"유치하다고 생각하시지요?"

"아니오, 호들갑스럽게 기뻐하는 것보다는 슬픈 게 낫고, 사무라이영화보다는 애정영화가 낫소. 조선사람들 거의 다 슬픈 것 좋아하잖소."

영화는 〈비련의 강〉이라는 제목처럼 여자들이 눈물깨나 짜도록 슬펐다. 그러나 전동걸은 영화의 슬픈 사연보다는 그 남자주인공이 하는 것처럼 하고 싶은 유혹을 몇 번씩이고 느끼고 있었다. 아니, 그것들 전부는 너무 과한 것이었다. 남자주인공은 애인의 손을 잡는 것은 물론이고 차츰 입도 맞추고, 인적 없는 수풀 속에서 안고 뒹굴고, 어느 비 오는 날에는 젖도 만지고 허벅지도 만지다가 끝내는……. 그런 것들 중에서 첫 번째인 손이라도 슬그머니 잡고 싶었다. 그런데 이미화가 너무 영화에 취해 눈물을 짜고 있어서 손을 잡을 수가 없었다. 그 분위기를 깨버리면 이미화가 다시는 만나지 않을 것 같은 느낌이 들었던 것이다. 전동걸은 줄곧 눈물을 흘릴 정도로 영화에 몰입하는 이미화가 이상스럽기도 했고 부럽기도 했다. 자신은 그러지 않으려고 해도 중요한 고비고비에서 꼭 저건 영화니까 하는 김빠지는 생각이 들어버리는가 하면 영화의 장면을 벗어나 어처구니없게도 스크린 전체가 눈에 들어오고 마는 것이었다.

전동걸은 쓴 입맛을 다시며 또 이미화와 지요코를 비교했다. 지요코도 저렇게 눈물을 흘릴 것인가? 어쩌면 지요코는 애정영화 자체를 보지 않을지도 몰랐다. 그러고 보니 지요코와 영화를 본 일이 한 번도 없었다. 영화를 볼 사이가 아니었던 것이다. 아니, 일의 긴장 속에서 영화 같은 것을 볼 여유가 없었다.

"그 여자 누구지요? 아주 예쁘던데요."

지요코가 무표정하게 물었던 말이었다.

"요새도 영화 자주 보나요?"

그리고 가끔 이렇게 물었었다. 그러면서 지요코는 감정표현이 적극적으로 바뀌어갔다.

영화관을 나와 한참 걷다가 전동걸은 입을 열었다.

"방학이 얼마 안 남았는데 언제 집에 갈 거요?"

"바로 가야지요."

"함께 가는 게 어떻겠소."

"네에?"

이미화는 화들짝 놀랐다.

"관부연락선 말이오."

"아 네에, 그거 좋겠네요."

이미화는 하르르 긴 숨을 내쉬었다. 집에 함께 가자는 줄 알았던 것이다. 관부연락선을 타고 현해탄을 함께 건너는 것은 바라는 바였다. 함께 배를 타면 그 지루한 뱃길이 얼마나 짧아질 것인가.

전동걸은 하숙방으로 들어서기 바쁘게 선물을 풀었다. 책이 나왔고, 책 위에 따로 네모지게 싼 것이 있었다. 책은 투르게네프 단편집이었다. 톨스토이는 거의 다 읽었지만 투르게네프는 아직 손대지 않은 터라 전동걸은 반가웠다. 네모진 포장지를 뜯었다.

"······!"

전동걸은 가슴에서 화끈 불길이 이는 것을 느꼈다.

포장지 안에서 나온 것은 새하얀 손수건이었다. 손수건! 여자가 남자에게 손수건을 선물하는 것은 사랑의 고백이었다. 그것도 하얀 손수건은 순결을 바친다는 뜻이었다. 그런데 네모지게 접힌 손수건의 한쪽 끝에는 새빨간 장미 한 송이가 수놓아져 있었다. 장미는 또 무엇인가. 그것도 사랑을 뜻하지 않던가. 그런데 장미만 수놓아진 것이 아니었다. 꽃송이 아래로는 초록빛 가지가 뻗어 있고, 그 가지에는 두 개의 잎이 마주 보고 있었다. 마치도 '당신과 나, 장미꽃 같은 사랑을 꽃피워요' 하는 것처럼.

전동걸은 주먹으로 제 가슴을 쳤다.

아이고, 내가 왜 손을 안 잡았지. 입맞춤을 해도 괜찮을 것을!

전동걸은 황홀한 기분으로 손수건을 보고 또 보면서 장미꽃을 한 땀, 한 땀 수놓아 간 이미화의 마음과 정성을 음미하고 있었다. 그리고 또 이미화와 지요코를 비교했다. 두 여자가 마음을 표현하는 방법은 너무 달랐다. 감칠맛이 있고 아름답고 여자다운 것은 역시 이미화였다. 전동걸은 이미화를 안듯 손수건을 가슴에 대고 상체를 마구 흔들어댔다.

기말시험을 다 끝내고 귀국 채비를 하고 있던 어느 날이었다. 경도에서 조선대학생들을 중심으로 한 비밀결사가 검거되었다는 신문보도가 나왔다. 전동걸은 충격 속에 그 기사를 읽어나갔다. 체포된 학생들 중에 윤동주 송몽규 같은 이름이 나왔다. 그들이 누구인지 알 수 없었다. 그러나 그들은 동지였고 동포였다. 전동걸은 그들이 왜 체포되었는지 풀 수 없는 미궁으로 빠져들며 주먹을 부르쥐었다.

40

인간사냥

"읍장님이십니까?"

"예……."

"아, 여기 경찰서장입니다."

"아, 안녕하십니까. 어쩐 일이십니까?"

"죄송합니다만 이쪽으로 좀 오셨으면 합니다. 내지에서 징용대인 노무보국회가 나왔습니다."

"또요?"

하시모토는 자신도 모르게 소리쳤다. 그러나 그 순간 후회했다.

"예, 곧 가겠습니다."

하시모토는 다급하게 이 말을 잇대어 붙였다.

징용을 너무 마구잡이로 많이 끌어가 농촌이 농사를 지을 수가 없을 지경이 되어 있는데 또 징용대가 나왔다니까 벌컥 화가 치솟

긴 것이었다. 그러나 전시체제 아래서 군사용무는 최우선적으로 처리하도록 규정되어 있어서 하시모토는 자신의 실수를 황급히 덮지 않을 수 없었다. 군사용무에 적극 협조하지 않는 것은 천황폐하의 칙령을 어기는 것이었다. 그리고 칙령을 어기면 죽음이 있을 뿐이었다.

하시모토는 허겁지겁 경찰서로 갔다. 경찰서 앞에는 도청에나 있는 포장 씌운 트럭이 다섯 대나 줄지어 서 있었다. 노무보국회 대원들이 벌써 도청을 거쳐 징용자 호송차를 끌고 온 것이 분명했다. 하시모토는 순간적으로 소리질렀던 것이 후회되었다. 경찰서장이 입을 다물었어야지 그렇지 않고 자신이 한 대로 노무보국회 간부에게 말을 해버렸다면 그건 이만저만 큰일이 아니었다. 하시모토는 만일을 생각해서 변명할 말을 생각하며 경찰서로 들어섰다.

"야마구치현 노무보국회 이시바시 동원부장이십니다."

경찰서장이 몸이 대살지게 생긴 40대의 남자를 소개했다.

"아 예, 원로에 오시느라고 수고 많으셨습니다. 읍장 하시모토입니다."

하시모토는 나이와는 상관없이 그 남자에게 깍듯이 예의를 갖추었다. 노무보국회는 육군성의 산하기관이었고, 전시체제 아래서 육군성은 모든 기관 위에 군림하는 가장 막강한 권력의 핵심부였다.

"예, 반갑습니다. 이시바시라고 합니다."

그 남자는 읍장 정도는 얕잡아보는 태도로 악수를 청했다.

아까 저지른 실수로 마음이 켕긴 하시모토는 그 젊은 남자의 손을 두 손으로 받쳐 잡았다. 그런 하시모토를 경찰서장이 물끄러미 바라보고 있었다.

"서장님한테는 협조를 요청했습니다만 읍장님도 적극 협조해 주시기 바랍니다."

이시바시는 국민복을 입고 있으면서도 군대식으로 말했다.

"아 예, 도움이 되신다면 무엇이든 적극 협조하겠습니다."

하시모토는 무슨 명령이든 내리기만 하라는 식으로 연상 굽실거렸다.

그때 사환아이가 녹차를 내왔다.

"녹차 드십시오."

경찰서장이 이시바시에게 권했다.

"예, 조선녹차가 맛이 일품이라고 하던데 어디 맛 좀 볼까."

이시바시가 붉은 가죽장화를 툭 치며 다가앉았다. 삼복더위인데도 그는 장교용 가죽장화를 신고 있었다. 더위를 무릅쓴 과시용이 틀림없었다.

"조선에는 처음 행차십니까?"

하시모토가 눈치 빠르게 물었다.

"예, 만주에서는 몇 년 근무했는데 조선은 처음입니다."

이시바시는 과히 좋지 않은 기색으로 찻잔을 들었다.

"아, 그러시군요. 초행 기념으로 제가 상품 녹차를 선사하겠습니다."

하시모토는 재빨리 말했다.

"아니 뭐 그런 것을……."

차를 한 모금 마신 이시바시의 얼굴에는 엷은 웃음이 피어났다.

"차맛이 어떠십니까. 조선 중에서도 이 전라도 녹차가 으뜸입니다."

경찰서장이 끼어들었다.

"예, 맛이 아주 기막힙니다. 향기가 진하고, 깊고, 두꺼운 게 역시 일품이라는 말을 들을 만합니다."

이시바시는 차맛을 무척 잘 아는 것처럼 말했다. 그는 처음과는 달리 기분이 많이 풀린 기색이었다.

"예, 역시 호걸이 호걸을 알아보더라고 이시바시 상께서 조선녹차 맛을 단박에 알아보시는군요."

아첨기 역연한 하시모토의 비유는 거창하기 이를 데 없었다.

"뭐, 한 20년 마시다 보니 자연히 알게 된 거지요."

이시바시는 겸손한 척 거드름을 피웠다.

"그 연세에 다력(茶歷) 20년이면 다성(茶聖)이 되신 거지요."

경찰서장은 하시모토보다 한술 더 뜨고 있었다.

"아니, 다성까지야 뭐……. 그런데 조선에 와서 보니까 총독부 정책에 전혀 이해가 안 되는 점이 한 가지 있습니다."

이시바시는 담배를 입에 물며 거칠게 성냥을 그어댔다.

"아니, 그게 뭡니까?"

경찰서장이 어리둥절해했다.

"아, 조선을 지배한 지가 언제고, 또 내선일체를 실행한 지가 언제라고 조센징들은 아직도 전부 흰 조선옷들이고, 그 상투라는 것에 갓 쓴 자들이 그리 많지요? 이래 가지고서야 이게 조선땅 그대로지 어디 일본이라고 할 수 있겠어요?"

이시바시의 말은 날카로웠다.

"예, 그게 글쎄…… 총독부에서도 여러 총독님들에 걸쳐서 지속적이고 다각적으로 우리 일본식인 검정 복장의 착용을 지시하고, 우리 경찰을 위시한 각급 행정기관에서는 총력을 다해 그것을 추진하고 있지만 만족할 만큼 실효가 나타나지 않고 있는 실정입니다."

경찰서장의 궁색스러운 설명이었다.

"그것 참 이해가 안 됩니다. 법으로 딱 정해 강압적으로 실시하면 될 거 아닙니까. 말 안 듣는 놈들은 다 감옥에 처넣고요. 조센징들이 검정옷을 안 입고 꼭 흰옷을 입고 버티는 것은 대일본제국에 반항하고 저항하는 것이 아니고 뭡니까. 왜 그걸 용납하는 겁니까?"

이시바시는 아주 예리하게 경찰서장을 공격하고 있었다.

"예, 일리가 있는 말씀입니다. 총독부나 우리 경찰에서도 그 점을 논의하지 않은 게 아닙니다. 허나 그 문제에는 복잡한 점들이 많아 지나친 강압책을 쓰지 못하고 있습니다. 조선을 다스리는 데는 여러 가지 어려운 문제들이 많습니다. 그중에서도 가장 골칫거리가 다 아시다시피 독립운동을 한다는 불령선인들입니다. 그자들을 색출 검거해서 감옥에 가두는데도 감옥이 모자라 계속 신설하는 형편입니다. 사정이 이러한 데다, 조센징들에게 흰옷이란 우리 일본사람들에게 검정옷이 오랜 세월에 걸쳐서 입어온 뿌리깊은 풍습인 것과 같습니다. 그런데 그 풍습을 강압적으로 바꾸고, 위반자를 감옥에 넣고 하면 어떻게 되겠습니까? 그건 한마디로 조센징들 전부를 독립운동가 만들고 불령선인 만드는 위험천만한 일입니다. 특수한 불령선인들을 제외한 일반대중들은 속으로 불만이 있다 하더라도 목숨이 아깝고 살아가기 위해서 그런대로 순종하고 있습니다. 그런데 괜히 별것도 아닌 옷을 가지고 강압책을 썼다가는 엄청난 사태가 발생하게 됩니다. 개도 막다른 골목으로 쫓지 말라고 하지 않았습니까? 괜히 조센징들 숨통을 막아 화근을 만들 필요가 없는 거지요. 이런 일이 있었어요. 우리가 합방하기 직전인 한 40여 년 전에 조선임금이 솔선해서 상투를 자르고 단발령을 내렸어요. 그런데 어떻게 된 줄 아십니까? 전국 유생들을 선두로 온 백성들이 반기를 들고 일어났고, 심지어는 의병이라는 반군이 생기기도 했어요. 자기네 임금을 상대로 그 모양이었으니 우리가 강압적으로 검정옷을 입히고, 상투를 자르고 해봐요. 그 사태를 수습할 수 있겠어요?"

경찰서장은 어떠냐는 듯 이시바시를 빤히 건너다보았다.

"그것 참, 조센징들도 독한 데가 있군요."

이시바시는 더 공격할 말이 없는지 짭짭 입맛만 다셨다.

"예, 조센징들 아주 끈질기고 음흉하고, 보통 골치 아픈 종자들이 아니오."

경찰서장이 고개를 설레설레 저었다.

"그래도 일 잘하는 것 하나는 쓸 만하더군요. 징용자들이 지금 전쟁수행에 큰 힘이 되고 있으니까요."

"예, 그리 말썽 없이 부려먹으려면 옷 같은 것으로 괜히 감정을 건드릴 필요가 없는 거지요."

경찰서장이 못박듯이 말했다.

"그런데 말입니다. 우리 일산(日産) 광목이 아주 많이 팔린다면서요?"

이시바시는 무언가 미심쩍은 기색으로 물었다.

"예, 조센징들이 쓰고 있는 광목은 전부 우리 일산이지요."

그건 자신의 영역이라는 듯 하시모토가 얼른 대답했다.

"그럼 아예 광목에 검정물을 들여 생산하면 될 거 아닙니까?"

이시바시는 아주 대단한 생각이라도 해낸 듯 기세 좋게 말했다.

"그랬다가는 우리 방직공장들이 다 망하게 되지요. 조센징들은 검정 광목을 단 한 치도 안 살 것이고, 조선여자들은 거의가 베 짜는 기술을 가지고 있으니까요."

하시모토의 입가에는 경멸하는 웃음이 스치고 지나갔다.

"그게 또 그리되나요?"

이시바시는 연속적인 역공을 당해 면목이 없는 듯 쓰게 웃었다.

"저어, 이번에 몇 명이나 징용을 해가시게 되는지요?"

경찰서장이 조심스럽게 말을 꺼냈다.

"예, 상부로부터 할당받은 게 300명입니다."

이시바시는 일부러 '상부'를 앞세워 말했다.

"예, 300명이라……."

경찰서장은 하시모토를 힐끗 쳐다보았다. 하시모토는 억지로 웃음짓고 있었다.

"왜 그러십니까?"

이시바시의 얼굴이 긴장되며 목소리에 날이 섰다.

"아닙니다, 아무것도. 도청에서 들으셨는지 모르겠습니다만 몇 년째 징용이 계속되다 보니 곡창지대인 이곳에서는 노동력 부족으로 농사짓기에 어려움이 많은 형편입니다. 군량미 확보에 차질이 없어야 하니까 농사는 그전처럼 지어야 하고, 징용사업은 징용사업대로 지원해야 하고 그렇지요."

경찰서장은 웃어가면서 부드럽게 말하고 있었다.

"예, 그 얘기는 도청에서 잠깐 들었습니다. 그야 전시체제하에서 어쩔 수 없는 일이니까 부족한 노동력은 여자들과 노소까지 총동원해 해결해야 될 것 아닙니까. 내지처럼 말입니다."

이시바시의 말은 냉기가 끼쳤다.

"그야 물론이지요. 여기서도 진작부터 그렇게 하고 있습니다."

경찰서장은 무슨 오해를 받을까 봐 그런지 목소리에 힘주어 크게 말했다.

"예, 그래야지요. 오래 쉬었습니다. 차량과 병력 일부는 도청에서 지원받았으니까 여기서는 병력 열 명을 지원해 줘야 되겠는데요."

이시바시는 명령하듯 말하며 지휘봉 같은 막대기로 가죽장화를 쳤다.

"예, 지원하고말고요. 그런데 아시다시피 내지인 경찰은 전선으로 많이 나가 그 자리를 조센징들로 채우고 있습니다. 열 명 중에 여섯 명은 조센징들이니 믿지 말고 잘 다뤄야 합니다."

"아니, 그렇게 믿지 못할 놈들을 제국경찰로 채용해 먹여살리고 있어요?"

이시바시가 눈을 부릅뜨며 언성을 높였다.

"아, 오해 마십시오. 다 충성심이야 의심할 것 없는 충견(忠犬)들이지요. 그런데 개별적으로 조센징들에게 둘러싸이거나 하면 맥을 못 쓴단 말입니다. 특히 이런 식으로 강제징용을 할 때는 동네로 들어가 여자들에게 둘러싸이게 되는데, 여자들이 같은 조선사람인 것을 내세우며 덤비고 몰아대면 이게 곤란해진다 그 말입니다. 미안해한다고 할까, 마음이 약해진다고 할까, 뭐 그런 심정 있지 않습니까?"

"예, 무슨 말인지 알겠습니다. 그건 내가 알아서 하겠습니다."

이시바시는 허리를 꼿꼿하게 펴며 또 막대기로 가죽장화를 쳤다.

"300명을 확보하자면 며칠 걸리시겠군요."

하시모토가 무겁게 입을 열었다.

"뭐, 며칠씩이나 걸리겠어요. 한 이틀이면 되겠지요."

이시바시의 거침없는 대꾸였다.

시건방진 놈, 현지 사정도 모르는 풋내기가 까불대기는. 어디 한번 잘해봐라.

하시모토는 속으로 코웃음을 치고는, "수고하시는데 제가 오늘 저녁에 대접을 했으면 합니다. 어떠신지요?" 그는 아주 친근한 웃음을 지어 보였다.

"예, 그거 좋지요."

이시바시는 기다렸다는 듯 대답했다.

"예, 그러면 준비시키도록 하고, 우리 읍사무소에서도 몇 명 지원하도록 하겠습니다."

하시모토는 더욱 우호적으로 말했다.

"아, 그래 주시면 더욱 고맙지요. 그럼 이만 일어나보겠습니다."

이시바시는 환하게 웃으며 탄력 좋게 몸을 일으켰다.

경찰서장과 하시모토는 재빨리 눈길을 교환했다. 그 은밀한 눈길을 이시바시는 눈치채지 못했다. 경찰서장이 굳이 하시모토를 부른 것은 징용대장에게 환심을 사는 동시에 뒷다리를 붙들 기회를 주기 위해서였다. 하시모토가 녹차를 선사하겠다, 한턱을 내겠다 해서 환심을 사놓고, 읍사무소 직원들을 내보내 이시바시의 뒷다리를 잡을 참이었다. 하시모토는 그동안 자기 농장의 소작인들이 징용에 끌려가는 것을 막으려고 최대한 애써왔고, 그 일에 경찰서장은 공모해 왔던 것이다. 그리고 읍사무소 직원들은 지원이 아니라 이시바시가 하시모토의 농장 쪽으로 접근하지 못하게 막도록 되어 있었다. 하시모토가 그렇게 일을 꾸미는 것은 물론 소작인들을 위해서가 아니었다. 징용을 볼모로 잡은 하시모토는 쌀을 증산하라고 소작인들을 몰아치는 한편 소작료를 80퍼센트씩이나 뜯어내고 있었던 것이다. 그리고 반발하는 소작인이 생기면 재깍 징용으로 내보내버렸다. 징용 끌려가면 뼛골 빠지고, 고생하고, 죽기 십상이라는 소문이 파다한 판에 소작인들은 꼼짝없이 당할 수밖에 없는 일이었다.

이시바시는 징용대 20여 명을 호송차 다섯 대에 분승시켜 경찰서 앞을 떠났다. 차들은 곧 김제 읍내를 벗어나 들길을 달리기 시작했다.

"저기 저쪽에 차 세워!"

맨 앞차 운전석에 앉아 있던 이시바시는 막대기끝으로 창밖의 야산을 가리키며 운전수에게 명령했다. 운전수는 전주에서 온 조선인 경찰이었다.

앞차가 정거하자 뒤따라오던 차들이 차례로 멈추었다.

"전원 집합하라!"

이시바시는 야산자락의 바위 위로 올라서며 외쳤다.

차에서 내린 경찰들과 읍사무소 직원들이 우르르 모여들었다. 그들의 손에는 목검이 들려 있었다.

"지금부터 지시하는 것을 전원 똑똑히 들어라. 우리가 지금부터 사냥할 징용 숫자는 300명이다. 1개조 4명씩으로 편성하여 이틀 동안 임무를 완성해야 한다. 각각 1개조의 책임할당량은 75명씩이다. 이 임무를 수행함에 있어서 특히 조선인 경찰들에게 경고하는 바이다. 같은 조선사람이라고 하여 사정을 보아주거나 임무 수행을 철저히 못할 시는 가차없이 처벌할 것이다!"

이시바시는 소리침과 동시에 칼을 획 뽑아들었다. 그가 여지껏 몸에서 떼지 않고 있었던 지휘봉같이 생긴 막대기는 그냥 막대기가 아니었던 것이다. 틀어돌리면 속에서 칼이 나오는 이중으로 된 호신무기였다. 그 50센티쯤 되는 둥근 막대기 속에서 나온 칼은 폭이 좁고 길어서 유난히 예리해 보였다.

"우리가 수행하는 임무는 황공하옵게도 천황폐하의 칙령을 받들고, 대일본제국 육군성의 명령에 따른 것임을 명심하라! 성전을 수행하고 있는 육군성은 징용자들을 화급히 필요로 하고 있다. 지금부터 남자는 눈에 띄는 대로 사냥하라. 제군들 임의대로 선별하지 말고 무조건 사냥해서 차에 태워라. 선별은 차후에 내가 한다. 지금부터 1개조씩 각 마을로 분산하여 사냥을 개시한다. 지금 시각 오전 11시, 오후 5시 정각에 이 지점에 재집결한다. 이상!"

절도 있게 지시를 마친 이시바시는 칼을 막대기에 꽂았다.

차들이 다시 움직이기 시작했다.

"저기 논에 둘 있다. 빨리 가서 차 세워."

이시바시가 저 앞쪽의 논을 가리키며 약간 들뜬 소리로 명령했다.

운전경찰은 차를 빨리 몰기 시작했다.

두 대의 차는 벌써 서로 다른 방향으로 달리고 있었다.

차가 멈추기 바쁘게 이시바시는 차에서 뛰어내렸다.

"뭣들 하고 있나! 빨리 내려서 저것들 잡아."

이시바시의 날카로운 외침에 뒤포장 속에서 세 명이 뛰어내렸고, 운전수도 허둥거리며 내려섰다. 그들 네 명은 둘씩 양쪽으로 갈라져 논두렁을 뛰어가고 있었다. 이시바시는 양쪽 팔을 허리에 받쳐 올리고 서서 그들의 모습을 흡족한 얼굴로 바라보고 있었다.

그들은 곧 논에서 농부 둘을 끌어내 이시바시 앞으로 끌어왔다.

"아니, 늙은이들 아닌가!"

이시바시의 얼굴이 일순간에 짓구겨졌다.

손발에 진흙이 묻은 두 농부는 얼굴에 주름살투성이고 허리가 굽은 노인들이었다.

"이게 어찌 된 일인가?"

이시바시가 눈을 부라렸다.

"예, 청장년들은 징용을 많이 나가서……."

일본인 경찰이 어물거렸다.

"칙쇼! 가자."

이시바시가 막대기로 허공을 내리치며 돌아섰다.

"왜 저리 화럴 내고 저려?"

"헛방쳤응게 그러제."

"치, 여그 실정얼 암것도 몰르는구만."

뒤따라오던 두 대의 차에서 내린 조선인 순사들의 수군거림이었다.

"빨리빨리 행동하지 않고 뭘 그러고들 있나!"

이시바시는 뒤에 있던 2개조를 향해 냅다 소리를 질러댔다. 그들이 황급히 흩어지며 차에 올라탔다.

이시바시의 차가 다시 달리기 시작하고, 그 뒤를 따르던 두 대가 갈림길이 나타나자 서로 다른 방향으로 머리를 돌렸다. 푸르른 들녘에는 머리에 수건을 쓴 여자들의 모습이 드문드문 보였다.

이거 상태가 생각보다 심각하군. 이거 징용을 이렇게 많이 끌려갔나.

이시바시는 초조한 마음으로 이런 생각을 하며 막대기로 가죽 장화를 탁탁탁탁 치고 있었다.

"저기 저 부락 앞에 차 세워."

이시바시는 멀리 보이는 마을을 손가락질했다.

30여 호의 마을을 멀찍이 앞두고 차가 멈추었다. 길이 좁아 차가 더 들어갈 수 없었다.

"2인 1조로 집집마다 샅샅이 뒤져라!"

이시바시는 열받쳐 소리쳤다.

그들이 마을로 가까워지고 있는데 이쪽으로 오고 있던 여자 하나가 갑자기 돌아서서 뛰기 시작했다. 등뒤에서 빨간 댕기가 함께 뛰고 있었다.

"저걸 쫓아라! 틀림없다."

이시바시가 날카롭게 외쳤고, 네 명은 앞다투어 뛰기 시작했다.

이시바시는 당산나무 아래 이르러 걸음을 멈추며 담배를 꺼냈다. 당산나무에서 매미들이 더위를 즐기는 듯 극성스레 목청을 높이고 있었다.

이시바시가 담배를 거의 다 피워갈 즈음에 조장인 일본인 경찰이 한 남자의 뒷덜미를 잡고 끌어왔다. 경찰은 그 남자를 이시바시 앞에 무릎 꿇어 앉혔다. 그런데 그 남자는 코피를 흘리고 있었다.

"반항을 했습니다."

경찰이 코피 흘리는 이유를 댔다.

"잘했어. 이 정도면 쓸 만하군."

이시바시는 남자를 살펴보며 경찰에게 어서 가보라고 손짓했다.

잡혀온 남자는 마흔다섯이 넘어 보였다. 그런데 햇볕에 검게 그을리고 마른 얼굴에 비해 목이 굵고 어깨가 넓었다. 전형적인 농부의 체형이었다. 얼굴을 떨군 그 남자는 코피를 닦고 있었다. 그런데 언제 꺼냈는지 이시바시는 막대기 속에서 나온 칼을 꼬나들고 있었다.

"이거 어쩨 이려. 나넌 발써 4년 전에 낭인덜헌티 속아 규슈탄광서 2년 기한 때우고 온 사람이란 말이여. 고건 주재소서도 다 아는 일이여!"

한 남자가 끌려오며 고래고래 소리지르고 있었다.

"나는 벌써 4년 전에……."

이시바시 앞에 끌려온 그 남자는 일본말로 말을 시작했다.

"닥쳐라! 더 떠들면 아가리를 찢어놓겠다."

이시바시는 그 남자의 말을 자르며 곧 칼질을 할 것처럼 칼을 겨누었다.

서른대여섯 되어 보이는 그 남자는 아랫입술을 질끈 물며 고개를 떨구었다.

"안 되어라, 안 되어라. 농새도 못 짓고 있는 병자럴 끌어가는 법이 어디 있다요."

다리를 절룩이며 끌려오는 남자 옆을 따라오며 한 여자가 울부짖고 있었다. 그리고 마을 앞에 대여섯 여자들이 나와 서 있었다.

"보시게라, 이 남정네넌 병자구만이라, 병자."

그 여자는 남편의 통통 부은 장딴지를 가리키며 이시바시에게 울상을 지었다.

이시바시는 그 남자의 위아래를 훑었다. 마흔다섯쯤 되어 보이는 그 남자는 키가 좀 작을 뿐 건강해 보였다.

"이건 병원에서 치료시키면 곧 낫는다. 저 여자 끌어가!"

이시바시는 조선인 경찰에게 명령했다.

"요런 승악헌 놈덜아아, 병자럴 끌어가는 법이 시상에 어딨다냐아."

여자는 몸부림치고 목놓아 부르짖으며 마을로 끌려가고 있었다.

"안 돼야, 안 된당게로. 갸년 안직 신체검사도 안 받은 애기여."

여자노인이 경찰에게 매달리며 소리치고 있었다. 경찰에게 끌려오고 있는 것은 열다섯 살쯤 나 보이는 사내였다.

"이게 이래봬도 등짐질을 잘하는 걸 보고 끌어왔습니다."

사내를 이시바시 앞에 무릎 꿇리며 일본인 순사가 말했다.

"안 돼야, 안 돼야. 갸년 열다섯도 안 묵은 애기여, 애기!"

여자노인이 펄펄 뛰며 소리쳤다.

"저 늙은이는 뭐라고 떠드는 거야?"

이시바시는 얼굴을 찌푸렸다.

"예, 열다섯 살도 안 먹었다는 겁니다. 순 거짓말입니다. 제가 보기엔 열일곱 살은 먹었습니다."

"내가 보기도 그런데. 골격도 잡히고." 이시바시는 고개를 끄덕이고는, "간단하지. 그놈 바지를 끌어내려." 일본인 순사에게 고갯짓을 했다.

"아, 예."

일본인 경찰은 그 말뜻을 알아듣고 무릎 꿇은 사내를 일으켰다.

"바지 벗어라!"

"야아?"

사내는 질겁을 하며 바지춤을 움켜잡았다.

"빨리 내려!"

경찰은 목도로 사내의 등을 내리쳤다.

"아이고메, 사람 잡네!"

여자노인이 펄쩍 뛰었다.

사내는 어쩔 수 없이 바지를 까내렸다. 그런데 사내의 손은 그것이 보일락 말락 한 데서 멈추었다.

"더 내려!"

경찰이 또 목도를 치켜들었다.

사내의 바지가 좀더 내려갔다. 사내의 불두덩에 거웃이 거뭇거뭇 돋아나고 있었고, 뭉툭한 성기의 끝은 속살이 빠끔히 드러나고 있었다.

"맞았어! 거짓말이야. 저 늙은이 끌어가."

이시바시가 회심의 미소를 지었다.

"이상으로 다 끝났습니다."

일본인 경찰이 말했다.

"아, 그런가. 그런데 남자가 이것밖에 안 되나?"

이시바시가 실망스러운 표정을 지었다.

"아닙니다. 들에 나간 자들도 좀 있을 것이고, 요행히 딴 데 가서 피한 자들도 좀 있을 겁니다."

"그렇겠군. 이놈들을 빨리 차에 실어."

이시바시는 칼을 꽂으며 명령했다.

"이놈덜아, 안 돼야, 안 돼야!"

"이 베락 맞어 뒤질 놈덜아!"

"요런 개만도 못헌 인종덜아!"

남자들은 묵묵히 끌려가고 있었고, 여자들은 발악적으로 소리 지르고 있었다.

남자들이 차에 다 태워질 때까지 여자들은 당산나무 아래서 목이 잠기도록 소리소리 지르고 있었다. 그 울부짖음은 매미들의 울음소리에 섞여 더 애처롭게 퍼지고 있었다.

포장 친 자동차는 다시 짙푸른 들녘 가운데를 달리기 시작했다.

"이거 왜 이리 덥나. 물통을 준비할 걸 깜빡 잊었군. 어디 물 마실 데 있나 찾아봐."

이시바시는 손바닥으로 방정맞게 부채질을 해대며 말했다.

"예, 알겠습니다."

운전경찰이 엉덩이를 들썩하며 대답했다.

한동안 달리던 자동차는 외딴집 앞에 정거했다. 그 집은 주막이었다.

그들은 주막으로 들어섰다.

"저기, 저놈 잡아라!"

마당으로 막 들어서던 이시바시가 외쳤다.

한 남자가 마루에 걸터앉아 밥을 먹고 있었다. 두 명의 경찰이 잽싸게 쫓아갔다. 다른 경찰 두 명은 차에서 사람들을 지키고 있었다.

"어째 이러요, 어째!"

두 경찰에게 붙들린 남자는 몸부림치며 소리질렀다. 그의 입에서 보리밥 알갱이가 튀어나오고 있었다.

"이놈아, 꼼짝 말어!"

조선인 경찰이 남자의 정강이를 걷어찼다. 남자는 비명을 지르며 풀이 꺾이고 말았다.

"아이고 어러신덜, 아이고 앉으시게라, 아이고 이 더운디, 아이고……."

부엌에서 뛰어나온 늙은 주모는 비굴한 웃음을 피워가며 수선스럽게 아첨을 떨어댔다. 젊은 여자는 부엌 안에 몸을 감추고 얼굴 반쪽만 내밀고 있었다.

"얼렁 시언헌 찬물 갖고 와!"

조선인 경찰이 주모에게 일렀다.

"야아, 씨언헌 것 있제라."

주모는 허둥지둥 돌아섰다.

"아이고 어러신, 아니 대장님, 지가 집에 잃아누우신 노모가 기시구만요. 글고 처자석언 보고 떠얄 것 아니겠능게라. 이리 장사 나와갖고 떠불면 식구덜이 어찌 되겠능게라. 담에, 다음 판에 나가게 사정 좀 봐주시씨요."

서른서넛쯤 나 보이는 그 남자는 이시바시 앞에 무릎 꿇고 앉아 두 손을 비비대며 애걸하고 있었다.

"끌어가라!"

이시바시가 싸늘하게 명령했다.

"아이고메, 시상에 요런 법이 워딨어. 이리 모질게 사람 생이별시키는 법이 워딨어어!"

그 남자는 끌려가며 무슨 큰 짐승이 우는 것 같은 소리로 울부짖고 있었다. 그가 먹다 만 개다리소반 옆에는 네모진 등짐이 덩그러니 놓여 있었다.

이시바시는 무표정하게 물사발을 천천히 기울이고 있었다.

"부장님, 정오가 지났는데 여기서 식사하시겠습니까?"

다시 돌아온 일본인 경찰이 물었다.

"에이, 틀렸어. 이 고약한 냄새가 뭐야 이거."

이시바시는 코끝에 손부채질을 해대며 오만상을 찌푸렸다.

주막에는 돼지고기 삶는 냄새가 진동하고 있었던 것이다.

"예, 화식당은 면소에 가야 있습니다."

"괜찮아. 한 끼 굶어도 안 죽는다."

이시바시는 마루에서 일어났다.

자동차가 달려가고 있는 들녘에 여자들의 느리고 한스러운 가락이 끊길 듯 끊길 듯 이어지고 있었다. 따가운 햇살은 푸르른 볏잎들에 부서져내리고, 무심한 제비들이 더위를 가르며 경쾌하게 비행하고 있었다.

오후 5시에 다섯 대의 자동차는 이시바시가 지정한 장소에 다시 모였다.

"뭐라고? 총 43명! 그동안 뭣들 했나. 자빠져 잤나, 술들을 처마셨나! 이래 가지고 언제 300명을 채우겠나. 모두 파면당해야 정신 차리겠나. 내가 상부에 보고하면 어떻게 되는 줄 알아. 너희들은 당장 파면이야, 파면! 아무리 사정이 좋지 않더라도 최소한 한 조에 열 명씩은 넘어야 할 것 아닌가. 그런데 평균 일곱 명도 못 된다니 이게 말이나 되는 소린가!"

이시바시는 분통을 터뜨리며 막대기에서 뽑아낸 칼을 휘두르고 가죽장화발로 땅을 굴러댔다.

이시바시가 붙잡은 사람은 모두 16명이었다. 그는 차를 타고 돌아오며 나머지 4개조가 평균 13명 정도씩, 52명으로 계산했다. 그래도 자기가 잡은 것을 다 합쳐 68명밖에 되지 않았다. 그렇게 해서 300명을 채우려면 5일이나 걸려야 했다. 그는 계획 차질이 너무 심해 못내 속이 상해 있었다. 그런데 막상 모아놓고 보니 4개조가 잡아온 것은 27명에 지나지 않았다. 예상이 너무 빗나가 그만 그의 분통이 터지고 말았다.

"부장님, 죄송합니다. 용서하십시오. 오늘이 첫날이라 일 시작이 너무 늦었고, 부장님께서 잡으신 것을 견본 삼아 내일부터는 성과를 극대화시키겠습니다. 부락들은 얼마든지 있습니다. 예정일에서 큰 차질이 생기지 않도록 최선을 다하겠으니 한 번만 용서해 주십시오."

일본인 순사가 나서서 절도 있는 태도로 사과했다.

"좋아, 내일 다시 보겠다. 내일부터는 오전 8시부터 오후 7시까지 사냥시간을 연장한다. 다들 내가 잡아온 놈들을 똑똑히 봐둬라."

이시바시가 잡아온 사람들 16명이 모두 끌어내려졌다. 순사들과 읍사무소 직원들은 한 줄로 세워진 사람들을 구경했다. 그들은 몸이 아픈 사람에다 아직 다 크지도 않은 사내까지 잡아온 것에 내심 놀라고 있었다. 그러나 그것을 '견본'으로 하라고 하니 감히 할 말이 없었던 것이다.

잡혀온 사람들은 경찰서에 맡겨졌다. 장딴지가 아픈 병자만 골라내 병원으로 보냈다.

맘껏 술을 마시고 기생까지 끼고 하룻밤 자고 난 이시바시는 피곤한 기색이 역연한 채로 징용대 앞에 섰다.

"오늘은 2개조로 편성한다. 자동차 세 대가 1조, 나머지 두 대가 2조다. 다들 정신 바짝 차리도록!"

이시바시는 조를 분산시켜 어제 같은 결과가 오는 것을 막겠다는 의도를 나타낸 것이었다. 그는 세 대의 자동차를 직접 지휘해서 대원들의 태만과 불성실을 막으려는 것이었고, 4명 1개조가 한 동네를 뒤지는 것은 무리라고 판단했던 것이다.

아침 일찍 논에 나갔다가 집에 돌아와 아침을 먹고 다시 지게를 지고 나서던 차득보는 느닷없이 들이닥친 순사 두 명에게 붙들렸다.

"이거 어째 이러시오!"

차득보는 불끈 기운을 쓰며 두 순사를 좌우로 떠밀었다.

"이놈이 이거!"

순사 하나가 재빠르게 목도를 휘둘렀다.

"윽!"

차득보는 비명을 토하며 옆구리를 싸잡았다. 순사가 휘두른 목도가 여지없이 옆구리를 강타했던 것이다.

"아이고메 연희 아부지!"

연희네가 부엌에서 뛰쳐나오며 부르짖었고, 마루에서 놀던 두 아이가 아앙 울음을 터뜨렸다.

차득보가 몸을 제대로 펴지도 못하는데 두 순사는 그를 끌어댔다.

"아이고, 무신 죄럴 졌다고 이러시요."

연희네가 순사 하나를 붙들고 늘어졌다.

"징용 가는 거여, 징용!"

순사가 연희네를 뿌리치며 내쏘았다.

"아이고 으쩌끄나, 으쩌끄나……."

연희네가 울음을 터뜨리며 발을 굴렀다.

차득보는 사립 밖으로 끌려나가며 기어이 올 것이 왔다고 생각하고 있었다. 그런데 이건 좀 이상했다. 징용은 으레 끌어가기 이틀이나 사흘 전에 통고하는 것이었다. 그래서 집안 단속도 하고 옷가지도 챙길 여유가 있었다. 또 어떤 사람들은 야반도주를 할 수도 있었다. 그런데 이건 도대체 어떻게 된 일인가? 차득보는 어리둥절할 뿐이었다.

이 고샅 저 고샅으로 순사들이 뛰고, 이 집 저 집에서 여자들의
울부짖음과 통곡이 터져나오고 있었다.

차득보는 아내를 잠깐이라도 만나고 싶었다. 농사와 아이들에
대한 당부는 한마디 해야 될 것 같았다. 그러나 순사들의 기세로
보아 말을 들어줄 것 같지가 않았다. 막상 아내를 두고 떠나자니
가슴이 먹먹해지고 콧날이 매워졌다. 자신이 떠나고 말면 아내는
그야말로 외톨이였다. 자신도 부모 없고, 아내도 친정이 없었다. 옥
녀마저 없으니 무슨 일이 생기면 아내는 어찌할 것인가. 서로 고적
한 신세라 더 정분 깊게 살아온 사이였다.

"물팍 꿇어라!"

이시바시 앞에 이르자 한 순사가 차득보에게 명령했다.

"나가 무신 죄졌소? 징용 나가면 되았제."

차득보는 순사를 노려보았다.

"이놈으 새끼가!"

순사가 차득보의 정강이를 걷어찼다.

"윽……!"

차득보는 무릎이 꺾였고, 두 순사가 우악스럽게 그의 어깨를 짓
눌렀다.

"이놈이 뭐랬나?"

이시바시가 억지로 무릎 꿇은 차득보와 순사를 번갈아 보며 물
었다.

"예, 징용을 나가면 됐지 죄진 것 없으니 무릎을 안 꿇겠다는 겁니다."

"하! 제법 똑똑한 놈이로구나. 똑똑해 봤자 버는 것 매밖에 없다는 걸 똑똑히 알아둬야 해, 이 조센징놈아."

이시바시는 쓴웃음을 지으며 막대기끝으로 차득보의 머리를 톡톡 때리고 있었다.

차득보네 동네에서는 여덟 명이 붙들렸다. 그들이 차에 실리기 직전에 여자 몇이 헐레벌떡 달려왔다. 그들 중에 연희네도 섞여 있었다. 그 여자들은 작은 보퉁이를 하나씩 안고 있었다. 여자들은 무작정 남편들에게로 달려갔다.

"출발이다. 빨리 태워라!"

이시바시가 외쳤다.

남자들은 아내들에게 보퉁이를 받아들었고, 여자들은 눈물 그렁그렁한 눈으로 남편들을 따라 걷고 있었다.

"아그덜 잘 키우고……, 농새 잘 돌보고……."

차득보는 목메임을 참느라고 침을 삼켰다.

"야아……."

목이 메어 대답이 제대로 안 나오는 연희네의 눈에는 곧 쏟아져 내릴 듯이 눈물이 가득했다.

"무신 일 있으면 운봉 시님 찾아가고……."

"야아……."

"얼렁얼렁 타라!"

"얼렁 타, 얼렁!"

순사들이 사람들을 밀어댔다.

"자네 몸 성해야 허고……."

차득보는 아내의 손을 잡았다.

"야아, 당신도……."

연희네가 남편의 손을 맞잡았다. 마침내 그녀의 눈에서 눈물이
주르륵 쏟아져 내렸다.

"아, 얼렁 타!"

순사가 차득보의 어깨를 쳤다. 차득보는 차로 밀려 올라갔다.

차가 곧 출발했다.

"아이고메 으쩌끄나!"

"이놈덜아, 이 웬수덜아!"

"시상에나, 시상에나……."

여자들이 땅바닥에 주저앉으며 울음을 터뜨렸다.

그런데 그때서야 서너 여자가 보퉁이를 안고 뛰어오고 있었다.

해가 뉘엿뉘엿해지면서 들녘에 석양빛이 물들고 있었다. 초록빛
에 감도는 불그레한 석양빛은 그지없이 신비스럽고 아름다웠다. 그
황홀한 색조 속으로 하얀 해오라기도 작은 제비들도 둥지를 찾아
날아가고 있었다. 그런데 그 풍광에 어울리지 않게 자동차 세 대가
흉물스럽게 달리고 있었다.

그 자동차들은 사람 네댓 명을 태운 마차를 앞질러 갔다. 그러나
잠시 후 자동차들은 차례로 정거했다.

"저 마차에 탄 놈들을 다 끌어내려라."

이시바시가 차에서 뛰어내리며 외쳤다.

순사들이 뒤따라오고 있는 마차를 향해 우르르 몰려갔다. 마차가 멈춰지고, 사람들이 멱살을 잡히고 뒷덜미를 잡히고 해서 끌려내리기 시작했다.

"이놈덜아, 나가 누군지 아냐! 이놈덜아, 여그 못 놓겄냐!"

그들 중에 한 사람이 유난히 목청 높게 호령을 해대면서 발버둥치고 있었다.

두 팔을 허리에 받쳐올리고 선 이시바시는 눈을 가늘게 뜨고 그 남자의 하는 꼴을 노려보고 있었다.

"이놈덜아, 나가 누군지 아느냔 말이여! 나넌 만경 만석꾼 정방현이여, 정방현이! 느그놈덜이 뒤질라고 이러냐. 여그 못 놓겄어."

그 남자는 더 몸부림치며 양쪽 순사의 다리를 걷어차고 있었다. 그는 과연 정상규의 큰아들 정방현이었다. 그는 허풍을 치는 것이 아니라 사실이 만석꾼 지주였다. 정상규가 병상에서 서너 달을 끌다가 죽어버렸으니 만석꾼 재산은 고스란히 그의 차지가 된 것이었다. 그는 전주 나들이를 갔다가 돌아오는 길에 봉변을 당한 참이었다.

"그 자식이 왜 그리 까불어?"

이시바시가 가까워진 순사에게 눈을 치떴다.

"예, 만석꾼 지주랍니다."

조선인 순사가 좀 걱정스러운 얼굴로 말했다.

"만석꾼 지주? 흥, 조센징들 거짓말, 빨리 처넣어!"

이시바시가 막대기로 허공을 치며 돌아섰다.

두 순사가 정방현을 사정없이 차로 떠밀어올렸고, 정방현은 목소리가 갈라지도록 소리를 질러대고 있었다.

이시바시는 예정보다 3일이나 늦은 5일 만에 300명의 징용자들을 그의 말대로 '사냥'했다. 그들은 전주에서 기차에 실렸다. 그런데 붙잡힌 사람들 중에서 꼭 한 사람이 풀려났다. 그는 정방현이었다. 그가 정말 만석꾼 지주인 것이 밝혀지자 당황한 것은 경찰이었다. 만석꾼은 무시해서는 안 되는 고액납세자였고, 식량 생산자였으며, 전쟁후원금을 내는 후원자였던 것이다. 그리고 음으로 양으로 경찰에서 도움받는 것도 적지 않았던 것이다. 조선사람치고 제1급에 속하는 재력가이면서 세도가와 더욱 친목을 돈독히 해야 할 형편에 이틀이나 생지옥살이를 시켰으니 그 입장 곤궁하기가 말할 수 없었던 것이다.

순사들의 감시를 받으며 그들 300명이 내린 곳은 여수항이었다. 그들은 관려(關麗)연락선 여수환을 탔다. 관려연락선은 시모노세키와 여수를 정기적으로 오가는 배였다.

차득보는 기차에서 내려 배를 타기까지 두어 시간 여유가 있는 동안에 서근호도 잡혀온 것을 알았다.

"존 시절 다 가부렀소."

차득보가 허탈하게 웃으며 말했고

"참말로, 그때가 꿈만 같소."

서근호도 쓸쓸하게 웃으며 한숨을 지었다. 그들이 말한 '좋은 시절'이란 사회주의 운동 비밀조직에 속해 서로 연락임무를 맡았던 때였다.

그들은 배를 탈 때 한방에 들어갈 수 있도록 나란히 줄을 섰다. 차득보 뒤로는 동네사람 일곱 명이 따라붙어 있었다. 한동네 사람들은 서로 한덩어리가 되려고 애를 썼다.

뱃고동소리를 길게 울리며 배가 움직이기 시작하자 선실은 싸늘할 만큼 조용해졌다. 사람들의 얼굴은 하나같이 침울하고 슬픔에 차 있었다. 어떤 사람들은 울기도 했다.

"요리 개 끌어가디끼 허는 것이 무신 연고다요?"

서근호가 나직하게 입을 열었다.

"금메 말이오, 육시헐 놈덜이 똥줄이 타도 되게 타는 것 아니겠소."

차득보가 쓰디쓰게 웃었다.

"이리 무작시리 끌어가면 조선땅에 남자 씨도 안 남겄소."

"참 징허고 징헌 놈으 시상이오. 요런 놈으 시상이 은제꺼정 갈라는지 원."

그들은 한숨만 쉴 뿐 더 말이 이어지지 않았다.

그들이 그런 식의 징용방법이 어째서 생겨났는지 알 까닭이 없었다. 지금까지의 징용방법은 두 가지였다. 첫째는 건달패인 낭인들에게 속아 인신매매를 당한 경우였다. 낭인들은 가난한 사람들을 상대로 몇 푼의 전도금을 주면서 일본에 가면 돈벌이가 좋은 일자리가 있다고 꾀었다. '모집'이란 이름으로 사람들을 끌고 간 낭인들은 탄광이나 광산, 철도공사 같은 데다 팔아넘겼다. 낭인들이 받은 돈은 끌려간 사람들의 임금인 것은 더 말할 것이 없었다. 그들은 몇 년 동안 감시 속에서 골빠지게 일만 하고 빈털터리로 고향에 돌아와야 했다. 이 방법은 벌써 1910년경부터 시작되어 지금까지 이어지고 있었다. 두 번째는 관에서 알선하는 방법이었다. 이것은 일본의 국익·군수산업체서 필요한 조선인 노무자들을 관의 행정계통을 따라 조달하는 것이었다. 사업소―현의 지사―후생성―조선총독부―지방관서의 절차로 이루어졌다. 징용법이 시행되고 나서도 이 방법은 한동안 사용되었다. 그러나 이 방법의 문제점은 행정절차 때문에 노무자 조달이 3개월 이상씩 걸린다는 것이었다. 전쟁은 자꾸 확대되어 가고, 석탄 생산이며 군사시설 같은 것은 하루가 급한데 3개월이란 너무나 긴 기간이었다. 그래서 등장한 것이 바로 이 세 번째 방법이었다. 그러니까 노무자 징용은 때와 장소에 따라 이 세 가지 방법이 함께 사용되는 것이었다.

18시간의 항해 끝에 그들은 시모노세키에 도착했다. 그들은 경찰의 감시 아래 부두에 있는 커다란 창고들에 갇혔다. 숨이 막히는 더위 속에서 그들은 사흘을 보냈다. 그들은 하루에 한 끼씩밖에 얻어먹을 수 없었다. 그것도 제대로 된 밥이 아니라 주먹밥 한 덩어리에 단무지가 한 쪽씩뿐이었다.

그런데 그 밥을 해오는 것은 조선여자들이었다.

"요것 묵고 어찌 살라고 이러요."

사람들의 노여움이 빗발쳤다.

"우리가 멀 아나요. 시키는 대로 할 뿐이지요."

여자들의 힘없는 대꾸였다.

"우리 어디로 가게 되는 거요?"

이런 것을 묻는 사람들도 있었다.

"우리가 그런 걸 어찌 아나요."

여자들이 근심스럽게 고개를 저었다.

그들은 나흘째 되는 날 기차를 탔다.

"우리 어디로 가는 겁니까?"

일본말을 할 줄 알면서 더는 참을 수가 없어 차득보는 순사에게 물었다.

"닥쳐라! 가보면 안다."

순사가 개머리판으로 차득보의 어깻죽지를 후려쳤다.

그들이 탄 것은 객차가 아니라 화물차였다. 도주 방지와 군공사의 기밀 보호 때문에 강제연행된 노무자들은 전부 화물차에 태우는 것이 원칙이었다. 그들은 굶주림과 더위에 시달려 객차든 화물차든 따질 겨를이 없었다.

기차가 밤낮으로 달려 그들은 어느 항구에 도착했다. 그런데 그들은 수가 절반으로 줄어든 것을 알았다. 그들이 모르는 사이에 어디선가 반수는 딴 곳으로 간 것이었다.

차득보는 배를 타고 나서야 홋카이도로 간다는 것을 알았다. 그것도 늙은 선원한테 살짝 물어본 것이었다. 차득보는 홋카이도가 섬이라는 것뿐 그 위치가 어디인지 알 수가 없었다.

41

정복되지 않는 혼

"아버님 건강은……."

"괜찮다. 아무 걱정 말어라."

송중원은 철망 사이로 아들을 바라보며 담담하게 말했다. 그의 말대로 얼굴은 나쁜 편이 아니었다.

"더위가 심한데요……."

말이 짧은 송준혁은 또 위아랫입술을 맞물듯 입을 굳세게 다물었다. 힘이 잔뜩 들어간 그 입술에는 분노와 고통과 눈물이 뒤엉켜 있었다.

"괜찮다. 책 읽으면서 시원하게 보내고 있다."

송중원은 아들을 바라보며 그윽하게 미소를 지었다. 눈빛이 살아 있고, 분노와 증오가 살아 있는 아들이 대견했다. 수염자리가 완연히 드러나고, 얼굴의 틀이 완전히 잡힌 아들은 이제 어엿한 성인의 체모를 갖추고 있었다.

송준혁은 가슴이 먹먹해졌다. 삼복더위를 감방에서 지내시면서 시원하시다니……, 그만 눈물이 쏟아지려고 했다. 분노가 극에 달하면 차가워지는 것인가……, 그렇게 말씀하실 수 있는 아버지의 심중을 헤아리기가 어려웠다.

"고생이 너무 심하십니다……."

"괜찮다. 나 혼자 당하는 일이 아니니."

송중원은 안타까워하는 아들을 쓰다듬듯 하는 눈길로 바라보았다. 아들이 참아내고 있는 가슴속의 말을 다 들으면서.

"공부는 마음에 드느냐?"

면회시간이 자꾸 줄어들어 가는 것을 의식하며 이제 송중원이 물었다.

"예에……."

"그래, 고학하느라고 너무 고생이 많다."

"아닙니다. 가정교사라 편합니다."

송준혁은 일부러 '가정교사'라는 것을 강조했다.

"……."

송중원은 그런 아들의 마음을 헤아리며 눈길을 옮겼다. 더 아들을 쳐다볼 수가 없었던 것이다. 자신이 허탁과 함께 고학을 할 때 아들이 또 고학을 하게 되리라고는 생각도 하지 않았던 것이다. 어떻게든 싸워나가면 자식 대에는 해방이 되리라는 꿈이 확실했었다. 그런데 상황은 점점 더 나빠지고, 세월은 무정하게 흘러가 오늘에 이르렀다. 어쩌면 아들도 자신과 똑같은 생각을 하며 고학의 어려움을 이겨내고 있는지도 몰랐다.

"그래, 공부 열성으로 해라."

송중원은 다시 아들에게 눈길을 돌렸다. 아들을 응시하고 있는 그의 눈에는 말보다 더 많은 말이 담겨 있었다.

"예에……."

송준혁은 아버지의 눈에 담긴 말을 읽어내고 있었다.

배움이 힘이다. 배워야 이긴다.

"만료!"

간수가 외쳤다.

"저는 곧 떠납니다. 그간에 건강하십시오. 외할아버님이 안부 전하셨구요."

송준혁은 철망을 붙들며 한달음에 쏟아놓았다.

"너도 건강해라."

송중원이 괴로운 빛 깃들인 허전한 웃음을 지으며 돌아섰다.

아버지가 걸음을 옮겨놓을수록 송준혁의 시야는 흐려지고 있었다. 송중원은 뒤를 돌아보지 않고 문밖으로 나갔다. 문이 닫히자 송준혁의 눈에서 눈물이 뚝 떨어졌다.

송준혁은 전주형무소를 터덕터덕 걸어나왔다. 죄명도 형기도 없는 죄수, 그것이 아버지였다. 아버지 같은 사람들이 감옥마다 얼마나 될지 아무도 몰랐다. 오로지 총독부만이 그것을 알고 있었다.

송준혁은 결국 그 고민을 아버지한테 말씀드리지 못하고 말았다. 그 문제를 의논드리기에는 면회시간이 너무 짧았고, 괜히 아버지의 마음만 산란하게 할 것 같았던 것이다.

에시마 교수는 자기 아들을 가르치며 자기 집에 와 있으라고 했다. 에시마 교수의 학점을 계속 잘 받은 데다 저서의 원고 정리를 해준 것이 계기가 되어 그런 제안을 받은 것이었다. 그것은 학생으로서 일단 영광일 수 있었다. 교수한테 그만큼 인정을 받았다는 것은 결코 쉬운 일이 아니었다. 그러나 일본인 가정에 기식한다는 것이 못내 신경쓰였다. 부자유와 불편도 문제였지만 일본인 가정에 산다는 것 자체가 더 문제였다. 그들과 어울려 살다 보면 자신도 모르게 의식에 변질이 생길지도 모르고, 남들의 눈에도 떳떳할 수 없는 일이었다.

"그거 전혀 고려할 것 없어. 에시마 교수가 정치성도 없고 인품 갖춘 순수한 학자이긴 하지만 일본인은 어디까지나 일본인이야. 그 집에 들어가면 당장 자취생활 면하는 것 하나는 이득이지. 그 대신 일거수일투족이 얼마나 신경쓰이고 불편하겠는가. 그리고 정작 애 가르치는 것을 따져봐. 교수 아들을 가르치는데 성적이 쑥쑥 안 올라가면 자네 입장이 어찌 되겠나? 그에 비하면 지금 자리는 얼마나 속편한가. 성적이 떨어지지만 않으면 됐지 김이도가 언제 조카 성적에 관심이나 쓰던가? 그러고 말야, 자네 거기 들어가 살게 되면 에시마 교수의 궂은일은 다 떠맡게 된다는 거나 알라구."

최문일은 가정교사 자리를 소개해 준 사람답게 이렇듯 반대가 단호했다.

최문일은 꼬집을 데를 정확히 꼬집은 것이었다. 그러나 교수의 제안이라서 함부로 거절하기도 어려웠다. 좀 생각해 볼 여유를 달라는 말로 일단 피해 서기는 했다. 그러나 이번에 개학을 하면 가부를 분명히 해야 했다.

송준혁은 아버지께 그 문제를 말씀드리지 않은 것은 잘한 일이라고 생각했다. 아무리 사소한 일로라도 아버지의 마음을 괴롭게 해드리는 것은 도리가 아니었고, 그건 어디까지나 자신이 해결해야 될 문제였다.

마차를 타려고 공설시장 앞을 지나가던 송준혁은 걸음을 멈추었다.

"거 남자덜도 한 땀썩 뜹시다."

"남자덜언 안 된다고 안 혀."

"여자덜만으로 어느 세월에 천 땀얼 채우겄어."

"글씨 말이시. 근디 처녀로만 허면 더 좋당마."

"그러다가넌 10년도 더 걸리겄네."

여자들이 길가에서 수를 하나에 번갈아가며 수를 놓고 있었고, 허름한 옷에 지게를 진 남자 서넛이 조금 떨어져서 이런 말들을 하고 있었다. 그런데 여자들은 많이도 아니고 꼭 한 땀씩을 뜨고는 시장 안으로 들어가거나 제 갈 길을 갔다.

송준혁은 그것이 천인침(千人針)이라는 것을 금방 알아보았다. 그런데 그가 걸음을 멈춘 것은, 저걸 왜 여기서도 하고 있나 하는 의문 때문이었다. 천 사람이 한 땀씩 떠서 무운을 빈다는 그것은 일본에서는 벌써 몇 년 전부터 대유행을 이루고 있었다. 그럴 수밖에 없는 것이 날이 날마다 전쟁터로 끌려가는 사람들은 많고, 그 사람들이 다 하나씩 몸에 지녀야 했던 것이다.

"저것얼 지닌다고 무신 효험이 있기넌 있을랑가?"

"몰르제, 효험이 있당게 허기넌 히얄 것 아니라고. 지성이면 감천이라는 말이 있는디, 전장터에 자석 내보내는 에미 맘으로 어찌 그냥 보내지겄어."

"허기사 그려. 점도 굿도 다 그저 좋당게 허는 것이제. 그나저나 징용에다가 인자 징병꺼정 끌어가면 이놈으 시상이 어찌 되는 것이여?"

"우리겉이 쓰잘디읎는 늙다리덜만 남고 쓸 만헌 젊은 사람덜이야 다 파리목심 된 팔자제."

"참, 살수록 험헌 꼴만 보네."

"그려, 누가 이 나이에 지게품 팔로 나설지 알았드랑가. 생때겉은 자석덜 다 징용에 뺏기고."

"그려, 전답 뺏길 때만 히도 덜 서러웠든 것이여. 이 꼬라지가 참……."

"하면, 그때야 젊기나 혔고, 땅허고 자석허고럴 댈 수가 있간디."

지게 진 늙은 남자들은 푹푹 한숨을 쉬어댔다.

송준혁은 그때서야 조선땅에서도 징병제가 이미 실시되고 있다는 것을 알았다. 송준혁은 못내 충격을 받았다. 작년 5월에 의결된 조선인의 징병제는 내년인 1944년부터 시행된다는 것을 분명히 기억하고 있었던 것이다.

그런데 전쟁의 확대와 계속되는 전사로 병력이 모자라게 되자 총독부에서는 슬그머니 금년 8월 1일부터 징병제를 실시하기 시작했던 것이다. 송준혁은 그 사실을 뒤늦게 알게 된 것이었다.

누구를 위해 전쟁에서 죽어가야 하는가! 송준혁은 바로 눈앞에 닥친 위기를 느꼈다. 그 위기는 저항감을 불러일으켰다. 어차피 죽을 바에는 독립투쟁을 하다 죽어야 한다! 평소에 스쳐 지나가곤 했던 생각이 비석에 새겨진 글씨처럼 뚜렷하게 의식에 박이고 있었다. 전쟁터에 끌려가 일본을 위해 죽는 것. 그건 할아버지의 뜻이 아니더라도 자기 스스로도 용납할 수 없는 일이었다. 진작 만주땅으로 가야 하지 않았을까! 송준혁은 낭패감으로 심정이 착잡했다.

송준혁은 수틀을 든 여자 옆으로 지나치며 슬쩍 눈길을 돌렸다. 수틀 가운데 있는 세로가 긴 천에는 '武運長久(무운장구)' 네 글자의 외곽선이 먹지의 흔적으로 그려져 있었고, 빨간 수실은 '武' 자를 거의 다 만들어가고 있었다. 수틀을 든 여자의 불안하고 초췌한 얼굴과 붉은 수실글자가 되려면 아직도 먼 세 글자가 송준혁의 마음을 아프게 했다. 다행히도 수틀을 본 여자들은 가던 걸음을 멈추고 꼭 한 땀씩 뜨는 것이었다.

그런데 송준혁은 깜짝 놀랐다. 일본여자 하나가 게다짝을 딱딱거리며 다가섰던 것이다.

"나도 한 땀 뜰까요?"

일본여자가 생글 웃으면서 말했다.

여자는 어색스럽게 웃으면서 수틀을 내밀었다. 그런데 그 여자는 일본말을 알아듣는 것 같지 않았다.

"틀림없이 무운장구할 거예요."

일본여자는 연상 생글거리며 수틀을 돌려주었다. 여자는 초췌한 얼굴에 고마운 빛을 띠며 수틀을 받았다. 두 여자의 옷치장이며 얼굴색은 너무나 대조적이었다. 일본여자는 하늘색 바탕에 방울무늬가 있는 원피스를 입었는데 얼굴은 발그레하게 윤기가 돌고 있었다. 그런데 수틀을 든 여자는 후줄근한 삼베치마저고리를 걸치고 얼굴은 햇볕에 그을려 검고 거칠었다.

송준혁은 그 광경을 어이없이 바라보고 있었다. 총독부에서는 징병을 끌어가고, 일본여자는 생글거리며 천인침을 거들고……. 송준혁은 새로운 분노를 느끼고 있었다. 일본여자가 생글거리지 않고 좀 슬퍼하거나 안됐어 하는 표정만 지었더라도 그렇게 기분이 상하지는 않았을 것 같았다.

천인침의 바탕천은 여러 가지 색깔이었다. 그러나 글자를 수놓는 수실은 반드시 빨간 색실이었다. 빨간색이 모든 액운을 막고 온갖 잡귀를 쫓는다는 거였다. 그래서 천 사람의 정성이 모아진 천인침을 몸에 지니면 사지(死地)에서도 살아날 수 있다고 했다. 그것은 일본식 미신인데 어느덧 조선땅에까지 퍼지고 있었다.

앞으로 천인침을 얼마나 많이 만들게 될 것인가…….

송준혁은 이런 생각을 하며 무거운 발걸음을 다시 옮겨놓기 시작했다.

"금예 아덜 이름 지어주고 떠나그라."

아들과 함께 밥상을 받은 홍씨가 말했다.

"제가요……?"

전동걸은 숟가락을 들다가 놀란 기색으로 어머니를 바라보았다.

"애비가 없응게……."

홍씨의 반응은 잔잔했다.

"아이, 제가 어떻게 작명을 할 줄 아나요."

전동걸은 픽 웃으며 고개를 저었다.

"본래 자석덜 이름이야 아부지나 할아부지가 짓는 법인디, 애비가 징용 끌려가고 없으니 으쩌겄냐. 천상 니가 지어줘야제."

"그렇지만 제가 뭘 알아야지요."

"몰르긴년. 그 학식이먼 되았제."

"참, 어머니는. 제가 무슨 학식이 있다고 그러세요."

"여러 말 말어. 그 학식이먼 넘치고 처진게."

홍씨는 담담한 말에 비해 고집스럽게 밀어댔다.

전동걸은 더 어쩔 수가 없었다. 자신이 무척 높은 학식이라도 갖춘 것처럼 믿고 있는 어머니의 말이 우습기도 하고 부담스럽기도 했다.

전동걸은 이틀 동안 끙끙댔다. 여러 가지 뜻을 가진 이름들을 한 50개쯤 종이에 적어나갔다. 그리고 마음에 안 드는 것부터 하나씩 ×표를 해나갔다.

"어머니, 이름을 지었습니다. 제일이라고요. 제도 제(制) 자에 날 일(日), 일본을 제압하는 큰 인물이 되라는 뜻입니다. 세상도 세상 이고, 아버지가 징용 끌려가고 없는 동안에 태어난 원한을 갚으라 고요."

전동걸의 뜻풀이였다.

"잉, 아조 좋다." 홍씨는 환하게 웃고는, "그려, 새 종이에다 배제 일이라고 깨끔허니 잘 써라. 그러고 나허고 항께 갖다주로 가자." 그녀는 곧 일어날 것처럼 낭자머리를 매만졌다.

"예, 그러지요."

전동걸은 새 종이에다 만년필로 '裵制日'을 정성스럽게 썼다. 한 아이가 평생 지니게 될 이름을 최초로 지었다는 기분과, 아버지가 징용 끌려가고 없는 동안에 그 아이가 외롭게 태어났다는 사실과, 어머니가 마음쓰고 기뻐하는 일이라서 자연히 정성이 들어갔다.

"아이고메, 참 명필이다!"

홍씨는 이름 쓴 종이를 두 손으로 잡고 높이 치켜들며 더없이 흡족해하며 밝게 웃었다. 그녀의 뇌리에는 아들의 이름을 한지에 붓글씨로 써 왔던 공허 스님의 모습이 스쳐가고 있었다.

"에이 참, 누가 들으면 웃어요."

전동걸은 계면쩍어 고개를 돌렸다.

"웃기넌. 에미 눈에 명필이면 명필인 것이제. 가자."

홍씨는 이름 쓴 종이를 조심스럽게 반으로 접어가지고 방을 나섰다.

집을 나서는 홍씨는 그 어느 때 없이 기쁨에 차 있었다. 전동걸은 어머니의 그 기뻐하는 모습 뒤에 감추어진 외로움을 보고 있었다. 홀로인 어머니의 외로움은 하루이틀 된 것이 아니지만 자신이 일본으로 떠나게 되면서 더 깊어진 것은 말할 것도 없었다. 어머니가 그나마 마음을 의지하고 산 것은 금예 모녀일 수밖에 없었다. 어머니가 금예의 아들 이름에 마음쓰는 것은 인정만이 아니었다. 어머니는 외로움을 풀 수 있는 또 하나의 대상을 찾은 것이었다.

"요것이 우리 동걸이가 작명헌 금예 아덜 이름이요."

홍씨는 이름 쓴 종이를 방바닥에 펴놓고 몇 번씩 손다리미질을 해가며 아들한테 들은 대로 이름풀이를 해주었다.

"아이고, 너무 과만허구만요. 동걸이 학상이 너무 큰맘 쓰셨구만이라. 아즘찮이 아즘찮이 또 아즘찮이오."

보름이는 홍씨와 전동걸에게 연신 머리를 조아렸고, 아이를 안은 금예는 눈물이 글썽글썽해져 있었다.

"자아, 오늘보톰 이 이름으로 불르씨요. 어서 귀에 익어야 형게. 어디 외할무니가 질로 먼첨 불러보시오."

홍씨는 이름 적힌 종이를 보름이 앞으로 밀어주며 말했다.

"아부지가 먼첨 불러야 허는 것인디. 요런 소식얼 전허면 얼매나 좋아라 헐지 몰르는디 핀지 한 장 없으니……."

보름이는 이름 적힌 종이를 쓰다듬으며 한숨지었다.

"금메 말이오. 왜놈덜이 핀지도 못 보내게 헐끄나?"

홍씨는 아들에게 물었다.

"예, 아마 그럴 겁니다. 군사기밀 보호니 뭐니 해서 편지를 못 보내게 하기가 쉽지요."

동걸이 고개를 끄덕였다.

"참 몹쓸 인종덜이다. 사람덜얼 그리 무작시리 끌어갔으먼 편지 내왕이라도 허게 히야제."

홍씨가 고개를 저으며 혀를 찼다.

"무소식이 희소식이라고 생각히야지라."

보름이가 체념적으로 말했다. 그건 딸에게 하는 말이기도 했다.

"그려라. 발써 1년이 지냈고, 인자 1년만 더 참으면 된게."

홍씨는 금예에게 눈길을 돌렸다.

"하먼이라. 세월 묶어놓는 장사 없응게라."

보름이도 홍씨 말을 거들며 잠들어 있는 외손자의 머리를 쓰다듬었다.

고개를 떨군 금예는 손등으로 눈물을 훔치고는 했다. 전동걸은 그런 금예를 물끄러미 바라보고 있었다. 결혼 한 달 만에 남편을 보내고 혼자서 애를 낳은 금예가 가엾고 안쓰러웠다. 그러나 마땅한 위로의 말을 찾을 수가 없었다.

"금예야, 맘 강단지게 묵어라. 인자 아그헌티 젖 뽈림서 재롱 보다 보면 날이 훨씬 잘 갈 것잉게."

홍씨는 위로의 말을 남기고 몸을 일으켰다.

"참말로 고맙소."

보름이도 따라 일어서며 다시 전동걸에게 인사를 차렸다.

"별말씀을 다 하십니다."

전동걸은 예를 갖추다가 금예와 눈길이 마주쳤다. 금예는 황급히 눈길을 떨구었다.

전동걸은 이틀 뒤에 부산으로 떠났다. 부산에 도착한 전동걸은 또 사르르 기분이 나빠졌다. 그건 처음 부산을 보았을 때 느꼈던 생소한 거부감이었다. 처음 대한 부산은 너무나 일본냄새가 심했던 것이다. 완전히 일본 같은 부산에서 조선사람인 것이 오히려 어색할 지경이었다. 아직도 조선냄새가 압도적인 전주에서 학교를 다닌 전동걸로서는 나라를 빼앗긴 상실감이 새삼스럽게 너무 컸고 못내 기분이 나빴다. 그 뒤로도 부산을 거칠 때마다 처음 느꼈던 불쾌감은 어김없이 되살아나고는 했다.

전동걸은 이미화와 약속해 둔 장소로 갔다. 시간이 좀 일러서 그런지 이미화는 아직 와 있지 않았다. 전동걸은 창가에 자리를 잡고 담배를 피워물었다. 멀리 보이는 바닷가에 갈매기들이 날고 있었다. 전동걸은 갈매기들의 한가로운 비상에 눈길을 둔 채 그날 밤을 생각하고 있었다. 밤 깊어 일부러 갑판으로 나가자고 했던 것은 손수건에 수놓인 빨간 장미에 화답하기 위해서였다. 밤바다는 어둡고, 흐린 전등 서너 개가 밝혀진 갑판 위에는 사람이 드물었다. 갑판 한쪽 구석에서 투르게네프의 소설 이야기를 꺼내다가 슬그머니 이미화의 손을 잡았다. 그런데 이미화는 화들짝 놀라더니 손을 뿌리쳤다. 순간적으로 꽉 잡았지만 이미 손끝이 빠져나갔다. 손을 뿌리친 기세로 이미화는 마구 달아나기 시작했다. 뒤쫓아갈까 했으나 이미화의 달리는 기세가 너무 거셌다. 손에 남은 순간적인 감촉의 허전함을 느끼며 뒤쫓지 않기로 했다. 그렇게 심하게 놀란 이미화를 붙들어 무엇을 더 어떻게 할 수 없다는 생각이 들었던 것이다. 이미화가 순순하게 자신의 행위를 받아들이리라고 생각하지는 않았다. 그러나 그렇게 놀랄 줄은 몰랐던 것이다. 역시 이미화는 내성적인 여자였고, 전형적인 조선여자였다. 결혼하기 전에는 그 어떤 접촉도 허용하지 않는 조선의 윤리. 이미화가 하얀 손수건에다 장미꽃까지 수놓아 선사한 것은 순수한 마음의 표현이었을 뿐 그것이 어떤 접촉을 허용한다는 신호는 아니었던 것이다. 그런데 접촉을 시도했던 것은 여자와 다른 남자의 마음의 표현방법이었다. 배를 타면서 작정했던 것은 손을 잡고, 끌어안고, 키스까지 하는 것이었다. 그러나 고작 1단계, 그것도 너무 허전하게 끝나버렸던 것이다. 먼저 팔짱을 끼어왔던 지요코와는 정말 너무 대조적이었다. 밤바다를 바라보면서, 저렇게 놀라게 만들었으니 어떻게 얼굴을 대하나 하는 것이 약간 고민스러워졌다. 그러나 이튿날 아침에 이미화와 마주치면서 순간적으로 어리둥절한 혼란에 빠졌다. 생글 웃는 이미화의 얼굴에는 그런 입장 난처해질 일이 언제 있었냐는 듯 전에 없이 생기가 돌았고, 그 눈빛은 다정하기 이를 데 없었다. 아, 그렇구나! 다음 순간 머리가 환해지는 깨달음이 왔다. 여자란 저런 것이로구나! 완벽하리만큼 시침을 떼는 당돌함, 그리고 순간적인 피부접촉이 발휘한 효과……, 그 최초의 경험은 당혹스럽고도 황홀했다. 배를 내려가는 사람들이 빽빽한 계단에서 미친 척하고 이미화의 손을 잡았다. "사람들이 봐요, 사람들이." 이미화는 다급하게 속삭였을 뿐 지난밤처럼 그렇게 거세게 손을 뿌리치지 않았다. 그저 손가락을 꼬물거릴 정도였다. 그 꼬물거림은 오히려 손을 더 꼭 잡도록 자극하고 있었다.

"어머, 여기 계셨군요."

전동걸은 후딱 고개를 돌렸다. 바로 앞에 이미화가 한 떨기 꽃으로 활짝 피어 있었다.

"어서 오시오."

전동걸은 목마름 같은 반가움에 벌떡 일어났다.

"오래 기다리셨어요?"

이미화의 얼굴에 해맑은 웃음꽃이 피어나고 있었다.

"아니오, 어서 앉아요."

전동걸은 자리를 권하며 이상한 착각을 느끼고 있었다. 이미화의 그 친근한 웃음에 방학이라는 시간 간격이 녹아내리며 그전보다 훨씬 더 가까워진 것 같았던 것이다.

"창밖을 보며 뭘 그리 생각하고 계셨어요? 철학도로서 인생이란 무엇이냐를 생각하셨나요?"

이미화가 자리잡고 앉으며 물었다.

"그건 이미 해답이 나와 있어서 나 같은 게 생각해 봐야 더 얻을 게 아무것도 없소. 그래 미화 씨 생각하고 있었소."

"어머, 거짓말……." 이미화는 곱게 눈을 흘기며 얼굴이 붉어지면서, "그런 위대한 인물이 누군가요?" 얼른 말머리를 돌렸다.

"거 있잖소, 석가모니와 예수라는 두 사나이."

전동걸은 담배를 빼들었다.

"그럼 그 뒤에 나온 그 많은 철학자들은 뭔가요?"

이미화는 마치 학생이 질문하는 것처럼 의문이 찬 눈으로 물었다.

"그건 다 풋내기 어린애들로, 밥벌이나 한 거고, 나무로 치자면 잔가지들이고, 강으로 치자면 지류들에 불과하오. 그런데 쓸 만한 사람을 뽑자면 딱 하나가 있긴 있소."

"어머, 그게 누군데요?"

"칼 막스!"

"어머나……!"

이미화는 놀라며 주위를 재빨리 둘러보았다.

"됐소, 그런 얘기 하지 맙시다." 전동걸은 담배를 깊이 빨고는, "그간에 더 예뻐졌소." 그는 상체까지 내밀며 이미화를 빤히 쳐다보았다.

"어머머……."

이미화는 어쩔 줄을 몰라 두 손으로 얼굴을 가렸다.

전동걸은 이따가 배에서 결행할 일을 위해 지금부터 뜸을 들이고 있었다.

관부연락선은 출항하기 직전에 안내방송을 했다.

"승객 여러분들에게 알려드립니다. 승객 여러분들에게 알려드립니다. 승객 여러분들께서는 본선이 출발한 이후 목적지 도착 시까지 일절 갑판 출입을 하지 마시기 바랍니다. 왜냐하면 최근 들어 미국잠수함들의 출몰이 빈번해져 갑판을 완전 소등하기 때문입니다. 또 만약에 잠수함의 공격을 받게 되는 경우 본선에서는 대피를 해야 하기 때문에 요동이 심해져 갑판에 있다가는 바다로 추락할 위험이 큽니다. 승객 여러분들의 양해를 바랍니다."

전동걸은 계획이 수포로 돌아가 너무 실망했다. 그러나 다음 순간 갑판에 불이 전부 꺼지면 계획 실천이 더욱 좋다는 생각이 들었다. 그리고 잠수함 공격을 받을지 모르는 아슬아슬함을 느끼며 키스를 하면 더 한층 멋진 추억이 될 것 같았다.

전동걸은 갑판으로 나가보려고 했다. 그러나 문은 밖으로 잠겨 있었다.

전동걸은 맥이 빠져 돌아섰다. 그는 다시 자리에 앉아서 미국잠수함들의 빈번한 출몰에 대해 생각하기 시작했다. 그건 한마디로 미국전력의 강화를 의미했다. 그리고 잠수함들이 조선과 일본의 근해까지 접근한다는 것은 공격의 적극성을 뜻하는 것이었다. 또한 잠수함들의 활동이 활발해질수록 일본의 모든 배들은 그만큼 피해를 당하게 되고, 또 그만큼 해역을 상실하게 되는 것이었다. 그건 참으로 바람직한 일이 아닐 수 없었다.

배에서 내리며 전동걸은 이미화의 손을 덥석 잡으며 말했다.

"나 어젯밤 분해서 혼났소."

"왜요?"

손가락들의 꼼지락거림이 전보다 한결 덜해진 이미화가 전동걸을 옆눈길로 쳐다보았다.

"그놈의 출입통제 때문에 키쓰를 못했잖소."

"어머머!"

전동걸은 하마터면 소리를 지를 뻔했다. 이미화는 그의 손을 꼬집어 비틀어대고 있었던 것이다.

"아아, 첫 키쓰의 맛이 이렇게 달고 고소한 것이로구나."

"어머, 나 몰라……."

이미화는 꼬집던 것을 멈추고 말았다. 그러면서 전동걸이란 사나이에게 걷잡을 수 없이 휩쓸리는 것을 느끼고 있었다.

전동걸은 이미화의 힘 빠진 손을 다시 감싸잡으며 키스는 한 것이나 마찬가지라고 생각하고 있었다.

9월 중순경에 사혁회의 회합이 있었다. 그런데 한 명의 모습이 보이지 않았다.

"아리요시 동지는 방학 동안에 군대에 끌려가고 말았습니다. 우리 계획이 실패한 것입니다. 이제 아리요시 동지가 무사하기만을 빌 수밖에 없습니다."

회장 최우한이 침통하게 말했다.

회원들도 모두 침울해졌다. 자신들이 중국으로 탈출하게 되는 경우 아리요시 동지는 적일 수밖에 없었던 것이다.

"여러분들도 다 아시겠지만 징병은 더욱더 극심해지고 있습니다. 공장의 노동자들이 절반을 훨씬 넘게 여자들로 바뀐 형편이고, 농촌에서도 여자들이 대거 농사에 동원되고 있습니다. 이는 단순히 전쟁터가 확대되었기 때문이 아닙니다. 전쟁이 치열해서 계속 전사자들이 속출하고 있다는 증거입니다. 이렇게 날로 악화되어 가고 있는 상황은 이미 우리가 예측했던 대로입니다. 그에 대한 대비책으로 우리가 결의한 바를 실천할 수 있는 중국 쪽의 부대들을 알아보았습니다. 중국의 만주에는 현재 투쟁하는 부대가 하나도 없습니다. 그런데 관내에는 두 가지 부대가 있습니다. 하나는 국민당군 내의 8로군으로 변해 있는 중국공산당의 홍군이고, 다른 하나는 8로군 영역 내에 있는 조선의용군입니다. 조선의용군은 8로군과 긴밀한 협동체제를 이루는 동시에 독자적인 부대조직을 갖추고 있습니다. 그 부대원들의 절대다수가 조선사람들이며, 그들 모두가 공산주의자들인 것은 더 말할 것이 없습니다. 두 부대 중 어느 쪽을 택할 것인지 토의를 통해 결정했으면 합니다."

최우한의 보고였다.

회원들은 한동안 말이 없었다. 방 안에 가득한 무거운 침묵이 그들의 심중을 나타내고 있었다.

"그건 굳이 토의할 필요도 없는 문제 아닌가 합니다. 당연히 조선의용군으로 가야 되지 않겠습니까?"

어느 회원의 의견이었다.

"그렇습니다."

"당연히 그래야지요."

다른 회원들의 찬성이었다.

"예, 그럼 토의를 생략하고 가결토록 하겠습니다. 역순으로 묻겠습니다. 조선의용군 선택에 반대하시는 분 거수해 주십시오."

손을 드는 사람이 아무도 없었다.

"예, 만장일치로 조선의용군 선택이 결정됐습니다. 그럼 이제 구체적으로 그 시기와 탈출방법에 대해 논의했으면 합니다. 제가 생각하기로는 그 시기는 우리 조선학생들도 징집하는 조처가 취해지는 시점부터 신속하게 대처하는 것이 어떨까 합니다. 그리고 탈출하는 방법은 개별적으로 행동하는 것이 좋지 않을까 합니다. 왜냐하면 조선의용군을 찾아가자면 여러 가지 난관이 많고, 둘 이상 행동하게 되면 의심받기 십상이기 때문입니다."

회장의 의견 제시였다.

"예, 일리 있는 말씀입니다. 그러나 탈출방법에 대해 이의가 있습니다. 여긴 저를 포함해서 여자가 둘이 있습니다. 그런데 머나먼 길을 여자 혼자서 간다는 것은 여자이기 때문에 어쩔 수 없이 갖게 되는 위험이 있습니다. 그렇다고 여자 둘이서 같이 행동한다고 해서 그 위험이 완전히 해소되는 것도 아닙니다. 다만 위험이 다소 감소될 수 있을 뿐입니다. 그런데 그 위험을 거의 완전하게 해소시킬 수 있는 방안이 있습니다. 그게 뭐냐 하면 남자회원 한 사람과 동행하는 것입니다. 그렇게 되면 연인이나 부부로 위장되어 남자회원의 안전까지 도모할 수 있습니다. 이 일석이조의 방안에 대해서 적극 검토, 결정이 내려지기를 정식으로 요청합니다."

지요코가 내놓은 의견이었다.

"예, 찬동합니다."

다른 일본여자회원의 즉각적인 반응이었다.

"예, 그건 미처 생각하지 못했던 좋은 의견입니다. 그런데 그게 좀 난처한 문제가 있지 않나 싶습니다. 두 배 이상 많은 남자회원들 중에 누가 동행자가 되느냐 하는 겁니다. 그런 문제를 다수결 원칙으로 할 수도 없고……, 그렇다고 제비를 뽑을 수도 없고……."

회장이 회원들을 둘러보았다.

"결투로써 결정해야지요 뭐."

어느 회원의 말에 모두 낮은 소리로 웃었다.

"예, 회장님이 좋은 말씀 해주셨습니다. 그 선택권은 여자회원들에게 위임해 주기 바랍니다. 왜냐하면 동지적 신뢰감과 남성적 신뢰감은 다르기 때문입니다."

지요코의 분명하고도 단호한 말이었다.

"명언이오. 사실 내 마음 나도 모르니까."

어느 회원의 말에 또 웃음소리가 낮게 흘렀다.

"이번에 뽑히는 두 남자는 성인군자 아니면 고자라는 증거다."

다른 회원의 말에 또 웃음소리가 이어졌다.

"예, 좋습니다. 농담 속에서 다 동의가 이루어졌습니다. 그럼 두 여성 동지께서는 선택권을 행사하시지요."

회장이 웃으면서 두 여자회원을 바라보았다.

"회장님도 너무하십니다. 뽑히지 못한 남성동지들의 자존심도 고려하셔야죠. 차후에 개인적으로 통보하겠습니다."

지요코는 농담조 섞어 재치 있게 받아넘겼고

"네, 그게 좋겠습니다."

다른 여자회원도 동조했다.

"예, 선택권을 인정한 이상 그 방법에 대해선 당사자들의 자유에 맡길 수밖에 없습니다. 예, 됐습니다."

회장이 그 문제를 매듭지었다.

회합이 끝나고 전동걸과 지요코는 다른 장소에서 만났다.

"어때요? 저하고 동행하게 된 기분이?"

지요코가 자리에 앉자마자 쌔액 웃으면서 물었다.

"악랄하긴. 선택권만 있는 줄 아시오? 거부권도 있소."

전동걸이 어이없다는 듯 웃었다.

"호, 괜히 착각 마세요. 거부권은 결정된 바 없으니까요."

지요코가 생글생글 웃었다.

"내가 새삼스럽게 놀랐소. 어찌 그리 머리가 잘 돌아가는지."

전동걸이 머리를 설레설레 저었다.

"그 정도 가지고 뭘 그래요. 동걸 씨는 더 잘 돌아가면서."

지요코가 입을 삐쭉했다.

"그 문제가 나오면서 나는 계속 가슴이 두근두근했소."

전동걸이 뚱하니 말했고

"그랬을 줄 알아요. 제가 동걸 씨 이름을 거론해 동지들한테 입장 난처해질까 봐 얼마나 속이 탔겠어요."

지요코는 장난스럽게 쿡쿡거리며 웃었다.

1943년 10월 20일 일본 육군성은 조선인 학생의 징병유예를 폐지했다. 그건 곧 학병제 실시였다. 육군성은 잇따라 제1회 학병징병검사를 시작했다.

어느 날 전동걸은 지요코한테서 쪽지 한 장을 받았다.

탈출 개시!

쪽지에 적힌 글씨였다.

"사흘 안에 출발이오. 준비완료하시오. 연락은 내가 하겠소."

쪽지를 입에 넣고 씹으며 전동걸이 말했다.

"알겠어요. 뭐 시킬 일은 없나요?"

"내가 다 알아서 하겠소."

"네, 그만 가보겠어요."

지요코와 헤어진 전동걸은 준비할 것을 생각해 보았다. 준비할 것이란 별달리 없었다. 학교는 안 나가면 그만이었고, 굳이 하자면 시모노세키까지 기차표나 미리 끊어두면 좋을 것 같았다. 그런데 한 가지 큰 문제가 있었다. 그건 이미화였다. 알리고 떠날 것인가, 그냥 가버릴 것인가? 막상 떠날 날이 박두하자 막연하게 생각했을 때와는 달리 그 문제는 심각한 무게로 가슴을 눌렀다. 이미화가 그렇게 비중이 있었던가? 그는 새삼스럽게 자신의 감정을 더듬고 저울질했다.

전동걸은 일단 하숙으로 돌아왔다. 하숙방에 들어서니 생각에 넣지 않았던 것들이 있었다. 책들이며 책상 이부자리……, 전동걸은 잠시 생각했다. 그것들을 다 팔아치우기로 결정했다. 책들을 집으로 부칠까 생각했지만 일이 번거롭고, 저것들을 언제 또 보게 되랴 싶었다. 헌책방에 팔아치워서 한푼이라도 더 비용에 보태는 것이 효율적이었다.

전동걸은 그것들을 다 아래로 끌어내렸다.

"아니, 웬일이에요? 하숙 옮겨요?"

주인여자가 눈이 휘둥그레졌다.

"학병 나가게 됐습니다."

전동걸의 대꾸는 퉁명스러웠다.

"아, 그렇군요. 성전에 나가게 됐으면 어쩔 수 없지요. 축하해요."

주인여자가 서운한 기색이면서도 성전 출병을 축하해야 한다는 듯 웃었다.

"예, 감사합니다. 제가 나머지 짐 내리는 동안 짐꾼 좀 불러주시겠어요?"

전동걸은 어느 때 없이 당당하게 말했다.

"예, 그러지요. 왜 전쟁이 끝날 줄을 모르고 자꾸 심해지기만 하는지……."

중얼거리듯 하는 주인여자의 말에는 하숙생들을 잃어야 하는 불만이 담겨 있었다.

헌책방과 고물상에다가 그것들을 다 팔아치우고 나니 전동걸은 더 할 일이 없었다. 이미화를 언제 만나야 할지 잠시 망설였다. 내일 만날까 했지만 사흘이란 시간은 너무 촉박했다. 오늘로 벌써 하루는 갔고, 내일이 지나면 모레는 떠나야 했다. 하루의 여유도 없이 만나면 이미화의 놀라움이 더 커질 것 같았다. 다른 할 일도 없는데 오늘 만나기로 했다.

전동걸은 이미화에게 전화를 걸었다.

"이따가 만나 저녁을 먹읍시다. 서양말로 파티라는 걸 하게."

"파티요? 무슨 좋은 일 있으세요?"

"나쁜 일이오. 우리의 이별파티요."

"아니, 이별파티라니요?"

"자세한 얘기 만나서 합시다."

"동걸 씨도 학병 나가시나요?"

"그 정도로 알아두고 만나서 얘기합시다."

"네에……, 어서 만나요."

이미화가 전화 속에서 울먹이고 있었다.

"언제 나가세요?"

이미화는 자리에 앉자마자 물었다.

"모레요."

"어머, 나 몰라……."

이미화는 두 손으로 얼굴을 가렸다.

"여기선 차나 한잔 마시고, 어디 술 마실 수 있는 조용한 데로 갑시다. 좀 할 얘기가 있소."

전동걸은 이미화의 감정을 어루만지듯 말했다.

"……."

난 몰라, 난 몰라. 저 울림 좋은 목소리를 못 듣게 되다니, 어떡하면 좋아.

이미화는 터지려는 울음을 애써 참아내며 목젖이 아프도록 눈물을 삼키고 있었다.

전동걸은 조용한 술집을 찾아갔다. 조선과 마찬가지로 일본에서도 금년부터 술은 배급제로 통제되고 있었다. 곡식을 아끼기 위해서 취해진 조처였다. 그러다 보니 술값은 엄청나게 치솟았다. 서민들은 술 한잔 쉽게 입에 댈 수 없는 고달픈 삶을 살아가고 있었다.

"미화 씨, 지금부터 감정을 가라앉히고 우리 파티를 시작합시다. 이별은 이별이되 우리가 서로 싫어서 결별하는 것이 아니고 재회가 약속된 일시적인 이별이니까 우리의 사랑을 확인하며 즐겁게 파티를 합시다."

전동걸은 이미화의 잔에 술을 따르며 처음으로 '사랑'이라는 말을 썼다.

"……"

싫어, 싫어, 보내지 않을 거야.

이미화는 잔에 술이 차오르는 것을 보면서 부르짖고 있었다.

"자아, 영화에서 하는 것처럼 많이는 말고 조금만 마셔봐요."

전동걸이 술잔을 들었다.

"……"

싫어요, 취하도록 마실 거예요. 망할 놈의 세상을 갈기갈기 찢어버리고 싶어요. 이런 세상 살고 싶지가 않아요.

이미화는 서슴없이 술잔을 들었다.

"자아, 우리의 이별과 재회를 위해서!"

전동걸이 술잔을 내밀었다. 이미화가 술잔을 부딪쳤다.

전동걸은 정종잔을 단숨에 비웠다. 술잔을 놓던 전동걸은 깜짝 놀랐다.

"아니, 술 어디 갔소?"

이미화의 술잔이 비어 있었고, 이미화는 얼굴을 찡그린 채 진저리를 치고 있었다.

"아니, 그렇게 마셔도 되겠소?"

"저도 몰라요. 죽고 싶어요."

이미화가 울먹거렸다.

"미화 씨, 진정하고 지금부터 내가 하는 얘기 똑똑히 들으시오. 자아, 무슨 말인고 하니, 학병으로 전쟁터에 나가는 건 일본을 위해 싸우는 거요. 그러다가 재수가 없으면 죽소. 그런데 그 반대로 일본을 상대로 조국을 위해 싸우는 방법도 있소. 물론 그때도 목숨을 잃을 수 있소. 조선남아로서 이 두 가지 중에 어떤 것을 택해야 되겠소?"

"절 소학교 1학년으로 아시나요?"

이미화가 눈을 똑바로 뜨며 전동걸을 쏘아보았다.

"됐소. 내가 그동안 비밀로 해왔던 얘기를 하려고 물은 거니까 오해는 마시오. 내가 간략하게 얘기할 테니까 잘 들으시오. 난 그동안……."

전동걸은 사혁회에 대해서 간추려 이야기하기 시작했다.

"……그래서 모레 출발하기로 된 거요."

"…….'"

이미화의 눈에서 눈물이 주르륵 흘러내렸다.

전동걸은 눈길을 피하며 술잔을 비웠다.

"그런데 안전하게 도착한다는 보장이 없잖아요."

이미화가 손수건으로 눈물을 닦았다.

"학병에 끌려나가도 생사가 보장되지 않소."

이미화는 아랫입술을 물며 고개를 끄덕였다. 그 얼굴이 괴로움에 차서 일그러지고 있었다.

"정말 이런 세상에서 더 살고 싶지가 않아요."

이미화는 목이 메어 말하며 술잔을 들었다. 전동걸은 자신이 이미화의 가슴에 어느 만큼의 크기와 무게로 자리잡고 있는지 비로소 확인하고 있었다. 그건 무한한 기쁨인 동시에 아픔이었다.

"술 많이 마시지 말아요."

"아니에요, 어디 도망갈 데도 없고 어쩌란 말이에요."

이미화는 자꾸 울먹이며 술을 마셨다.

통금이 임박해 술집을 나섰을 때는 이미화는 몸을 가누기 어렵게 취해 있었다. 전동걸은 이미화의 팔짱을 끼어도 안 되어 껴안고 걸었다.

"저도 데려가요. 혼자 가지 말아요."

"우리 그냥 현해탄에 빠져 죽어요."

"동걸 씨, 정말 죽고 싶어요."

이러다가 이미화는 전동걸의 목을 와락 끌어안았다. 그리고 키스를 하기 시작했다.

"저를⋯⋯, 저를 다 드리고 싶어요. 다 드리고 싶어요."

알몸인 이미화는 전동걸의 알몸을 끌어안은 채 울었다.

"사랑해, 미화를 사랑해. 나 꼭 살아서 돌아올 거야."

전동걸은 오래 기억하려는 듯 이미화의 알몸을 샅샅이 매만지고 쓰다듬었다.

"내일 몇 시에 떠나시나요?"

"기차표 사고 나서 이따가 연락할게."

전동걸의 말이 자연스럽게 낮추어져 있었다.

그들은 다시 함께 밤을 보내고 다음날 역으로 바로 나갔다.

"기다려, 나는 꼭 살아서 돌아와."

전동걸이 이미화의 손을 꼭 잡았다.

"네, 10년이든 20년이든 기다릴 거예요."

눈물 번지는 눈으로 전동걸을 쳐다보며 이미화도 손을 꼭 마주 잡았다.

전동걸이 개찰구를 나가자 이미화의 눈에서 눈물이 줄지어 흘러내렸다.

지요코는 먼저 와 플랫폼에서 기다리고 있었다. 전동걸은 지요코 앞을 지나치며 눈짓했다. 그들은 만약을 몰라서 자리를 따로따로 잡았다.

방학도 아닌데 관부연락선에는 조선학생들이 많았다. 형사들은 다른 때와는 달리 학생들의 검문을 심하게 하지 않았다. 그자들은 학생들이 학병징병검사를 받으러 간다는 것을 이미 알고 있었던 것이다.

42

학병의 파장

11월에 들어서 총독부에서는 대학·전문학교·고등학교에까지 징집영장을 일제히 발급했다. 그리고 중추원에서는 '학병 불지원자는 휴학시켜 징용키로 결정'했다. 그러니까 학도지원병이란 '지원'은 허울 좋은 장식일 뿐이었다. 이에 발맞추어 이광수와 최남선은 학병지원 권유연설을 하기 위해 일본 동경으로 건너갔다. 결국 제1차로 학병적격자 1천 명 중에 959명이 지원을 완료하는 상황이 벌어지는 가운데 관부연락선 곤륜환이 미국잠수함에 격침되어 544명이 사망하는 사건이 발생했다. 그리고 12월로 접어들면서 징병 적령을 1년 낮추는 긴급사태가 야기되고 있었다.

대나무숲이 겨울바람에 쏠리는 소리가 밤의 정적 속에서 스산하게 물결짓고 있었다. 그 소리에 실리듯 어디선가 다듬이질하는 방망이소리가 도드락도드락 멀게 들리고 있었다. 문풍지 떠는 겨울밤은 깊어가고, 방 안의 등잔불빛은 가물거렸다.

"유언비어 유포죄로 잡혀 들어가는 사람들이 자꾸 늘어나고 있는데 요새 전시개황이 어떤지 모르겠소."

담배에 불을 붙인 정도규가 말을 꺼냈다.

"예, 지난번 관부연락선 격침이 사태를 단적으로 말해 주고 있습니다. 미국의 반격이 본격화된 상태에서 일본은 제공권을 위협당하기 시작했고, 거기다가 해상권마저 연락선이 격침당할 정도로 위협이 가중되고 있습니다."

이현상의 차분하면서도 힘이 실린 대답이었다.

"그럼 유언비어라는 게 사실이란 말입니까? B29라는 폭격기가 일본 상공에 나타나고, 남지나해에서 수송선들이 폭격당해 침몰하고 있다는 것이."

유승현이 가부좌를 더 단단히 틀며 물었다.

"예, 그건 전혀 유언비어가 아닙니다. 그건 막연히 하는 소리가 아니라 분명한 근거가 있습니다. 아시는지 모르겠는데, 두 달 전 11월에 미국의 소리 단파수신 사건으로 10여 명이 실형을 받은 일이 있지 않습니까? 그런 사람들에 의해서 일본이 은폐하고 있는 사실들이 밝혀지고 있는 것입니다."

이현상의 확신에 찬 대답이었다.

"그럴 거요. 왜놈들이 제놈들한테 불리한 일들을 얼마나 철저하게 은폐하겠소. 헌데 신문이고 방송에서는 날이 날마다 승전보만 울려대고, 지식인들은 그것을 액면 그대로 다 믿고 앞다투어 친일

대열에 나서며 광분하고 있으니 한심할 노릇 아니오."

정도규가 세차게 혀를 찼다.

"예, 그게 이기적이고 약아빠진 지식인들의 박쥐 근성 아닙니까. 태평양전쟁 발발 이후로 새파랗게 젊은 놈들까지 서로 열성적으로 친일을 하려고 경쟁을 하고 있습니다. 특히 문필가라는 것들의 작태를 보십시오. 잡지마다 매달 아첨과 아부의 글을 경쟁적으로 써 대느라고 정신들이 없습니다. 딱할 노릇이지요."

이현상이 쓰게 웃으며 담배를 빼들었다.

"저도 책방에서 더러 목차를 훑어보기는 하는데, 그런 사람들의 심중을 도무지 이해할 수가 없습니다. 글이란 자기 수명보다 몇십 배 긴 것인데 무슨 생각들로 그런 글들을 쓸까요? 전혀 압력을 받을 것 같지 않은 신출내기 문인들까지 열렬하게 천황만세, 성전만세를 외쳐대고 있으니 말입니다."

유승현이 느리게 고개를 저었다.

"예, 그거야말로 일본이 아세아의 맹주가 되었다는 것을 확신하고 나서는 자발적 친일입니다. 다 아시겠지만 만주사변 이후부터 유행했던, 일본이 조선을 200년 지배한다는 말이 근년에 다시 부쩍 유행하고 있지 않습니까. 그게 다 그런 맹신 때문입니다. 200년 세월이면 자기들이 30년을 더 산다고 치고 얼마나 까마득한 세월입니까. 그 계산을 해보고 안 되겠다 친일 하는 게 상수다 하고 나서는 겁니다. 그자들이 근자에 당당하게 떠들어대는 소리가 뭔지 아십니까? 친일 하지 못하는 것은 무능력자다. 참 대단한 능력들 가진 거지요. 허허허……."

이현상의 건조한 헛웃음이었다.

"그럴 거요. 자기네들끼리는 또 경쟁이 치열할 테니까. 그 말이 명언 중에 명언이오."

정도규도 헛웃음을 흘렸다.

"그런데 저어, 긴급히 상의드릴 말씀이 한 가지 있습니다."

시국담은 그것으로 끝내고 밀행을 한 본론을 꺼내려는 듯 이현상이 자세를 가다듬었다.

"예, 말씀 들읍시다."

정도규와 유승현도 자세를 바로잡았다.

"예, 다름이 아니오라 최근에 실시되고 있는 학병지원 문제 말입니다. 그걸 그대로 좌시, 방관할 수 없는 것 아니겠습니까?"

"그래, 무슨 좋은 생각이 있소?"

정도규는 이현상이 무슨 방안까지 생각하고 있을 것임을 믿고 이렇게 물었다.

"예, 최대한 힘 닿는 데까지 구해내야 하지 않을까 합니다. 그래서 동지들과 논의한 결과 지리산으로 학생들을 구출해 내자는 잠정적인 결론을 얻었습니다. 선배님께서는 어떻게 생각하시는지요?"

"지리산……?"

정도규는 눈을 내리감았다.

한동안 방 안에 침묵이 흘렀다. 대나무숲 쏠리는 소리와 문풍지 떠는 소리가 한결 가깝게 밀려들고 있었다.

"지리산이 깊고 큰 산이긴 하오만 두어 가지 문제점이 있지 않을까 싶소. 첫째가 왜놈들이 그 사실을 알았을 때 방임할 리가 없고, 둘째 언제까지 산중에서 도피생활을 할 것이냐 하는 문제요."

정도규의 말이 무겁고 어두웠다.

"예, 그런 점들에 대해서 충분히 토의하기는 했습니다. 처음에는 덕유산과 지리산이 거론됐는데 산의 규모로나 위치로나 덕유산이 지리산을 당할 수 없어 지리산을 택한 것입니다. 지리산은 삼도오군(三道五郡)에 걸쳐 있어서 여러 지역의 학생들을 모아들이기에 용이합니다. 그리고 다 아시다시피 그 웅자가 어마어마하여 봉우리들과 골짜기들이 겹에 겹을 이루면서 수도 없이 뻗어나가 산이면서 산맥을 이루고 있는 것이 지리산입니다. 전라도 쪽 노고단과 경상도 쪽 장터목 아래서 40년 넘게 약초를 캐며 살아온 두 영감님을 만나보았습니다. 두 분 다 하는 말이 평생을 골골이 다닌다고 다녔지만 지금까지도 지리산을 다 알 수가 없다는 것이었습니다. 그리고 지금도 이 골짜기, 저 골짜기에는 동학군들과 의병 잔류자들이 마을을 이루며 무사히 살고 있습니다. 학생들을 몇 명이나 피신시킬 수 있을지 모르겠습니다만, 몇십 명은 말할 것 없고 몇백 명이 되더라도 지리산에서는 표도 나지 않습니다. 왜놈들이 그들을 잡아내려면 일이천 명 군대 동원해 가지고는 어림도 없습니다. 젊은 학생들이 신속하고 기민하게 그 많은 골짜기로 피해다니는데 무슨 수로 당하겠습니까. 한 일이만 명 동원해서 산을 둘러싸면 모르겠습니다. 그러나 왜놈들은 현재 큰 전쟁을 치르느라고 몇

백 명의 병력도 따로 지리산에 투입할 여력이 없습니다. 얼마나 사정이 급하면 순사들까지 전쟁터로 끌어가겠습니까. 그리고 두 번째 문제입니다. 제가 전망하기로는 일본은 결코 오래가지 못합니다. 길어야 5년이고 짧으면 이삼 년 내에 패망하게 되어 있습니다. 미국과 영국이 본격적으로 반격을 개시한 이상 일본은 오래갈 도리가 없습니다. 물자가 부족해서 유기그릇들을 강탈해 가기 시작한 것이 벌써 언젭니까. 그것으로 폭탄과 총알을 만들어 물자 풍부한 미국과 영국을 상대로 언제까지 버틸 수 있겠습니까. 아니, 왜놈들이 10년을 버틴다고 해도 좋습니다. 우리 젊은이들도 산중에서 10년을 맞서 버텨내야 합니다. 그게 왜놈들에게 끌려가 억울하게 개죽음을 하는 것보다는 훨씬 낫습니다. 그리고 고학력 젊은이들이 군대에 끌려나가는 것은 이중 삼중의 피해를 자초하는 것입니다. 왜놈들을 위해 싸우는 것이 그렇고, 우군인 연합군에게 피해를 입히는 것이 그렇고, 해방을 하루라도 늦추게 하는 것이 그렇고, 죽게 되면 그 배움이 민족적 손실이기 때문에 그렇습니다. 그런데 산중에서 젊은이들을 그저 무위도식시키는 게 아닙니다. 자급자족할 수 있도록 최선을 다하고, 군사조직화하여 인근 지역의 왜놈들을 상대로 투쟁을 시도하고, 사회주의 사상학습을 철저히 시행하여 해방의 날에 대비시키는 것입니다. 대충 이런 토의였는데 어떻게 생각하십니까?"

빈틈이라고는 없이 논리정연하게 말을 마친 이현상은 정도규와 유승현을 번갈아 보았다.

"참 유익한 토의를 한 것 같소. 그런 주도면밀한 토의를 거쳤다면 그 건에 대해서 더 말할 것 없이 찬성이오."

정도규는 흔쾌하게 찬성했고, 유승현도 폭넓게 고개를 끄덕였다.

"예, 고맙습니다. 그런데 어떻게 해야 하루라도 빨리 학생들을 피신시킬 수 있을지 그게 문젭니다."

이현상은 다음 단계로 이야기를 끌어갔다.

"그건 별로 어려운 문제는 아닌 것 같소. 우리 같은 사람들이 극비리에 지난날 조직을 되살려 학생들을 접촉하면 되잖겠소. 근동의 대학생들이야 파악하기가 쉬운 일이니까."

정도규의 빠른 대응이었다.

"예, 그렇게 해주시면 일이 빨리 진행되겠습니다. 수고스럽지만 부탁드리겠습니다."

이현상은 머리를 숙여 보였다.

"수고라니 무슨 말이오. 이 동지가 하는 수고에 비하면 우린 너무 면목이 없는 사람들이오."

정도규가 손을 내저었다.

그때 밖에서 인기척이 들렸다. 이현상이 재빨리 가부좌를 풀며 뛰쳐일어날 기세를 보였다.

"아닙니다. 밤참을 준비시켰습니다."

유승현이 안심하라는 손짓을 하며 일어났다.

유승현이 받아가지고 들어온 상에는 삶은 닭 두 마리와 술병이 놓여 있었다.

"이 동지께서 이쪽 큰놈으로 한 마리 다 잡수십시오. 저희는 하는 일도 없고 이제 나이만 들어서 이것도 다 먹을 수 있을지 모르겠습니다."

유승현이 이현상 가까이 상을 놓으며 말했다.

"원 별말씀을 다 하십니다."

이현상이 쑥스럽게 웃었고

"이 동지, 또 가실 길이 먼데 어서 드십시다. 자아, 잔 받으시오."

정도규가 다가앉으며 술병을 들었다.

"요새 웬 술이 다 있습니까. 저는 술을 안 하는 게 좋겠습니다."

이현상이 잔을 가리며 사양했다.

"예, 요새 술이 아니고 이삼 년 전에 담아둔 매실줍니다. 약이 되니 한 잔만 하십시오. 고기맛도 더 나고요."

유승현이 권했다.

"아닙니다. 술을 입에 대면 저는 꼭 한 잔이 열 잔 되어버립니다. 쉬어갈 처지가 못 되니 아예 입에 안 대겠습니다."

이현상은 닭다리 한쪽을 찢어들었다.

"됐소, 그리하시오. 우리끼리 한잔 나눕시다."

정도규는 변함없이 철저한 지하활동가의 모습을 느끼며 유승현의 잔에 술을 따랐다.

어느 날 신세호의 사립 앞에서 목탁소리가 울렸다.

"이 추운디 동냥 나오신 시님이 다 기시네. 시상살이가 에로와진 게 시주허는 사람도 없는갑다. 아가, 얼렁 쌀 내다 디려라."

새로 손질한 옷에 인두질을 하며 신세호의 아내 김씨는 며느리에게 일렀다.

신세호의 며느리는 사발에다 쌀을 수북하게 담아 나무쟁반에 받쳐가지고 사립으로 나갔다.

"나무관세음보살, 소승 운봉이라 하옵니다. 신 선생님 기시온지요?"

운봉이 머리를 조아렸다.

"야아, 쬐깨 기둘리시게라우."

신세호의 며느리는 약간 놀란 기색으로 서둘러 돌아섰다.

"아부님, 아부님, 운봉 시님이 아부님얼 찾아오셨는디요."

신세호의 며느리는 사랑방 앞에서 조심조심 말했다.

"응? 운봉 시님이!"

곧 방문이 열리고 신세호가 나섰다.

"쌀 여그 두고 얼렁 가서 모시그라."

신세호는 며느리에게 이르며 마루를 내려서고 있었다.

운봉과 신세호는 마당 가운데서 마주쳤다.

"그간에 평온허시온지요."

운봉이 먼저 합장을 했다.

"예, 염려지덕으로. 이 엄동에 어인 걸음이시오? 어여 드십시다."

신세호가 반갑게 인사했다.

"긴히 의논디릴 일이 있어서……."

운봉이 자리를 잡으며 운을 떼었다.

"예, 무신 일이 있는가요?"

신세호는 불을 헤친 화로를 운봉 옆으로 밀어놓았다.

"저어, 큰외손자 일인디요……."

"……?"

신세호는 문득 운봉을 쳐다보았다.

"시방 어디 있는가요?"

"징집날짜 기둘림서 그저 집이서 그러고 있지요."

신세호의 얼굴이 어두워지며 말끝에 한숨이 이어졌다.

"학병에 안 끌려갈 방도가 있구만요."

운봉은 한시라도 빨리 신세호의 상심을 없애려고 이렇게 말했다.

"아니, 머시라고요!"

신세호의 허리가 곧추서며 눈에 불이 켜졌다.

"아조 존 방도가 생겼구만이라. 그것이 그렇게……."

운봉은 유승현에게 들은 이야기를 차근차근 하기 시작했다.

신세호는 이야기를 유심히 들으며 고개를 끄덕거리고 있었다.

"……그래서 지리산으로 피허는 것인디 어찌 생각허시능게라?"

운봉은 이야기를 끝내며 화로에 손을 쪼였다.

"그것이 좋기넌 헌다……."

신세호는 고개를 숙이며 무슨 생각엔가 잠겼다.

운봉은 부젓가락으로 재 위에 무심히 낙서를 하고 있었다. 재 위에 씌어지고 지워지고 다시 씌어지는 글씨는 공허라는 한문이었다.

"보내기넌 보내야 허겠는디, 그러고 나면 집안이 성치럴 못헐 것이니……."

신세호가 한참 만에 중얼거린 말이었다. 그는 큰딸이 경찰서에 끌려가 모진 고초를 당할 것이 두려웠다. 그 고초를 모면할 방도가 없을까 생각해 보았지만 딸의 얼굴만 눈앞에 가득할 뿐 아무런 생각도 떠오르지 않았다.

운봉은 그때서야 부모한테 우환이 닥치리라는 것을 생각했다. 경찰에서 부모를 끌어다가 호되게 다룰 것은 틀림없었던 것이다. 그 너무 당연한 일을 미리 염두에 두지 않은 것이 면목 없기도 했다. 피신을 권유하려면 그에 대한 대비책도 마련했어야 했던 것이다. 그건 난관이 아닐 수 없었다. 그런데 그 난관을 피할 수 있는 묘안을 찾기는 어려울 것 같았다.

"소승이 그분헌티 무신 묘책이 없는가 알아보겠구만요. 선생님도 그간에 생각혀 보시고라."

운봉은 그저 신세호를 위로하려고 한 말이 아니었다. 유승현에게 물어보면 무슨 묘책이 생길 것 같기도 했던 것이다.

"참 진퇴양난이오. 중지럴 모아보면 묘방이 없지도 않을 것이니 시님이 그리혀 주시먼 고맙겠구만요." 신세호는 곰방대로 쌈지를 끌어당기며 말하고는, "정 방도가 없으면 에미가 당허는 것이 도리겠지요." 그는 결심하듯 무겁게 말했다.

사흘 뒤 깊은 밤 그림자 둘이 송중원의 집을 나섰다. 그 그림자들은 어둠을 헤치며 빠르게 마을을 벗어났다. 그리고 어둠이 장막을 친 그 어딘가로 자취를 감추었다.

다음날 오후에 하엽이는 경찰서로 달려갔다. 손에는 종이 접힌 것이 들려 있었다.

"우리 아덜얼 잠 찾어줏씨요. 어지께 집얼 나가서 밤에 안 들어오고, 오늘도 하로 내내 기둘려도 안 들어와서 요상허다 싶어 방으로 들어가 봉게 책상 우에 이 핀지가 있었구만이라. 야가 어디로 죽으로 간 모냥인디, 지발 무신 일 저질르기 전에 찾어주시게라."

하엽이는 편지를 내보이며 울면서 애원했다.

모친전상서

망설이고 또 망설이다 이 글을 씁니다. 어머님께 먼저 불효를 사죄드립니다.

소자는 이제 더 이상 이런 세상에서 살아갈 힘도 용기도 없습니다. 아무 희망이 없는 세상에서 사느니 차라리…….

부모님보다 앞서가는 것이 불효 중에 제일 큰 불효인 줄 잘 알고 있사오나 소자는 더 어찌할 수가 없습니다. 불효자를 용서해 주시고 부디…….

불효자 준혁 배상

"이거 유서 아닌가!"

"야아, 일 저질르기 전에 얼렁 잠 찾어주시게라우."

하엽이는 눈물을 흘리며 순사에게 매달렸다.

"그래, 아주 죽기로 작정을 했구만."

"언제 집을 나갔다고요?"

"어지께요."

"그럼 벌써 열 번도 더 일 저질렀을 것 아닌가."

"당연하지. 죽기로 작정하고 집 나간 놈을 무슨 수로 찾어."

"젊은 놈들이 왜 이리 자살하는 걸 좋아해?"

"이놈은 이거 학병 나가는 것이 무서워 죽을 작정을 했구만."

"누가 아니래나. 거 귀찮네 참."

"가시요, 가. 우리도 딴 일로 죽을 지경이오."

"아이고메, 이러시먼 으쩐당게라. 요런 일에 경찰서 안 믿고 누구럴 믿으라고 이러시요."

하엽이는 발을 구르며 더 매달렸다.

"자식 단속을 집에서 잘해야지 이제 와서 어쩌라는 거요. 가시요, 가서 집안식구들하고 찾아봐요. 우리도 그보다 더 골치 아픈 일이 태산이니까."

순사들이 하엽이를 몰아냈다.

"시상에, 시상에 요런 야박헌 인심이 어디에 또 있다요."

하엽이는 몸부림치고 통곡하며 경찰서에서 떠밀려 나왔다.

"야 김명철, 너 술 사는 거 아깝냐?"

술에 취한 박용화가 갑자기 소리질렀다.

"야 임마, 그게 무슨 소리야."

이마가 툭 불거진 김명철이 웃으면서 대꾸했다. 그런데 그 웃음이 어딘가 자연스럽지 않았다.

"야, 거짓말 말어. 내가 눈치도 없는 줄 아냐? 아까 보니까 기분이 싹 안 좋던 걸 뭘 그래."

왼쪽 팔을 받치고 비스듬하게 앉은 박용화는 사뭇 시비조였다.

"야, 술맛 떨어지게 그따위 소리 말어. 내가 그랬으면 개자식이다."

김명철은 박용화의 심정을 생각해 무슨 말을 하든 받아주기로 했다.

"너 그거 정말이냐?"

"당연하지. 친구지간에 이까짓 술 사면서 아까워하면 그게 어디 사람이냐."

"그래, 그래, 고맙다. 우린 친구지간이야, 친구지간." 박용화는 악수를 하자고 손을 내밀고는, "그래, 우린 광주사범의 동창이야. 호남 천재들의 요람 광주사범의 동창이라구." 김명철의 손을 잡고 마구 흔들어댔다.

"야, 누가 듣는다. 그놈의 천재라는 소리 좀 빼라."

김명철이 상을 찌푸리며 웃었다. 그는 박용화보다 덜 취해 있었다.

"아니, 천재를 천재라고 하는데 감히 어떤 놈들이 뭐라고 해. 어떤 놈들이고 까불면 나오라고 해. 다 박살을 내고 말 테니까."

박용화는 금방 태도가 바뀌며 술상을 내리쳤다.

"야, 야, 누가 뭐라는 사람 없으니 술이나 마시자."

김명철이 술잔을 들었다.

박용화는 술을 질질 흘려가며 잔을 비웠다.

"어떤 놈들이고 말야 이 박용화 앞에서 까불면 다 죽일 거야. 암, 다 죽이고말고. 야 김명철, 너 알지? 내가 학생 때 그 백돼지 때려 눕힌 거!"

박용화는 곧 누구든지 때려눕힐 것처럼 제 눈앞에다 주먹을 부르쥐어 보였다. 힘이 잔뜩 들어간 그 눈과 얼굴에 분노가 이글거리고 있었다.

"하하하하…… 그래, 그 싸움 한번 볼만했지. 넌 그 덕에 우등생을 대표하는 주먹의 왕자가 되고 말야."

김명철이 고개를 젖히며 웃어댔다.

"그래, 난 그때처럼 아무나 실컷 두들겨패고 싶다. 무엇이든 닥치는 대로 부수고 깨고 싶다. 아니야, 이 세상 전부를 두들겨 부수고 박살내 버리고 싶다. 아니, 아니, 그게 아니야. 유달산 위에서 떨어져 죽고 싶어. 저 많은 무인도 어디로 가서 바다에 빠져 죽고 싶어. 그런데 그것도 뜻대로 안 돼. 난 너무 왜소하고 한심해. 거대한 무장권력집단 앞에서 개인은 너무 무력하고 비참해. 내가 이렇게 개미새끼처럼 작고 초라해 보인 것은 이번이 처음이야. 이건 죽을 수도, 살 수도 없는 참 더러운 처지야……."

박용화는 술이 전혀 취하지 않은 것처럼 심각하게 말하고 있었다.

김명철은 그런 박용화를 물끄러미 바라보며 담배만 피우고 있었다. 영화의 장면들이 바뀌듯이 감정변화가 심한 박용화의 심정을 충분히 이해할 수 있었다. 박용화는 학병 입영날짜를 기다리고 있는 입장이었다. 그런데 그의 입장은 다른 대학생들과 달랐다. 만약

대학에 가지 않았더라면 학병에 끌려가지 않아도 되는 것이었다. 국민학교 선생들은 군대복무에서 제외되어 있었던 것이다. 그래서 박용화의 심정은 더 복잡한 것이 틀림없었다. 그러나 김명철은 그런 박용화를 꼭 호의로만 이해할 수는 없었다. 국민학교 선생 정도는 우습게 알고 더 출세해서 잘살아 보겠다고 뛰다가 제 꾀에 넘어가 덫에 걸린 놈. 이런 아니꼽고 가소로운 생각도 마음 한구석에 도사리고 있었다.

"야, 너 우정에는 변함이 없다고 했지?"

박용화가 또 갑자기 소리쳤다.

"그래, 넌 변했냐?"

"나야 변하고 싶어도 변할 수가 있냐. 지푸라기라도 잡아야 할 신세에. 너 변하지 않은 우정으로 나한테 한 가지 약속해라."

"그래, 말해 봐."

"약속 꼭 지키는 거지?"

"말을 해봐야 알지."

"너 임마, 약게 놀지 마. 네 마누라 빌려달라고 하지 않을 테니 약속부터 해!"

"저놈 저거 순 억지네. 그래, 약속하지."

김명철은 싫은 기색을 또 어색스런 웃음 속에 감추었다.

"나 이제 죽으러 갈 날이 열흘도 안 남았다. 그때까지 매일 술을 좀 사라."

박용화는 술기 가득한 눈으로 김명철을 쏘아보았다.

"알았어, 그렇게 하지."

김명철은 내키지 않았지만 대답하지 않을 수가 없었다. 박용화는 언제 폭발할지 모르는 불발탄이었고, 술자리의 약속이란 술 깨고 나면 잊을 수도 있고 어길 수도 있는 것이기도 했다.

"역시 내 친구는 너밖에 없다. 그런데 어떻게 목포에 우리 동창은 너밖에 없냐. 몇 놈 더 있으면 좋을 텐데 말야."

박용화는 무엇을 생각하는지 천장을 올려다보며 슬픈 기색을 드러내더니 술을 단숨에 들이켰다.

"몇 사람 만나보고 싶으면 이 근방 가까이서 근무하는 애들을 불러모을 수도 있지. 참, 너하고 함께 자취했던 유기준이 있지? 걔가 여기 영산포에서 근무한다."

"뭐, 유기준이가? 그놈이 진돈가 어디 섬으로 밀려갔었잖아."

박용화가 놀라며 정신을 차리려는 듯 머리를 흔들었다.

"그래, 섬에서 고생했으니까 순환전근된 거지."

"그놈 그거 사회주의잔데 용케 견디네."

박용화의 입에서 불쑥 나온 말이었다.

"뭐, 뭐라구?"

김명철이 깜짝 놀라며 문 쪽을 살폈다.

"아니야, 아니야……."

박용화는 제 실수를 깨달은 듯 두 손으로 얼굴을 훔치며 얼버무렸다.

"너 그게 무슨 소리지? 아무리 취중이라고 그런 말을 함부로 해서야 되겠어?"

김명철은 불쾌한 표정으로 따지듯이 말했다.

"이봐, 함부로 입 놀리는 게 아냐. 다 그런 근거가 있으니까 하는 말이지."

박용화가 눈을 치떴다.

"근거? 너 정말 사람 잡을 소리만 가려가면서 하는구나. 근거는 무슨 근거냐?"

김명철의 얼굴은 더 불쾌하게 찌푸려졌다.

"흥, 아무것도 모르면서 너 그렇게 기분 나빠할 것 없어. 내가 자취하면서 발견한 건데, 그놈이 사회주의 학습 프린트물들을 책 싼 껍데기 속 같은 데다 감춰두고 있었지. 너 기억하는지 모르겠는데, 그놈 성적이 자꾸 떨어졌었지? 왜 그런지 아냐? 그게 다 그 프린트물들이 원인이었지. 이래도 근거가 없는 말이냐?"

박용화는 전혀 술에 취한 것 같지 않게 오래된 일을 며칠 전의 일처럼 말하며 느물느물 웃고 있었다.

"유기준이가? 그것 참……."

김명철은 유기준이가 그랬다는 것도 그렇고, 박용화의 그 똑똑한 기억력에도 가슴이 서늘해지고 있었다.

"나도 그놈이 너무 음흉한 데 무척 놀랐었지. 끝까지 모른 척하고 좋게 헤어졌지만 말야."

"그게 뭐 대단한 게 아니라 그 나이 때 흔히 갖는 호기심 같은 것이었겠지."

"허! 그런 소리 말어. 호기심이 그렇게 성적까지 뚝뚝 떨어지는 호기심도 있냐? 우리 사범학교 성적이라는 게 어디 보통 인문학교 성적하고 똑같으냐? 우리 성적은 바로 직장이 걸려 있고, 직장은 바로 목숨 아니었난 말야. 내가 모른 척하고 넘어갔으니까 그렇지 그 뒤를 캤더라면 아마 주렁주렁 볼만했을 것이다."

박용화는 묘하게 웃으며 술을 들이켰다.

"그래, 그랬을지도 모르지. 어쨌거나 그것은 고사상태 아닌가. 괜히 술맛 떨어지니까 그 얘긴 그만하자."

김명철은 '사회주의'라는 말조차 입에 담는 것이 두렵다는 듯 '그것'이라고 했다.

"아닐걸. 그자들이 얼마나 무서운데그래. 유기준이 그놈을 한번 만나 노골적으로 물어봐야겠군. 흐흐흐흐……."

박용화는 어깨를 들썩이며 웃어댔다.

김명철은 가슴이 섬찟해졌다. 유기준의 이야기를 꺼낸 것이 너무 후회스러웠다.

"그나저나 자네 일로 모친께서 상심이 크시겠네."

김명철은 박용화의 머리에서 유기준을 몰아내려고 느닷없이 그의 어머니를 들이댔다.

"어? 우리 어머니?"

박용화는 깜짝 놀라더니 얼굴이 싹 굳어졌다. 그리고 술잔을 단숨에 비웠다. 그런데 술잔을 놓는가 싶더니 손수 술을 따라 또 들이켜버렸다.

김명철은 그런 박용화를 곁눈질하며 자신의 방법에 적이 만족을 느끼고 있었다.

"우리 어머니, 참 불쌍하신 분이지. 불쌍하고말고. 평생 부두에서 생선 배따기로, 온갖 행상으로 형과 나를 가르치려고 고생고생하셨지. 그런데 난 판검사가 되겠다고 공부를 시작하면서 몇 푼씩 보내드리던 용돈을 끊어버렸어. 대학 갈 학비를 모아야 했으니까. 그래도 어머니는 털끝만큼도 서운해하지 않으시고 내가 대학에 들어가기만 바라셨지. 아니, 오히려 학비를 못 대주는 걸 가슴 아파하셨지. 우리 형은 자기가 원하는 직장으로 옮기지 못하는 좌절감에 빠져 마음에 안 드는 하급직장에 다니며 술타령이나 해대고, 형수라는 여자는 독해서 시어머니한테 용돈 한푼 안 드리고 구박만 했지. 어디 내가 판검사가 되고 나서 보자 하고 벼르고 별렀는데 이 꼴이 되고 말았어. 내가 잘못 생각했던 거지. 그대로 선생질을 해먹었더라면 어머니 괄시당하지 않게 살게 하고, 나도 사지로 끌려가지 않아도 되는데, 이 미친놈이 헛지랄 다 한 거야. 난 불효새끼야, 세상에 둘도 없는 불효새끼야. 우리 어머니 불쌍하고 또 불쌍하지. 이것저것 생각하면 나 미치겠어, 환장을 하겠어. 어머니, 불쌍한 우리 어머니……."

박용화는 꺼이꺼이 울기 시작했다.

"아니, 넘 장사 망칠라고 환장혔소. 술취했으면 고이 삭힐 것이제. 싸게 나갔씨요, 싸게."

주인여자가 방문을 열어젖히며 소리쳤다.

"무슨 잔소리가 많아. 술이나 가져와!"

박용화가 술상을 내리치며 외쳤다. 그는 이제 몸을 가누지 못하고 있었다.

"야, 정신 차려. 그만 일어나자."

김명철은 주인에게 가라고 손짓하며 박용화를 붙들었다.

"그만 일어나긴, 더 마셔야지."

박용화는 김명철을 뿌리쳤다.

"오늘은 너무 취했어, 빨리 일어나."

"아니야, 난 안 취했어. 너 돈 아까워서 그러냐?"

"어허, 무슨 딴소리야."

"난 죽으러 가는 판에 넌 돈이 아깝다 그거지. 야 임마, 너도 사람이냐."

"좋아, 여기서 나가서 딴 집에 가서 새 기분으로 마시자구."

"그래, 그래야지. 역시 내 기분 알아주는 놈은 너뿐이야."

박용화는 비틀거리며 김명철에게 끌려 술집을 나왔다.

1월의 밤바람은 매웠다. 그 바람에 갯내음이 실려 있었다.

"두마앙강 푸른 무울에 노짓는……."

"야, 야, 그 노래 부르면 잡혀간다."

김명철이 박용화를 흔들었다.

"머라고? 왜, 왜 잡혀가?"

박용화의 혀가 꼬부라지고 있었다.

"금지곡이니까 잡혀가지."

"뭐야? 왜 그게 금지곡이야?"

"조선인의 민족감정을 자극하고 불온사상을 촉발시킨다는 거야."

"허! 언제 금지시켰는데?"

"작년 말이니까 서너 달 됐어."

"씨부랄 것, 개좆같아 못살겠다. 노래도 맘대로 못 부르게 하고 말야."

"그래, 잡혀가고 싶으면 맘대로 떠들어라. 잡혀 들어가나 끌려가나 피장파장이다."

"어 씨발놈, 저는 안 끌려간다고 아주 속편하게 말하네."

"모르겠다, 세상이 어찌 돌아가는지."

그들은 비틀거리고 서로 의지해 가며 한참을 걸었다.

"야 명철아, 우리 저기 들어가자."

"뭐야? 저긴 유곽 아니냐."

"그래, 유곽. 저기 가서 몸풀면 기분 최고지. 가자, 어서."

"야 임마, 정신 차려. 내가 누군지 아냐?"

"네놈이 누구냐. 도끼대가리 김명철이지."

"임마, 난 명색이 선생님이야. 저런 데 들어갔다가 어떤 학부형이 보기라도 해봐. 내 신세가 어떻게 되는지 알아?"

"야 임마, 잘난 척하지 말고 따라와."

박용화가 김명철을 잡아끌었다.

"글쎄 안 된다니까!"

김명철이 팔을 힘껏 뿌리쳤다. 박용화가 팔을 놓치며 비틀거렸다.

"너 혼자나 가서 몸풀어. 난 간다."

김명철은 뛰기 시작했다.

"야 임마, 돈이나 주고 가야지. 나 빈털터린 것 몰라?"

박용화는 비틀거리면서 소리질렀다. 그러나 김명철은 아무 대꾸 없이 어둠 속으로 사라지고 있었다.

"흥, 잘도 도망가는구나. 그래, 귀찮다 그거지? 그래, 귀찮겠지. 내가 아무 쓸모가 없는 놈이니까. 아, 더럽다, 정말 더럽다. 내가 왜 이 꼴이 됐지? 그때 참고 견뎠어야 되는 건데 잘못 생각한 거야. 그때 참았으면 지금쯤은 그 곡성 산골을 벗어나 목포나 여수 같은 데로 전근이 됐을지 모르는데. 유기준 같은 놈도 섬에서 빠져나오는 판인데. 다 그년 에이코 때문이야. 그년만 아니었어도 그렇게 성적이 떨어지지 않았을 것이고, 그럼 곡성 같은 산골에 처박히지 않았을 것이고, 도회지에서 근무를 했다면 딴마음을 먹었을 리가 없었다. 에이코 그년이 원수야. 아니, 구니와케 그놈도 아주 재수 없는 놈이야. 그놈이 주둥이를 재수 없게 놀리더니 꼭 그대로 됐어. 그놈의 새끼를 그냥 죽일 수도 없고……, 아아, 정말 미치고 환장하겠다."

박용화는 비틀거리고 걸으며 혼잣말을 하고 있었다.

'하! 법관이 되시려고? 꿈이 더 커져서 좋소. 꿈이야 크게 가질수록 좋다고 했는데, 그렇지만 후회할 날이 올지도 모르니 조심하시오. 세상에 꿈대로 다 되는 일은 없으니까.'

일본으로 떠나기 전에 송별회에서 구니와케가 또 술에 취해 한 말이었다.

"빌어먹을 자식, 그때 아가리를 찢어놨어야 하는 건데."

박용화는 침을 내뱉고는 이를 뿌드득 갈았다. 그는 들어가기 싫은 집을 향해 비틀비틀 걸었다.

"흥, 또 술이구만이라?"

판자대문을 따주며 박용화의 형수가 것질렀다.

"마셨소. 뭐가 잘못됐소?"

박용화도 시비조로 맞섰다.

"성제간에 아조 잘덜 허요."

"뭐가 그리 말이 많소. 언제 술 마시라고 돈 한푼 줘봤소."

"하이고, 바랠 것이 따로 있제. 나가 죽자도 양잿물 사묵을 돈이 없는 판이오."

"아이고, 아이고, 밤 짚은디 어찌 또 이러냐. 용화야, 니가 참어라."

뒤늦게 뛰어나온 반월댁은 작은아들의 등을 밀었다.

"엄니, 그 천인침인가 지랄인가 만들지 마세요. 그게 다 왜놈의 새끼들 미신이니까요. 한 방이면 사람이 즉사하는 총알 앞에 그따위 놈의 붉은 글씨가 무슨 소용이 있어요."

박용화는 방바닥으로 허물어져 내리며 혀 꼬부라지는 소리로 외치듯 하고 있었다.

"그려, 그려. 알았응게 어여 잠이나 자."

반월댁은 울 듯한 얼굴로 작은아들의 윗도리를 벗겼다. 반월댁은 이제 늙을 대로 늙어 있었다.

박용화는 곧 잠이 들었다. 반월댁은 이불로 작은아들을 덮어주며 또 눈물이 글썽글썽해지고 있었다. 선생 노릇을 그만두고 일본으로 대학공부를 떠난다고 했을 때 말리지 못한 것이 그렇게 후회스러울 수가 없었다. 선생이나 면서기 그리고 금융조합 같은 데 다니는 사람들은 징용이고 징병이고 다 면제라니 기가 찰 노릇이었다. 그 똑똑하고 영리한 작은아들이 어찌 이 일은 내다보지 못했는지 가슴을 쥐어뜯을 만큼 안타깝기만 했다.

박용화는 아침 늦게 잠에서 깨어났다. 술기운이 아직 남아 있어서 머리는 욱신거리며 아팠고 속은 느글거리고 메슥거렸다.

박용화는 밖으로 나와 찬물을 마시고 둘러보았지만 어머니는 보이지 않았다.

"엄니 어디 가셨소?"

"어디 갔겄소. 장헌 작은아덜 위허니라고 천인침인가 먼가 뜨로 나갔제."

그의 형수가 톡 쏘며 돌아섰다.

박용화는 고개를 젖히며 한숨을 토해냈다. 어머니는 또 역으로 어디로 사람들 많은 데를 찾아다닐 거였다. 목포 시가지에는 수틀 들고 종종걸음 치는 여자들이 부쩍 늘어나 있었다. 박용화는 어머니가 하는 그 일을 막을 수도, 안 막을 수도 없었다. 또 하루가 가고, 입영날짜는 한 발짝 더 앞으로 다가왔다. 박용화는 고개를 떨구며 또 한숨을 토해냈다.

43

종군위안부들의 행로

"아이고, 이 얼굴덜 잠 보소. 둘 다 이쁜 얼굴인디 굶고 살아서 푸석푸석 붓고 마른버짐 피고 요것이 머시여. 지대로 배불리 묵고 살면 매화꽃이 부럽겄어, 목단꽃이 부럽겄어. 시상에 부러울 것 없는 이쁘고 이쁜 꽃으로 필 나인디."

여자가 입맛 다셔가며 입심 좋게 말했고, 복실이와 순임이는 창피스러워 고개를 수그리며 얼굴을 가렸다.

"날이 날마동 죽도 지대로 못 묵고 소낭구껍뎅이 빗게묵고, 풀뿌랑구 캐로 댕기고 험서 집에만 붙어 있으면 무신 수가 생기드랑가? 다 배곯아 황달이나 들고, 그러다가 큰 병 생기면 이 죤 나이에 한시상 보지도 못허고 저승질이제. 시방 소리소문 없이 굶어죽는 사람덜 많은 것 알제? 고것이 강 건너 산 너머 넘덜 일인지 알제? 아니여, 아니여, 바로 자네덜 집안일이여."

여자의 말에는 한층 신명이 오르고 있었다. 복실이도 순임이도 얼굴을 들지 못했다. 여자 앞에 풀뿌리죽을 내놓고 앉은 것 같은 창피스러움이 덮씌워져 있었던 것이다. 여자의 말은 그른 데가 하나도 없었다. 쌀이야 더 말할 것도 없고 밀기울이 떨어진 지도 오래였고, 시래기마저 떨어져 죽을 끓일 것이 없었다. 그렇다고 소나무 껍질이나마 마음대로 벗겨먹을 수 있는 것도 아니었다. 나무를 죽이고 산을 망친다고 관에서 금하고 있었다. 밤중에 몰래 소나무껍질을 벗기다가 잡혀가 매타작을 당하는 사람도 더러 있었다. 칡뿌리는 진작 동이 났고, 풀뿌리를 캐려고 산을 헤매야 했다. 쑥이며 나물 같은 것이 나오려면 아직도 한 달은 더 있어야 했다. 굶주리는 나날 속에서 하루 넘기기가 십년살이인데 한 달이면 까마득한 세월이었다. 그때까지 굶으며 기다리자면 죽어도 세 번은 죽을 수 있는 긴긴 날이었다.

"그러니 자네덜 좋고, 집안식구덜 살리고 허는 질언 나 말얼 듣는 일인 것이여. 이 선도금 20원이면 당장 자네 식구덜이 시 끄니 밥 척척 묵고 살 것 아니여." 여자는 지전 두 장을 펴서 복실이와 순임이 눈앞에다 빠르게 흔들어 보이고는, "워디 고것만이간디? 자네덜 벌이가 얼맨지나 알어? 한 달에 30원이여, 30원. 그것도 다 믹에주고, 입혀주고, 재와줌서 30원이란 말이여. 그렇게 한 달 30원이 곰시라니 모아지는 것인디, 고것이 1년이면 얼매여? 360원 아니여? 글고 2년이면 720원이여. 처녀덜 사는 재미로 분도 발라보고, 연지 곤지도 찍어보고 험서 20원얼 쓴다고 히도 700원이 남어. 700원,

700원이먼 얼매나 큰돈인지 알제? 자네덜언 딱 2년 만에 떼부자가 되는 것이여. 초년 고상언 사서도 허드라고 2년만 돈벌이도 허고 일본 귀경도 허고 오면 집안 부자 되고, 자네덜언 딱 시집가기 준 나이 아니여? 어찐가, 가겄제?" 여자는 차지게 입맛을 다시며 복실이와 순임이 앞으로 바짝 다가앉았다.

복실이와 순임이는 여자에게 눈길을 보냈다가 서로를 쳐다보았다. 그들의 눈은 서로에게 묻고 있었다. 그런데 그들의 눈자위는 상기되어 있었고, 눈은 흔들리고 있었다.

"저어……, 참말로 30원썩 주는게라?"

복실이가 물었다.

"하먼, 요 20원언 당장 주고, 한 달에 한 분 30원썩 준당게."

여자는 또 지전을 흔들어 보였다.

"무신 일얼 허는디 그리 많이 줘라?"

이번에는 순임이가 물었다.

"이, 공장서 일허제, 공장. 남자덜이 다 군대에 나갔응게 여자덜이 일허는 것이고, 자네덜맨치로 젊고 기운 좋아 일 잘헝게 30원썩 주는 것이로구만."

여자는 연상 살살거리는 웃음을 지으며 술술 대답했다.

"니 으쩔래?"

복실이가 물었다.

"니넌 으쩔래?"

순임이가 되물었다.

"하이고, 묻고 자시고 헐 것 머 있간디? 맘 딱 정허는 것이제. 요것 보드라고, 나가 어디 거짓말허능가."

여자는 옆에 놓인 보퉁이를 끌어다가 풀었다.

"음마, 요것이 머시여?"

"아이고메, 옷허고 구두 아니여?"

그들의 눈은 휘둥그레졌다.

보퉁이에서 나온 것은 네모지게 접힌 옷 두 벌과 뾰족구두 두 켤레였다.

"자네덜이 간다고 맘얼 정허기만 허면 요것얼 딱 입고 신고 가는 것이네."

여자는 옷을 양쪽 손에 하나씩 들고 흔들었다. 그 옷은 분홍과 갈색의 원피스였다.

복실이와 순임이가 또 서로를 쳐다보았다. 그들의 눈은 한층 더 동요하고 있었다. 신식 멋쟁이들이나 입을 수 있고 신을 수 있는 저 서양옷과 뾰족구두. 검정고무신 한 켤레 얻어신을 수 없는 처지에 그 옷과 구두는 너무 욕심나고 가슴 설레는 것이 아닐 수 없었다.

"우리 가자!"

순임이가 먼저 말했다.

"근디, 엄니헌티 말히야제."

복실이의 자신 없는 대꾸였다.

"잉, 되았어. 자네덜만 맘 딱 정허면 그 담언 나가 다 알어서 헐 것잉게 아무 걱정덜 말어."

여자가 원피스를 다시 접으며 자신만만하게 말했다.

"어찌헐라는디요?"

복실이가 걱정스럽게 물었다.

"자네덜이 나가 허디끼 엄니덜헌티 다 말헐 재주 있는감? 나가 엄니덜 만내서 말허면 제까닥잉게 아무 걱정얼 말고 낼 아칙에 떠날 채비나 혀두드라고."

여자는 신바람 나게 옷과 구두를 다시 쌌다.

그 여자는 월전댁을 붙들고 이야기를 엮어대기에 바빴다.

"자아, 그렁게 요 돈 딱 받고 복실이맨치로 맘 정허씨요."

여자는 월전댁의 메마른 손에 지전 두 장을 쥐여주었다.

"아니구만이라, 아그덜 아부지가 내래다봄서 생야단얼 칠 것인디요."

심한 굶주림으로 양쪽 볼이 푹 꺼지고 눈이 퀭한 월전댁이 고개를 저으며 돈을 되밀었다.

"아이고, 그 무신 실답잖고 새 날아가는 소리다요. 상감도 죽어불면 그만인디 머시가 내래다보고 올래다보고 그래야. 허고, 내래다본다고 칩시다. 편케 돈 잘 벌어 팔자 고칠 자리 두고 저 에린 손지새끼덜 배 탈탈 곯려 부황 들게 맨글기럴 바래겄소, 아니면 돈 벌어 배불르게 믹여 잘 키우기럴 바래겄소?"

"……."

월전댁은 자신도 모르게 두 손자에게로 눈길이 갔다. 그런데 월전댁은 가슴이 뜨끔해졌다. 둘째손자를 안고 있는 며느리와 눈길이 마주쳤던 것이다.

월전댁은 얼른 눈길을 돌렸다. 며느리의 눈이 애원을 하는 것도 같고, 원망을 하는 것도 같았다. 20원이면 손자들을 배불리 먹이며 이 어려운 고비를 너끈히 넘길 수 있는 액수였다.

"알겄소, 나가 복실이 말도 들어볼라요."

월전댁은 며느리의 눈길에 밀리듯 이렇게 말했다.

"아이고 참, 뜸 오래 딜인다고 밥이 더 맛있어지요? 아깝게 누룽밥만 뚜껍어지제. 아까 이 옷도 구두도 다 귀경허고 순임이란 처녀허고 가기로 맘 딱 정했단 말이오. 일본 가는 배 타자면 낼 아칙에 꼭 떠야 허는디, 어찌 세월아 네월아 허고 앉었을라고 그러요. 글고 말이오, 복실이헌티 들어보나마난게 다 된 일 돈 얼렁 받아갖고 저 불쌍헌 손지새끼덜 한 끄니라도 더 빠르게 배 채와줘야제 무신 초친 맛이라고 낼꺼정 굶길라고 그러요. 고것이 할메가 헐 일이요? 얼렁 돈 받어다 쌀 폴아오게 허씨요."

그 여자는 능란하게 월전댁의 아픈 데를 찔러대며 돈을 다시 손 사이에다 밀어넣었다.

"……."

월전댁은 돈을 다시 되돌려주지 못하고 고개를 떨구었다.

"나 갈라요. 낼 아칙에 일찍허니 오겄소."

그 여자는 도망치듯 방을 나갔다.

"어무니……."

며느리가 울먹였다.

"암말 마라. 새끼덜 살래야제."

월전댁은 울음을 삼키며 일어났다.

두 손자는 오랜만에 보는 보리밥을 한 그릇씩 먹어치우고는 곧 잠이 들었다. 복실이는 그런 조카들을 보며 연신 방글거렸다. 월전 댁은 목이 메어 밥을 제대로 넘기지 못하고 있었다.

"복실아, 니 잘헐 수 있었냐?"

월전댁은 딸하고 나란히 누워서야 입을 열었다.

"하면, 아무 걱정 말어."

복실이의 목소리는 어머니의 근심스럽고 무거운 목소리에 비해 아주 밝고 명랑했다.

"타국서 고상이 많을 것인디……."

월전댁이 딸의 손을 더듬어 잡았다.

"아니여, 농새일도 허고 살었는디 머."

복실이도 어머니의 손을 꼭 마주 잡았다.

"다달이 30원썩이나 준다면 그맨치 많이 부려묵을 거이다……."

"돈만 많이 줌사 고런 것이야 암것도 아니제."

"시집가야 헐 나인디……."

"아니여, 엄니. 나 인자 열일곱잉게 2년 갔다 와도 열아홉밖에 안 돼야. 요새 혼인 일찍 허는 것언 숭거리고, 나라서도 금허덜 안혀?"

"그려, 그러기넌 헌다……."

"나가 돈 많이 벌어갖고 와서 논도 사고, 집도 사고, 엄니 비단옷 혀디리고, 금반지에 금비녀도 혀디리고 호강시킬라네."

"아이고, 나 호강시킬라 말고 니 시집이나 잘 가야제."

"글고, 엄니 나 없다고 심심해허딜 말어. 오빠 징용 간 지 벌써 1년 되았응게 인자 1년만 더 참으면 오덜 안혀."

"아이고, 애긴지 알었등마 우리 딸이 다 컸네 웨."

월전댁은 눈물이 쏟아지려고 해 딸을 와락 끌어안았다.

"엄니……."

복실이가 어머니의 품에서 가느다랗게 어머니를 불렀다.

"이……?"

"나 엄니 젖 맨지고 잘라네."

"이잉, 승허게."

월전댁은 말과 달리 가슴을 헤집고 드는 딸의 손을 막지 않았다. 오히려 막내둥이에 대한 정이 샘솟고 있었다.

남편이 재작년에 시름시름 앓기 시작해 과수원에서 일하는 아들네를 찾아올 수밖에 없었다. 그런데 남편은 죽고 아들은 곧 징용에 끌려가게 되었다. 그때부터 생활이 어려워졌다. 과수원에서 품을 팔았지만 그날그날 풀칠하기가 바빴고, 가을에 과일을 다 따고 나면 품팔이일이 없어져 죽 끓이기도 어려운 겨울을 나야 했다. 딸을 일본까지 보내고 싶지 않았지만 어찌할 도리가 없었다. 제가 먼저 가기로 작정을 했고, 같이 가는 동무도 있고 하니 보낼 수밖에 없었다. 그놈의 토지조사사업으로 논을 빼앗긴 뒤로 남편은 평생을 소작살이로 고생고생하다가 결국 땅도 못 찾고 한만 품은 채 저승으로 떠나갔다. 참 기막히게 살아온 세월이었는데 아들은 또 징용으로 끌려가고, 막내딸도 처녀 몸으로 타국 돈벌이를 떠나지 않을 수 없는 처지였다.

월전댁은 지나온 날들을 생각하며 하염없이 눈물을 흘리고 있었다.

월전댁은 움쌀을 안쳐 딸에게만 쌀밥을 퍼주었다.

"이잉, 나도 쌀밥······."

"에잉, 고모만 쌀밥 묵고······."

두 손자가 칭얼거리며 몸을 내둘렀다.

"아이고, 요 속창아리없는 새끼덜아······."

월전댁은 주먹을 쥐어 보이며 눈을 부라렸다.

"엄니넌 참, 그렇게 무신 베실허로 간다고 나만 쌀밥얼 주고 그렁가."

복실이는 쌀밥을 듬뿍듬뿍 떠서 조카들의 보리밥 위에 보탰다.

"아서, 아서, 고것 너무 많다. 배 타고 먼 질 가는디 쌀밥이라도 한 그럭 묵고 기운 채래야제."

월전댁은 손자들의 보리밥 위에 올려진 쌀밥을 절반씩 갈라서 다시 딸의 밥그릇으로 옮겼다. 그리고 자기 밥그릇에서 보리밥을 듬뿍 떠서 딸의 밥그릇에 보탰다.

"짜아아, 복실이 다 채비혔어?"

그 여자가 들이닥쳤다.

"시방 밥 묵소."

월전댁이 지게문을 열며 말했다.

"이, 많이 믹이씨요. 나 순임이 딜고 올 것잉게."

여자는 활개치며 마당을 가로질러 갔다.

마음이 설렁거려 복실이는 밥맛이 없었다. 그러나 어머니를 생각해서 밥을 억지로 다 먹었다.

"복실이 밥 다 묵었지야? 나오니라, 가자."

복실이는 작은 보퉁이를 들고 나왔다.

"고 보퉁이 머시냐?"

여자가 얼굴을 찌푸리며 물었다.

"옷이오, 속옷."

월전댁이 재빨리 대답했다.

"아이고, 옷 다 준다고 안 혔소. 어이, 두고 가."

여자가 앙칼스럽게 말했고, 복실이는 보퉁이를 슬그머니 마루에 놓았다.

"복실이 엄니, 멀리 따라나올 것 없이 작별언 여그서 헛씨요. 집 밖에 나와 울고불고허면 넘덜 보기도 안 좋고, 우리 갈 질도 바쁜 게라."

여자의 말은 차갑고 매웠다.

그 서슬에 월전댁은 주눅들며 순임이의 어머니가 여기까지 따라오지 못한 이유를 깨달았다.

"엄니, 그리혀."

복실이가 눈물 글썽해서 말했다.

"그려, 그려. 몸 성허고, 타관살잉게 몸 더 정히 간수히야 혀."

월전댁은 목이 메며 딸의 등을 어루만졌다.

"야아, 엄니도 무병허니……."

복실이는 어머니를 한 번 더 쳐다보고 사립을 나섰다.

"그려, 그려……."

월전댁이 한 손으로 입을 막으며 어서 가라고 손을 저었다.

복실이는 어머니의 그 늙고 허약한 모습을 눈물에 싸서 보고는 고개를 돌렸다.

복실이와 순임이는 버스를 타고 전주로 갔다. 여자는 그들을 간판도 없는 어느 여인숙으로 데려갔다. 그곳에서 여자를 맞이한 것은 일본남자 하나와 조선남자 하나였다.

"이분네덜이 느그덜얼 일본으로 딜고 갈 것잉게 말덜 잘 들어."

여자가 복실이와 순임이의 등을 밀며 말했다.

조선남자가 복실이와 순임이를 골방 같은 데로 밀어넣었다.

"곧 올 테니까 빨리 옷 갈아입고 있어."

그가 보퉁이 두 개를 던지고는 문을 닫았다. 그런데 복실이와 순임이는 깜짝 놀랐다. 그 방에는 다른 여자들이 쪼그리고 앉아 있었던 것이다.

"멀 그러고 섰소? 얼렁 옷이나 갈아입제. 매 안 맞을람사."

어느 여자가 뚱하니 말했다.

매……?

복실이와 순임이의 눈이 마주쳤다. 그들은 보퉁이를 하나씩 풀기 시작했다.

복실이와 순임이는 치마저고리를 벗고 눈치껏 원피스라는 옷을 갈아입었다. 그 옷이 보기하고는 다르게 치마저고리보다 불편한 것을 금방 느낄 수 있었다. 옷을 갈아입고 나서야 방에 있는 여자들이 다섯이라는 것을 알았다.

조금 있다가 조선남자가 가위를 가지고 들어왔다. 그리고 순임이의 머리채를 붙들더니 다짜고짜 가위를 들이댔다.

"아이고메 엄니, 워째 이러신게라?"

순임이가 질겁을 하며 복실이를 붙들었다.

"잔소리 말고 가만히 있어. 요런 조선년 머리 해가지고 일본 가면 조센징 촌년들이라고 놀림당하는 것 몰라? 조선년이란 표 안 나고 원피스에 어울리게 머리를 짧게 잘라야 취직이 되지. 저봐, 다른 애들도 다 잘랐잖아."

조선남자가 머리채를 거칠게 잡아흔들며 말했다.

순임이와 복실이는 그때서야 다른 여자들의 머리가 다 짧다는 것을 알았다.

조선남자는 싹둑싹둑 가위질을 해댔다. 순임이는 가위질소리가 날 때마다 몸을 움찔움찔 떨었다.

"다음 너!"

남자의 퉁명스러운 소리와 함께 땋아내린 머리채가 다다미 위에 툭 떨어졌다. 그 머리채끝에는 아직 빨간 댕기가 묶여 있지 않았다. 초경을 치르지 않은 나이라는 뜻이었다. 그 머리채를 보면서 순임이는 팔다리 하나가 떨어져 나간 것 같은 묘한 심정으로 눈물이

핑 돌았다.

복실이도 머리채를 잘렸다. 복실이의 머리채에도 빨간 댕기는 묶여 있지 않았다.

그들은 전혀 바깥출입을 할 수가 없었다. 두 남자의 감시 아래 겨우 변소를 오갈 수 있을 뿐이었다. 밥도 하루 두 끼 시켜다 주는 것을 먹었다. 방이 좁아 일곱 명이 누울 수가 없어서 웅크리고 앉아서 잤다. 서로 가만가만 이야기를 나누다 보니 임실 장수 진안 같은 데서 온 것이었다.

이틀이 지나자 세 처녀가 또 들어왔다. 그런데 한 처녀는 집에 보내달라며 울다가 조선남자에게 사정없이 따귀를 얻어맞았다.

그 처녀는 줄곧 울면서 저녁밥도 먹지 않았다. 밤중에 이야기를 듣고 보니 이모집에 심부름을 다녀오다가 순사에게 붙들려 여기까지 왔다는 것이었다. 그러니 선도금이고 뭐고 받은 것이 없었다. 왜 돈벌이 가기 싫다는 사람을 부모도 모르게 억지로 붙들어가는 것인지 모두 이상하고 의아하게 생각했다. 그러면서도 그들은 그 처녀를 위로했다. 일본에 가서 집에 편지하고, 2년 동안 함께 고생해서 돈 많이 벌어가지고 오자고.

다음날 일찍 여인숙에서 나가 기차를 탔다. 그 처녀는 지쳤는지 더 울지 않았고, 조선남자는 그 처녀를 따라붙듯이 감시하고 있었다. 처음의 그 여자는 어디로 갔는지 보이지 않았다.

그들이 기차에서 내린 곳은 부산이었다. 그들은 해변가의 어떤 수용소로 들어갔다. 수용소에는 창고 같은 건물이 네댓 채 있었고, 일본군들이 오가고 있었다. 그들이 들어간 건물에는 여자들이 한 20명 정도 있었다.

밥때가 되자 일본군들이 주먹밥 한 덩어리와 단무지 한 쪽씩을 나눠주었다. 건물 밖에서는 계급장 없는 군복을 입은 조선사람들이 감시를 하고 있었다. 감시가 아주 심해 변소를 갈 때도 꼭 한 사람씩 차례로 가게 했고, 그때마다 감시자가 따라다녔다. 거기서도 밥은 하루 두 끼밖에 주지 않았다. 그러나 아무도 배고프다는 말을 하지 않았다. 그런 말을 한다고 더 줄 리도 없었고, 집에서 굶주리던 것에 비하면 그나마 배불리 먹는 것이기도 했던 것이다.

이틀이 가고 사흘이 지나면서 먼저 와 있었던 20여 명 중에 경상도와 경기도 처녀들이 있다는 것을 알았다. 그러나 다 합해놓고 보니 전라도 처녀들이 단연 많았다.

그런데 복실이와 순임이가 놀란 것은 반수 가까이가 선도금을 받지 않고 왔다는 것이었다. 대개 돈벌이 좋은 공장에 취직시켜 준다는 것이 좋아 따라나섰고, 선도금 같은 말은 듣지도 못했다고 했다. 그 처녀들은 뒤늦게 분해했지만 그 누구도 따지려고 나서지 않았다. 이제 와서 따져봤자 받지도 못하고 얻어맞기만 한다는 것이었다. 사실 걸핏하면 주먹질을 해서 모두 겁에 질려 있었다.

그리고 더 놀라운 것은 이모집에 심부름 갔다 오다 잡혀왔다는 처녀처럼 아무도 모르게 잡혀온 처녀들이 예닐곱이나 되었다. 왜 그런 못된 짓을 한 것인지 복실이는 생각할수록 의심이 깊어지기만 했다.

닷새가 지나자 처녀들은 불안해지기 시작했다.

"우린 어디로 가나요?"

"왜 안 가고 이러고 있나요?"

처녀들은 감시하는 사람들에게 조심조심 물었다.

"가긴 어디로 가. 일본으로 가지."

"걱정 말어. 배가 와야 가지."

감시자들의 대꾸는 퉁명스러웠다.

7일 만에 수용소에서 트럭을 타고 부두로 나갔다. 겨울이 가고 있었지만 바닷바람은 찼다. 부두에 모인 처녀들은 모두 80명이었다. 군인들과 감시를 하던 남자들은 처녀들을 두 패로 갈랐다. 복실이와 순임이는 서로 갈리지 않으려고 손을 잡고 꼭 붙어섰다. 50명은 오사카로 가는 배를 탔고, 30명은 시모노세키로 가는 배를 탔다. 복실이와 순임이는 50명 속에 들어 있었다.

오사카에서는 군부대 안의 군인 막사에 들어갔다. 다음날 안 일이지만 그 옆의 막사에는 50명가량의 조선처녀들이 먼저 와 있었다.

그곳에서도 주먹밥은 두 끼밖에 주지 않았고, 감시는 훨씬 더 심해졌다. 그런데 일본에 왔는데도 공장에 보내줄 낌새는 전혀 보이지 않았다. 5일이 지나고 10일이 가까워오자 처녀들은 또 불안해지기 시작했다. 처녀들은 자기들을 데리고 온 남자들에게 묻기 시작했다.

"왜 공장에는 안 보내주나요?"

"잔소리 말고 기다려."

2주일이 지났다. 처녀들은 아무래도 이상하다고 수군거렸다. 처녀들은 더욱 불안해졌다.

"참 이상하네요. 왜 공장에는 안 보내주냐구요."

"딴 곳으로 가니까 그렇지."

"딴 곳이 어딘데요?"

"글쎄, 잔소리 말고 기다려."

그리고 또 5일이 지났다. 모두 트럭을 타고 실려간 곳은 다시 부두였다. 100여 명은 무작정 배로 떠밀려 올라갔다.

"왜 배를 또 타요?"

"어디로 가는 거예요?"

"어디긴 어디야. 배를 타고 딴 도시로 가는 거지."

배는 5층으로 엄청나게 컸다. 그런데 배에는 군인들이 가득 타고 있었다. 처녀들은 세 패로 나누어져 빈 선실로 들어갔다.

"요것 요상허다. 우리럴 전쟁터로 끌어가는갑다."

복실이가 쪼그리고 앉으며 겁 실린 소리로 속삭였다.

"머시여? 고것얼 어찌 알어?"

순임이가 눈이 휘둥그레졌다.

"아이고 이 멍청아, 저 많은 군인덜얼 봐. 군인덜이 전쟁터 아니면 어디로 가겠냐."

"금메…… 근디 우리럴 어디다 써묵을라고 전쟁터로 끌어가겠냐. 저 군인덜도 일본 딴 디 어디로 옮기는 것 아니겄어? 니가 너무 눈치가 싼 것이제."

"글씨……, 그럴랑가도 몰르제."

복실이는 마음이 석연치 않으면서도 나쁜 쪽으로 생각하기가 싫었다.

밥은 하루 세끼씩 식당에 가서 타먹었다. 반찬은 단무지 한 쪽과 우메보시(매실을 소금에 절이고 풀잎으로 붉게 채색한 것) 한 개씩이었다. 지독하게 시면서 짠 우메보시는 뱃멀미를 낫게 하고 배탈이 나지 않게 한다고 꼭 먹으라고 했다. 밥은 세끼라고 했지만 양이 적어서 주먹밥 두 끼를 먹을 때와 별로 다를 것이 없었다.

그런데 우메보시라는 것은 먹기만 고약했지 아무 효과가 없었다. 배 타는 시간이 길어지면서 처녀들은 뱃멀미로 먹은 것을 다 토해내고 앓아눕고 선실은 지저분하고 어수선하게 되어갔다. 그러나 배는 멈출 줄을 모르고 며칠이고 갔다.

마침내 배가 정박했다. 처녀들을 다 밖으로 끌어냈다. 그리고 두 패로 갈랐다. 그런데 복실이와 순임이는 갈라지고 말았다. 앞뒤로 서지 않고 손을 잡고 양쪽으로 섰기 때문이었다.

"복실아, 복실아!"

"순임아, 순임아!"

둘이는 서로를 부르며 줄에서 벗어났다.

"이년들아, 가만히 있지 못해!"

"바까야로!"

조선남자가 순임이를 걷어찼고, 일본남자가 복실이의 따귀를 후려쳤다.

순임이가 속한 패가 사람 수가 더 많았다. 그들 60여 명은 배에서 내렸다.

날이 어두워지면서 배가 떠날 때쯤 해서야 복실이는 그곳이 오키나와라는 것을 알았다.

배에서 내린 순임이네는 다시 20명씩 세 패로 갈려 트럭에 실렸다. 트럭은 각기 다른 방향으로 달렸다.

순임이는 트럭에 타자마자 구두를 벗었다. 구두가 발에 맞지 않아 발가락이며 뒤꿈치에 물집이 잡히고 터지고 해서 너무 쓰라리고 아팠던 것이다. 다른 여자들도 구두를 벗으며 투덜거리고 있었다.

순임이네 트럭은 어느 군인부대로 들어갔다. 지붕이 둥근 건물들이 여기저기 많았다. 그들은 그 눈에 선 건물의 맨 끝으로 밀려들어갔다. 그들의 눈에 선 것은 건물만이 아니었다. 키가 껑충하고 잎들이 갈기갈기 갈라진 나무들도 난생처음 보는 것들이었다.

"여게가 어덴데 와 이리 덥노."

"그러게 말야. 속옷을 벗어야 되겠네."

"얄궂어라, 여그도 일본땅일랑가?"

하나가 벗기 시작하자 처녀들은 다 따라서 속옷을 벗어댔다.

해거름이 되자 군인 넷이 주먹밥을 가지고 왔다. 그들은 처녀들을 한 줄로 세우고 주먹밥을 받게 했다.

"어머머머……."

"워메, 엄니!"

"어무이요!"

처녀들이 놀란 소리들을 질렀다.

군인들이 주먹밥을 나눠주며 처녀들의 젖가슴을 만지고 쥐어잡고 했던 것이다. 앞의 네 처녀가 그런 일을 당하자 나머지 처녀들은 혼비백산 흩어져 양쪽 나무침상으로 올라갔다.

"아하하하하……."

"어허허허허……."

군인들은 통쾌하게 웃어젖혔다. 그러고는 주먹밥을 놓고 밖으로 나갔다.

"저런 문디이 자석덜 보래."

"이상해, 아무래도 이상해. 계속 군부대로만 데리고 다니고……."

"저놈덜이 우리럴 즈그 밥으로 아는 눈치 아니여?"

처녀들은 부쩍 두려워하고 의심스러워하며 입모아 수군거렸지만 이곳이 어딘지조차 알 수가 없었다. 그들은 두근거리는 가슴으로 주먹밥을 먹을 수밖에 없었다.

날이 어두워지기 시작하자 배타기에 지칠 대로 지친 처녀들은 하나둘씩 잠이 들었다. 그런데 문이 벌컥 열리면서 군인들이 쏟아져 들어왔다. 군인은 한둘이 아니었다. 군인들은 처녀들을 향해 침상으로 뛰어올랐다.

"엄마아!"

"엄니이!"

잠들지 않고 있던 처녀들이 비명을 지르며 달아나려 했고, 막 잠이 들었던 처녀들이 소스라쳐 일어났다. 그러나 처녀들은 삽시간에 군인들에게 붙들리고 말았다. 처녀 하나씩을 붙든 군인들은 무작정 처녀들을 바닥에 넘어뜨리고 눕히느라고 정신이 없었다.

"어무이요!"

"안 돼, 안 돼!"

"엄니, 엄니!"

처녀들은 몸부림치고 발버둥치며 군인들을 떠다밀고 비명을 질렀다.

"바까야로!"

"칙쇼!"

군인들의 이런 욕설과 함께 따귀 치는 소리가 여기저기서 철썩철썩 울리고 있었다. 처녀들의 반항이 차츰 수그러들었다.

군인들은 제각기 바지를 끌어내렸다.

"아아으…… 엄마…….."

"으아으…….."

"워메 엄니…….."

군인들의 씩씩거리는 숨소리에 섞이는 처녀들의 신음이었다. 처녀들의 원피스는 위로 걷혀 올려져 있었고, 군인들의 바지는 발목에 걸려 있었다.

군인들이 바지를 끌어올리며 하나씩 나가기 시작했다. 옆으로 웅크리고 누워 흐느끼는 처녀들이 많아지고 있었다.

군인들이 다 나가자 처녀들의 울음소리가 커졌다. 그러나 그것도 잠시였다. 군인들이 또 쏟아져 들어왔다. 좀더 어두워진 속에서 군인들은 여자를 차지하려고 법석이었고, 처녀들은 다시 몸부림치고 발버둥치며 비명을 질렀다.

"칙쇼!"

"바까야로!"

또 욕설이 터지며 따귀 치는 소리들이 철썩거렸다.

군인들의 거친 숨소리가 처녀들의 신음을 휩쓸고 있었다.

군인들이 바지를 끌어올리며 나가기 시작했다. 다 나갔나 싶자 또 군인들이 쏟아져 들어왔다.

이번에는 몸부림치거나 발버둥치는 처녀들이 없었다.

군인들이 나가고 또 쏟아져 들어왔다.

군인들이 나갔다. 또 쏟아져 들어왔다.

다섯 차례 되풀이된 다음에 군인들은 더 들어오지 않았다. 한 처녀에게 다섯 명씩, 100명의 일본군이 거쳐간 것이었다.

엄니, 엄니, 나 어째야 좋당가. 인자 나 어째야 좋당가. 돈벌이 다 거짓말이여, 우리럴 속인 것이여. 요 일얼 어째야 좋당가…….

순임이는 그때서야 자기가 해야 할 일이 무엇인지 깨달으며 흐느끼고 있었다.

모든 처녀들은 어둠 속에서 오열하며 자기들이 어떤 신세가 되었는지 깨닫고 있었다.

그들은 6일 동안 그 퀸셋막사에 갇혀 있었다. 그리고 해만 지면 그 일을 당했다. 적어서 다섯 차례였고 많을 때는 열 차례도 되었다. 처녀들은 아랫배와 거기가 아파서 걸음도 제대로 못 걸었다. 순임이는 날마다 거기서 피가 흘렀다. 그들을 거쳐가는 것은 인근 부대의 군인들이었다.

그들은 7일째에 다시 배를 탔다. 지난번에 비해 절반도 안 되는 작은 배였다. 배에는 군인들은 없었고 무슨 물건들이 가득 실려 있었다. 처녀들은 이제 어디로 가느냐고 묻지 않았다. 모두 넋나간 것처럼 멍하니 앉아 있었다.

배는 며칠 만에 어느 섬들 옆을 지나고 있었다. 짙푸르고 맑은 넓고 넓은 바다에 섬들이 점점이 찍혀 있었다. 선원들이 저기가 사이판이고 그 아래로 있는 것이 아프섬이고, 너희들은 파라오섬에서 내릴 거라고 설명했다. 그러나 그 말을 귀담아듣는 처녀는 아무도 없었다.

파라오에 내린 그들은 두 줄로 서서 낯선 나무들이 우거진 숲그늘을 따라 걸었다. 그때까지 그들을 줄곧 감시하고 때리고 했던 일본인과 조선인 두 남자는 이제 더 감시할 게 없다는 듯 앞서 걸어가며 웃어대고 있었다.

"우리 조선이 어느 짝이겠냐?"

집이 임실이라는 삼월이가 두리번거리며 물었다. 같은 전라도라 자연히 가까워질 수밖에 없었다.

"몰르겠어."

순임이는 시름겨운 얼굴로 고개를 저었다.

"우리가 몇천 리넌 왔겠지야?"

"그려, 그럴 것이여."

별로 오래 걷지 않아 그들이 도착한 곳은 판자로 기다랗게 지은 기역자집이었다. 그 집은 단층이었는데 터가 아주 넓었다. 넓은 마당 한쪽에 가꾸어진 화초밭에는 색색의 꽃들이 싱싱하게 피어 있었다. 그 꽃들도 처녀들로서는 처음 보는 것이었다. 넓은 마당을 빙 둘러서 있는 나무들은 그대로 울타리였다.

그들을 맞이한 건 일본인 남녀였다. 그들이 부부라는 건 한눈에 표가 났다. 우락부락하게 생긴 남자는 조선말을 곧잘 했다. 여자는 서툴렀지만 알아듣기는 다 알아듣는 눈치였다.

그런데 그 집은 빈집이 아니었다. 그들이 도착한 것을 알고 이 방, 저 방에서 여자들이 쏟아져 나왔다.

"아이고, 신마이들이 또 왔구나."

"조선처녀 씨도 안 남겠다. 쯧쯧쯧⋯⋯."

"다들 들어가지 못해!"

우락부락한 남자가 빽 소리를 지르며 눈을 부릅떴다. 그 험상궂은 얼굴에 쫓겨 열댓 명의 여자들이 우르르 방으로 흩어져 갔다.

"지금부터 방을 배정한다. 방 배정이 끝나면 방 번호 순서대로 빨리빨리 목간을 해라. 몸에서 이렇게 냄새가 나서 어떻게 손님을 받겠나. 모두 날 따라와."

처녀들은 처음 줄을 선 그대로 두 줄로 그 주인남자를 따라갔다. 현관과 맞붙어 있는 것이 주인방이었고, 그 옆에 주방과 사무실이 잇달아 있었다. 그리고 그 다음부터는 복도를 사이에 두고 마주 보고 있는 방들이 죽 이어져 있었다. 그 방들 문 위에는 번호표들이

붙어 있었다. 주인남자는 15번 방에서부터 처녀들을 하나씩 밀어
넣었다. 순임이는 21번 방으로 등이 떠밀려 들어갔다.

직사각형의 방은 두 평 남짓이었다. 바닥에는 다다미가 깔려 있
었고, 조그만 창문 반대쪽 구석에 옷장 하나가 놓여 있을 뿐이었
다. 순임이는 어떻게 해야 할지를 몰라 방 가운데 오두마니 서 있
었다.

"목간 시작이다아. 순서대로 빨리빨리 해. 15번, 15번 나와!"

주인남자가 복도에서 외치는 소리가 찌렁찌렁 울렸다. 판자벽은
너무 얇았던 것이다.

복실아, 니 어디 있냐. 니도 요런 꼴 당허지야? 우리가 바보다.
그런 거짓말얼 믿은 것이. 시상에 요런 숭헌 일얼 두고 어찌 그리
찰떡 묵디끼 거짓말얼 헐끄나. 복실아……, 나 말이여, 나 더 살
고 잡지 안혀. 배 타고 옴서 멫 분이고 바다에 빠져 죽을라고 헸
는디……, 엄니가……, 불쌍헌 엄니가 생각나서……, 니가 있으
면 또 몰르겄는디……, 나 미칠 것 겉으다, 환장헐 것 겉당게. 복실
아……, 복실아…….

순임이의 눈에서는 눈물이 줄지어 흐르고 있었다.

"순임아, 얼렁 목간혀. 저 끝이여."

20번인 삼월이가 저쪽 복도끝을 가리켰다.

"물은 한 통! 빨리빨리!"

목욕탕 앞에서 회초리를 든 주인여자가 어설프게 조선말을 지껄
였다.

서너 개의 커다란 물통 옆에 작은 나무물통 하나가 있었다. 그것을 쓰라는 것이었다. 순임이는 그 물에 얼굴부터 씻었다. 그 물이나마 대하니 살 것 같았다. 집에서 떠나온 뒤로 낯을 제대로 씻어본 적이 별로 없었다. 머리를 감기 전에 거기를 몇 번이고 씻었다. 남자들의 그 더러운 것이 덕지덕지 묻어 있는 것만 같았던 것이다.

"빨리빨리!"

주인여자가 회초리로 문짝을 쳤다.

순임이는 몸에는 물을 끼얹는 둥 마는 둥 하고 나왔다.

목욕이 다 끝나자 사무실로 모이라고 했다.

"이것은 삿쿠다. 군인들한테 이것을 꼭 끼고 일을 보게 해. 그래야 성병도 안 걸리고 임신도 안 한다. 다들 알았지!"

남자주인이 거칠게 말했고, 그 마누라가 삿쿠(콘돔)를 한 통씩 나누어주었다.

불면 날아갈 것 같은 안남미밥으로 저녁을 먹었다. 된장국과 단무지 한 쪽이 반찬의 전부였다. 그러나 그들은 오랜만에 대하는 된장국맛에 밥들을 다 먹었다.

주방과 함께 있는 식당에서 방으로 돌아와 한숨을 돌리기도 전에 밖이 왁자하게 시끄러워졌다. 조금 있다가 순임이의 방문이 벌컥 열렸다. 그리고 군인 하나가 불쑥 들어왔다.

순임이는 질겁을 했고, 군인은 누런 이를 드러내고 헤벌쭉 웃으며 담뱃갑만한 크기의 종이를 내밀었다. 순임이는 그걸 받을 생각도 않고 자꾸만 뒤로 물러앉고 있었다. 그건 군인이 주인에게 돈을 치르고 받아온 전표였다. 군인은 전표를 던지고 바지를 까내렸다. 그리고 순임이의 두 발목을 잡아 사정없이 끌어당겼다.

"엄니이……."

순임이는 이를 맞물며 눈을 질끈 감았다.

한편, 복실이가 탄 배는 낮에는 미군비행기들의 폭격을 피해 밤에만 항해를 계속하고 있었다. 날이 갈수록 날씨는 더워졌다. 복실이는 날짜가 가는 것을 셈하려고 마음먹었지만 뱃멀미와 더위에 시달려 잘되지 않았다.

배가 오사카를 떠나 20여 일쯤 되었나 싶은데 어느 곳에 도착했다. 트럭을 타고 수용소에 들어가서 그곳이 사이공이라는 것을 알았다. 그 수용소에 20명의 조선처녀들이 와 있었다. 거기서 비로소 복실이 일행은 자기네들이 위안부 노릇을 하게 된다는 것을 알았다. 처녀들은 울고불고 야단법석이 일어났다. 그러나 그 소란도 오래가지 못했다. 감시원들이 몽둥이를 휘둘러대고 욕을 퍼부어대는 바람에 처녀들은 꼼짝을 할 수가 없었다. 그리고 감시가 무척 심해졌다. 변소에 일일이 따라다니고, 밥을 끼니마다 갖다주는 것은 물론이었고, 서로 이야기도 나누지 못하게 했고, 잘 때도 몇 번씩 돌아보았다.

거기서 60명은 20명씩 세 패로 갈라졌다. 복실이가 속한 조는 배와 기차를 바꿔타며 한정 없이 갔다. 열흘인지 얼마인지 지나 랑군이라는 곳에 도착했다. 복실이를 끌고 온 그 일본남자와 조선남자가 계속 함께 갔다.

랑군은 숨을 쉬기 어렵게 더웠다. 복실이네는 기차에서 내리자마자 대기하고 있던 트럭에 탔다. 트럭에는 일본군 열댓 명이 타고 있었다.

트럭은 서너 시간을 계속해서 산길로만 달렸다. 산은 갈수록 깊어졌다. 날이 어둑어둑해져서야 트럭은 험한 산속의 어느 집 앞에 정거했다. 그 집 앞에는 위안소라는 간판이 붙어 있었다.

숲속에서는 구령소리와 많은 군인들이 걷는 발소리들이 들리고 있었다. 일본군 부대가 얼마 떨어져 있지 않은 것이었다. 가끔 대포 소리도 쿵쿵 산을 울리고 있었다.

위안소 건물은 쌍둥이처럼 두 채가 나란히 서 있었다. 그건 새로 지은 건물로, 사이에 길이 나 있었다. 한 건물에 처녀들의 방은 열 개씩이었다. 곧 방 배정이 시작되었다. 복실이는 8호실로 들어갔다. 방은 두 사람이 겨우 누울 정도의 넓이였다. 벽과 바닥은 판자였고, 방구석에 담요 두 장이 있을 뿐이었다. 방 출입구에는 문이 달려 있지 않고 커튼이 쳐져 있었다.

저녁밥은 군인들이 커다란 통에다가 한꺼번에 담아가지고 왔다. 처녀들은 사무실에 둘러앉아 그대로 모둠밥을 먹었다.

"저쪽 세면소에 가서 목간들 하고 푹 쉬어."

한씨가 처음으로 웃으면서 큰 인심을 쓰듯이 말했다. 랑군에 내리면서 누가 조선성이 뭐냐고 묻자 그는 마지못한 듯 자칭 '한씨'라고 했던 것이다. 그는 내내 와타나베라는 일본성을 써왔던 것이다.

목욕을 다 끝낸 처녀들이 이 방, 저 방 모여앉아 이야기를 하고 있을 때였다. 군인들이 우르르 몰려들었다.

"다 장교님들이시다. 다들 얌전하게 잘 모셔야 해. 빨리 방으로 들어가!"

긴장한 한씨가 처녀들을 향해 소리쳤다.

처녀들은 질겁을 해서 제각기 자기네 방으로 뛰어들었다.

복실이는 두 팔을 엇갈리게 해서 손으로 양쪽 어깨를 틀어잡은 채 방구석에 바짝 쪼그리고 앉아 와들와들 떨고 있었다. 그런데 커튼이 걷히며 군인 하나가 쑥 들어섰다.

아이고메, 엄니!

복실이는 눈을 질끈 감으며 진저리를 쳤다.

"하하하⋯⋯."

낮은 웃음소리와 함께 손이 복실이의 치마를 헤집고 들었다.

44

해바라기 군상

"안녕하세요, 사장님."

"아 박 여사, 어서 오세요."

소파에서 무엇을 보고 있던 민동환이 사장실로 들어서는 박정애를 반갑게 맞이했다.

"오전엔 계시는 것 알고 일부러 시간 맞춰 왔죠."

"예, 잘 오셨습니다. 박 여사는 세월이 갈수록 젊고 멋이 있어집니다."

민동환은 살찐 얼굴로 환하게 웃으며 입에 발린 말을 했다. 그는 얼핏 몰라볼 정도로 살이 쪄 있었다.

"어머, 괜한 말씀."

박정애는 소파에 앉으며 진한 눈길로 민동환을 끌어당기듯 쳐다보며 묘하게 웃었다. 민동환의 말은 그다지 과장이 아니었다. 그녀의 얼굴은 나이에 비해 젊어 보이는 편이었고, 몸치장은 지난날보다 훨씬 더 화려하면서 세련되어 있었다. 그런데 세월을 감추려는 듯 얼굴에 화장이 짙었다.

"박 여사께서 어인 행차십니까?"

민동환은 손에 들고 있던 직사각형의 빳빳한 종이를 탁자 위에 슬쩍 던지듯 하며 대화를 이었다. 그는 박정애가 그것을 보게 하기 위해 일부러 그런 것이었다.

"네, 용건은 문화계의 멋쟁이 민 사장님을 뵈려고요."

박정애도 미끈하게 사교적인 발언을 했다.

"아이구, 너무 과분한 말씀입니다."

민동환은 겸손한 척하면서도 아주 기분 좋게 웃었다.

"아, 홍 변호사 청첩장 받으셨군요?"

어느새 탁자 위에 놓인 빳빳한 종이를 알아보고 박정애가 말했다.

"아 예, 역시 박 여사는 소식통이 빠르시군요."

민동환은 예상이 빗나가 문득 이상하게 생각하며 말했다. 청첩장을 박정애의 눈길이 끌리게 놓았던 것은 그녀를 놀라게 하고, 자신이 홍 변호사에게 청첩장을 받을 정도의 사이라는 것을 과시하려 했던 것이다. 그런데 박정애는 벌써 홍 변호사의 아들이 결혼한다는 것을 알고 있었던 것이다.

"뭐, 빠른 건 아니구요. 저도 어제 받았거든요."

박정애의 가벼운 대꾸였다.

"아, 그러셨군요. 두 분이 언제 화해를 하신 모양이지요?"

민동환은 놀란 기색으로 물었다.

"글쎄요, 그런 것 한 일 없어요. 아마 박정애라는 인간한테 보낸 게 아니라 국민총력연맹 지부의 간부한테 보낸 것 아니겠어요?"

약간 비웃음을 띠고 있는 박정애의 말에는 가시가 돋쳐 있었다. 그녀는 국민총력연맹을 들먹여 민동환에게 자신의 지위를 과시하는 효과를 노리고 있었다.

"아 뭐, 그랬을 리가 있나요. 겸사겸사해서 보낸 거겠지요."

민동환은 속마음과는 다르게 적당히 얼버무렸다. 그러나 속으로는 박정애가 중인 신분인 제 주제를 잊지 않고 있어서 다행이라고 생각하고 있었다. 세상이 묘하게 변해서 그렇지 박가가 감히 민씨와 맞상대를 하고 들다니, 참 아니꼬운 일이 아닐 수 없었다. 더구나 눈치 빠르고 잽싸게 설쳐 국민총력연맹 지부의 간부자리를 차고 나섰으니 전혀 괄시하지 못하고 깍듯이 사람 대접을 해주어야 하는 것이 더 비위 상했다. 홍명준 변호사가 박정애에게 청첩장을 보냈다는 것은 충격적이었다. 홍 변호사가 신분적으로 박정애를 아주 무시하는 것을 생각하면 그건 상상할 수조차 없는 일이었다. 그러나 홍 변호사도 박정애가 차지하고 있는 사회적 비중까지 무시하지 못하는 것이 현실이었다.

"흥, 홍 변호사도 아주 약게 놀아요."

박정애가 콧방귀를 뀌었다.

"아니, 그게 무슨 말입니까?"

민동환은 놀라움을 감추지 못하고 눈이 커졌다. 아무리 당사자가 면전에 없다고 하더라도 박정애는 홍 변호사를 너무 나쁘고 고약하게 말했던 것이다.

"홍 변호사 사돈이 누군지 아시나요?"

박정애가 비웃음을 물며 민동환을 빤히 쳐다보았다.

"아, 아니오……"

민동환은 자신도 모르게 청첩장을 집어들었다.

"호! 잡지사 사장님께서 왜 이러실까. 소식통이 영 캄캄하시군요."

박정애는 입바른 대로 거침없이 야유하고 있었다.

"이거 참……, 그 사람이 누굽니까?"

민동환은 멋쩍게 웃으며 청첩장을 다시 들여다보았다. 그러나 알 수 없는 사람이었다.

"법원 판사 나으리십니다."

"그럼 일본인 아닙니까?"

"그렇다니까요."

"……!"

민동환은 충격을 받으며 그때서야 박정애의 말을 알아듣고 있었다. 그러면서 '약게 논다'는 박정애의 말이 그다지 심할 것도 없다고 생각하고 있었다.

"민 사장님, 뭐 그리 놀라실 것 없어요. 홍 변호사가 내선일체 혼인론을 몸소 실천하려고 솔선수범해서 나선 거니까 우린 적극 환영하고 뜨거운 축하를 보내면 되니까요."

박정애는 쌕쌕 웃으며 말했다.

"아 예, 그야 그렇지요."

민동환은 당황스럽게 대꾸했다.

박정애는 민동환을 가지고 놀고 있었다. 민동환이 놀라는 것은 실망해서가 아니라 선망해서이고, 그 속에는 질투가 섞여 있다는 것을 박정애는 빤히 들여다보고 있었다.

그건 사실이었다. 민동환은 홍 변호사의 그런 비약에 반사적인 질시감을 느꼈던 것이다. 그는 홍 변호사가 일본인 판사의 딸을 며느리로 얻는 것은 분명 신분의 비약이라고 생각했다. 그렇다고 자신에게 장가들일 아들이 있는 것도 아니었다.

"그 사실을 알고 나니 기분이 어떠세요?"

박정애는 바람이 팽팽하게 든 고무풍선을 바늘로 콕 찔러 터뜨리는 기분으로 물으며 또 민동환을 빤히 쳐다보았다.

"아 예, 축하할 일이고말고요. 내선일체 혼인론을 솔선수범하는 것이니 그 얼마나 좋은 일입니까. 우리 모두가 본받아야 할 일이지요. 저는 부조금이나 두둑이 준비해야 되겠습니다."

흥, 네까짓 게 날 놀리려고? 하는 생각으로 민동환은 정색을 하며 이렇게 받아넘겼다. 또한, 입이 빠른 박정애를 놓고 자칫 무슨 말을 잘못했다가는 금방 홍명준에게 어떻게 전할지 몰랐던 것이다.

"네, 민 사장님은 과연 모범적인 황국신민이고 인격자로군요."

박정애도 아주 세련되게 웃으며 이렇게 되받아쳤다. 그러나 저 미꾸라지 같은 놈, 하는 생각과 함께 한 방 얻어맞은 기분은 떼칠 수가 없었다.

"아이구, 너무 황송스럽게……." 민동환은 겸손한 척해 보이며 담배를 빼들고는, "사실 말이지 내선일체 혼인론은 참 생각할수록 잘 고안된 것입니다. 말로만 내선일체를 부르짖으면 뭘합니까. 서로 피가 다르면 언제까지나 물에 기름이지요. 그런데 내선일체 혼인론을 실행해서 서로 사돈이 되고 서로 부부가 되고 하면 당장 한집안이 되어 어우러지는 거고, 자식을 낳게 되면 그야말로 완벽한 내선일체가 이루어지는 것 아닙니까. 그 효과로 보자면 창씨개명은 댈 게 아니지요." 그는 아주 진지하게 말하고 있었다.

"어머, 정말 그렇게 생각하세요? 그럼 민 사장님도 장차 내선일체 혼인론에 따라 자식들을 결혼시킬 건가요?"

박정애는 약간 놀라고 있었다. 송중원을 잡지사에서 내보내는 것을 계기로 민동환의 태도가 달라진 것은 잘 알려져 있었지만 그동안 내선일체 혼인론을 적극 찬양할 정도로 의식이 발전되어 있을 줄은 몰랐던 것이다.

"그야 당연하지요. 대동아공영권이 성취된 마당에 우리가 종주국 국민의 자격을 획득할 수 있는 가장 확실한 길은 그것밖에 없지 않습니까."

민동환은 얼굴까지 상기되며 말했다.

"그렇군요. 민 사장님이 그렇게까지 확고한 생각을 가지신 줄은 몰랐는데요."

박정애는 묘하게 웃었다.

"그 무슨 서운한 말씀입니까? 잡지 만드는 걸 보시면서도 그러십니까."

민동환은 정말 서운한 표정을 지었다.

"잡지는 잡지고 개인적인 자식문제는 좀 다른 줄 알았죠."

박정애는 민동환을 믿겠다는 듯 고개를 끄덕였다.

"아닙니다. 내선일체가 하루빨리 이루어져야 한다는 건 저의 확고한 신념입니다."

민동환은 주먹까지 쥐어 보였다.

"내선일체 혼인론을 실행시켜 나가는 것도 우리 국민총력연맹의 주임무 중의 하나란데, 총독부 정책에 적극 호응한다 하더라도 조선사람이 자식의 문제까지 그렇게 생각하기는 쉽지 않거든요. 민 사장님은 그 계기가 뭔가요?"

박정애는 아까와는 완연히 다른 친근감을 내보이며 물었다.

"예, 뭐…… 잡지의 편집을 바꾼 것부터가 현실을 현실로 냉엄하게 직시하자는 것이었고, 그러니까 그 계기를 굳이 따지자면 대동아회의라고 할 수 있겠지요."

민동환은 아부 섞인 웃음을 지었다.

"역시 대동아회의의 위력은 대단하군요. 지식인들을 다 자발적으로 행동하게 만들었으니까요."

"그야 더 말할 것 있습니까. 대동아공영권의 실현이란 게 지식인들의 상상으로 가능이나 한 일이었습니까. 그 충격이 자발성으로 바뀌지 않을 수가 없지요."

대동아회의란 작년(1943년) 11월 5일에 만주국·중화민국·필리

핀공화국·타이국·버마국의 대표들이 동경에 모여 일본천황을 배알하고, 5일과 6일 이틀 동안 제국의사당에서 도조 수상을 의장으로 하여 대동아 100년의 평화와 번영을 논의한 회의였다. 그건 다름 아닌 황군이 영국·미국·네덜란드 등의 아시아 식민지국가들을 해방시키고 새롭게 대동아공영권을 실현시켰음을 일본이 온 세상에 과시한 것이었다. 그 소식을 조선에서도 신문과 방송을 총동원해 대대적으로 알렸음은 물론이었다.

"그래도 아직도 그 현실을 인정하지 않고 버티는 지식인들이 있으니 문제 아닌가요?"

박정애는 국민총력연맹 지부 간부답게 고민스런 표정을 지었다.

"그까짓 자들이 몇이나 됩니까. 그런 자들은 곧 고사하고 말 테니까 아무 걱정할 게 없습니다."

민동환은 자신에 차서 말했다.

"꼭 그럴까요?"

"예, 틀림없습니다. 우리 잡지에 성전을 찬양하고, 황군 지원을 독려하고, 내선일체를 역설하는 각종 글들이 청탁 없이도 쇄도하고 있습니다. 이런 도도한 물결 속에서 몇몇이 버틴다고 가면 얼마나 가겠어요."

"예, 그 말도 일리는 있는데, 그렇다고 방임은 금물이에요. 능력자는 하나라도 더 우리 편으로 끌어들여야지요."

박정애는 자못 의젓하게 말하며 '우리 편'이라는 말을 썼다.

"그야 물론 그렇지요."

"예, 말이 나왔으니 하는 말인데, 나 오늘 여기 온 목적 중의 하나가 황일랑 씨 거처를 알아보기 위해서였어요."

"황일랑이요? 그자를 왜요?"

민동환의 얼굴이 일시에 구겨지며 말이 거칠어졌다.

"아니, 왜 그리 기분 나빠하지요?"

"그 자식 그거 아주 형편없는 놈입니다. 그놈 얘긴 꺼내지도 마세요."

좀처럼 욕을 하는 일이 없는 민동환은 욕을 거침없이 내뱉으며 감정이 격해져 있었다.

"무슨 기분 나쁜 일이 있었던 모양인데 그럼 얘기하지 맙시다. 난 그 사람 능력을 생각해서 회유도 할 겸 도와주기도 할 겸 해서 우리 극단에서 장막희곡을 쓰게 할 작정이었거든요."

"글쎄요, 그놈이 능력이고 재주가 얼마나 있는지 모르겠지만 괜히 헛수고 안 하는 게 좋을 겁니다. 그놈이 회유될 놈이 아니거든요."

민동환은 거칠게 성냥을 그어 담배에 불을 붙였다.

"그럴까요? 내가 보기엔 요즈음이 아주 좋은 기회일 것 같은데요. 그동안 황일랑도 생활고에 시달릴 만큼 시달렸고 배가 고플 만큼 고팠어요. 제아무리 지조인지 고집인지가 센 황일랑도 굶주림 앞에 거금을 내놓는데 별수 있겠어요? 일에는 다 기회가 있는 것 아닌가요?"

박정애는 아주 부드럽고도 능란하게 말했다.

"모르겠습니다."

황일랑의 이야기는 더 듣고 싶지 않다는 듯 민동환은 고개를 돌려버렸다. 그의 뇌리에는 그날의 일이 생생하게 떠오르고 있었다.

송중원이 회사를 떠나고 서너 달 지난 어느 날이었다. 예기치 않게 황일랑이 사장실로 뛰어들었다. 대낮인데도 그는 술에 취해 있었다.

"야 임마 민동환, 너도 사람새끼냐."

황일랑은 다짜고짜 삿대질을 하고 덤벼들었다.

"아니, 이게 무슨 짓이오."

"이새끼, 몰라서 물어? 잡지를 해처먹으려면 똑똑히 해처먹어. 이새끼야, 친구 형님을 그따위로 야비하게 몰아내고도 네놈이 고이 잡지 해먹을 것 같으냐? 돈이면 다냐! 이 대가리에 똥밖에 안 든 친일파놈아."

"당신이 뭔데 이래. 남의 일 간섭 말고 당신 글이나 똑똑히 써."

"뭐야!"

황일랑은 민동환의 멱살을 잡는가 싶더니 그대로 얼굴을 들이받았다.

"이쿠!"

민동환은 주저앉았고, 조금 있다가 정신을 차려보니 황일랑은 사라지고 없었다.

민동환은 그 일을 계기로 사원들을 다 갈아치워 버렸다. 그리고 그 봉변을 누구에게도 이야기하지 못하는 대신 잡지 내용을 대폭 바꾸었다.

"그런데 말이에요, 내선일체 혼인론을 실행하기에는 아직 아이들이 어리고, 그전에 실천해야 될 일이 있을 것 같은데요."

박정애가 이야기를 돌렸다.

"그게 뭐지요?"

민동환은 불쾌한 기억을 지우려고 하며 억지로 웃어 보였다.

"집에서 아이들이 무슨 말을 쓰지요?"

"그야……."

민동환은 순간적으로 박정애의 말뜻을 깨달으며 아차 싶었다.

"국어를 안 쓰고 조선말을 쓰는군요?"

박정애는 가차없이 민동환의 허점을 찔렀다.

"그게 글쎄……."

민동환이 어색스럽게 어물거렸다.

"민 사장님만 그러는 게 아니라 대개 그렇게 철저하지 못해요. 내선일체의 기초는 어린아이들일수록 국어를 상용시켜 몸에 완전히 배게 하는 것 아닌가요?"

박정애는 그야말로 국민총력연맹 간부의 태도를 취하고 있었다.

"예, 그건 사실입니다. 그래서 총독부에서도 국어상용을 그렇게 강조하고 있지요. 제가 그만……."

"그야 총독부뿐만이 아니지요. 우리 국민총력연맹에서도 가장 중요시하는 사업이 첫째 성전 지원, 둘째가 국어상용운동 아닌가요. 섭섭하군요. 아이들이 국어를 상용했더라면 제가 '국어상용의 가(家)' 표창을 상신할 수도 있었는데."

박정애는 슬쩍 미끼를 던졌다.

"아, 그렇습니까. 우리 아이들이 일본말, 아니 국어를 저보다 더 잘합니다."

민동환이 다급하게 말했다.

"구슬이 서 말이라도 꿰어야 보배 아닌가요? 뭐, 때는 늦지 않았어요."

박정애는 좀더 고소한 미끼를 던졌다.

"예, 알겠습니다. 당장 국어를 상용하도록 하지요."

민동환은 일본식으로 연거푸 고개를 까딱거렸다.

총독부와 직통하고 있는 전국적인 거대 친일조직인 국민총력연맹에서는 전쟁 지원을 위해 유기그릇을 강탈하고 성금을 걷고 하는 것만이 아니었다. 일본어 상용을 강요해 가면서 그 추진의 효과를 위해서 '국어상용의 가'라는 표창을 시행하고 있었다. 집 안에서도 조선말을 일체 쓰지 않고 일본어를 쓰는 가정을 골라 모범이라고 해서 표창장을 주었다. 친일파들 사이에서 그것을 받는 것은 영광스러운 일로 여겨지고 있었다. 왜냐하면 일본사람들이 그 표창장을 대단하게 생각했고, 그 표창을 받은 사람들을 달리 대하는 탓이었다.

박정애는 국민총력연맹이 확대 강화되는 기회를 틈타 재력을 앞세우고 연극단체를 배경 삼아 지부의 여성분야 간부직을 차지했던 것이다. 그 연맹에서도 박정애 같은 활동적인 여자는 대환영이었다. 박정애는 국민총력연맹에 들어가면서부터 양쪽 어깨에 날개를 단 격이 되었다. 그 연맹의 사회적 영향력을 십분 이용해 가며 맘껏 저명 여류인사로 행세할 수 있었던 것이다. 오래전에 허탁이 홍명준에게 한 말이 적중한 셈이었다.

"제가 여류시인 하나를 소개하면 어떨까요. 제 후밴데 시를 아주 잘 써요."

박정애는 마침내 본론적인 용건을 꺼내놓았다.

"예, 좋습니다. 박 여사께서 추천하는 사람이면 누구나 대환영입니다."

민동환은 과장되게 반겼다. 그 속에는 박정애를 머잖아 이용해야 한다는 계산이 직감적으로 작용했기 때문이었다.

"네, 고맙습니다. 그럼 며칠 있다가 동행할게요. 홍 변호사댁 결혼식장에서 또 뵙도록 하지요."

박정애는 살짝 눈웃음치며 일어섰다.

"이거 점심을 함께하려고 했는데요."

"아, 선약이 좀 있어서요."

민동환과 박정애는 송중원의 말은 단 한마디도 꺼내지 않고 헤어졌다. 그들은 분명 송중원을 매개로 하여 알게 된 사이였던 것이다. 또한 민동환도 홍명준 변호사를 송중원을 통해서 알게 된 사이였다. 그런데 그는 송중원을 그런 식으로 몰아내고서도 홍명준과는 계속 사교를 해오고 있었다. 아니, 오히려 송중원이 있을 때보다 더 사이가 가까워져 있었다. 그러기는 홍명준도 마찬가지였다.

한편, 황일랑은 마분지봉투에 번역원고를 넣어가지고 동대문 앞을 지나가고 있었다. 그는 광대뼈가 불거지고 두 볼이 움푹 파일 정도로 메말라 있었다. 얼굴만큼 옷도 낡아 있었다. 그의 몰골에서는 가난이 질질 흘러내리고 있었다.

"아니……."

황일랑은 길을 건너다가 문득 걸음을 멈추었다.

저 앞쪽에 괴상한 차림으로 걸어가고 있는 남자에게 황일랑의 눈길은 박혀 있었다. 그 남자는 국민복에 일본군 전투모자를 쓰고, 다리에는 각반을 차고 있었다. 그리고 한손에는 스틱을 들고 있었다.

"저놈이 저거……."

황일랑은 눈을 껌벅이며 다시 확인했지만 그 꼴불견의 차림을 한 것은 틀림없이 소설가 김 아무개였다.

"저놈이 저거 완전히 미쳤군. 새파랗게 젊은 놈이 저게……."

황일랑은 그 소설가의 뒷모습을 노려보며 중얼거리고 있었다. 그의 눈에는 증오가 서려 있었다.

그 젊은 소설가는 누가 시킨 것도 아닌데 그런 해괴망측한 차림을 하고 다닌다는 것이었다. 그러다가 사람들이 많은 장소에서는 스틱을 치켜들며 내선일체를 외치거나 천황폐하 만세를 부른다고 했다. 총독부의 눈에 띄어 좋은 자리에 취직을 하고 싶어 그런다고도 했고, 군대에 안 끌려가려고 과잉충성하는 것이라고도 했고, 사실 미친 기가 좀 있다고도 했다.

황일랑은 그동안 그런 소문을 들었을 뿐 직접 본 것은 오늘이 처음이었다. 국민복에 전투모와 각반은 뭐며, 스틱은 또 무엇인지, 그 꼴이 가관이 아닐 수 없었다. 수치도 창피도 모르고 사람이 저렇게 될 수 있다는 것이 무슨 기적 같기만 했다. 그 꼴은 자발적 친일문사의 극치가 아닐 수 없었다. 그 소설가는 언행일치를 시키려는 듯 여기저기 지면에다 성전 찬양과 군대지원 독려의 글을 부지런히 써대고 있었다. 그런데 한 가지 중요한 사실은 그런 부류의 문사들은 관으로부터 아무런 억압도 받지 않는 미미한 존재들이라는 점이었다.

그렇지 않아도 기운이 없던 황일랑은 더 맥이 빠져 잡지사까지 터덕터덕 걸어갔다.

"선생님, 그렇지 않아도 기다리고 있었는데요."

황일랑이 들어서자 잡지사 직원이 반색을 했다.

"마감날짜 아직 안 지났는데."

황일랑은 의자에 몸을 부렸다.

"선생님, 그게 아니구요, 며칠 전에 선생님을 급히 찾는 전화가 왔습니다."

"전화?"

"예, 저희가 선생님댁을 알아야 연락을 드리죠. 박정애 씨라는 분이 급히 연락을 달라고 그러시더군요. 좋은 일이라구요. 여기 전화번호 있습니다."

직원이 쪽지를 내밀었다.

"……."

"전화 걸어드릴까요?"

"아니, 됐네."

황일랑의 목소리는 싸늘했다.

직원이 머쓱해서 돌아섰다.

황일랑은 담배에 불을 붙이고는 편집장에게 원고봉투를 내밀었다.

"예, 수고하셨습니다. 어디 불편하십니까? 안색이 안 좋으신데요."

편집장이 봉투를 서랍에 넣으며 물었다.

"아니오, 영양실조라서 그렇소. 나 원고료나 좀 주시오."

황일랑이 무표정하게 말했다.

"글쎄요, 될지 모르겠는데요."

편집장이 한쪽 눈을 찡그리며 웃었다.

"다는 바라지도 않소. 번역이나 해먹는 놈 비참하게 만들지 말고."

"선생님은 참. 글쓸 능력이 없어서 번역을 하면 큰일나겠군요. 잠깐만 기다리세요."

편집장이 그 심정을 안다는 듯 스산한 웃음을 지으며 일어났다.

황일랑은 지난달의 잡지를 건성으로 뒤적거리기 시작했다. 선정적이거나 엽기적인 야담과 실화를 엮어서 내는 대중잡지였다. 그 가운데 번역한 탐정소설이 한두 편 연재되고 있었다. 야담과 실화를 소설 형식으로 쓰는 것은 번역보다 원고료가 많았다. 그러나 황일랑은 그 일거리에 절대 손을 대지 않았다. 그런 일로 소설 쓰는 붓끝을 더럽히고 싶지 않았던 것이다. 그래서 탐정소설 번역으로 겨우겨우 호구를 해결해 가고 있었다. 탐정소설은 엄연히 필자가 따로 있어서 원작에 충실하게 번역을 하면 소설 쓰는 능력을 팔아 먹어 가며 선정적 문장을 꾸며내고, 엽기적 장면을 조작해 내고 하지 않아도 되었던 것이다. 그리고 그나마 일을 맡게 된 것은 이 잡지가 장사만 열심히 할 뿐 일체 친일적 정치성을 띠지 않는 것이었다. 그러니까 이 잡지에서는 성전 찬양이나 군대지원 독려 같은 시 소설 나부랭이들이 실리지 않았다.

황일랑은 송중원이가 말하는 방향으로 소설을 써보려고 애를 썼다. 그러나 그것도 무의미하다는 생각이 자꾸 들었다. 소설로 써야 될 쓰라리고 뼈저린 이야기들이 너무 많은데 그걸 다 외면하고 옛날이야기나 쓴다는 것이 전혀 내키지 않고 회의스러웠다. 그런데 송중원이가 잡지사를 그만두고 고향으로 돌아가고, 민동환을 들이받은 것을 계기로 황일랑은 붓을 꺾기로 결심했다. 친일로 치달아가는 와중에서 벗어나는 동시에 최소한의 저항을 하는 데는 그 방법밖에 없었다. 그런데 그나마 글을 쓰지 않게 되자 곧바로 생활고가 밀어닥쳤다. 최소한의 저항을 시도한 대가는 처자식들의 생존을 위협하는 굶주림이었다. 그것과 싸우기 위해 찾아낸 일거리가 번역이었다.

"선생님, 죄송합니다. 다 읽었는데 절반밖에 안 된답니다."

편집장이 난색이 되어 봉투를 내밀었다.

"아니, 그만하면 고맙소."

황일랑이 희미하게 웃었다.

"선생님, 나가셔서 차 한잔하실까요?"

"갑시다. 내가 살 테니."

"아닙니다. 대접은 제가 하겠습니다."

편집장이 봉투를 들고 앞장섰다.

밖에는 5월의 햇살이 눈부셨다.

"아, 햇빛 좋다. 역시 5월은 계절의 여왕입니다."

편집장이 두 팔을 뻗어올리며 하늘을 우러러보았다.

"계절의 여왕이라……."

황일랑의 눈앞에는 노천명의 모습이 불쑥 떠올랐다.

성질 깔끔하고 칼칼한 여인이여, 그대마저 친일로 돌아서다니. 성질만큼 결벽증도 심하더니 그건 어느 정도 의지의 소산이 아니라 전적으로 타고난 성품에 지나지 않았던가? 서정도 남달리 투명하고, 그러면서도 여류시인답지 않은 질량감 있는 시를 써낸 그대는 꼿꼿하게 버틸 줄 알았다. 그런데 친일이라니, 무엇을 위해서인가? 출세를 위해서인가? 혼자 몸이면서 편히 살기 위해서인가? 아니면, 어느 누구의 말마따나 남들이 다 변하니까 따라서 그런 것인가. 그대에게 기대한 건 없다만 괜찮은 시 몇 편이 아깝다.

황일랑은 시인 노천명을 특별히 탓하는 것이 아니었다. 여류문사들도 이미 친일의 대열에 가담했고, 미술가며 음악가들도 적극적인 친일활동을 전개하고 있는 판이었다. 그리고 종교계며 교육계 등 모든 분야에 걸쳐서 지식인들은 친일의 깃발을 들고 있었다. 그건 다 작년 11월의 대동아공영권 성취라는 것을 계기로 벌어진 사회의 급격한 변화였다. 다만 시 한 구절 때문에 노천명이 생각난 것이었고, 다시 생각해도 그 시적 재능이 아까웠던 것이다.

"선생님, 아까 직원이 말씀드렸던 그 박정애라는 여자분 말입니다. 저한테 따로 전화를 해서 선생님을 꼭 좀 뵙게 해달라고 당부하던데요. 선생님께 도움 될 일이라구요."

편집장이 자리를 잡고 앉자마자 꺼낸 말이었다.

"김형, 그 여자 직함이 뭔지 아시오? 국민총력연맹 경성지부 간부요."

"예에?"

편집장이 빨던 담배를 입에서 뗄 정도로 놀랐다.

"그런 여자가 나한테 도움을 주면 무슨 도움을 주겠소."

황일랑이 쓰디쓰게 웃었다.

"회유하려는 것이로군요?"

"그 얘긴 더 하지 맙시다."

황일랑이 찻잔을 들었다.

"예, 알겠습니다. 전 그런 것도 모르고 선생님께 도움 될 일이라고 해서……." 편집장은 담배를 거푸 빨고는, "선생님, 참 그 소식 들으셨습니까?" 그는 안경을 밀어올렸다.

차를 한 모금 마신 황일랑은 찻잔을 놓으며 무슨 일이냐고 눈으로 묻고 있었다.

"만해 선생이 타계하신 것 말입니다."

"아니, 한용운 선생이?"

황일랑은 깜짝 놀랐다.

"예, 며칠 됐습니다."

"아아, 그분마저 돌아가시다니……."

황일랑의 메마른 얼굴이 침통하게 일그러졌다.

"그분은 더 사실 분인데 아사나 마찬가집니다. 배급타먹기를 거부하셨으니까요."

"배급타기를 거부했다는 건 알고 있소. 그분은 장기간 동안 아사투쟁을 해오신 거요."

"예, 그렇습니다."

"참, 꼭 계셔야 할 분들이 그렇게 가시니……."

황일랑은 뭉텅이진 한숨을 토해냈다.

"이육사 선생도 가시고 만해 선생도 가시고……, 이제 문단도 친일문사들의 독무대가 됐습니다."

편집장도 짙은 한숨을 내쉬었다.

열여덟 차례씩이나 투옥을 당하면서 치열하게 독립투쟁을 전개해 왔던 시인 이육사는 지난 1월에 북경감옥에서 옥사했던 것이다.

"참, 갈수록 암담한 세상이오."

황일랑의 어금니 맞무는 소리가 뿌드득 들렸다.

둘 사이에 더 말이 이어지지 않았다.

저쪽 자리의 남자들이 계속되는 일본군의 승리에 대해 아는 척을 하며 떠들어대고 있었다.

"선생님, 이거 새 일거립니다."

편집장이 봉투를 내밀었다.

"고맙소."

황일랑은 봉투를 받아놓고 주머니에서 무언가를 꺼냈다. 신문지에 싼 조그만 것이었다. 황일랑은 신문지를 펴더니 무슨 가루를 입에 털어넣었다.

"아직도 소다를 드십니까?"

"아직도가 뭐요. 갈수록 많이 먹게 되는걸."

물을 꿀렁거려 넘기고 난 황일랑이 쓰게 웃으며 대꾸했다.

"왜 자꾸 그걸 드십니까."

"이놈에 세상이 이걸 안 먹게 생겼소. 속상하는 일들을 보고 들을 때마다 속이 화끈화끈해지고 뜨끈뜨끈해지면서 소화가 안 되고 먹먹하고 더부룩하니 어쩌겠소."

"선생님, 소다를 오래 드시면 나쁘다던데요. 그러지 마시고 큰 병원에 가서 근본적인 진찰을 받아보세요."

"그까짓 것, 죽기밖에 더하겠소."

황일랑은 허전하게 웃었다.

태전위산이나 호시위산의 매상을 올려주고 있는 것은 이미 오래된 일이었다. 한번 병원에 가면 고작 이삼 일 치 먹을 약을 주고는 삼사 원이나 받았다. 그런데 위산은 40전이면 삼사 일을 먹을 양이었고, 1원이면 열흘 넘게 먹을 양이었다. 그리고 10전이면 두부가 한 모였고, 솔가지 한 묶음 값이었다. 그것에 비하면 병원비는 터무니없이 비싼 것이었다. 의사하고 변호사는 면허증 가진 도둑놈이라는 말은 결코 우스갯소리만이 아니었다. 애당초 병원에는 갈 엄두조차 낼 수가 없었다.

편집장과 헤어진 황일랑은 곧바로 집으로 들어갔다. 아침에 죽도 끓이지 못했기 때문이었다. 점심은 아예 굶는 것이고, 밥보다는 죽을 더 많이 끓이는 형편이었지만 번역하는 원고료 가지고는 여섯 입을 감당하기가 어려웠다.

황일랑은 사는 것이 모래밭 걷기 같고, 앞날이 캄캄한 밤길 걷기 같을 때마다 송중원을 생각하곤 했다.

"지식을 팔아먹으려고 해서는 안 되네. 그게 바로 친일의 길이니까."

송중원이 떠나면서 남긴 말이었다.

"어서 애들 밥해 먹이시오."

황일랑은 아내에게 급히 돈봉투를 내주었다.

"아빠, 돈 벌어왔어?"

눈이 퀭해 누워 있던 막내아들이 얼굴이 환해지며 발딱 일어났다.

"그래, 엄마가 곧 밥 많이 해줄 게다."

황일랑은 막내아들을 꼭 끌어안았다. 어린것의 몸에 뼈만 남아 있었다. 황일랑은 가슴이 찡해졌다. 자신은 만해처럼 죽을 수는 없었다. 그만큼 큰 용기도 없었고, 네 아이들이 너무 어렸다.

"엄마, 빨랑 밥해 줘. 나 어지럽고 눈에서 별이 왔다갔다해."

막내아들이 휘청거리듯 하며 밖으로 뛰어나갔다.

어떻게 해서든 저것들을 먹여살리며 버텨내야 한다. 왜놈들이

망할 때까지.

황일랑은 다시 마음을 다지며 봉투에서 책을 꺼냈다. 책 제목은 『지하실의 살인』이었다. 황일랑의 얼굴에 서글프고 찬 웃음이 스치고 지나갔다.

달포쯤 되어 국민총력연맹 경성지부에서는 표창식이 거창하게 진행되고 있었다. 표창을 받을 사람은 열서너 명이었다. 그들은 하나같이 미끈한 양복 차림이었고, 살찌고 혈색 좋은 얼굴들에는 윤기가 흐르고 있었다. 누가 보거나 한눈에 돈깨나 있고 행세깨나 하는 사람들이었다. 그중에 민동환도 엄숙하고 긴장된 얼굴로 끼여 있었다.

"여러분들은 총독부의 내선일체 정책에 적극 호응하여 국어상용에 솔선수범함으로써 타의 모범이 되었으므로……."

지부장의 장황한 인사말에 이어 표창이 시작되었다.

표창장은 두꺼운 모조지였고, 거기에는 '国語常用の家'라는 글씨가 크고 뚜렷하게 인쇄되어 있었다. 민동환은 그 빳빳한 종이를 감격스러운 얼굴로 보고 또 보았다. 그러기는 다른 사람들도 마찬가지였다.

"민 사장님, 축하해요."

식이 끝나자 박정애는 민동환에게 다가와 거침없이 손을 내밀었다.

"아, 예에……."

오히려 민동환이 악수하기를 주저했다.

"기분이 어떠세요?"

"예, 고맙습니다. 모두가 박 여사님 덕분입니다."

민동환은 동문서답을 하고 있었다.

"원 별말씀을. 앞으로 더욱 충성하셔야 해요."

"예, 여부가 있겠습니까."

민동환과 박정애는 더없이 환하게 웃고 있었다.

45

당신은 아는가

비행장은 3분의 2쯤이 나지막한 산줄기로 둘러싸여 있었다. 산줄기 밖으로 뻗어나가는 부분의 양쪽으로는 산줄기가 끊겨 있었다. 그 지형이 산줄기로 에워싸인 분지였음을 나타내고 있었다.

한쪽 산줄기를 끊으며 뻗어나간 비행장공사는 마무리단계에 들어가 있었다. 멀리서 바라보면 원형의 산줄기와 직선의 비행장이 이루고 있는 형태는 마치 버섯 같은 모양을 하고 있었다. 그런데 아무리 산줄기가 낮다고는 하지만 흡사 톱으로 나무를 자르듯 해서 산줄기의 일부를 흔적도 없이 없애버린 것은 참 놀랍지 않을 수 없었다. 그것은 산 하나를 없애버린 것이나 마찬가지였기 때문이다.

양쪽에서 산줄기를 자르고 그 부분을 평지로 만드는 힘겨운 일을 해낸 것은 바로 조선노무자 1천여 명이었다. 그들은 흙을 파내고, 바위를 깨내고, 그것을 밀차나 등짐으로 죽도록 운반하면서 피

땀을 흘린 것이었다. 그 과정에서 바위에 깔려 죽고, 흙더미에 파묻혀 죽고, 도망가다 잡혀와 맞아 죽고, 과로로 병들어 죽고 해서 그 수가 60명을 넘었다.

비행장 활주로에는 시멘트 콘크리트공사가 한창이었다. 활주로의 절반이 훨씬 넘게 콘크리트공사가 진행되고 있는 현장에는 노무자들이 200여 명 정도밖에 없었다. 그들은 총을 든 군인들의 감시 아래 조별로 시멘트를 져나르고, 모래를 져나르고, 자갈을 져나르고, 물을 져나르고, 시멘트와 모래·자갈을 버무리고, 모두가 숨 돌릴 겨를 없이 부지런히 움직이고 있었다.

"이새끼야, 빨리빨리 해!"

"야 이새끼야, 잡담 마라!"

조별로 십장들이 외쳐대는 소리가 공사장의 열기를 달구고 있었다.

그런데 공사는 활주로에서만 이루어지고 있는 것이 아니었다. 활주로를 둘러싸고 있는 산줄기 아래 여기저기서도 공사가 한창이었다. 활주로 양쪽의 산자락에서 일정한 간격을 두고 공사가 벌어져 있었다. 15군데에서 벌어지고 있는 공사는 굴파기였다. 한 군데에 50명씩 배치된 노무자들은 굴을 파느라고 진땀을 흘리며 헉헉대고 있었다. 그 일정한 간격을 이루고 있는 굴들은 다름 아닌 격납고였다. 그러고 보면 그 비행장은 천연적 요새였다. 활주로의 3분의 2 정도가 산줄기에 둘러싸여 있어서 위장이 잘되는 데다, 비행기들이 이착륙할 때 더없이 좋은 바람막이 역할을 할 것이고, 세상에 둘도 없이 튼튼한 격납고까지 만들 수 있었던 것이다.

노무자들의 막사는 산줄기가 끊긴 지점으로 치우쳐 활주로 양쪽으로 절반씩 자리잡고 있었다. 막사들은 판자로 지어진 긴 가건물이었는데, 정성 들이지 않은 검은 칠이 아무렇게나 되어 있었다.

6월의 해가 붉은 노을을 남기고 사라져도 그들의 노동은 멈추어지지 않았다. 노무자들의 하루 노동시간은 아침 8시부터 오후 8시까지 12시간 동안이었던 것이다. 그 시간은 계절에 따라 앞뒤로 조정했을 뿐 하루 12시간 노동은 철칙이었다.

땡땡땡땡땡땡……

레일 토막 두들기는 소리가 방정맞다 싶게 빠르게 울리고 있었다.

"아이고 살았다."

"아이고메 죽었다."

"아이고 할배요."

노무자들이 그 종소리에 반색을 하고 한숨을 토하고 했다. 이제 쉴 수가 있고, 또 하루가 지나갔다는 기쁨이었다. 그러나 그들은 그런 소리도 십장을 피해 숨죽여 해야 했다.

노무자들은 조별로 막사로 돌아가기 시작했다. 넉 줄로 맞춰선 행군대열이었고, 십장들이 구령을 붙이고 있었다. 완전히 군대식이었다. 인원파악을 쉽게 하고 이탈자를 막기 위한 것이었다. 십장이 있는데도 무장 군인들은 실탄이 장전된 총을 들고 여기저기서 경비를 서고 있었다.

배필룡은 9조 중간쯤에서 사위어져 가고 있는 보랏빛 노을을 바라보며 걷고 있었다. 금예, 또 하로가 갔네. 금예헌트로 갈 날이 또 하로 가차와진 것이여.

금예, 맘 변허지 않고 있는 것이제? 맘 변허먼 안 돼야. 그리되먼 금예 죽고 나 죽긴게. 소식 안 전헌다고 원망허덜 말어. 여그서넌 절대로 핀지럴 못 쓰게 혀. 비행장 맹그는 것이 바깥시상에 알려지 먼 안 되는 중헌 군사기밀이라는 것이여. 쬐깨만 참어. 인자 한 달 허고 시무나흘밖에 안 남었응게.

배필룡은 보랏빛 노을에 어리는 아내의 모습을 보며 또 간곡하 게 말하고 있었다. 그동안 하루도 빼놓지 않고 일이 끝나면 아내에 게 해온 말이었다. 다만 달라지는 것이 있다면 하루씩 줄어드는 날 짜 계산이었다.

배필룡은 아내만 생각하면 미칠 것 같았다. 보고 싶어 미칠 것 같았고, 마음이 변할 것 같아 미칠 것 같았다. 떠나오기 전에 마음 변하지 않겠다고 다짐받고 또 다짐받았지만 전혀 마음을 놓을 수 가 없었다. 아이만 하나 있었더라도 그런 걱정은 안 했을 것이다. 혼인 한 달 만에 집을 떠나왔으니 고무신을 바꿔신기로 마음 변하 면 열 번도 더 변할 수 있는 일이었다. 혼인 한 달 만에 혼자 둔 아 내는 말뚝에 매두지 않은 소나 마찬가지였다. 아내는 너무 예뻐서 다른 사내들 눈타기가 쉬웠고, 아내의 몸은 더 예뻐 어느 사내나 한번 보면 환장하지 않을 수 없게 되어 있었다. 그런 데다 아내는 장모님하고는 다르게 활달하기까지 했다. 그러니 어떤 사내하고 눈 맞기도 딱 좋았다. 자식으로 말뚝을 박았어야 하는데……, 이 대목까지 생각하면 정말 미쳐버릴 것만 같아 당장 도망가고 싶었다. 그러나 이곳은 망망한 바다로 둘러싸인 섬이었다. 도망가 보았자 집으로 갈 길이 막막했고, 또 이삼 일이면 틀림없이 잡히게 되어 있었다. 어쨌거나 장모님을 믿을 수밖에 없었다. 장모님은 아무 걱정 말고 몸 성히 다녀오라고 약속했던 것이다.

그러나 배필룡은 자신과 비슷한 처지에 있는 사람들이 더러 있어 그나마 마음의 위안을 삼을 수 있었다. 어떤 사람은 혼인 보름 만에 끌려오기도 했고, 또 어떤 사람은 두 달이 다 못 되어 끌려오기도 했던 것이다. 그러나 그런 사람들은 아내를 보고 싶어하기는 했지만 마음이 변할까 봐 걱정하는 일은 없었다. 자기네들 부모가 아내를 지킬 것이기 때문이었다. 외톨이인 배필룡으로서는 그들이 그렇게 부러울 수가 없었다.

막사로 돌아온 그들은 식기를 가지고 앞다투어 식당으로 갔다. 배식표를 내고 밥을 받고, 그릇들은 각자가 씻기로 되어 있었다.

식당은 언제나처럼 와자지껄 소란했다. 하루에 세 번, 그들에게 밥때는 가장 즐겁고 편하고 자유로운 시간이었다.

"꾹꾹 눌러서 퍼, 꾹꾹!"

"어허, 밥알 세우지 말어!"

"그리 밥을 털어대지 말라니까!"

밥을 받는 사람들은 끼니때마다 하는 소리를 또 외쳐대고 있었다. 그렇다고 주걱을 든 조선여자는 끄떡도 하지 않았다. 눈을 착 내리깔고 서서 주걱으로 연상 밥을 털어대며 딱 한 번씩 퍼주면 그만이었다. 아무리 소리쳐 보았자 전혀 효과가 없다는 것을 잘 알면서도 사람들은 끼니때마다 똑같은 소리를 외치는 것이었다. 그건 그만큼 배가 고팠기 때문이다. 그들의 한결같은 소원은 일을 적게 하는 것이 아니라 밥을 배불리 먹는 것이었다. 그들은 하루 12시간의 중노동에 시달리면서 늘 배가 고파 허덕거렸다. 그렇다고 그 밥을 공짜로 주는 것도 아니었다. 끼니마다 내는 배식표는 하루에 45전씩으로 계산되어 월급에서 공제하고 있었다.

그들의 한 달 임금은 18원이었다. 거기서 밥값으로 한 달 평균 13원 50전씩을 제했다. 그러고 나면 남는 것은 고작 4원 50전이었다. 그러나 그 돈이나마 모을 수 있는 사람은 단 하나도 없었다. 왜냐하면 배급식으로 나오는 담배와 술값을 내야 했고, 1년에 한 번 지급되는 작업복값도 내야 했다. 그렇게 되면 1년 내내 일해야 모두 다 몇십 전 손에 쥘 수 없는 빈털터리 신세였던 것이다.

밥은 쌀이라고는 구경하기 어려운 콩밥이거나 잡곡밥에, 해변가에 지천으로 널려 있는 다시마를 걷어다가 끓여주는 다시마된장국, 그리고 단무지 한 쪽이 매끼 식사였다. 그것이 어떻게 해서 하루에 45전씩인지 누구나 다 의문을 품었다. 그러나 내놓고 따지지는 못했다. 식당의 조선사람들은 일본의 앞잡이 노릇을 하며 임금벌이를 하는 것뿐이었고, 그 뒤에는 엄연히 일본이 도사리고 있었던 것이다. 따지고 나서보았자 코앞에 나타나는 것은 동그랗게 뚫린 총구멍뿐이었다. 그렇다고 양이나 많이 달라고 요구하고 나설 수도 없었다. 집단행동을 일체 용납하지 않는 그곳에서 총의 위협을 받기는 마찬가지였다. 아니, 총을 들이대는 것은 단순히 위협이 아니었다. 일본군은 총을 쏘고 싶으면 언제든지 쏘아버렸다. 그러니 이러지도 저러지도 못하는 노무자들은 밥때만 되면 주방을 향해 항의인지 분노인지 모를 소리를 질러대는 것이었다.

그리고 담뱃값이며 술값, 옷값도 일방적이기는 마찬가지였다. 그러나 뼈가 휘는 고된 노동 속에서 담배 한 대씩 안 피울 수가 없었고, 열흘에 한 번 정도 나오는 술 한잔 안 마실 수가 없었고, 1년 내내 한 노동으로 다 낡고 삭은 작업복도 바꿔입지 않을 수가 없었다.

징용을 끌려올 때 18원에서 20원의 임금이면 그런대로 괜찮은 편이라고 다들 생각했었다. 그러나 막상 첫 달을 살아보고야 그들은 또 속임수에 빠졌다는 것을 알았다. 말이 좋아 월급을 주는 것이었지 그렇듯 일방적으로 계산을 해버리고, 따지지도 항의하지도 못하게 하니 그것이야말로 굶어죽지 않을 정도로만 먹이고 철저하게 노동을 착취하는 노예부리기 바로 그것이었다.

밥은 어쩌나 엉성하게 잘도 펐는지 밥알 사이로 바람이 지나다닐 정도로 부피만 많아 보였다. 그것을 꾹꾹 눌러 장정 밥술로 뜨면 대여섯 숟가락이면 그만이었다. 아내의 주걱질로 꾹꾹 눌러 고봉으로 푼 밥도 한창 농사철에는 먹고 돌아서면 배가 고팠다. 그런데 농사철 일보다 더 고된 비행장닦기 노동을 줄기차게 해대면서 반찬도 없는 솜밥을 먹으니 모두 배가 고파 허덕거리지 않을 수가 없었다.

"아이고, 시장시런 저녁밥 묵었응게 참말로 하로가 또 지내갔다.

그려, 흘르지 않는 물 없고, 가지 않는 세월 없는 법이다."

나이 마흔이 넘은 김씨가 담배에 불을 붙이며 배필룡을 보고 말했다.

"야아, 여그 첨 떨어졌을 적에넌 참말로 막막허고 기가 맥히등마 날이 가기넌 많이 갔구만이라."

배필룡은 식기가에 붙은 수수알 하나를 손가락으로 집어 입에 넣으며 빙긋이 웃었다.

"근디, 2년이 다 되도락 자네딜 연장얼 그리 안 써묵어 집이 가서 내소박당허는 것 아닐랑가 몰르겄다?"

김씨가 배필룡과 원달호를 번갈아 보며 씨익 웃었다.

"하이고, 아자씨 것이나 걱정허씨요. 지야 마누래 봤다 허먼 그날 밤보톰 1년 365일 밤마동 열 분썩 떡칠 자신이 있응게라."

기운 좋게 생긴 원달호가 주먹을 쥐어 보이며 말했다. 그도 장가든 지 반년 만에 끌려온 처지였다.

"잉, 그리허소. 우리는 부조금이나 미리 챙개두드라고."

김씨가 배필룡을 보며 장난스럽게 웃었다. 배필룡은 담배를 빨다 말고 쿡쿡거리며 웃었다. 그들은 같은 날 끌려온 고향사람들이라 서로 의지하며 가깝게 지내고 있었다.

"아자씨, 그나저나 돌림병 소문 들었능게라?"

원달호의 목소리가 낮아졌다.

"아니, 무신 돌림병인디?"

김씨의 얼굴이 긴장되었고, 배필룡도 원달호 옆으로 다가앉았다.

"무신 병인지넌 몰르겄는디 열이 나고 설사럴 험서 기운얼 못쓴당마요."

"어디서 들었어?"

"아자씨도 참. 그런 소문이야 옴서 감서 듣는 것 아니겄소."

원달호는 소학교까지 나와 일본말을 곧잘 했고, 유난히 이 소식 저 소식을 잘 알아오는 귀가 밝았다.

"병이 심허게 퍼진가?"

배필룡이 물었다.

"이, 왜놈덜언 쉬쉬허고 있는디 발써 대여섯이 의무실로 업혀갔다는 것이여."

"고것 참 탈인디. 병세가 그러면 이질언 아닐 것이고, 하매 호열자가 아닐랑가?"

김씨가 나이든 사람답게 신중하게 병명을 짚고 있었다.

"호열자먼 무서운 병 아닌게라?"

배필룡이 더 긴장하며 마른침을 삼켰다.

"하먼, 무섭제. 되게 퍼지먼 온 동네가 다 떼죽음얼 당허기도 헝게."

"아자씨가 당해보신 적이 있으시요?"

원달호도 기색이 달라지며 물었다.

"하먼. 한 20여 년 전에 호열자가 지독시리 퍼졌는디, 두 달 가차이 찬바람 날 때꺼정 날이 날마동 줄초상이었응게."

"요것 참 재수 드럽게 되았네, 집이 갈 날 코앞에 두고. 인자 여름 시작잉게 돌림병이 지 시상 만낸 것 아니겄소?"

원달호는 완연히 당황해 있었다.

"그려, 그렇고말고. 여름이야 온갖 미물덜도 한시상 만내는 철잉게."

"글먼 으째야 되제라?"

배필룡이 두려워하는 얼굴로 물었다.

"글씨……, 찬물 묵지 말고, 넘덜허고 많이 대허지 말고 그러라는 것인디……."

"헹! 우리야 다 틀려부렀소. 그 느자구없는 식당년덜이 뜨거운 물 끓여줄 리 만무고, 100명이 한 막사서 궁굴어대니 병 걸리기 아조 딱 좋구만이라."

원달호가 성질을 냈다.

"아서, 아서. 말이 씨 되는 법이여."

김씨가 고개를 저었다.

"아니여. 요놈덜이 우리 일 부래묵을라먼 돌림병얼 막어야 헝게 무신 수럴 쓰기넌 쓸 것이여. 물도 끓이게 허고 말이여. 요놈덜이 일이 한시가 급허다고 야단이고, 일언 안직 다 안 끝나고 혔응게 몸이 단 놈덜언 요놈덜 아니어?"

배필룡의 말이었다.

"그려, 자네 말이 맞구만. 호랭이헌티 열두 번 물려가도 정신만 채리면 사는 법잉게 너무 겁묵덜 말고 맘덜 단단허니 묵어. 입조심덜 허고."

김씨가 일어났다.

"참, 다 된 잔치에 코 빠치드라고 별 좆겉은 것이 다 지랄이네."

원달호가 투덜거리며 따라 일어섰다.

배필룡도 자리를 뜨며 그때의 기억이 생생하게 되살아나고 있었다.

참 끔찍스러운 일이었다. 이곳에 와서 1년이 조금 지나서 경험한 일이었다. 잠을 자다가 보초가 깨워서 눈을 떴다. 외부에서 경비를 서는 군인들 외에 각 막사마다 두 명씩이 한 시간 교대로 보초를 서고 있었다.

보초가 깨운 사람은 넷이었다. 보초를 따라 밖으로 나갔다.

"긴급호출이오. 빨리 본부 앞으로 가보시오."

보초의 말이었다.

"무슨 일이오? 이 밤중에."

누군가 역정을 냈고

"낸들 알겠소. 나야 하라는 대로 당신들을 깨운 것뿐이오."

보초의 대꾸도 불퉁스러웠다.

밤이 깊었지만 그들은 어두운지 모르고 본부 앞으로 갔다. 하늘에 반달이 떠 있었던 것이다.

본부에 도착한 그들은 놀랐다. 자다가 불려나온 것은 자신들만이 아니었던 것이다. 20명이 넘는 사람들이 모여 있었다. 그런데 넷씩 짝을 지은 사람들은 자꾸 더 모여들었다.

"40명, 전원 다 모였나? 됐어. 20명씩 2개조로 정렬하라."

장교가 명령했다. 사병 다섯은 총을 들고 서 있었다.

"1조, 연장을 가지고 출발하라."

장교의 명령에 따라 1조는 삽과 괭이를 가지고 사병 셋을 따라 출발했다.

달빛 속에 밤의 적막은 깊었다. 달빛을 밟는 20명의 발자국 소리만 여리게 이어지고 있었다. 삽을 든 배필룡은 점점 두려움이 커져가고 있었다. 이 밤중에 어디로 무엇을 하러 가는 것인지 알 수가 없었다. 그렇다고 군인들에게 물어볼 수도 없었다. 군인들은 언제나 폭력만 휘두르는 공포스러운 존재였다. 그 누구도 말 한마디 없이 걷기만 했다. 앞선 군인이 산으로 길을 잡았다. 산비탈을 오르며 배필룡은 무엇을 파묻으러 가는 것이라고 생각했다. 한참을 걸어 산을 넘었다. 비탈을 약간 내려가다가 앞선 군인이 걸음을 멈추었다.

"정지!"

20명은 우뚝 멈춰섰다.

"이 지점을 석 자 깊이로 판다. 2조가 도착하기 전까지 빨리빨리 파라."

군인이 약간 편편한 데를 가리키며 명령했다. 그때서야 20명은 땅 위에 직사각형의 금이 널찍하게 그어진 것을 알았다. 달빛 아래 그 금은 이상하게 도드라져 보였다.

그들은 지체없이 삽질과 괭이질을 하기 시작했다.

"빨리 해, 빨리빨리!"

"2조 도착하기 전까지 못 끝내면 단체기합이다!"

군인 셋은 번갈아가면서 독촉을 해댔다. 단체기합의 무서움을 너무 잘 아는 그들은 기를 쓰며 땅을 파내려갔다.

"됐어, 깊이는 그만하면 됐고, 어서 바닥을 골라라."

흙더미 위에 올라선 군인이 지시했다.

땀을 흠뻑 흘린 그들은 삽과 괭이를 놓고 풀섶에 주저앉았다. 그들이 파낸 곳에는 네모진 커다란 구덩이가 만들어져 있었다.

도대체 저기다 뭘 파묻으려는 것일까?

배필룡은 어떤 불길한 생각과 함께 그 구덩이를 바라보고 있었다. 아주 흉물스럽게 보이는 구덩이에는 흐린 달빛이 가득 담겨 있었다.

"2조 오나?"

어느 군인이 물었고

"예, 저기 올라오고 있습니다."

다른 군인이 산등성이에 서서 대답했다.

그 순간 그들 20명은 일제히 일어섰다.

"꼼짝 말고 앉아 있어!"

군인이 총구를 휘두르며 싸늘하게 내쏘았다.

그들은 엉거주춤 도로 주저앉았다. 그들은 담배를 피우고 싶은 생각이 간절했지만 피울 수가 없었다. 공습 때문에 밤에 밖에서 담배를 피우는 것은 절대금지였다.

한참이 지나 2조가 나타나기 시작했다.

"1조, 열 명씩 좌우로 정렬!"

그들은 명령에 따라 일제히 일어섰다. 그러면서 그들은 소스라치게 놀라고 있었다. 2조의 두 명씩이 들고 있는 들것에는 시체가 놓여 있었던 것이다.

그러나 다음 순간 그들은 더욱 소스라치고 있었다. 얼핏 보았을 때 시체였지 들것에 누워 있는 것은 분명 산 사람들이었다.

들것 열 개가 구덩이 앞에 나란히 섰다.

"됐다, 처넣어!"

장교가 명령했다.

들것들이 일제히 뒤집어졌다. 사람들이 구덩이 속으로 나뒹굴어지고 처박혔다.

"아이고, 살리주이소!"

"살려줘요, 살려줘!"

"아이고메, 엄니!"

"살려주셔유우!"

"어마니!"

중병환자와 중상자들의 외침이 뒤엉키고 있었다.

"흙 빨리 덮어라, 흙!"

장교가 다시 명령했고, 사병들이 개머리판으로 1조 대원들을 후려치기 시작했다.

구덩이 속의 환자들은 계속 소리치며 버둥거리고 몸부림쳤다. 1조 대원들은 구덩이 양쪽에서 삽과 괭이로 흙을 퍼넣기 시작했다. 흙 속에서 얼굴이 불쑥 솟으며 외치고, 허옇게 뒤집힌 눈을 향해 흙이 날아가고, 손들이 허공을 쥐어뜯고, 발들이 허공을 걷어차고 있었다.

그러나 흙이 계속 퍼부어지면서 그런 움직임들은 얼마 가지 못하고 흙 속으로 파묻혀 들어갔다. 그런데 달빛 속에서 흙이 꿈틀꿈틀 움직이고 있었다. 그렇지만 흙이 구덩이를 반 이상 채우면서 그런 움직임도 끝났다.

흙이 구덩이를 수북하게 덮었다.

"전원, 위로 올라가서 다져라! 모두 힘껏 밟아!"

장교가 또다시 명령했다.

그들 40명은 수북한 흙더미 위로 올라가 제자리뛰기를 하기 시작했다. 배필룡은 뱃속이 뒤틀려오르는 구역질을 참아내느라고 이를 앙다물고 눈을 질끈 감은 채 뜀질을 하고 있었다. 그런데 흙이 발에 밟힐 때마다 아까 그 꿈틀꿈틀하던 흙을 밟는 것처럼 발바닥에 뭉클뭉클한 감촉을 느끼고 있었다.

구덩이를 수북하게 덮었던 흙이 다져져 평평하게 되었다.

"다들 수고했다. 오늘 밤에 있었던 일은 절대 비밀로 해야 한다. 만약 소문이 나면 그때는 너희들 전원을 총살한다. 여기 너희들 명단이 있으니 명심해라!"

장교는 종이 한 장을 흔들어 보였다.

며칠 동안 비위가 상해 밥맛을 잃었고, 한동안 밤마다 그 꿈에 시달리면서도 배필룡은 그 일을 가슴 깊이 묻어두었다. 그 뒤로도 의무실로 실려가는 중상자와 중병환자는 생겨났다. 그러나 그들

중에 몸이 나아서 돌아오는 사람은 거의 없었다. 사람들은 전혀 말이 없는 속에서 그들이 또 생매장당했다는 것을 다 알고 있었다. 누가 입을 열었는지 사람들은 쉬쉬하는 속에서 생매장 소식을 이미 알고 있었다. 배필룡은 또 끌려나가 그 짓을 하게 될까 봐 불안감을 떼치지 못하고 살았다.

그런데 이제 돌림병이 퍼지고 있다니 큰일이 아닐 수 없었다. 돌림병에 걸렸다 하면 그 사람들은 보나마나 생매장당할 것이 뻔했던 것이다. 배필룡은 잔뜩 긴장했다. 살아서 집으로 돌아가려면 돌림병에 걸리지 않는 수밖에 없었다.

돌림병이 퍼지고 있다는 원달호의 말은 사실로 입증되었다. 이틀이 지나 본부에서 노무자 전원을 집합시켰다.

"다들 똑똑히 들어라. 며칠 전부터 호열자 환자가 발생해서 현재 계속 퍼지고 있다. 이 병에 걸리면 누구나 죽는다. 살아서 집에 돌아가고 싶으면 다음 주의사항을 철저히 지켜야 한다. 첫째, 오늘부터는 식당에서 끓여주는 물만 마셔야 한다. 둘째, 침이 튀게 서로 가까이서 말하지 말라. 셋째, 손을 깨끗이 씻되 손을 입에 넣지 말라. 다시 말한다. 이 병에 걸리면 누구나 죽는다는 것을 명심하라."

본부 대장의 지시였다.

사람들은 며칠이 지나서야 '이 병에 걸리면 누구나 죽는다'는 대장의 말이 무슨 뜻인지 알게 되었다. 환자들은 의무실로 옮겨지는 그날 밤으로 생매장을 당하고 있었던 것이다.

물론 노무자들은 그 일을 내놓고 이야기하지 못했다. 그 대신 누구나 대장이 말한 주의사항을 잘 지키려고 혈안이 되었다.

"이봐, 식기 씻는 물도 끓여내."

노무자들이 식당에다 대고 외쳤다.

"그게 무슨 미친 소리야. 마실 물 끓여대기도 힘들어 죽겠는데."

여자들이 앙칼지게 맞소리를 질렀다.

"미친 소리라니, 말조심하지 못해. 이 돌대가리들아, 왜 식기 씻을 물도 끓여내라는지 몰라? 물은 끓여마시고, 밥을 찬물로 씻은 그릇에 받아먹으면 무슨 소용이 있어. 그릇에 병균 붙어 있으면 도로아미타불이지."

"아이고 참 잘나기도 했네. 그리 다급하면 손수 끓여 쓰셔."

여자들은 전혀 말을 들을 기미가 아니었다.

막사 2개 반인 250명 단위로 배치된 네 개의 식당에서는 이런 소란스러운 시비가 벌어졌다. 그 시비는 십장들을 통해서 본부에 보고되었다. 본부에서는 노무자들의 요구가 일리 있다고 생각해서 그 해결책을 마련했다.

"식기들을 일단 찬물로 씻는다. 그런 다음 배식을 받기 직전에 그릇을 끓고 있는 물에 담가 소독해서 꺼내도록 한다."

그래서 식당의 출입문 앞에는 물이 펄펄 끓고 있는 솥이 따로 내걸렸다. 노무자들은 식당으로 들어가기 전에 밥그릇과 국그릇을 그 끓는 물 속에 담갔다가 꺼냈다. 설거지물을 엄청나게 끓여야 하는 번거로움을 해결한 방법이었다.

그런 예방책은 효과를 나타냈다. 보름쯤 지나면서 호열자 환자는 거의 생겨나지 않게 되었다. 그러나 그동안에 죽어간 사람들이 40여 명이었다. 그런데 무사하게 병을 피한 사람들은 죽어간 사람들을 생각하지 않고 한 달 열흘 정도로 가까워진 고향 갈 날을 기뻐하고 있었다.

"아아, 정말 날이 가기는 가는구나."

"그 까마득하던 2년이 한 달 열흘로 줄다니, 이거 믿어지지가 않아."

"누가 아니래나. 지나온 날들이 꿈만 같군."

"그래, 그 고생을 어찌 이겨냈는지 모르겠어."

"이삼십 년 동안 할 고생을 2년 동안에 몰아서 해버린 기분이야."

"맞어. 농사일보다 더 힘든 일이 또 있으니 원."

"그러니 우리 다 골병든 거 아닌가."

"그나저나 집에 가게 됐으니 골병이야 집에 가서 풀어야지."

"그래, 그래. 집에만 가면 다 저절로 풀릴 병이야."

노무자들은 여기저기 모여앉아 이야기꽃을 피웠다.

"다들 방심 말라. 날이 점점 더워지고 있으니까 방심하고 더럽게 하면 호열자는 다시 생긴다. 호열자 예방대책을 계속 지켜나가면서 일을 열심히 해라. 제군들이 보다시피 비행장공사는 얼마 남지 않았다. 공사를 빨리 끝내는 대로 계약기간을 무시하고 바로 집으로 보내주겠다. 집에 하루라도 빨리 가고 싶으면 열심히 일을 해라."

대장의 말이었다.

"와아아—."

"야아아 —."

노무자들은 다같이 환성을 질러댔다. 그것은 그들이 2년 동안에 처음 지르는 환성이었다.

노무자들은 새로운 기운이 솟았다. 제대로 먹지도 못하고 중노동에 시달려 깡마르고, 햇볕에 그을려 검게 탄 그들의 얼굴에 밝은 웃음꽃이 피어났다. 그들은 다음날부터 일에 열성을 다 바쳤다. 십장들의 외침이나 욕설이 금방 사라지고 말았다. 십장들은 없어도 좋을 존재가 되어버렸다.

역시 자발적인 열성은 효과가 컸다. 여기저기 공사장마다 일이 표나도록 빨리 진척되고 있었다. 군인들의 감시도 한결 누그러져 있었다. 노무자들이 군소리 한마디 없이 일에 열중하여 작업효과가 두드러지게 좋아지자 군인들의 할 일도 없어지게 된 것이었다. 더구나 귀국날짜가 얼마 남지 않은 노무자들이 도망갈 위험도 없었던 것이다.

"이 지시마 열도라는 것이 대체 어떻게 생긴 거야?"

"그것도 모리나? 내사 마 꿈에서 딱 보니께네 섬 아니드나 섬."

"아이고메 잘났능거. 육지 아니라고 혀서 큰 다행이시."

"보래, 사람 무시허지 말그래이. 나도 마 섬 도(島) 자 정도넌 안아나."

그들은 이런 농담까지 나눌 마음의 여유를 갖게 되었다.

사실 그들은 지시마 열도라고도 하고 쿠릴 제도라고도 하는 이곳이 어떻게 생겼는지 전혀 모르고 있었다. 배에서 내리자마자 포장 친 자동차에 실려 이 산골로 왔던 것이다. 그리고는 이곳을 한 발짝도 벗어나지 못하고 오늘에 이른 것이었다. 그저 십장이나 식당여자들이 한마디씩 흘리는 것으로 이곳이 여러 개의 섬들이 잇대어 있는 것 중에서 하나라는 것 정도밖에 몰랐다. 집에 편지를 하지 못하게 하는 것처럼 일부러 어디가 어디인지 모르게 하는 것 같았다.

비행장의 활주로공사는 완전히 끝났고, 격납고 내부공사도 완료되었다. 이제 남은 것은 활주로와 격납고를 연결하는 짧고 좁은 길들뿐이었다. 그것도 지반다지기는 이미 끝냈고, 콘크리트만 덮으면 되는 것이었다. 계약기간까지는 아직도 20여 일이나 남아 있었다. 콘크리트 작업을 아무리 굼벵이걸음으로 한다 해도 사흘이면 뒤집어쓸 일이었다. 그러면 보름 이상을 빨리 집에 갈 수 있게 되는 것이었다.

"보래, 보름을 더 벌었다 아이가, 보름."

"보름이 뭐야? 열이레는 되지."

"어허, 누가 똑똑헌 경기도사람 아니라고 헐성불러 그리 야물딱지게 계산허고 나슨가. 이틀 에누리히도 보름이다 그것 아니여."

"그려유. 계산이야 그리 넉넉허니 허는 것이 좋지유."

"내사 마 와 이리 좋노."

"누구넌 안 좋고. 모다 좀도 좋제."

그들은 힘든 일을 하면서도 곧 춤이라도 출 것처럼 기분이 달떠오르고 있었다. 작업능률이 너무 좋아 십장들은 그런 정도의 잡담은 이제 개의치도 않았다.

땡땡땡, 땡땡땡, 땡땡땡…….

레일 토막이 갑자기 세 번씩 연속 울리고 있었다. 그건 공습신호였다.

노무자들은 일하던 것을 팽개치고 두 패로 갈라져 뛰기 시작했다. 각기 활주로 양쪽에 있는 막사를 향해 뛰어간 그들은 잠시 후에 모습을 완전히 감추었다. 그들은 막사로 들어간 것이 아니었다. 양쪽 막사들 뒤에 있는 산줄기 그 어느 지점에 방공호가 있었던 것이다. 그 방공호는 각각 500명씩 대피할 수 있는 깊이였다. 그들이 이곳에 와서 제일 먼저 한 일이 그 방공호를 판 것이었다. 그리고 몇 번의 훈련을 거치고, 또 실제로 공습신호가 가끔 울려 그들의 행동은 아주 기민했다. 방공호가 막사 뒤의 산에 있는 것은 밤중에도 빨리 대피할 수 있게 하기 위해서였다.

노무자들은 한 시간 이상 방공호에 갇혀 있다가 나왔다.

"이거 왜 재수 없이 비행기가 뜨고 이래."

"미국 코쟁이덜 땀세 집에 가는 것 늦어지겠는디."

"누가 아이라. 짜석덜이 누구 화 질르나."

노무자들은 투덜거리며 하늘을 올려다보았다. 푸른 하늘에는 그 어디에도 비행기가 지나간 흔적이 보이지 않았다. 어떤 때는 B29가 남기고 간 하얀 비행운이 하늘 높이 떠 있기도 했던 것이다.

이틀이 지나 격납고의 길들 콘크리트 공사가 다 끝나고 있었다.

땡땡땡, 땡땡땡, 땡땡땡…….

"이런 니미럴!"

"좆겉은 놈덜!"

"와 이라노!"

노무자들은 욕질을 해대며 뛰기 시작했다. 그들은 집에 갈 날이 바로 눈앞에 다가와 있는 만큼 대피하는 것도 기민하기 이를 데 없었다.

"코쟁이들 비행기가 이리 자주 뜨면 배가 못 떠나는 것 아닌가?"

"그기 그리되나?"

"두말허면 잔소리 아니여?"

"잘난 척들 하지 말어. 비행기 폭격 피해 배가 밤에만 불 다 끄고 다닌다는 말 듣지도 못했어?"

"맞다. 거 누고? 과거급제허게 똑똑타."

"근디 말이여, 그런다 치드라도 그리되면 닷새 걸릴 것 열흘 걸리는 것 아니겠어?"

"그야 당연하지."

"그렇게 코쟁이딜 땀세 우리가 좆빠지게 벌어논 날덜얼 배 타고 앉어 다 까묵는 것 아니고 머시여."

"맞다, 코쟁이 그놈마덜 그거 와 우리 일 망칠라꼬 드노."

"여러 말 말어. 어쨌거나 우리는 이제 집에 가는 거야."

"하모, 가는 기제. 마누래 궁뎅이가 눈앞에 선하구마."

노무자들은 어두운 방공호 안에서 규칙위반을 해가며 여기저기서 와자지껄 떠들어대고 있었다.

그런데 방공호 밖에는 군인들 열댓 명씩이 양쪽으로 도열해 있었다.

"준비이, 투척!"

장교의 명령이 떨어지자 방공호 입구를 막고 있던 위장문이 치워지며 군인들이 일제히 방공호를 향해 수류탄을 던졌다. 그와 동시에 기관총이 발사되기 시작했다.

쾅! 쾅! 쾅!

방공호 속에서 수류탄이 연속으로 터지고, 기관총탄은 쉴새없이 방공호를 향해 날아가고 있었다. 수류탄들의 폭음에 묻혀버린 것인지 어쩐지 방공호 속에서는 별다른 소리도 들리지 않았다.

기관총은 계속 발사되고, 수류탄을 던졌던 군인들은 돌덩이를 부지런히 옮겨오고 있었다. 방공호 입구에서 무엇인가가 꾸역꾸역 흘러나오기 시작했다. 그건 시뻘건 피였다.

기관총은 30분 이상 난사되었다. 시간이 갈수록 피는 도랑물처럼 흘러나오고 있었다.

기관총 난사가 끝나자 군인들은 신속하게 돌덩이들을 방공호 입구에다 쌓아올리기 시작했다. 다른 군인들 한 패가 돌이 한 겹씩 쌓일 때마다 반죽된 시멘트를 퍼다 부었다.

그곳에 징용으로 끌려온 1천여 명은 결국 하나도 살아남지 못했다. 지시마 열도 여러 섬에서는 그런 식으로 이미 4천여 명이 죽어갔던 것이다.

46

하늘이여 하늘이여

탄광촌에서는 바다가 바로 바라보였다. 온통 석탄가루를 뒤집어쓰고 있는 탄광촌과 맑고 푸른 바다는 너무 대조적이었다. 수평선 드넓게 펼쳐진 해맑은 바다 때문에 탄광촌은 더욱 칙칙하고 지저분해 보였고, 건물이며 간판들이 거무칙칙하다 못해 사람들까지 석탄때에 절어 있는 탄광촌 때문에 바다는 한층 더 맑고 푸르르게 빛나 보였다.

그런데 탄광촌이 산속에 있지 않고 바다와 인접해 있는 것부터가 희한하지 않을 수 없었다. 그것은 산맥이 해안선을 따라 뻗어 있는 탓이었다. 급경사의 긴 산줄기가 드리우고 있는 산자락은 해안에서 미처 1킬로미터도 떨어져 있지 않았다.

사할린에는 두 개의 산맥이 북쪽에서 남쪽으로 뻗어내리고 있었다. 서쪽 해안을 따라 이어지는 산줄기가 서사할린산맥이었고, 동쪽 해안을 따라 이어지는 산줄기가 동사할린산맥이었다. 드넓은 평야지대는 그 두 산맥 사이에 펼쳐져 있었다. 그런데 서사할린산 맥에서는 특히 석탄이 많이 생산되고 있었다. 그 대표적인 광산이 이곳 삭조르였다. 삭조르스크의 '삭조르'라는 러시아말은 '광부'라 는 뜻이었다. 그러니까 삭조르스크는 '광부도시'가 되는 것이었다.

서사할린산맥을 따라 해안에 형성된 도시인 우글레고르스크·일 린스크·홀름스크·네벨스크 등은 모두가 '탄광도시'들이었다. 그런 데 그 도시들은 바로 해안에 있는 까닭에 '항구도시'이기도 했다. 삭조르스크를 위시해 그 도시의 탄광들은 모두 무력을 앞세운 일 본의 대기업인 미쓰비시나 미쓰이가 장악하고 있었다. 그리고 탄 광에서 캐낸 무진장한 석탄은 가까운 항구에다 배를 대고 아주 손 쉽고 편리하게 실어갔다. 일본사람들은 사할린을 가라후토라고 불 렀다.

"이거 봐 김씨, 몇 번이나 말해야 알아듣겠어? 이러지 말고 말 들어."

십장 주가는 김장섭을 달래듯이 말했다. 주가는 김장섭 일행을 조선에서부터 사할린까지 인솔해 와 그대로 십장 노릇을 해왔던 것이다. 그런 방법은 징용자들을 20명 단위로 쉽게 다루기 위해서 고안된 것이었다.

"아니, 골백분 말혀도 소양없소. 나야 딴말에넌 딱 귀먹쟁이 되 야부렀응게 인자 집이 보내도라 그것이요. 2년 계약기간 지낸 지가 발써 보름이오, 보름."

김장섭은 팔짱을 끼고 빳빳하게 버티고 앉은 채 냉정하게 내쳤다.

"글쎄, 누가 안 보내줄라는 거야? 전쟁이 심해져 데려다줄 배가 없다니까."

주가가 눈꼬리를 세우며 짜증을 부렸다.

"하! 누구럴 빙신 팔푼이로 아시오? 새 사람덜 실어올 배는 있고, 기한 찬 사람덜 실어갈 배는 없다? 고것얼 말이라고 허고 앉었소, 시방?"

김장섭이 콧방귀를 날렸다.

"어허, 그 배들이 조선으로 안 가고 군수물자 싣고 딴 데로 간다니까그래."

"그렇게 누가 조선땅 우리 집 앞에다 디려다 돌라고 그러요. 일본 암다나 내래주먼 그 담보톰이야 나가 알어서 찾어가겄다 그 말이랑게라."

김장섭은 털끝만큼도 기죽지 않고 십장한테 맞대거리하고 있었다.

"너, 정말 말 안 들을 거야! 경비대에 끌려가서 한번 쓴맛을 봐야 알겠어."

마침내 주가가 책상을 내려치며 소리질렀다. 그는 곧 김장섭을 후려칠 기세였다.

"맘대로 헛씨요. 내가 죽었으면 죽었제 더는 탄광에 안 들어갈랑게."

김장섭은 목을 더 꼿꼿이 세웠다. 그러나 가슴에서는 찬바람이 섬뜩하게 일었다. 경비대에 끌려가서 병신 안 된 사람이 드물었던

것이다. 일본경찰들로 짜인 경비대에 끌려가 매타작을 당하고 나
와 시름시름 죽거나, 영영 돌아오지 않는 사람이 한둘이 아니었다.

"알았어. 너 같은 놈은 더 이상 좋은 말로 할 필요가 없어. 잘됐
어, 시범쪼로 쓴맛을 보여줘야 딴 놈들도 꼼짝을 못할 테니까. 이새
끼, 썩 나가!"

주가는 벌떡 일어서며 김장섭의 정강이를 걷어찼다.

"아이고메, 사람 잡네. 찰떡 묵디끼 약조럴 혔으면 약조럴 지키란
것이제 나가 어디 못헐 말 했소? 잘못헌 것이 없는 사람얼 으째서
패요, 패기럴. 끝꺼정 존 말로 히도 션찮을 것인디."

김장섭은 의자에서 굴러 떨어지듯 하며 정강이를 거머잡고 볼멘
소리를 했다. 그는 한풀 기가 꺾여 있었다.

"이새끼야, 그만큼 좋은 말로 했으면 됐지 얼마나 더 해. 뭐, 잘못
한 것이 없어? 넌 이새끼야, 선동죄야, 선동죄! 딴 놈들까지 마음
들뜨게 만든 선동죄. 선동죄로 경비대에 끌려가면 어떻게 되는지
알아? 저 바다에 처넣어 고기밥 만드는 거야. 이새끼, 같은 조선사
람이라 인정상 마지막으로 한 번만 더 묻겠다. 어떡할 거야? 조용
히 일할 거야, 또 까불 거야?"

김장섭이가 기가 꺾인 것을 알고 주가는 잔인하게 벼랑으로 몰
아대고 있었다.

김장섭은 이를 앙다물었다. 아내와 자식들의 모습이 어른거렸
다. 너무 보고 싶은 얼굴들이었지만 참아야 하고……, 그리고 살아
서……, 늦더라도 꼭 살아서 돌아가야 했다.

"……처자석덜 땀세 벨수 없제라."

김장섭은 한숨과 함께 이 말 한마디를 남기고 돌아섰다.

"……!"

주가는 문을 밀고 나가는 김장섭의 빳빳한 뒷덜미를 노려보고 있었다. 그는 상대방을 굴복시켰다는 통쾌감보다는 묘하게 마음이 켕기는 기분을 떼치지 못하고 있었다. 처자식들 때문에 참는 것이라는 김장섭의 말이 가슴을 찌르기도 했고, 완전히 꺾인 것이 아닌 그 태도가 신경에 거슬리기도 했다.

저놈이 나이도 들고, 대가 세기는 센 놈인데…… 그저 말썽 없이 돈벌이를 하는 게 상책인데 저걸 어찌해야 하나…….

주가는 담배에 불을 붙이며 골똘히 생각에 잠겼다.

"김샌, 어찌 되았소?"

"말이 믹히등게라?"

옷을 빨아 널고 있던 열댓 명의 사람들이 김장섭을 맞으며 물었다.

"고런 지 에미 붙어묵다가 좆대감지 뿐질러져 뒤질 놈이 나럴 선동죄로 경비대에 넘기겄다는 것이네. 다 좆 털어분 것이제."

김장섭이 가래침을 내뱉으며 담배꽁초를 입에 물었다.

"그럴지 알었소."

"참 그놈 개좆겉은 놈이시."

"허, 뻑따구가 든 개좆언 정기에나 좋제. 왜놈덜 등에 업고 우리 피 뽀는 것도 모지래서 경비대에 넘게? 고런 놈언 똥통에 구데기만도 못헌 놈이여."

"참말로, 못된 조선놈덜 놀아나는 꼬라지 허고. 진작에 다 오살육시럴 혔어야 허는디."

그들은 하나같이 풀이 죽으며 한숨들을 토해냈다.

"그나저나, 글면 또 은제꺼정 이놈으 탄가리 마심서 죽사리쳐야 된단 게라?"

"아이고, 나도 몰르겄네. 이놈으 전쟁이 은제 끝날란지."

김장섭이 한숨을 쉬며 돌 위에 주저앉았다. 다른 사람들도 심란스런 얼굴로 쪼그리고 앉았다. 그들의 얼굴은 잘 먹지 못하면서 중노동에 시달려 메마르고 찌들린 데다가 석탄때까지 절어 있어서 너무 궁상스럽고 지저분해 보였다.

"참, 미치고 폴짝폴짝 뛰다가 양잿물 묵고 꼬드라질 일이시. 전쟁이 안 끝나면 5년이고 10년이고 이 염병 지랄얼 히야 된다 그 말 아니여?"

"그렇게 말이여. 인자 다 망쪼든 신세로구만."

"요런 가쟁이럴 열두 발로 찢을 놈덜이 으째서 2년 약조럴 안 지키고 이리 사람얼 속이고 개지랄이여."

"아이고 이사람아, 인자 속이는 것이 아니시. 애시당초 2년이란 것보톰 거짓말이고 속인 것이시."

"머시여? 참말 그럴랑가?"

"그려, 그럴란지도 몰르구마."

"아, 왜놈덜이 거짓말허고 속인 것이 어디 한두 가지여, 시방. 징용 돈벌이가 소작질보담 훨씬 낫다고 허든 말부터가 다 거짓말이고 속임수 아니냔 말이여."

"그려, 개씹구녕서 불거진 놈덜."

"아이고, 그나저나 처자석덜 다 굶어죽겄다."

"그렇게 말이여. 고것덜이 얼매나 눈이 빠지게 기둘리겄어."

"아이고, 하매 다 굶어죽었을란지도 몰르겄다."

"워메, 가심 터져 죽겄네."

더 초췌해진 그들의 얼굴에는 슬픔과 울음이 번지고 있었다.

"다덜 기운 채리고 맘덜 강단지게 묵드라고. 전쟁이야 누가 이기든 지든 끝장날 날이 있을 것이고, 우리넌 기연시 살아서 처자석헌트로 가야 헝게."

김장섭이 손끝이 타들도록 빨아당긴 담배꽁초를 내던지며 불끈 일어섰다.

"빌어묵을, 요런 때 술이나 한잔 묵어야 허는디."

그들도 따라 일어서는데 누군가가 시름겹게 말했다.

"글씨 말이여. 술집이니 요리아니 있어도 십장이나 구미놈덜 독차지제 우리헌티야 그림에 떡이니……."

"참말로 뼛골 녹아내리게 공일날도 없이 일허고도 술 한 잔도 못 묵는 요런 신세가 시상에 어디 또 있겄어."

"다 쪼그라진 신세타령허먼 머허겄어. 가서 밥때꺼정 마룻장 신세나 지드라고."

"그려, 그래도 그것이 질로 실속 있는 일이시."

그들은 다 맥풀린 걸음으로 터덕터덕 걸어 바로 뒤에 있는 막사로 들어갔다.

오늘은 일요일이었다. 그러나 노무자들은 일요일에도 2교대로 일을 해야 했다. 그들은 여섯 시간의 오전채탄을 하고 나와 옷을 빨았고, 그동안에 김장섭은 또 십장을 만나러 갔던 것이다.

그들이 말한 '요리아'는 사창가를 그렇게 부르는 것이었고, '청로'라고도 했다. 사창가는 흔히 술집을 끼고 있었는데, 그곳에는 일본 퇴기들에다가 조선여자들도 섞여 있었고, 더러 중국여자들도 있었다. 노무자들은 술집도 그렇지만 여자들은 더욱 넘볼 수가 없었다. 한번 상대하는 데 이삼 원씩이니 그들에게는 어마어마한 거금이었다.

술집이나 사창가는 탄광을 경영하는 미쓰비시나 미쓰이 직원들을 최고고객으로 삼고 있었고, 그 다음이 경찰이나 다른 장사꾼들, 그리고 세 번째가 십장이나 구미들이었다. '구미'란 조선사람들로 채탄 도급을 맡은 사람들을 말하는 것이었다. 십장도 그렇지만 구미들도 노무자들 사이에서 악질로 소문나 있었다. 그들은 일본 회사들로부터 채탄 도급을 맡아 돈벌이를 했는데, 그 수법이 그야말로 악질적이었다. 그들은 노무자들을 폭력으로 위협해 단 한푼의 돈도 주지 않고 일을 시켜먹었다. 그들은 유곽에서 여자를 사들이듯 낭인조직을 통해서 노무자들을 사들이기도 했지만, 더 많이는 십장들에게 공급받고 있었다. 일반노무자들이 큰 사고를 내게 되면 그 처벌로 그들에게 넘겨졌던 것이다. 노무자들이 저지르는 제일 큰 사고가 도망가는 것이었다. 두 번 도망가다 잡히는 사람은 더 말할 것 없이 구미들에게 넘겨졌다. 그들의 조직을 다코베아라고 했고, '다코베아(문어방)행(行)'이라고 하면 노무자들 사이에서는 '죽는 길'로 알려져 있었다. 왜냐하면 다코베아에서는 먼저 식사량이 형편없이 줄어들었고, 그 다음에는 작업량이 불었고, 그리고 폭행이 극심했던 것이다. 그들은 한마디로 일본의 보호를 받고 있는 조선폭력단들이었다.

탄광회사들은 정부에 요청해서 징용제에 따라 노무자들을 확보했다. 그리고 조선인 십장들을 고용해 노무자들을 다스리게 했다. 또한 한쪽으로는 구미들과 선을 대고 말썽을 일으키거나 저항적인 노무자들을 골라내 부리게 하고 있었다. 그들은 돈을 미끼로 하급 관리자들을 모두 조선사람들로 배치하고는 자기들은 뒤에서 편하게 조정만 하는 것이었다.

큰 회사들이 전시호황을 누리고 있는 탄광촌의 유흥가는 꽤나 흥청거렸다. 그러나 노무자들은 그것 때문에 더 생활의 고통을 겪고 있었다. 그들은 술을 마시고 싶고 여자를 사고 싶은 욕구를 꾹꾹 참고 이겨야 했던 것이다. 젊은 남자들로서는 특히 여자에 대한 욕구를 참아내야 하는 것이 큰 고역이고 고통이었던 것이다.

그들의 한 달 임금은 18원이었다. 거기서 밥값을 제하고 받는 것이 평균 6원이었다. 거기서 절반인 3원은 무조건 저금을 하도록 되어 있었다. 집으로 돌아갈 때 찾을 수 있다는 그 저금을 거부할 수가 없었다. 만약 거부하게 되면 충성심 없는 불령선인으로 몰려 경비대를 거쳐 다코베아행을 피할 수가 없었다. 나머지 3원을 집에 송금하라고 했다. 그러나 아무도 송금할 수가 없었다. 배급 나오는 담뱃값 술값, 그리고 낡아빠진 옷을 꿰매입다 못해 한 벌이라도 사게 되면 3원은 모자라게 마련이었다. 그러나 회사 측에서 송금에 대해서는 노무자들의 자유에 맡겼다. 그건 관대해서가 아니라 잇속 때문이었다. 돈이 현지에서 소비되는 것은 그만큼 회사에 이익이었던 것이다. 노무자들은 집에 한푼도 보내지 못하는 것을 몹시도 가슴 아파하고 안타까워했다.

"바다가 저리 시퍼런히 존디 빠져 죽지도 못허고……."

한 사람이 침상에 벌렁 드러누우며 맥빠진 푸념을 했다.

"죽을 수 있는 팔자넌 아무나 타고나간디."

다른 사람도 드러누우며 한숨을 쉬었다.

침상 여기저기에는 사람들이 웅크리고 누워 잠이 들어 있기도 했다.

막사 안은 가운데가 통로였고, 양쪽이 무릎 높이의 침상이었다. 막사마다 100명씩 수용되어 있었다. 그러다가 사고로 죽거나 다코베아행이 생기게 되면 인원이 줄어들었다. 그 자리를 새로 오는 노무자들이 채웠다.

"어이, 다덜 들어보소. 쩔뚝발이 박씨가 죽었다능마."

한 사람이 뛰어들며 외쳤다.

"머시여?"

"으찌서?"

"언제 말이고?"

놀란 사람들의 물음이 한꺼번에 터졌다.

"이, 사나흘 됐다는디, 바다에 빠져 죽었다는 것이여."

"누가 죽인 거 아이가?"

"아니여. 살기가 에로와 죽었다는 것이여. 주머니서 유서가 나왔 당게……."

"장례넌 어찌 되고?"

"그날로 내다 묻었당마."

"참말로 절통헐 일이시. 타국땅서 죽었시니."

"그 사람, 살기가 에로와서 죽은 것만은 아닐 기여. 고향에 못 가 서 상심히서 죽은 것일 기여."

"그려, 다리빙신언 되았제, 배는 곯제, 집이넌 갈 질이 막막허제, 그리저리 히서 죽은 것이로구만."

"참, 또 한 사람 불쌍허니 죽었네."

"장례나 우리가 치러줘야 혔을 것인디."

그들은 침통하고 시무룩해졌다.

박씨는 1년 전에 밀차에 다리를 치여 한쪽 무릎 아래를 잘라내 야 했다. 의무실에서 치료를 받은 박씨는 그나마 탄광 밖으로 쫓겨 나게 되었다. 더 이상 쓸모가 없어진 것이었다. 박씨는 집으로 보내 달라고 여기저기 애걸하고 다녔지만 아무데서도 들은 척을 하지 않았다. 그는 구걸도 하고 해변에 나가 고깃배 일도 거들고 하며 연 명하다가 끝내 더는 견디지 못하고 바다에 몸을 던져 물거품처럼 사라져간 것이었다.

얼매나 고적허고 낙망했으면 그리 죽었을꼬. 혹시 무신 중병이
들었든 것인가? 어쨌그나 살았어야 혀. 살아서 고향에 돌아갔어야
제. 기둘리는 처자석덜언 어찌허라고…….

김장섭은 그동안 박씨에게 너무 무심했던 것을 뒤늦게 후회했다.

땡땡땡땡…….

레일 토막 두들기는 소리가 방정맞게 울려대고 있었다. 아침 6시,
기상을 알리는 종소리 아닌 종소리였다.

김장섭은 더디게 눈을 떴다. 어제하고는 다르게 몸이 묵지그리
하고 찌뿌드드했다. 그건 몸이 그러는 게 아니라 마음이 그러니 몸
까지 그렇게 느껴졌다. 마음에는 구름이 가득 끼고 기분은 암담하
기만 했다. 2년 전 갱내로 들어갈 때의 기분보다 한층 더 막막하고
기가 막혔다. 그래도 그때는 2년만 채우면 돌아갈 수 있다는 희망
이 있었다. 날마다 하루씩을 지워가는 재미로 석탄을 캐내는 고달
픔을 잊고자 했다. 참 그것은 노무자들 전부가 갖는 유일한 재미였
다. 반년을 남겨두고부터는 모여앉으면 그저 고향에 돌아갈 생각으
로 마음들이 들떴다. 그런데 그 길이 아무 예정도 없이 막히고 말
았으니 마음은 캄캄하고 막막하기만 했다. 도무지 그놈의 전쟁이
언제 끝날지 알 수가 없는 노릇이었다.

그들은 대충 세수를 하고 식당으로 몰려갔다. 그들의 손에는 밥
그릇 국그릇 외에 또 하나의 그릇이 들려 있었다. 그건 도시락이
었다.

식당에서 일하는 사람들도 모두 조선여자들이었다. 어디서나 궂

은일은 다 조선사람들에게 떠맡겨졌다.

"밥 좀 많이씩 퍼요!"

"야, 밥에 바람 넣지 말어!"

끼니때마다 터져나오는 외침이 또 어김없이 터져나오고 있었다. 그 소리를 외쳐대는 사람들은 대개 새로 와서 얼마 되지 않은 사람들이었다. 1년이 넘은 사람들은 이제 지쳐서 입을 열지 않았다. 새로 온 사람들도 그런 외침이 아무 효과가 없다는 것을 다 알고 있었다. 그런데도 그런 소리를 외쳐대는 것은 풀 길 없는 감정을 폭발시키는 것이기도 했다. 그 외침들은 '배고파서 못살겠다'는 불만과 항의를 대신하는 것이었다.

탄광의 밥도 쌀이라고는 찾아볼 수 없는 잡곡밥이거나 콩밥이었다. 그리고 국은 된장을 묽게 푼 다시마국이었고, 단무지 한 쪽은 나오다 말다 제멋대로였다. 사할린 근해에서는 여러가지 생선들이 아주 많이 잡혔다. 그런데도 단 한 번도 생선맛을 보여주지 않았다. 그저 해변에 지천으로 밀려드는 다시마만 걷어다가 국을 끓여댈 뿐이었다.

그들은 밥그릇과 도시락에 각각 밥을 받았다. 도시락 구석에는 단무지 한 쪽씩이 놓여졌다. 도시락은 탄광 안으로 가지고 갈 점심이었다. 그런데 도시락에 담긴 밥은 고르게 가득 차지 못하고 사방 구석은 다 비어 있었다.

"참, 아새끼덜도 이리 싸주지넌 안컸다."

"와 아이라. 우리가 걸뱅이도 아니고 거저 얻어묵는 것도 아인데 이기 머꼬."

"설다설다 질로 서러운 것이 배곯는 서럼인디, 만리타국 끌려온 것도 서러운디 배꺼정 곯아대니 참말로 기맥히고 눈물나네."

이런 푸념을 늘어놓는 것도 온 지 얼마 안 되는 사람들이었다.

아침식사를 마친 그들은 식기를 씻어다 놓고 변소를 다녀오고 하면서 채탄작업 준비들을 했다.

땡땡, 땡땡, 땡땡……

7시 30분에 울리는 첫소리. 그것은 입광준비를 알리는 것이었다. 노무자들은 조별로 광구 앞에 도열하기 시작했다. 막대기를 든 십장들이 재빠르게 자기 조원들을 조사해 나갔다. 그들은 노무자들의 채탄연장을 살피는 동시에 노무자들이 옆구리에 차고 있는 도시락들을 막대기로 툭툭 건드리며 지나가고 있었다.

"너, 벤또 끌러!"

어느 십장이 소리쳤다.

"아, 아니, 밥 들었는데요."

그 노무자는 당황해서 말을 더듬었다.

"이새끼야, 끄르라면 빨리 끌러!"

십장이 막대기로 노무자의 어깨를 후려쳤다.

"아이쿠…….."

노무자는 어쩔 수 없이 탄가루 묻은 보자기에 싸인 도시락을 풀어냈다.

"벤또 열어!"

"......."

"이새끼, 이게 밥이냐!"

노무자가 뚜껑을 연 도시락에는 잘게 부서진 석탄이 들어 있었다. 아침밥이 모자라 어느새 먹어치우고 조사에 들키지 않으려고 석탄을 채운 것이었다.

"이새끼야, 한꺼번에 먹어치우지 말라고 그렇게 말하는데도 못 알아들어!"

십장의 막대기는 사정없이 노무자를 난타해 대고 있었다.

그런 광경은 여기저기서 벌어지고 있었다. 그것도 새로 온 사람들이 저지르는 일이었다. 오래된 사람들은 묵묵히 그 모습을 지켜볼 뿐이었다. 그러나 그들은 새로 온 사람들의 그런 행위를 어리석다거나 미련하다고 흉보지 않았다. 그들 중에도 지난날 똑같은 행위를 하다가 들켜 매타작을 당한 일들이 있었고, 지금도 그들과 똑같이 도시락을 먹어치우고 싶은 배고픔을 느끼고 있었던 것이다. 매일 12시간씩 석탄을 캐내고 있는 그들이 첫손가락에 꼽는 고통은 탄가루를 마시는 것이 아니었다. 그건 배고픔이었다.

십장들의 검사가 끝나는 대로 노무자들은 광구로 들어가기 시작했다. 채탄작업은 정각 8시부터라서 미리 들어가 준비를 해야 했다. 오후 8시까지 12시간의 노동을 해서 개인당 책임져야 하는 양은 밀차 일곱 대분이었다. 그러나 12시간의 노동은 한 시간 정도 초과되는 것이 예사였다. 왜냐하면 조원 전체의 책임량이 채워질 때까지 작업을 계속해야 했기 때문이다. 그러니까 조원들은 최선을 다해 협동하고 일을 효율적으로 하지 않으면 안 되었다. 1인당 밀차 일곱 대분이란 그야말로 오줌 눌 시간도 아껴가며 일하지 않으면 채울 수 없는 양이었다. 십장들은 광구 밖에서 밀차가 나올 때마다 전표에다가 '正' 자를 그려나갔다. 그런데 그 책임량이 너무 과중하다고 항의하거나 양을 다 채우지 않고 저항하는 것 같은 것을 노무자들은 아예 생각하지 않았다. 그렇게 되면 자기들을 기다리고 있는 것은 십장들의 폭행과 경비대에 끌려가 반죽음이 된다는 것을 그들은 너무나 잘 알고 있었던 것이다.

며칠이 지나 김장섭네 막사 사람들이 일을 마치고 나오니 새 노무자들 14명이 와 있었다. 그들은 이미 다섯 명의 십장들에 의해서 조가 분류되어 있었다. 김장섭네 조에는 두 명이 보충되었다. 그런데 그 누구도 '신참'들을 달가워하지 않았다. 일이 서툴면서 책임량만 불어나기 때문이었다.

막사에서 결원이 생기는 것은 두 가지 이유였다. 첫째가 큰 사고를 저질러 다코베아로 넘겨진 경우였다. 두 번째가 배로 석탄을 운반하는 것 같은 좀 편한 자리로 옮겨가는 것이었다. 그건 십장들과 친해야만 되는 것인데, 그런 자들은 거의 십장들의 끄나풀 노릇을 한 자들이었다. 그리고 가끔 죽은 박씨처럼 사고로 불구가 되어 폐품처리되는 경우였다.

새로 온 사람들은 전라도와 경상도 사람들이 반반씩이었다. 그러나 다른 사람들이 거의 그렇듯 김장섭도 그들에게 별 관심이 없었다. 집에 돌아가는 것이 좌절되면서 그는 살맛을 잃고 있었던 것이다. 거의 밤마다 아내와 자식들의 꿈을 꾸었고, 그러다 보면 잠을 설치게 되었다. 그것들이 무엇을 먹고 사는지……, 굶어죽지나 않았는지……, 근심과 걱정이 깊어지기만 했다. 아침에 눈을 뜨면 몸도 마음도 무겁고 찌뿌드드하기만 했다.

그런데 다음날부터 유난히 눈에 띄는 사람이 하나 있었다. 보통 키에 마른 편인 그 사람은 생김도 평범해서 얼핏 보면 눈에 띌 만한 것이 없었다. 그런데 사람들의 눈을 끈 것은 그의 얼굴이 너무 하얀 데다 손 또한 너무 고왔던 것이다. 그리고 흰 얼굴은 더없이 선해 보였다. 그는 한 서른쯤 되어 보였다.

사람들은 그 남자가 농사일이나 노동이라고는 해본 적이 없다는 것을 금방 알아보았다. 그리고 탄광에는 전혀 어울리지 않는 남자가 어떻게 여기까지 끌려왔는지, 그가 무엇을 하던 사람인지 호기심이 발동하기 시작했다.

"보시오, 댁은 우리하고는 많이 다른데 무슨 일을 하다가 이리 끌려오셨소?"

어떤 비위 좋은 사람이 그냥 지나치지 못하고 이렇게 물었다.

"아 예……, 저는 심기헌이라고, 천주교 대전성당의 신부였습니다. 그런데 이번 8월에 들어 총독부에서 대전 평양 등 각지의 성당을 군대용으로 강압 접수하고 신부와 신학생들을 노무자나 군인으로 끌어가기 시작했습니다. 그래서 저도 이렇게 여러분들의 곁에 오게 되었습니다. 여러분들과 고락을 함께하게 된 것을 기쁘게 생각하며, 주님의 은총이 항상 여러분들과 함께하기를 빕니다."

그 사람은 담담하게 말하며 성호를 그었다.

막사 안의 사람들은 모두 너무 놀랐다. 신부까지 징용으로 끌어오다니……, 그건 지금 눈앞에 똑똑히 보고 있으면서도 도무지 믿을 수 없는 일이었던 것이다.

"아니 저어……, 시, 신부님, 어째서 총독부에서 그런 짓을 합니까?"

어떤 사람이 호칭을 더듬거리며 물었다.

"예, 더러 아시는 분들도 계시겠지만 우리 천주교에서는 신사참배를 거부한 성당들이 많습니다. 그리고 또 창씨개명도 하지 않은 신부와 신학생들이 많습니다. 그러니 총독부에서 좋아할 까닭이 있겠습니까."

심기헌 신부는 잔잔하게 웃으며 사람들을 둘러보았다. 그는 법복을 입지 않았으면서도 신부로서의 품위와 의연함을 발산하고 있었다.

"아이고, 그나저나 참 큰일이구만요. 지독시리 배고프고 일도 징허게 심드는디요."

누군가가 끌끌끌 혀를 찼다.

"예, 고맙습니다. 그러나 너무 걱정 마십시오. 예수 그리스도께서는 홀로 십자가에 못박혀 돌아가셨습니다. 그 고통에 비하면 이 일은 그리 어렵지 않을 것입니다. 그리고 저는 형제 여러분들과 함께 있지 않습니까. 여러분들의 짐이 안 되도록 열심히 하겠습니다."

심기헌은 여전히 웃음 감도는 얼굴로 사람들을 둘러보며 성직자다운 여유와 겸손으로 말했다. 사람들은 그런 그를 신기하고도 선

한 눈빛으로 바라보고 있었다.

김장섭은 기왕이면 저 신부님이 우리 조가 되었으면 좋았을 것을 하고 생각하고 있었다. 젊은 나이에 비해 침착하고 여유있는 모습이 마음에 들어 도와주고 싶었던 것이다.

심기헌 신부는 사람들의 관심 속에 일을 열심히 해나갔다. 그의 하얀 얼굴에도 석탄가루가 범벅이 되었고, 씻어도 다 빠지지 않는 미세한 가루는 날이 갈수록 석탄때로 절어 그의 얼굴도 거무튀튀하게 변해가고 있었다. 그런데도 그는 웃음을 잃지 않고 사람들을 대했고, 배가 고프다는 말은 물론이고 일이 힘들다는 말도 단 한 번 입에 올리지 않았다.

"신부님이 다르기는 다르구만."

"그러기 말다. 무신 신통력이 있능강?"

"다 수양으로 참고 이기는 것이제. 우리도 다 보배와야 혀."

"맞다, 사람이라꼬 다 똑겉은 사람이 아닌 기라."

"그래. 우리도 하느님 믿으면 그리될까?"

사람들은 이렇듯 존경의 뜻을 품게 되었다.

그러나 심기헌 신부는 스스로도 기도 같은 것을 하지 않았을 뿐만 아니라 다른 사람들에게도 일체 종교행위를 하지 않았다. 그는 조선을 떠나오기 전에도 종교행위 금지를 경고받았지만 배에서 내리자마자 경비대로 끌려가 또 똑같은 내용의 협박을 당했던 것이다.

한 달쯤 지나자 심기헌 신부는 다른 사람들과 전혀 구별이 안 되도록 변했다.

얼굴은 바짝 말라비틀어졌고 그 색깔도 거무누르스름하고 칙칙했으며, 석탄때가 절고 절어 거칠어졌고, 손톱 밑마다 석탄가루가 새까맣게 끼어 있었다. 그러나 전혀 변하지 않은 것이 하나 있었다. 그 볼품없이 초췌해진 얼굴은 여전히 온화하고 잔잔하게 웃고 있었고, 누구든 이윽히 바라보는 맑고 깊은 눈은 사람들을 쓰다듬고 어루만지는 것 같았다.

사람들은 이래저래 놀라고 있었다. 심기헌 신부가 끄떡없이 일을 이기고 있는 것에 놀라고, 그 고생을 하면서도 찡그리는 표정 한번 짓지 않고 계속 웃는 것에 놀라지 않을 수 없었다.

"참 얄궂데이. 기운이 없고 죽겠다가도 우예 신부님만 보면 기운이 나노."

"나도 그렇구마. 아칙에 일어나서 신부님하고 눈얼 안 맞치면 하로 일헐 기운이 안 난당게."

사람들이 가만가만 나누는 말이었다.

어느 날 아침 광구 앞에 줄을 선 김장섭네 막사 사람들은 눈앞이 캄캄해지는 것을 느꼈다.

"두 놈 어디 갔어, 두 놈!"

4조 십장이 막대기로 허공을 후려치며 악을 썼던 것이다.

사람들은 그때서야 새로 온 두 명이 없어졌다는 것을 알고 서로서로 멀뚱거리며 쳐다보기만 했다.

"이새끼들아, 어디 갔는지 빨리 대!"

"이봐, 빨리 경비대에 알려!"

"이새끼들아, 없어졌으면 빨리 알려얄 것 아니야!"

십장 다섯은 미친 듯이 날뛰기 시작했다. 언제나 그렇듯 한 막사에서 누가 하나라도 없어지면 나머지 사람들 모두를 공범 취급하고 들었다. 오늘은 한 사람도 아니고 둘이나 없어졌으니 그들이 날뛰는 건 너무 당연한 것이었다.

"야 이새끼들아, 빨리 대!"

"이새끼들, 도망가는지 알면서도 눈감았지!"

십장들은 자기 조원들을 막대기로 후려치기 시작했다. 노무자를 20명씩 거느리고 있는 그들 다섯은 막사에서 무슨 사고가 일어나면 또르르 한덩어리로 뭉쳐졌다.

십장들이 막대기를 휘두르고 발길질을 해대고 하는데 다른 막사의 노무자들은 탄광으로 들어가고 있었다.

어깻죽지를 얻어맞고 정강이를 걷어차인 김장섭은 하늘을 올려다보며 통증을 참아내고 있었다.

기왕 도망간 것잉게 잽히지나 말그라…….

김장섭은 어금니를 꾹 물었다. 처음 오면 누구나 한 번쯤 도망치고 싶은 유혹을 느끼는 것이었다. 대개 한두 달이 고비였다. 자신도 몇 번씩 그 유혹에 빠졌던 것이다. 그러나 도망간 사람들이 잡혀오고, 그들이 가혹하게 처벌당하는 것을 보면서 그 생각을 단념해 갔다.

미련한 놈은 도망질하고, 똑똑한 놈은 두더지질한다.

이건 노무자들 사이에 널리 퍼져 있는 말이었다. 그만큼 도망하기란 불가능했다. 우선 경찰들의 경비가 물샐틈이 없었다. 그리고 지리가 어두웠다. 그뿐만 아니라 광부 노릇을 한 외모가 너무 표가 났던 것이다.

"경비대에 알렸어."

"됐어. 이새끼들 들여보내."

"이새끼들아, 이따가 저녁에 보자. 1조부터 출발!"

마지막 남아 있던 김장섭네 막사 노무자들 100명, 아니 98명은 무거운 걸음으로 탄광의 검은 아가리 속으로 들어가기 시작했다.

"자네덜도 딴맘 묵덜 말어. 여그서 도망 나가 무사헌 사람이 하나또 없응게. 우리가 못나서 이러고 사는 것이 아니여. 여그가 섬만 아니었어도 발써 멫 분이고 도망질혔겠제. 개자석덜헌티 개죽음 허는 것보담이야 살어서 처자석덜헌트로 가야 헝게 참는 것이여. 명심덜 허드라고."

김장섭은 막장에 이르러 새로 온 두 사람에게 말했다.

그들은 하루종일 기분이 우울한 채 일을 했다. 다른 날보다도 일이 몇 곱 더 힘이 들었다.

그들은 저녁을 먹고 나자마자 침상에 도열해 매타작을 당하기 시작했다. 십장 다섯은 막대기가 아닌 참나무목도들을 들고 맘껏 소리치고 욕해 대며 노무자들을 치고 찌르고, 주먹질하고 발길질해 대며 날뛰었다. 그들 98명은 꼼짝을 못한 채 당하기만 했다.

김장섭은 힐끔힐끔 심기헌 신부를 쳐다보고는 했다. 심기헌 신부는 묵묵히 매타작을 참아내고 있었다.

그들은 취침시간까지 꼬박 두 시간을 시달렸다. 십장들이 그러는 것은 책임추궁만이 아니었다. 자기들의 화풀이 겸 더는 딴맘 먹지 못하게 하는 겁주기였다. 도망자가 생길 때마다 남아 있는 사람들은 그렇게 호된 매타작을 당하고는 했다. 그러나 어떤 반항도 할 수가 없었다. 만약 반항을 했다가는 즉각 경비대로 넘겨졌던 것이다.

"참 더럽다. 저것도 조선놈들이라고."

"왜놈덜이 저러먼 서럽지나 않제."

"어데 두고 보자. 나라만 되찾았다카믄 내 손으로 저런 놈덜 다섯은 꼭 껍데기럴 빗길 참인 기라."

그들은 잠자리에 들며 푸념하고 이를 갈았다.

도망친 두 명은 결국 이틀 만에 잡혀왔다. 그들은 막사 중앙의 양쪽 기둥에 묶여졌다. 십장들의 손에는 몽둥이며 가죽혁대가 들려 있었다. 그리고 노무자들은 침상에 줄지어 앉아 있었다.

"이새끼들아, 여기가 어디라고 도망을 가아!"

십장 하나가 외치며 몽둥이를 날렸다.

"어크!"

노무자 하나가 비명을 토했다.

"이새끼들, 어디 맛 좀 봐라!"

다시 몽둥이가 날아갔다.

"아악!"

다른 노무자가 비명을 토했다.

다섯 명의 십장들은 줄지어 두 노무자를 두들겨패기 시작했다. 빙빙 돌듯이 하며 매질을 해대는 그들의 솜씨는 이골나 있었다.

그들이 네 바퀴를 돌았을 때 두 노무자는 비명도 지르지 못하고 늘어졌다.

"좋아, 지금부터 돌림빵이다!"

십장 하나가 소리쳤고, 두 노무자는 기둥에서 풀렸다.

"전원, 일어섯! 침상 일보 앞으로!"

십장의 구령에 따라 노무자들 전부는 일어나 침상끝에서 오륙십 센티의 간격을 두고 옮겨섰다. 그리고 두 노무자는 십장들에게 끌려가 양쪽 침상끝의 통로에 섰다.

"지금부터 저놈들 때문에 너희들이 기합받은 것을 갚아줘라. 사정 보지 말고 힘껏 갈겨라. 사정 보아주는 놈들은 시범을 보여줄 테니 그리 알아라. 양쪽 동시에 실시한다. 실시!"

십장의 명령이 떨어졌다.

양쪽 침상에 선 첫 번째 노무자 둘이 자기네 앞에 서 있는 통로의 노무자 뺨을 때렸다. 그런데 그 소리는 찰싹, 찰싹일 뿐이었다.

"정지! 정지! 이새끼들, 그렇게밖에 못하겠나. 시범을 보여주겠다. 두 놈, 침상끝으로!"

십장이 소리치며 달려갔다. 그리고 침상끝으로 나서는 첫 번째 노무자의 따귀를 후려쳤다. 그 소리가 철꺽 했다.

"이렇게 해!"

십장이 소리치며 반대쪽으로 돌아섰다. 또 철꺽 소리가 났다.

"이렇게 하란 말야! 다시 실시!"

십장이 몽둥이로 통로의 바닥을 치며 명령했다.

첫 번째 노무자 둘이 다시 따귀를 갈겼다. 정말 이번에 나는 소리는 철픽, 철픽에 가까웠다.

"좋아, 다음!"

통로에 선 두 노무자는 옆에 선 십장들의 몽둥이끝에 밀려 옆으로 한 발짝 옮겼다. 두 번째 노무자가 양쪽 침상에서 따귀를 때리는 소리도 철픽, 철픽에 가까웠다. 그 소리에는 시범적으로 맞고 싶지 않다는 뜻이 담겨 있었다. 그런데 도망쳤던 두 노무자는 그런 식으로 50번에 가까운 따귀를 맞아야 하는 것이었다.

"좋아, 다음!"

"멈추시오. 이게 도대체 무슨 짓이오!"

그때 이렇게 부르짖으며 어떤 노무자가 통로로 뛰어내렸다.

"저새낀 뭐야!"

"아니, 저건 신부라는 것 아냐."

십장들이 그 노무자를 노려보았고

"저 두 사람은 당신네들한테 맞은 것으로 충분하오. 왜 우리한테까지 구타를 강요하는 거요. 당장 중지하시오."

심기헌 신부는 십장들 앞으로 거침없이 다가들며 외치고 있었다.

"이새끼, 건방지게!"

십장 하나가 몽둥이로 심기헌 신부의 어깨를 내리쳤다.

아이고 신부님!

김장섭은 주먹을 말아쥐었다.

"이새끼 이거 재미있는 놈이네. 중지 안 하면 네놈이 어쩔 테냐?"

다른 십장이 삿대질을 하며 심기헌 신부 앞으로 다가들었다.

"차라리 내가 대신 맞겠소."

심기헌 신부가 터뜨린 말이었다.

"하! 신부님이라 과연 다르시군. 아주 재미있게 잘됐어. 그래, 네놈이 원하는 대로 해주지!"

십장이 심기헌 신부의 먹살을 잡아끌었다.

"이거 아주 좋은 구경거리군. 하하하……."

"좋아, 좋아, 두 놈 것 합하면 양쪽 볼에 100대야, 100대! 어디 꼴 좀 보자. 하하하……."

다른 십장들이 웃어댔다.

"다들 똑똑히 들어라. 너희들이 다 들은 대로 이놈이 대신 맞겠다고 자청하고 나섰으니 너희들은 시범에 걸리지 않게 힘껏 쳐야 한다. 모두 알겠나? 실시!"

십장이 전보다 훨씬 크게 소리치며 몽둥이로 바닥을 내리쳤다.

철퍽.

"좋아, 다음."

철퍽.

"됐어, 다음."

찰싹.

"이새끼, 이리 와!"

철퍽.

"다시 실시!"

철퍽.

"바로 그거야. 다음!"

철퍽.

아이고메 신부님, 신부님, 어찌 사서 그 꼴얼 당허시는게라.

김장섭은 안타깝게 주먹을 말아쥐고 또 말아쥐었다. 뛰쳐나가야 된다고 생각하면서도 그러지 못하는 자신을 느끼며.

심기헌 신부는 오른쪽 볼을 50번 맞았다. 그의 볼은 검붉게 부어오르고 있었다. 이제 왼쪽 볼에 맞아야 할 것은 도망자 둘을 빼면 48번이었다.

"이제부터 반대쪽이다. 실시!"

철퍽.

"좋아, 다음!"

철퍽.

"좋아, 다음!"

철퍽.

아홉 명을 남겨놓고 심기헌 신부의 코에서는 피가 터져나왔다.

자기 차례가 된 노무자가 머뭇거렸다.

"뭘 꾸물거려. 빨리 쳐! 잘난 놈에 새끼니까 코피쯤 무서워하지 않는다."

십장이 소리쳤다.

철퍽.

"좋아, 다음!"

철퍽.

"더 세게 쳐라. 다음!"

철퍽.

심기헌 신부는 나머지를 다 맞고서야 허리에서 수건을 빼내 코를 막았다. 그의 양쪽 볼은 짝짝이 되어 부어오르고 있었다.

"이놈들 셋은 규칙대로 독감방에 감금한다. 이놈은 우리 규칙을 방해한 죄다."

십장이 심기헌 신부를 가리키며 말했다.

도망을 하다가 잡히게 되면 그런 식으로 구타를 당한 다음 '독감방'에 갇히게 되었다. 독감방이란 1인용 감방이었다. 사람 하나가 겨우 들어가 앉을 만큼의 크기인 그 감방은 바닥은 바로 땅이었고, 사방 벽과 천장은 양철로 되어 있었다. 어쩌다가 바닥에 판자쪽이 깔려 있는 것도 있었다. 일단 그 감방에 갇히면 밥은 고사하고 물 한 방울 주지 않았다. 그리고 풀려날 때까지 이틀이고 사흘이고 문을 열어주지 않기 때문에 일어설 수 없도록 천장이 낮은 그 속에 앉아 대소변을 처리해야 했다. 여름이면 양철이 햇볕에 달구어져 그 속은 완전히 불화로가 되었고, 영하 30도까지 내려가는 겨울이면 그 속은 완전히 얼음덩이가 되어버렸다. 그 독감방은 감방이 아니라 하나의 고문틀이었다. 그렇게 매타작을 당하고 그 속에 갇혀 여름에는 더위에 질식해 죽고, 겨울에는 추위에 얼어죽는 사람이 흔했다. 노무자들은 독감방을 매타작보다도 더 무서워했다.

도망자 두 사람은 독감방에 갇힌 지 꼬박 하루 만에 풀려났다. 그들은 거의 죽은 것이나 다름없는 꼴이 되어 있었다. 날씨가 더워 몸이 더 상한 것이었다. 사람들은 두 사람에게 물을 먹이고 물수건으로 몸을 닦아내고 주무르고 했다. 그런데 심기헌 신부는 풀어주지 않았다. 사람들은 애만 태웠다.

심기헌 신부는 다음날도 풀려나지 못했다. 사람들은 두 사람을 계속 치료하며 더욱 애가 탔다. 날씨가 더워 땀을 많이 흘리면서 물을 한 방울도 못 마시면 보통 문제가 아니었던 것이다.

"요놈덜이 어쩔라고 이렁고?"

"이기 예삿일이 아닌 기라."

사람들은 불길한 생각으로 안절부절못했다. 그들의 마음에서는 신부님을 때린 죄의식이 자꾸만 커져가고 있었다.

심기헌 신부는 만 사흘이 되어 풀려났다. 그는 휘청거리고 비틀거리며 몇 걸음을 옮겨놓았다. 그러더니 얼굴을 땅에 박으며 곤두박여 버렸다.

"이새끼 일어나!"

십장 하나가 그의 다리를 걷어찼다. 그는 아무 반응이 없었다.

"이거 좀 이상하잖아?"

다른 십장이 쪼그리고 앉으며 심기헌 신부를 들여다보았다.

"이거 간 모양인데?"

"뭐? 아니, 차라리 잘됐어. 그런 골치 아픈 새낀 차라리 없는 게 나아."

"그럴까? 그럼 어쩌지?"

"어쩌긴. 소모 처리하면 그만이지. 사람이야 얼마든지 보충되어 오니까."

'소모'란 죽은 사람을 통칭하는 그들의 용어였다.

"그렇지. 제놈이 잘난 척해 봐야 별수 있나."

"몇 놈 불러서 시체 치우게 해."

"알았어."

47

거짓말의 현장

"바쿠온(폭음)! 바쿠온(폭음)!"

어둠 속에서 느닷없이 터져나온 외침이었다.

"빨리 피해라!"

"방공호는 왼쪽이다, 왼쪽!"

"빨리 뛰어, 빨리!"

분대장들의 외침이 뒤엉키면서 규모 큰 집 안은 금방 수라장이 되었다. 무더위 속에서 모기에 뜯기며 잠이 들려고 하던 병사들은 서로 부딪치고 소리치고 앞을 다투며 2층 계단을 뛰어 내려가고, 야단법석이었다.

빌어먹을, 폭탄이나 팍 떨어져버려라!

박용화는 오기를 부리며 그대로 누워 있었다. 그러나 그건 오기만이 아니었다. 정말 폭탄이 떨어져 이대로 세상이 끝장나 버렸으면 좋겠다는 생각도 마음 한구석에 도사리고 있었다.

"다케다, 이새끼 죽고 싶어!"

분대장이 소리치며 박용화를 걷어찼다.

그래, 죽고 싶다. 팍 죽고 싶어.

박용화는 분대장에게 쫓겨 계단을 뛰어 내려가며 속으로 외치고 있었다. 버마에 들어서면서부터 그런 생각은 부쩍 심해지고 있었다.

하늘이 깨지고 무너져내리는 것처럼 폭음은 요란하게 진동하고 있었다. 어둠 저편에서 붉고 푸른 불꽃들이 여기저기서 부챗살 모양으로 뻗쳐오르고 있었다.

방공호에는 군인들로 가득 차 있었다. 조금 전의 소란은 간 곳이 없고 방공호 안은 조용하기만 했다. 그건 공포의 침묵이었다. 박용화는 갑자기 안으로 파고들고 싶은 충동이 일어났다. 그와 동시에 몸을 밀어붙였다. 그러나 사람들은 꿈적도 하지 않았다.

"이새끼, 가만있어. 늦게 와서 이제 겁나나."

분대장이 박용화의 목덜미를 쳤다.

딱! 하는 소리인지 땅! 하는 소리인지 분간하기 어려운 소리가 공중에서 울렸다. 그리고 다음 순간 방공호 바깥이 갑자기 환해졌다. 그 밝은 빛은 방공호 안에까지 비쳐들었다.

"아니, 이게 뭐야!"

"왜 이러냐!"

방공호 입구 가까이에 있는 병사들의 겁질린 소리였다.

"입닥쳐! 조명탄이다."

분대장이 내쏘았다.

그 짙은 어둠은 다 어디로 가고 바깥은 눈부시게 환한 빛으로 가득했다. 그리고 저 위 공중에서는 푸른빛 서린 백광을 내쏘며 조명탄이 둥둥 떠서 느릿느릿 내려오고 있었다. 그건 낙하산의 느린 낙하와 흡사했다.

뭐 저런 게 다 있나…….

말로만 들었던 조명탄을 처음 본 박용화는 두려움과 함께 신기함을 느끼고 있었다. 그건 마치 100촉짜리 전등이 낙하산을 타고 하늘에서 유유하게 내려오는 기분이 들었다.

씨에에엥, 쓰에에엥, 씨에에엥…….

갑자기 귀청을 찢는 것 같은 날카로운 소리들이 사이렌 울려대듯 했다.

쾅! 콰당! 꽝! 꽝!

잇따라 폭음이 울려댔다. 땅이 뒤흔들리고, 방공호가 무너져내리는 듯 진동하며 흙이 우수수 떨어져내렸다.

"아그그……."

"아으으흐……."

짓눌리고 으깨진 소리들이 비명인지 신음인지 모르게 흘러나오고 있었다.

귀청을 찢어대는 칼날 같은 소리와 함께 폭격은 계속되고 있었다. 그 귀신울음처럼 기분 나쁜 날카로운 소리는 폭탄이 투하되면서 일으키는 마찰음이라는 것을 박용화는 깨달았다.

꽈당! 쾅! 쾅!

"으 흐 흐……"

"어으윽……"

폭탄이 터질 때마다 겁에 짓눌린 소리들은 흘러나오고, 모두 다 부들부들 떨고 있었다. 박용화는 손가락으로 두 귀를 꼭 막고 눈을 질끈 감고 있었다. 옆구리로 등뒤로 동료들의 떨림이 느껴져 오고 있었다. 그 떨림에 자신도 떨고 있음을 느꼈다.

아아, 무적의 황군……, 거짓말이야, 새빨간 거짓말이야. 일본은 형편없이 지고 있어. 어떻게 이럴 수가 있는가…….

박용화는 배신감과 절망감을 동시에 느끼고 있었다. 그런 감정은 부산에서 배를 타고부터 점점 심해져 왔던 것이다.

얼마나 지났는지 모른다. 다시 어둠이 뒤덮고 폭음이 사라졌다. 까마득한 시간이 지나간 것 같은 착각 속에서 병사들은 방공호를 벗어나고 있었다.

"버마가 지옥은 지옥이다."

어둠 속에서 누군가가 기지개를 켜는 듯한 목소리로 말했다. 그 누구도 말을 받지 않고 병사들은 숙소의 계단만 오르고 있었다. 그 침묵은 아직 폭격의 공포에서 벗어나지 못한 것이기도 했고, 그 말에 동의하는 것이기도 했다.

'버마가 지옥'이라는 말은 학도병들이 조선을 떠나기 전에 벌써 그들 사이에서 퍼진 말이었다. 학도병들이 파견되는 곳은 크게 세 방향이었다. 남방, 중국, 일본. 그러나 일본은 하늘의 별 따기였고, 주로 남방과 중국이었다. 남방은 워낙 전선이 광대해 여러 곳이었지만, 그중에서도 버마는 가장 나빠 '지옥'으로 꼽히고 있었다. 그래서 학도병들이 가장 많이 투입된 곳이기도 했다.

"저건 영국군이야, 미국군이야?"

"알 게 뭐야. 그놈들이 연합을 했으니."

"무시무시한데."

"글쎄, 생각보다 엄청나."

"우리 쪽은 뭘 하고 있는 거지?"

"글쎄 말야……."

"계속 이렇게 당해야만 하는가?"

"비행기 없으면 별수 없지."

"왜 비행기가 없어. 우리도 있는데."

"모자라서 여기까지 배치가 안 됐으면 여기야 없는 것 아닌가."

"……."

병사들이 모여앉아 나누는 수군거림이었다. 그들은 버마에서 당한 첫 번째 야간폭격으로 완전히 기질려 있었다. 그들은 부산에서 싱가포르까지 배를 타고 온 한 달여 동안 일본해군력이 고사상태에 빠졌음을 너무 뼈저리게 느꼈던 것이다. 그런데 말레이시아와 태국을 거치면서 다시 공군력의 부재를 실감하다가 버마의 첫 번째 도시 모울메인에 도착한 첫날밤 이 일을 당한 것이다. 마치 영·미 공군이 환영식이라도 베푸는 듯이. 버마땅을 향해 기차로 북상하면서 걸핏하면 '바쿠온! 바쿠온!' 외침이 터졌고, 그때마다 기차에서 뛰어내려 논두렁이고 둔덕이고 가리지 않고 머리를 처박았던 것이 그 얼마인지 몰랐다. 하늘을 완전히 빼앗겨버린 전쟁, 그들은 서로를 쳐다보며 불안과 공포가 점점 커갔던 것이다.

"빨리 취침하라. 내일 출발이다."

분대장들이 이 방, 저 방에서 외쳤다.

병사들은 긴장과 공포로 기진맥진한 몸들을 이국의 마룻바닥에 눕혔다. 박용화는 온몸에 땀이 끈적거리는 것을 느끼며 잠이 오지 않았다.

일본이 이 지경이 되어 있다니……, 참 믿을 수 없는 일이었다. 세상이 시끌시끌하도록 대동아회의를 벌인 것이 몇 개월이나 되었다고 이 꼴이 되어 있단 말인가. 아니, 달포 전 부산을 떠날 때만 해도 무적의 황국은 도처에서 연전연승을 거두고 있다고 신문들과 방송은 떠들어대고 있지 않았던가. 그러나 그것이 거짓말이라는 것은 배로 동지나해를 지나고 남지나해를 지나면서 차츰차츰 확실하게 드러나기 시작했고, 보르네오해를 통과하면서는 그 누구나 죽음의 공포에 떨어야 했다. 5천여 명을 실은 수송선 우가마루는 폭격기와 잠수함의 공격을 피하느라고 야간에만 항해를 하면서 전전긍긍하고 있었다. 적의 폭격기나 잠수함의 공격에 정확히 걸렸다 하면 5천여 명은 고스란히 물귀신이 되거나 고기밥이 될 수밖에 없었다. 수송선을 호위하는 비행기는 고사하고 호위선단도 제대로 갖추어져 있지 않았던 것이다. 일본군은 제공권과 해상권을 적에게 완전히 빼앗긴 상태였다. 일본은 연전연승이 아니라 이미 전쟁에 지고 있는 것이 아닌가! 이 깨달음은 너무 큰 충격이었다. 그리고 그 충격은 그만큼의 배신감으로 바뀌었다. 또 소학교 선생을 걷어치운 것이 발등을 찍고 싶은 후회로 사무쳤다. 그 짓을 하지 않았더라면 지금쯤 급수도 오르고 봉급도 오르고 장가도 들어 편안하게 살고 있을 거였다. 내가 왜 이렇게 큰 실수를 거듭하는가. 그러나 이미 엎질러진 물이고 깨진 항아리였다. 학도병으로 나가는 것을 도저히 피할 수 없었으니 목숨이 안전한 곳으로 배치받아 보려고 온갖 기회를 다 엿보았다. 그러나 그것도 어림없는 일이었다. 훈련받는 동안에 남들보다 특출하면 좋은 보직을 받을 수 있다고 해서 최선을 다했지만, 재력가들과 유지들이 뻔질나게 면회를 왔다. 그들은 장교를 불러내서 최고급 향응을 베풀고 뒷돈을 쓴다는 것이었다. 자식들을 사지로 보내지 않으려는 공작이었다. 그런데 자신은 면회 한번 온 사람이 없이 훈련기간이 끝나고 말았다. 그리고 배치받은 곳은 남방 중에서도 지옥이라는 버마였다. 판검사가 되고자 했던 꿈은 늑대사단 보병 168연대 학도병 이등병으로 낙착된 것이었다. 그런데 바다를 벗어나고 보니 상황은 한층 더 참담했다. 기차로 하루면 갈 거리를 사흘이고 나흘이고 걸리는 것이었다. 그건 순전히 적기들의 내습 때문이었다. 일본군은 적군의 공군력에 해상에서나 육지에서나 철저하게 제압당해 기동력을 거의 상실하고 있었다. 기차도 비행기들의 폭격 때문에 낮에는 아예 움직이지를 못했다. 그저 도둑고양이처럼 밤에만 움직였다. 그런데 이

렇게 갑자기 야간폭격을 당해 발이 묶이게 되면 꼬박 하루 반을
숨어 있어야 하는 한심한 신세가 되는 것이었다. 막강한 공군력을
가진 적을 상대로 육군만으로 싸우고 있다니, 이것이 일본의 실체
인가? 이건 호랑이와 토끼의 싸움이고, 고양이와 생쥐의 싸움이
아니고 무엇인가. 전쟁은 전혀 승산이 없었다. 이 지옥에서 어떻게
해야 살아날 수 있을까⋯⋯. 박용화는 극성스럽게 달겨붙는 모기
를 치며 뒤척거리고 있었다.

아침에 기상을 하자마자 신병들은 병참부로 식사를 타러 갔다.

"이거 생각보다 전황이 훨씬 나쁜데 어떻게 생각하시오?"

박용화는 걸어가며 문재빈에게 물었다.

"당연한 거 아니오."

얼굴 생김만큼이나 문재빈의 대꾸는 무뚝뚝했다.

"무슨 소리요?"

"목탄차 굴리고, 고철 놋쇠그릇 쓸어가다 못해 다리 쇠난간까지
다 뜯어가는 것 보면서도 이런 꼴일지 몰랐소."

박용화는 말문이 막히고 말았다. 자신은 그런 것을 보면서 그저
전시의 물자부족 정도로만 생각했던 것이다. 그런데 문재빈은 그런
현상을 통해 이런 패배적 전황을 알고 있었다는 투였다.

이런 전황을 미리 예상하고 있었단 말이오?

이렇게 확인을 해보고 싶었지만 문재빈의 대꾸가 또 어떻게 나
올지 몰라 그만두기로 했다. 서양사를 전공했다는 그는 창씨개명
을 하지 않았고, 말수가 적은 데다 어딘가 거만해 보였다. 충청도

가 고향인 그는 사회주의 물도 약간 든 것 같았다.

"고참병들은 어제 벌써 좋은 데 갔다 온 눈치들이던데?"

"그래? 그럼 우리도 오늘은 가야지."

"괜히 군침 흘리지 마. 잘못하다간 재미도 못 보고 엉덩이에 멍만 잡히니까."

일본인 병사 서넛이 걸어가며 나누는 말이었다.

그들이 말하는 '좋은 곳'이란 위안소일 거라고 박용화는 생각했다.

고참병들은 두셋씩 패를 짜서 어딘가를 다녀오는데 신병들은 고참병들의 총까지 분해해서 닦으랴, 밥을 타오랴, 식기들을 씻으랴 하루종일 잠시도 쉴 짬이 없이 보냈다.

어두워지기 시작하면서 부대는 다시 북행열차를 탔다. 마르타반을 거쳐 페구로 가는 동안 비행기들은 편대를 이루어 폭격을 해대고 있었다. 북쪽으로 갈수록 폭격이 심해지는 것은 전선이 가까워지고 있기 때문이었다.

랑군에서 동북쪽으로 산악지대에 가까이 위치한 페구는 군사요충지이며 늑대사단의 본부가 자리잡을 곳이었다. 페구까지 가는 사이에 놓인 철교들은 빠짐없이 폭격을 당해 보수를 거듭하는 바람에 아주 약해져 있었다. 많은 사람들과 무거운 화물을 싣고는 기차가 건너갈 수 없는 지경이었다. 군인들은 군수품들을 내려서 배를 타고 강을 건너야 했다. 그리고 다시 짐들을 기차에 옮겨싣고 떠나는 형편이었다. 날마다 적도하의 무더위와 모기에 시달리면서 그런 일을 되풀이하다 보니 군인들은 전쟁터에 나가기 전에 벌써 체력을 소모하고 있었다. 그리고 말라리아에 걸리는 병사들이 자꾸 늘어나고 있었다.

페구에 도착하자 병사들에게 위안의 시간이 주어졌다. 위안의 시간이란 무슨 오락시간이 아니라 부대별로 위안소를 찾아가는 것이었다. 그건 병사들을 전선에 보내기 전에 사단본부에서 베푸는 육체의 향연이었다. 여자를 상대하게 하는 그 일을 일본군 지휘부는 사기진작의 한 방법으로 써먹고 있었다.

위안소는 열대지방의 무성한 숲속에 자리잡고 있어서 적기가 전혀 찾아낼 수 없게 되어 있었다. 병사들은 마음 놓고 짙은 그늘 아래로 줄지어 모여들기 시작했다.

"여긴 어떤 나라 피(妣)야?"

"어떤 걸 바라는데? 여기 버마에는 피가 네 가지야. 일본피, 조선피, 중국피, 원지피."

"일본피야 장군용이니까 감히 어쩔 수 없고, 원지피는 피부가 시커메 사람 같지가 않고, 중국피는 3등국민에 친숙하지가 않고, 그래도 조선피가 친숙한 게 제일 낫지 않겠어?"

"그야 그렇지. 조선피들은 그 위치도 아주 좋대잖아."

"맞어, 그런 소문이 있지. 히히히……."

"헌데, 이게 다 원지피면 어쩌지?"

"설마. 모울메인에서도 조선피였다는데. 상부에서 우릴 그리 푸대접할 리가 있어?"

"글쎄, 두고 봐야지."

일본인 병사들이 끼들거리며 들떠 있었다.

문재빈은 땅만 내려다보고 있었다. 조선처녀들이 위안부로 와 있다는 것을 처음으로 안 것은 모울메인에서였다. 직접 보지 못하고 그곳을 다녀온 고참병들의 이야기를 스쳐들으며 충격을 받았던 것이다. 군인 전용 위안소가 있다는 것도 충격이었고, 20여 명 전부가 조선처녀들이라는 것은 더욱 충격이었다. 왜 그런 것을 모르고 있었을까! 자신의 무관심을 힐책했다. 그러나 다음 순간 당연하다는 생각이 들었다. 부산을 떠나오면서도 일본은 계속 승승장구하고 있지 이렇게 열세에 몰리고 있는 줄은 까맣게 모르지 않았던가. 절대 비밀유지, 그것이 군대가 하는 일이었다. 그러니 위안소나 위안부 문제를 알 도리가 없었던 것이다.

한편, 위안소 안은 분주하게 돌아가고 있었다.

"신입 이동부대다. 빨리 준비해, 빨리!"

한씨가 아침밥을 먹고 있는 아가씨들을 몰아댔다.

"뭐가 그리 급해. 밥들도 안 처먹고 오나."

한 아가씨가 톡 쏘아붙였다.

"아유, 지긋지긋해. 또 까마귀떼야?"

다른 아가씨가 밥을 씹다 말고 몸서리를 쳤다.

"잔소리들 말고 빨리 하라니까."

한씨가 눈을 부라리며 소리쳤다.

"워째 갈수록 신입에다 이동에다 까마구떼 천지여. 참말로 못살겄네."

젓가락을 던지며 복실이가 자리를 차고 일어났다.

"이것들이 왜 이리 말이 많아. 이번 신입병들은 다른 때완 달라. 우리 조선청년들도 들어 있어."

"네에……?"

"아이고메, 조선청년덜?"

"워쩐 일이다요?"

아가씨들은 모두 놀라서 눈이 휘둥그레졌다. 그런데 그 얼굴들에는 반가움이 역연했다.

"그래, 학병들이 섞여 있다."

한씨가 약간 누그러지며 대답했다.

"학병이 머신디요?"

"응, 대학교 전문학교 학생들이 지원해서 군대에 나온 거야. 빨리해, 빨리!"

한씨는 두 팔을 휘저으며 다시 아가씨들을 몰아댔다.

"아이고, 진작에 그리 말헐 것이제."

"이거 어쩌나. 아직 분도 안 발랐는데."

아가씨들은 일제히 숟가락이며 젓가락들을 놓고 식당을 뛰어나갔다.

아가씨들이 말한 '까마귀떼'란 이동병력을 말하는 것이었다. 이동병력이 밀어닥치면 그 수도 많을 뿐만 아니라 사납고 거칠었다. 한 아가씨가 하루에 예닐곱 명 정도 상대하다가 이동병력이 몰려들게 되면 삼사십 명으로 불어났다. 그 많은 수를 상대하다 보면 아가씨들은 정신을 잃을 지경이 되었다. 아가씨들은 끝없이 덤벼드는 일본군들이 시체를 파먹는 까마귀떼처럼 자신들의 몸을 파먹는 거라고 생각했다. 그리고 검은색 좋아하고 까마귀 좋아하는 일본사람들을 빗댄 말이기도 했다.

방문인 커튼이 걷혀지며 군인이 쑥 들어섰다. 병장이고, 일본사람이었다. 복실이는 손을 내밀며 눈을 질끈 감았다. 여기 와서 숙달된 것은 계급장과 일본사람을 한눈에 식별하는 것이었다. 복실이가 내민 손에는 고무주머니가 들려 있었다. 군인보고 받아서 그것에 끼우라는 뜻이었다.

그런데 치마를 걷으며 바로 군인이 달려들었다.

"워메!"

복실이는 눈을 번쩍 뜨며 상체를 일으켰다. 그 바람에 복실이의 두 손이 군인을 떠밀었다. 막 덤벼들던 군인이 엉덩방아를 찧었다. 그 군인은 각반을 찬 채 바지가 무릎께에 내려가 있었다. 으레 이 동부대는 수가 많아 각반을 풀어 바지를 벗고 어쩌고 할 새가 없었던 것이다. 규정시간은 30분씩이었지만 군인들의 배설이 빠른데다 10분만 넘어도 밖에서 빨리 나오라고 난리가 나는 것이었다.

"이년이 왜 이래 이거!"

군인이 벌떡 몸을 일으키며 눈을 부릅떴다.

"이거 끼워요."

복실이는 일본말로 내쏘며 고무주머니를 흔들었다.

군인은 그때서야 여자의 뜻을 알았다는 듯 고개를 저으며 빙긋이 웃었다. 그리고 다시 덤벼들려고 했다.

"규칙위반, 헌병대에 알릴 거예요."

복실이의 목소리는 더욱 싸늘해졌다. 그런 일본말은 다 여기 와서 익힌 것이었다.

군인은 주춤하며 얼굴이 굳어졌다.

"건방진 년, 네가 끼워."

군인이 불뚝 선 그것을 복실이 앞으로 디밀며 손짓했다.

복실이는 비위가 획 상하는 것을 느꼈다. 그러나 외면을 하며 고무주머니를 그것에 끼웠다. 그것마저 거절했다가 무슨 봉변을 당할지 몰랐기 때문이다. 그 짓을 거절했다가 서너 차례 따귀를 맞고 걷어차이고 했던 것이다. 고무주머니를 끼지 않으려는 것은 규칙위반이었지만, 고무주머니를 끼워달라는 것이 어떻게 되는지는 아예 규정에 없으니 뭐라고 거절할 말이 없기도 했다. 그리고 어떻게 해서든 고무주머니를 끼게 하는 것은 전적으로 자신을 위해서 해야 할 일이었다. 우선 성병에 걸리지 말아야 했고, 또 임신을 해서는 안 되었던 것이다.

복실이는 다시 드러누우며 이제는 눈을 감지 않았다. 그녀의 눈은 고무주머니를 빼버리지 않나 감시하고 있었다. 군인은 고무주머니에는 신경쓰지 않고 허겁지겁 덤벼들었다. 복실이는 있는 대로 두 다리를 벌리며 자신의 거기에다 다시 한 번 침을 재빨리 발랐다. 조금이라도 통증을 덜 당하려면 그 방법밖에 없었다.

군인의 그것이 몸속으로 파고들자 복실이는 눈을 질끈 감으며 진저리를 쳤다. 남자의 그것만 보면 비위가 상하고 구역질이 솟는 것은 이미 오래된 일이었고, 그것이 몸속으로 파고들 때마다 더럽고 징그러워 소름 끼치는 것도 전혀 달라지지 않았다.

군인은 긴 숨을 토해내며 몸을 일으켰다. 그리고 고무주머니를 빼서 던졌다. 복실이는 고무주머니를 얼른 집어 유리병에 넣었다. 유리병 옆에 군인이 던져놓은 전표가 있었다. 현관 옆의 사무실을 지키고 있는 한씨한테 1원 50전씩을 내고 받아온 전표였다. 하루 일이 끝나고 나면 그걸 모아다가 한씨한테 주는 것이었다. 그러나 복실이는 그 전표에는 신경도 쓰지 않았다. 그 전표도 왜놈들의 그 것만큼 더럽고 징그럽게 생각되었고, 그걸 꼬박꼬박 챙기다 보면 자신의 신세가 더욱더 비참해지기 때문이었다. 그 전표를 잘 챙겨와야 장부 숫자와 맞춰 보수 계산을 한다는 것이었다. 그러나 그건 새빨간 거짓말이었다. 그 전표를 다시 써먹기 위해서 그러는 것뿐 여지껏 돈은 한푼도 받은 적이 없었다. 한씨와 함께 있는 왜놈 야마가타는 돈을 저금했다가 한꺼번에 준다고 했다.

두 번째 군인이 들어섰다. 거기를 닦아낸 물수건을 마른 나뭇잎 베개 옆으로 놓으며 복실이는 군인을 힐끗 쳐다보았다. 상등병에, 역시 일본사람이었다. 복실이는 고무주머니를 내밀며 또 눈을 질끈 감았다.

"새것 여기 있어."

복실이는 눈을 떴다. 군인은 바지를 까내리며 고무주머니를 흔들어 보였다.

드러운 놈, 이골났네.

복실이는 씨익 웃는 군인에게 표독스럽게 눈을 흘기며 고개를 홱 돌려버렸다.

양쪽 옆방에서 숨 헐떡거리는 소리들이 다 들려왔다. 방들이 좁은 데다 판자 한 장이 벽이었던 것이다.

열세 번째까지도 일본사람들이었다. 복실이는 자신도 모르게 사람 수를 세고 있었다는 것을 뒤늦게 깨달았다. 전에는 한 번도 없었던 일이었다. 조선사람을 기다리다 보니 그렇게 된 것이었다.

내가 왜 조선사람을 기다리고 이러지? 이 꼴을 보이는 게 얼마나 창피스러운 일이라고.

그러나 만나고 싶은 마음은 떼칠 수가 없었다. 집을 떠나온 이후 이 위안소에만 갇혀 지내면서 조선사람이라고는 만나본 적이 없었다. 그가 누구든 만나면 반갑고 눈물이 날 것 같았다.

"에이코야, 여기 너희 고향 오빠 오셨다. 빨리 모셔가라."

복실이는 귀가 번쩍 뜨였다. 에이코는 여기 와서 야마가타가 지어준 이름이었고, 방문 위의 명찰에도 그렇게 씌어 있었다.

"잉, 알었응게 쬐께 기둘려."

복실이는 군인이 숨을 헐떡거리고 있거나 말거나 맞소리를 질렀다. 군인이 멈칫 놀랐다. 복실이는 문득 미안한 생각이 들어 눈을 찡긋해 보이며 끌어안았다. 군인은 좋아라 하며 더 숨을 헐떡거리기 시작했다.

군인이 떨어져 나가자마자 복실이는 방을 튕겨나갔다.

"히데코야, 나 왔다."

복실이는 가슴에 손을 얹으며 가만히 말했다.

"들어와, 어서."

커튼이 젖혀지며 히데코가 손을 잡아끌었다.

"이 오빠 고향이 목포시래."

히데코는 반가움이 넘치는 얼굴로 거침없이 오빠라고 부르며 우뚝 서 있는 군인에게 인사를 시켰다.

"안녕허신게라우. 지넌 김제구만이라우."

복실이는 남자의 얼굴을 힐끔 보며 고개를 깊이 숙였다. 히데코는 전라남도든 북도든 가리지 않고 전라도를 그냥 한 고향으로 친 것이었다. 복실이는 진안에서 끌려왔으면서도 아버지가 늘 못 잊어했던 김제를 고향으로 댔다.

아, 저 말씨…….

박용화는 아가씨의 말을 듣는 순간 그만 가슴이 뭉클해졌다. 그는 기분이 잔뜩 언짢아져 있던 참이었다. 자신을 조선사람으로 알아보는 것도 거북했고, 더구나 고향여자까지 불러대는 바람에 재미를 보려던 기분은 완전히 깨지고 말았던 것이다. 그런데 아가씨의 말씨는 그대로 어머니의 말씨였던 것이다.

"예, 만나서 반갑소."

박용화도 고개를 약간 숙여 보였다.

"너무 보기 좋다. 기왕이면 고향 오빠 위안해 드리는 게 낫지, 그치? 빨리 저쪽 방으로 가세요. 저는 에이코 방에 오는 사람 붙들어올 테니까요."

경기도가 고향인 히데코는 눈치 빠르게 움직이며 두 사람을 밖으로 밀었다.

"어떻게 이런 데까지 왔소?"

박용화는 판자바닥에 주저앉으며 물었다. 그는 심한 충격을 받고 있었다. 방에 들어서기 전까지만 해도 위안소에 있는 조선여자들이 유곽에서 온 그렇고 그런 여자들일 거라고 생각했었다. 그런데 막상 대하고 보니 아직 스물도 안 되어 보이는 앳된 처녀들이었던 것이다.

"속아서……, 속아서……."

고개를 떨군 복실이는 목이 메었다.

"속다니, 어떻게 말이오? 무슨 좋은 데다 취직시켜 준다고 했소?"

복실이는 고개를 끄덕이며 손등으로 눈을 훔쳤다.

"못된 놈들……, 그럼 집에서는 이런 걸 전혀 모르고 있을 것 아니오?"

박용화는 가슴 저리는 아픔과 함께 분노를 느꼈다. 이런 일이 벌어지고 있는 줄은 전혀 몰랐던 것이다.

복실이는 더 크게 고개를 끄덕이며 흑 울음을 터뜨렸다.

"참, 아가씨들 신세나 우리 학병들 신세나 다 똑같소. 이따위 사람 못살 땅으로 끌려다니고 있으니. 나 담배나 한 대 피우고 가겠소."

박용화는 담배를 꺼내며 왜 첫 번째 처녀가 그렇게 반가워하며 서슴없이 '오빠'라고 불렀는지 알 것 같았다.

"저어……, 지가 맘에 안 드시면……."

복실이는 눈물 그렁그렁한 눈으로 박용화를 쳐다보았다.

"아니오, 그게 아니오. 내가 어찌 왜놈들하고 똑같이 그 짓을 할 수 있겠소."

박용화는 이 말을 하면서 최초로 피라는 것을 느끼고 있었다.

"아니구만이라, 아니구만이라……."

복실이는 뜻 모를 말을 중얼거렸다. 그 말만이라도 너무 고마웠다. 아니, 그 말이 고마워서 다른 군인들하고는 다르게 옷을 다 벗고 저 사람을 맞이하고, 자신을 주고 싶었다. 그러나 그런 마음을 표할 수가 없었다.

"나 그만 가봐야겠소."

박용화가 일어섰다.

"은제 떠나시능게라……?"

복실이도 따라 일어섰다.

"잘 모르겠소."

"낼 시간 있으시먼……."

복실이는 박용화를 간절하게 쳐다보았다.

"알겠소."

박용화는 그 눈물 어린 눈이 애처롭게 곱다는 것을 느끼며 복도로 나섰다.

"후미코야, 느그 충청도 고향 오빠다아. 얼렁 모시고 가그라."

어느 방에선가 또 외치고 있었다.

"아이고, 그려? 알었어어."

어느 방에서 다급하게 화답하고 있었다.

복실이는 박용화의 뒷모습을 지켜보고 있다가 어떤 군인에게 떠밀려 방으로 들어왔다.

여자들이 변소 갈 짬도 없이 군인들은 줄을 잇대었다. 그래서 여자들은 이동부대가 나타나면 진저리를 쳤다.

스물다섯 명 정도가 넘으면서 복실이는 거기가 부어오르면서 속살이 쓰라리고 화끈거리기 시작하는 것을 느끼고 있었다. 복실이는 그 학도병 생각과 집 생각이 자꾸 겹쳐지면서 끝없이 밀려드는 군인들이 더 지긋지긋해지고 있었다.

점심때가 되어 군인들이 끊어졌다. 그때서야 여자들은 앞다투어 변소로 뛰기 시작했다. 변소를 다녀온 그녀들은 다른 날과 달리 식당으로 모여들었다. 식당에서 일하는 버마여자 둘이 어쩐 일이냐고 눈으로 묻고 있었다. 그도 그럴 것이 점심은 처음부터 굶어왔는데 식당으로 모여드니 이상하게 생각하는 것이었다.

"너희들 어땠니, 어땠니?"

히데코가 여덟 명 중에 넷을 둘러보았다. 네 명 다 고개를 저었다.

"넷 다 안 하고 그냥 갔어?"

넷은 고개를 끄덕였다.

"우릴 더럽다고 무시했나? 다 대학생님네들이라."

다른 아가씨가 내뱉었다.

"아니여. 우리도 왜놈덜허고 똑같은 짓얼 해서 되느냐고 힜어."

복실이는 재빨리 말대꾸를 했다.

"맞다, 내가 만낸 오빠는 곧 울라캤능기라."

"그래, 그래. 역시 배운 사람들이라 생각도 깊다. 우리 서러움을 그리 알아주니 얼마나 고마운 일이니."

히데코가 울음을 씹듯 하는 얼굴로 말했다.

"그라니께네 피는 물보다 진하다 안카드나."

"그런데 왜 우리 네 사람은 없었지?"

"아니여, 안직 다 안 끝났어. 점심 묵고 또 올 것잉게."

"그렇구나. 근데 저쪽 애들도 우리처럼 눈치 빠르게 했을까?"

"가볼까? 모르고 있으면 가르쳐주게."

"그러자. 가자!"

그들 여덟은 우르르 복도로 몰려나갔다. 처음에 양쪽 건물에 열씩이었다. 그런데 복실이네 쪽에서는 두 명이 탈이 생겼다. 하나는 두 달 만에 목매달아 죽었고, 다른 하나는 네댓 달 전에 실성을 해서 부대병원에 갇혀 있었다. 그리고 저쪽 건물에서는 하나가 군인의 칼에 찔려 죽었다. 30분 동안에 세 번씩 덤벼들던 군인이 자기가 하라는 대로 하지 않는다고 칼을 마구 휘두른 것이었다.

"다들 어디 가!"

사무실에서 밥을 먹고 있던 한씨가 소리를 빽 질렀다.

"가긴 어딜 가겠어요. 고작 옆집이지."

히데코가 야무지게 쏘아붙였다.

다른 아가씨들도 눈을 흘기고 입을 삐쭉거리고 하며 밖으로 나갔다.

점심시간이 끝나자 군인들은 다시 몰려오기 시작했다. 숨이 막히도록 날은 덥고 군인들은 쉴새없이 밀려들고, 아가씨들의 몸은 땀투성이가 되어가고 있었다. 그러는 속에서도 서로 고향사람 찾아주는 외침은 이어지고 있었다. 해가 기울면서 저녁밥때가 되자 군인들이 끊어졌다.

복실이는 온몸이 땀투성이가 되어 죽은 듯이 누워 있었다. 거기가 퉁퉁 부어오르고 속살이 쓰리고 욱신거리고 화끈거리는 데다 불두덩이며 아랫배 전부가 터지는 것 같고 찢어지는 것같이 아파 도저히 일어날 수가 없었던 것이다. 40명을 치렀는지 50명을 치렀는지 알 수도 없었다.

다른 아가씨들도 몸이 퍼져 꼼짝을 못하기는 마찬가지였다. 북적거리던 군인들의 발길이 끊긴 데다 아가씨들마저도 움직이지 않아 위안소 안은 괴괴한 적막에 싸여 있었다.

한참이 지나 아가씨들이 한둘씩 변소로 목욕탕으로 가기 시작했다. 그런데 그녀들은 벽을 짚어가며 걸음을 엉기적거리고 있었다.

목욕을 끝낸 아가씨들은 고통스러움과 서글픔으로 일그러진 얼굴들로 엉기적엉기적 식당으로 모여들었다. 그녀들이 들어설 때마다 쉰 가까이 되어 보이는 버마여자 둘이 뜨거운 물수건을 건네주고는 했다. 아가씨들을 바라보는 두 여자의 얼굴에는 안쓰러워하는 빛이 가득했다. 그 뜨거운 물수건을 아랫배에 대라는 것이었다. 그건 누가 시켜서 하는 일이 아니었고 언제부터인지 모르게 두 여자가 시작한 일이었다. 뜨거운 물수건을 대면 처음에는 더 아픈 것 같지만 차츰 아랫배의 통증이 가라앉는 것이었다. 그 여자들은 무슨 나무열매 즙을 가져와 거기 부은 데다 바르라고도 했다. 그걸 바르면 부기가 다소 빠지기도 했다.

아가씨들은 모두 등받이 없는 걸상에 앉지를 못했다. 선 채로 안 남미밥을 한 그릇씩 받아들었다. 그 누구도 말을 하지 않은 채 밥을 떠넣고 있었다.

아가씨들은 식사를 끝내는 대로 앓는 소리를 가늘게 내며 자기들 방으로 들어가 쓰러졌다. 이 방, 저 방에서 앓는 소리가 흘러나오고, 모깃소리와 함께 열대의 밤이 시작되고 있었다.

복실이는 아침 일찍 잠이 깼다. 어젯밤에 장교들이 하나도 오지 않았다는 생각이 떠올랐다.

아, 그 사람들이 밤중에 떠났구나!

복실이는 뒤늦게 그 사실을 알아차렸다. 이동부대가 오고, 밤에 자고 가는 장교들의 발길이 뚝 끊어지면 그날 밤 이동부대는 떠난 것이었다.

그 사람 이름이나 알아둘 것을…….

복실이는 아쉬움 속에서 그 남자의 얼굴을 떠올렸다. 히데코처럼 오빠라고 불러보고 싶었지만 차마 그러지 못하고 말았다.

복실이는 밖으로 나왔다. 아침의 서늘함이 숲속에 가득했다. 울창한 나무들 사이로 부대 쪽을 바라보았다. 군인들이 움직이고 있는 소리가 들려왔지만 어제처럼 그 많은 군인들의 움직임은 아니었다. 밤새 이동부대가 떠난 것이 틀림없는 것 같았다.

부디 무사허시게라…….

복실이는 그 남자와 다른 학병들이 무사하기를 빌었다. 싸움터는 북쪽이고, 그쪽에서는 사람들이 엄청나게 죽어가고 있다는 것이었다. 그 젊은 사람들이 거기서 죽으면 자기네보다도 더 못한 신세라는 생각이 들었다.

복실이는 걸음을 옮겼다. 저쪽 나무 없는 데에 유난히 색깔 짙은 열대의 꽃들이 아침햇살을 받으며 활짝활짝 피어 있었다. 향기도 짙고 아름답기도 한 꽃들이 늘 피는 것은 좋지만 사시장철 여름뿐인 이 땅이 지겹고 지루해 고향을 더 그립게 만들었다.

엄니이…….

복실이는 언제 돌아가게 될지 모를 집 생각을 하며 또 가슴이 먹먹해졌다.

"잔소리들 그만하고 빨리빨리 삿쿠 씻어놓고 그래."

한씨가 식당으로 얼굴을 디밀며 소리쳤다.

아가씨들은 하던 이야기를 멈추며 좋지 않은 기색들로 자리를 떴다. 한씨는 야마가타와 마찬가지로 언제나 인정머리 없고 사납게 굴었다. 매질도 야마가타보다 못지않았다.

복실이는 고무주머니가 든 병을 들고 말숙이와 함께 가까운 개울로 나갔다.

"여그넌 물도 어찌 이리 맑덜 못허고 쿵쿵허니 이런지 몰르겄어."

말숙이는 또 물타박을 했다.

"어디 물만 그러냐. 사시장철 덥고 모구 많고, 요것이 어디 사람

살 디냐."

복실이가 한숨을 푹 쉬며 병 속의 고무주머니들을 풀섶에 쏟아
놓았다.

"근디 왜놈덜언 멀라고 요 못쓴 땅얼 차지헐라고 그리 사람덜얼
많이 죽여감서 전쟁얼 헐끄나?"

"긍게 미친놈덜이제."

"어지께 그 사람덜이 무사해야 헐 것인디."

"금메 말이여……."

"요 빌어묵을 짓도 참 징허고 징허다."

말숙이가 고무주머니를 물에 넣으며 진저리를 쳤다.

"나넌 요 짓얼 헐 때마동 팍 그냥 죽어불고 잡다."

복실이는 침을 내뱉으며 나뭇가지젓가락으로 고무주머니를 집
었다. 복실이는 고무주머니를 씻는 일이 정말 치떨리게 싫었다. 그
것을 씻어서 말려 하얀 가루를 뿌려 소독을 해서는 찢어질 때까지
다시 사용해야 했던 것이다.

"요런 물건이나 잠 잘 대주제. 요런 것이 무신 값나가는 물건이
라고."

"요런 짜잔헌 물건도 뒷대딜 못허는 판이니 왜놈덜언 곧 망헐 것
이여."

복실이가 세차게 말했다.

"아이고, 누가 듣겄다."

말숙이가 빈주먹질을 했다.

아득하게 비행기소리가 들리고 있었다. 복실이와 말숙이는 고개를 들었다. 몸체가 하얀 비행기 네 대가 햇볕에 반짝거리며 북쪽으로 날아가고 있었다. 비행기들은 날이 갈수록 자꾸 더 많이 떠다니고 있었다.

48

걸어서 반만리

전동걸은 3개월 동안의 군사훈련을 마쳤다. 조선의용군의 기본 군사훈련은 혹독하리만큼 강도가 높고 맹렬했다. 사격이며 분대전투 같은 훈련은 아무것도 아니었다. 유격전 훈련은 가히 살인적이라고 할 만했다. 먹을 것이라고는 조금도 지니지 않고 완전무장을 한 채 태항산록 그 끝없는 골짜기와 봉우리를 열흘 이상씩 타넘는 것이었다. 먹을 것은 어떻게 해서든 산중에서 구해야 했다. 뱀이고 개구리고 승냥이고 까마귀고 닥치는 대로 잡아먹어야 했다. 산열매도 따먹었지만 절대로 따먹으면 안 되는 것이 있었다. 감·호두·대추가 그것이었다. 그것들은 태항산록을 따라 마을을 이루고 사는 사람들이 공통적으로 가꾸고 있는 과실이었다. 오랜 세월 동안 생업으로 삼아오는 데다 수확량도 엄청나 그 세 가지는 태항산 명물로 널리 알려져 있을 정도였다. 그 열매들을 단 하나도 손댈 수 없는 것은 '인민의 것'이기 때문이었다.

인민을 전적으로 돕되 인민의 것은 지푸라기 하나도 손대선 안 된다. 이것은 중국공산당 군대인 팔로군의 절대적 강령이었다. 일본군 척결을 위해서 팔로군과 합작투쟁을 벌이고 있는 조선의용군은 당연히 그 강령을 따라야 했던 것이다. 팔로군은 인민의 재산만 축내지 않는 것만이 아니었다. 이동 중에 민박을 하더라도 절대로 방에 들어가는 일이 없었고, 기껏해야 헛간을 빌리거나 처마 아래서 이슬이나 서리를 피했다. 밥도 다 손수 해먹고 떠날 때는 집안 청소며 헌 울타리 같은 것도 고쳐주었다. 그뿐만이 아니었다. 팔로군은 태항산을 중심으로 한 해방구 안에 사는 인민들에게 일체의 세금을 물리지 않으면서 농번기와 추수철에는 농사일을 도와주었다. 그리고 일본군과 장개석의 국민당군으로부터 생명과 재산을 보호해 주었다.

팔로군은 자신들의 그런 헌신적 행위에 대해서 누구나 이렇게 말했다.

"우리 팔로군은 인민의 군대다. 그리고 우리들 자신이 인민이기 때문이다."

팔로군은 두 개의 적을 가지고 있었다. 하나는 일본군이었고, 다른 하나는 국민당군이었다. 일본군을 무찌르기 위한 국민당군과의 국공합작은 작년부터 깨지기 시작했다. 팔로군의 세력이 자꾸 확장되어 나가자 위협을 느끼게 된 장개석은 일본군들로 하여금 태항산을 집중공격하도록 유도했다. 그리고 자기 군대를 동원해서 협공을 시도했다. 그런 상황 아래서 팔로군이 믿고 의지할 수 있는 대상은 바로 인민들이었다. 인민들의 지지가 늘어나는 만큼 팔로군의 세력은 확장되는 것이었다.

배를 곯으면서도 신병들은 불평 한마디 할 수가 없었다. 교관이며 다른 고참병들도 자신들하고 똑같이 생활하고 있었던 것이다. 먹이를 현지에서 해결해 가며 굶어가며 싸워야 하는 유격전에 적응하기 위한 훈련이니 불평이 나올 수 없기도 했다. 그리고 신병들 모두가 강제로 끌려온 것이 아니라 조국의 독립을 위해 싸우려고 사선을 넘어 모여든 사람들이었던 것이다.

유격전 훈련은 여러 가지 목적으로 시행되고 있었다. 첫째가 전반적 유격전술을 익혀 유격전 용사의 기본을 갖추게 하는 것이었다. 둘째가 장대하게 뻗은 태항산록의 중요한 지점들의 지리를 익히는 동시에 일본군의 전방거점을 확인시키는 것이었다. 셋째가 민간인들을 상대로 팔로군과 똑같은 헌신적 생활을 몸에 익히는 것이었다. 넷째가 기동성을 발휘할 수 있는 체력단련과 함께 정신력을 강화시키는 것이었다.

이틀 동안 꼬박 굶는 것은 물론이고 물 한 모금 마시지 못하게 하면서 줄기차게 산을 넘고 골짜기를 건널 때도 있었다. 일부러 그러는 것인지 어쩐지 물이 흘러가는 개울 옆을 지나가기도 했다. 중국의 강물들은 거의가 투신자살을 하려 해도 망설여질 만큼 탁하지만 산중이라서 개울물은 맑았다. 그 물을 마시지 못하고 그냥 지나치는 고통을 참아내는 것, 그것이 훈련이었다.

그런 다음에는 사람의 시체를 뜯어먹고 산다는 승냥이고기든 까마귀고기든 못 먹을 것이 없었다.

"왜 태항산에 승냥이떼와 까마귀떼가 많은지 아십니까? 근년 사오 년 동안에 사람들이 그만큼 많이 죽었기 때문입니다. 우리 쪽도 그렇지만 왜놈들도 많이 죽었습니다."

교관이 승냥이고기를 뜯으며 태연하게 하는 말이었다. 고기를 먹을 수 없게 만드는 그 끔찍한 말을 들으며 고기를 먹을 수 있는 것, 그것도 유격전 훈련 중의 하나였다.

조선의용군 본부는 화북에서도 장대하기로 이름난 태항산록 속의 오지산(五指山) 아래 펼쳐진 드넓은 분지의 산기슭에 자리잡고 있었다. 그곳 군정학교로 되돌아온 신병들은 마침내 살아났다는 듯 환호성을 질렀다.

"신병 동무 여러분, 그 어려운 유격전 훈련을 한 사람의 낙오도 없이 이렇게 당당하고 용맹스럽게 끝내준 것에 대해 격려와 함께 고마움을 표합니다. 지금부터는 휴식입니다. 맘껏 먹고 맘껏 쉬십시오."

교관이 손을 흔들며 웃었다.

와아아 —.

신병 20여 명은 다같이 함성을 질렀다.

교관이 돌아서고 그들은 해산했다. 전동걸은 마구 뛰기 시작했다.

"여보게 동걸이, 나 좀 보세."

사혁회 회장 최우한이 소리쳤다.

"여태까지 신물 나게 봤는데 뭘 또 봐."

전동걸이 고개만 돌리고 외쳤다.

"어딜 가는데 그래?"

"사람이 눈치 없기는."

"그 꼴로 임 보러 가?"

"한시가 급해."

"완전히 미쳤군."

"급한 건 내가 아니라 저쪽이야."

"저, 저 말하는 것 보라니. 빨리 오게."

"알겠네."

최우한은 무거운 마음으로 걸음을 옮겨놓았다. 훈련에서 돌아오자마자 또 마음이 무거워진 것이었다. 훈련을 같이 받은 회원은 둘뿐이었다. 지요코까지 합해 네 사람이 태항산으로 들어온 것이었다. 나머지 회원들은 어떻게 된 것인지 알 수가 없었다. 혹시 훈련을 떠나 있는 동안 어떤 회원이 도착하지 않았나 알아보고 싶었던 것이다. 만약 아무도 더 오지 않았다면 나머지 회원들은 더 이상 못 오게 된 것이 분명할 거였다. 아무 일도 없고서야 이토록 늦어질 리가 없었던 것이다. 전원이 무사하게 태항산에 도착하리라고 생각하지는 않았었다. 그러나 반수밖에 무사하지 못한 것은 너무 큰 손실이었다.

"지요코!"

전동걸은 선전부로 뛰어들며 외쳤다.

"어머, 동걸 씨!"

무슨 일을 하고 있던 지요코가 화들짝 놀랐다. 그리고 일손을 놓고 마구 전동걸에게로 뛰어갔다.

둘이는 서로 얼싸안았다.

"아, 보기 좋습니다."

"연극의 한 장면 같은데요."

"그것 참 부럽소이다."

사람들이 웃으며 한마디씩 했다.

"아이, 그러면 부끄러워 오래 못 안잖아요."

지요코가 전동걸의 품에서 벗어나며 사람들에게 눈을 흘겼다.

"부끄럽긴요. 여긴 해방굽니다. 생존의 자유를 보장하는 동시에 사랑의 자유도 보장하는 해방구니까 하고 싶은 대로 하세요."

"예 고맙습니다. 이 정도면 흡족합니다."

전동걸이 능글능글 웃으며 받아넘겼다.

"훈련이 힘들었지요?"

선전부장이 담배를 권하며 물었다.

"아닙니다, 아주 재미있었습니다. 이제 비로소 군인이 된 것 같은 기분입니다."

전동걸의 진지한 대답이었다.

"호, 참 대단하시군요. 유격전 훈련을 받고도 그리 끄떡없으니……."

선전부장은 전동걸을 새삼스러운 눈길로 바라보며 고개를 주억거렸다.

"체력도 정신력도 대단하시군요."

다른 대원이 말했다.

"아닙니다. 교관님과 고참병들이 꿋꿋하시니까 저희 신병들이야 꼼짝 못하고 참아낸 거지요."

전동걸은 담배연기를 뿜으며 웃었다. 그동안의 훈련이 얼마나 힘들었는지는 그의 얼굴에 잘 드러나 있었다. 이제 전동걸의 얼굴에서는 동경에 있을 때의 모습은 찾을 수가 없었다. 그의 얼굴은 햇볕에 검게 그을린 데다가 살이라고는 붙어 있지 않았다.

"부장 동무, 혹시 그동안에 저희 회원들은 더 오지 않았습니까?"

전동걸이 이야기를 바꾸었다.

"예, 더 없었소."

"그것 참……."

전동걸의 얼굴에 어둠이 스치고 지나갔다.

"이제 단념하는 게 좋을 거예요."

지요코의 말이었다.

"전 그만 실례하겠습니다."

전동걸이 몸을 일으켰다.

"지요코 동무도 함께 가시오. 일과도 다 끝나가는데."

선전부장이 지요코에게 눈짓했다.

"네, 고맙습니다."

지요코가 인사하며 발딱 일어섰다.

태항산의 연봉들이 석양빛에 현란한 색조로 물들고 있었다. 오지산의 다섯 봉우리는 정말 손가락 다섯 개가 하늘을 어루만지듯 하는 형상으로 석양빛을 받아 더 뚜렷해지면서 신비스럽기 그지없었다.

"그것 참 이상하네. 다 사고를 당한 걸까……?"

전동걸은 먼 산줄기를 바라보고 걸으며 중얼거렸다.

"아니에요, 중도포기한 사람도 있을지 몰라요."

지요코가 침착하게 말했다.

"어쩌면 그럴 수도 있소."

"더 기다리지 않는 게 좋아요. 세월이 너무 많이 흘렀어요. 조직부에서도 이젠 단념하는 눈치예요."

"사고를 당한 사람들이 있다면 그것 참 안됐는데……."

전동걸은 한숨을 쉬었다.

"그래도 난 그때가 좋았어요."

지요코가 전동걸의 손을 덥석 잡았다. 그리고 길 옆의 옥수수 밭으로 끌어당겼다. 갑작스러운 그 힘에 전동걸은 끌릴 수밖에 없었다.

지요코는 전동걸의 목을 끌어안았다. 그리고 입맞춤을 하기 시작했다. 전동걸은 지요코를 꼭 끌어안으며 봉천의 그날 밤을 생각하고 있었다.

"누가 보겠소."

입술을 떼며 전동걸이 말했다.

"보면 어때요. 우린 공인받은 사인걸요."

지요코는 전동걸의 가슴으로 파고들었다.

"자자, 이따가. 이 옷이 얼마나 더럽고 냄새난다고……."

"괜찮아요, 다 당신 냄새니까."

그날 밤 이후 지요코는 단둘이 있을 때는 꼭 '당신'이라고 했다. 그때마다 전동걸은 이미화의 모습을 보았다.

"자아, 그만 갑시다. 최우한 동무가 기다리고 있소."

"난 여기가 좋고도 싫어요."

전동걸에게 끌려 옥수수밭을 나오며 지요코가 투정 부리듯이 말했다.

"알고 있소. 마음대로 사랑을 못하니까 싫으시겠지."

지요코가 눈을 곱게 흘기며 전동걸의 손을 꼬집었다.

"어떻소, 선전부 일이."

전동걸은 지요코를 사랑스러운 눈길로 바라보며 물었다.

"괜찮아요. 일이 새롭고 보람도 있어요."

지요코는 밝은 웃음과 고개를 끄덕이는 것으로 마음에 든다는 뜻을 더 강하게 표현하고 있었다.

"잘됐소. 이제 총 쏠 생각 같은 건 하지 말고 그 일을 열심히 하시오."

지요코도 제식훈련과 사격훈련까지는 남자들과 똑같이 받았다. 팔로군의 규정에 따른 것이었다. 팔로군에서는 남녀차별이 전혀 없었다. 권리의 차별이 없으니까 의무의 차별도 없어서 군인으로서 기본 훈련을 남녀가 똑같이 받았다.

그런데 지요코는 기본 훈련을 받고 나서 선전부에 보직을 받았지만 자꾸 전투요원이 되겠다고 나섰다. 그 저의가 빤해 전동걸은 비식비식 웃기만 했다. 조직에서는 지요코의 요구를 받아들이지 않았다. 체력부족이 그 이유였다. 그 명백한 이유 앞에서 지요코는 더 어쩔 수 없이 선전부로 갔다.

지요코가 선전부에 배치된 것은 그 학벌이 십분 참조된 것이었다. 지요코가 보직을 받으면서 조선의용군에는 일본여자가 둘이 되었다. 한 대원은 초창기부터 병원에서 간호원으로 일하고 있었다.

최우한은 그동안 말끔하게 목욕을 하고 숙소에 편안하게 누워 있었다.

"최 동무, 고생 많으셨지요?"

지요코가 최우한과 악수를 했다.

"아이고, 말도 말아요. 지옥에서 살아 돌아왔소."

최우한은 고개를 내둘렀다.

지요코는 전동걸과 최우한의 반응이 너무 다른 것에 멈칫 놀랐다. 아까 전동걸이가 그렇게 의연하고 당당한 태도를 보여 여러 사람들이 다같이 호감을 나타낸 것이 얼마나 자랑스러웠는지 몰랐던 것이다.

"연인과 해후한 기분이 어떻소? 저 친구, 아까 날 떼놓고 정신없이 도망갔는데."

최우한이 짓궂게 웃었다.

"아주 달고 고소해요. 이따가 만나요. 빨리 목욕하세요."

지요코는 생긋 웃으며 돌아섰다.

"이거 참, 역시 사람 속은 모른다니까. 지요코가 자네한테 저리 반할 줄 어찌 알았겠나."

최우한이 도로 벌렁 드러누웠다.

"말 말게, 괴로우이."

전동걸은 자신도 모르게 이렇게 대꾸하고는 깜짝 놀랐다. 가슴 양쪽에 자리잡고 있는 이미화와 지요코 때문에 흘러나온 말이었다. 전동걸은 서둘러 목욕탕으로 갔다.

전동걸은 또 그날 밤을 생각했다. 어떻게 피할 수가 없도록 되어 있었던 것이다. 조사는 심하고, 부부 행세는 해야 하고, 한 방에 누웠으니……

모두 평양의 대동상회에서 접선하도록 되어 있었다. 회장 최우한이 연결시킨 선이었다. 대동상회는 꽤나 큰 잡화상이라서 접선하기에는 아주 안성맞춤이었다. 손님으로 들어가서 물건을 고르며 접선하고, 몇 가지 물건을 사가지고 나오면 그처럼 자연스러운 위장이 없었던 것이다.

"천진의 일우(日友)상회를 찾아가시오. 암호는 대동강 나룻배요."

평양에서 머물 때까지만 해도 그저 연인으로 위장했다. 경의선을 타고 신의주에 이를 때까지만 해도 역시 그랬다.

"동걸 씨는 아무 말도 하지 말아요. 제가 다 알아서 할 테니까요."

국경을 넘기 전에 검사가 시작되자 지요코가 한 말이었다.

"봉천, 용무가 뭐요?"

지요코가 한꺼번에 내민 기차표 두 장을 보며 이동경찰이 물었다.

"봉천에 가는 게 아니에요. 서주에 주둔하고 있는 동생 면회를 가는 거예요."

"아! 동생이 서주에서 보국충성하고 있군요. 당연히 면회를 가셔 야지요."

이동경찰의 태도는 금방 달라졌다.

"그런데, 저분은……."

이동경찰의 날카로운 눈이 전동걸에게 멈추었다.

"네, 제 남편이에요."

"조선사람…… 같은데요……."

"네, 조선사람이에요. 왜, 안 되나요? 총독 각하께서 주창하시는 내선일체 혼인론을 실행한 것인데요."

지요코는 기분 나쁘다는 듯 이동경찰을 꼬나보았다.

"아, 아닙니다, 아닙니다. 아주 잘 어울리십니다. 원로에 편히 가 십시오."

이동경찰은 황급히 기차표를 돌려주고 다음 좌석으로 가버렸다.

지요코는 기차표를 손가방에 넣고 있었고, 전동걸은 창밖을 내다보고 있었다. 그런데 지요코의 손가락 하나가 전동걸의 허벅지를 살살 긁고 있었다. 어때요, 어때요. 내 재주가 어때요, 하는 것처럼. 전동걸은 슬며시 손을 옮겨 지요코의 손을 꼬옥 잡았다. 잘했소, 잘했소. 아주 잘했소, 하는 것처럼.

안동역의 조사에서도 그런 식으로 거뜬하게 넘어갔다. 봉천역에 내렸는데 출찰구를 지키던 경찰이 전동걸을 붙들었다. 거기서도 지요코는 매끈하게 해치웠다.

북경행 기차를 타려면 하룻밤을 자야 했다.

"어떻게 하지요? 여관에서 불심검문을 당하면."

"부부라면서, 방 따로 쓰는 부부도 있소?"

전동걸은, 에라 모르겠다, 하는 심정으로 말해 버렸다.

그리고 한방에 들어갔다. 요와 이불이 한 채밖에 없는 것을 탓할 수밖에 없었다. 위험한 길을 나선 이국땅의 첫날 밤에 부부가 되는 것이 가장 안전한 방법이라는 것을 실천하듯이 한몸이 되고 말았다.

"임신하면 어쩌지?"

전동걸이 지요코를 안은 채 말했고

"그렇게 바보로 보여요?"

지요코가 전동걸의 젖꼭지를 만지작거리며 대꾸했다.

북경에서 바로 천진으로 기차를 갈아탔다. 일본을 벗으로 생각한다는 일우상회의 간판부터가 철저한 위장용이었다. 일우상회의 주인도 평안도 사람이었다.

그 사람이 정해준 숙소에서 이틀을 보내고 어떤 영감님을 따라 북경으로 돌아왔다. 북경 만주산 뒤의 은거지에서 며칠을 머물렀다. 태항산으로 갈 사람들을 모으는 것이었다. 거기서 들으니 조선 의용군에서는 세력을 강화하기 위해서 2년 전부터 조선사람들과 선이 닿는 비밀조직을 광범위하게 가동하고 있다고 했다.

다섯 사람이 안내원을 따라 길을 나섰다. 일본여자가 태항산으로 조선의용군을 찾아가다니……, 지요코는 다른 사람들에게 관심거리가 아닐 수 없었다. 지요코는 더듬거리는 조선말을 빨리 익히려고 애를 썼다. 회원들 사이에서도 기억력 좋기로 소문났던 지요코는 하루가 다르게 말을 잘 익혀나갔다.

태항산까지는 직선거리로만 쳐도 3천 리라고 했다. 그런데 일본군들을 피해가며 안전지대로 가야 하기 때문에 이리저리 돌다 보면 길이 얼마나 더 멀어질지 모른다고 했다. 그 길을 처음서부터 끝까지 걸어서 가야 된다는 것이었다.

"어느 지점까지 기차를 타고 가서 일본군의 경계선을 넘는 루트도 있습니다. 그러나 그건 사람 수가 두 명을 넘지 않을 때, 또는 긴급한 경우에만 쓰고 있습니다. 그 방법은 아주 위험하기 때문입니다. 일본군이 중국대륙에서 가장 자신 있게 장악한 것이 철도입니다. 그런데 기차를 세 명 이상이 이용한다는 것은 좀 곤란한 문제 아니겠습니까. 일본이 중국 대륙을 절반쯤 점령한 것을 놓고 흔히들 '일본의 중국 점령이란 점과 선에 불과하다'고 말합니다. 그게 무슨 뜻인고 하니 점이란 도회지를 말하는 것이고 선이란 철도를 말하는 것입니다. 그러니까 일본군은 중국의 절반 중에서도 도회지들이나 철도밖에는 점령하지 못했다는 말입니다. 그건 틀림없는 사실입니다. 일본이 사력을 다해 병력을 투입해 대도 일본군의 점령지역 안에서도 일본군을 아직까지도 보지 못한 중국사람들이 훨씬 더 많은 실정입니다. 우리는 그 허점을 이용해서 점과 선을 피해 도보로 가는 것입니다. 그게 가장 안전한 방법입니다. 그러나 안전한 대신 시일이 많이 걸리고, 여러분들이 고생하시는 문제점이 있습니다. 그렇지만 한 사람을 데리고 안내원 하나가 위험을 무릅써가며 일을 마치는 시일이 대개 보름 걸립니다. 그런데 도보로 가면 네다섯 달이 걸리지만, 안전도에 있어서나, 안내원 활용의 효율성에 있어서나 도보가 훨씬 더 효과적입니다. 한 가지 여러분들이 고생하시는 문제인데, 그것도 헛고생이 아닌 것을 명백히 알아두셨으면 합니다. 여러분들은 군인이 되기 위해 이 길을 택하셨습니다. 태항산에 가면 엄청나게 힘든 훈련을 받아야 합니다. 그 훈련을 이겨내자면 미리 한 사오천 리 걸어 신체를 단련해 두는 게 좋습니다. 그리고 걸으며 걸으며 중국의 산천 구경을 실컷 하십시오. 세상만사 음양이 있는 법이니 여러분들은 음도 양으로 바꿀 줄 아는 훈련을 지금부터 시작하시는 겁니다. 여기는 만만디의 땅 중국입니다. 모두 마음을 느긋하게 가지십시오."

안내원의 논리적이면서도 구수한 설명이었다.

곧 겨울이 시작되었다. 겨울옷을 사입어 가며 날마다 걸었다. 아무리 춥고 눈이 많이 오는 날이라고 해도 길을 떠났다. 단 삼사십 리를 걷더라도 장소를 옮겨야만 안전하다는 것이었다. 전동걸은 그런 것을 다 요령으로 받아들였다.

성을 '황'이라고만 하는 젊은 안내원은 공산주의 이론에도 밝았고, 특히 세계정세에 통달하고 있었다. 조선의용군에서 그런 교육을 시킨다고 했다. 밤이면 그에게 중국의 복잡한 상황에서부터 세계정세에 이르기까지 여러 가지 이야기를 들었다. 그건 단순히 이야기가 아니라 조선의용군이 될 예비교육이기도 했다.

그러나 걷는 것이 완전히 안전한 것만은 아니었다. 어떤 때는 일본군의 망대 아래를 밤중에 통과하기도 했고, 또 어느 때는 철길을 가로질러 건너기도 했다. 아직 일본군의 점령지역을 벗어나지 못한 것이었다.

겨울이 가고 봄이 오고 있었다. 그래도 걷는 것은 끝나지 않았다. 석 달이 넘으면서 지요코는 농담을 써먹을 수 있을 정도로 조선말이 숙달되어 가고 있었다. 그도 그럴 것이 배우려는 의욕이 뜨거운 데다 날마다 전동걸에게 매달리듯 팔짱을 끼고 걸으며 배우는 것이니 효과가 안 날 수가 없었다.

봄이 짙어지면서 광막한 대지가 초록색으로 뒤덮이고 온갖 꽃들이 낭자하게 피어나고 있었다. 그들 모두는 중국말을 조금씩 하기 시작했다. 안내원이 이야깃거리가 동나게 되자 중국말을 가르쳐주기 시작했던 것이다.

"저는 이러다가 일본말 잊어버리겠어요."

지요코의 엄살이었고

"잘됐지요 뭐. 어차피 남편 삼으면 조선여자 되는 것 아닙니까."

안내원의 말에 모두 소리내 웃었고, 지요코는 좋아서 전동걸의 팔을 더 꼭 붙들었다.

"저어기 보이지요, 저 산. 저게 태항산입니다."

어느 날 마침내 안내원이 팔을 뻗치며 손가락질했다. 아슴하게 먼 저쪽에 긴 산줄기가 누워 있었다.

와아아!

그들은 모두 어린애들처럼 환성을 질렀다.

"아직 마음들 놓지 마세요. 오면서 많이 보았지만 빤히 보이는 것도 가다 보면 아주 멀지 않습니까. 산은 높아서 아주 멀리서도 보이니까 더 그렇습니다."

안내원의 말이었다.

"저게 아무리 멀어도 북경보다는 가깝겠지요."

지요코가 이렇게 말해 사람들을 웃겼다.

거기까지 여섯 달이 다 되어가고 있었다. 그들의 모습은 많이 변해 있었다. 얼굴들은 햇볕에 그을리고 말라 거칠어져 있었다. 그러나 눈들이 빛나고 있어서 그런 모습들은 지쳐 보이는 게 아니라 강인해 보였다. 변하지 않은 사람은 안내원 하나였다. 그는 애초에 막일꾼이나 농사꾼 같은 모습이었으니 변하고 말고 할 것이 없었던 것이다.

태항산 속으로 접어들었다. 그러나 그곳이라고 해서 안전하지가 않았다. 산마을들을 따라 일본군의 망루들이 배치되어 있었던 것이다.

"저놈들이 저희들 말대로 동계토벌을 대대적으로 실시하고는 팔로군과 조선의용군을 발붙이지 못하게 하겠다고 저리 망루나 포대를 세운 겁니다. 허나 저걸 무서워하는 조선의용군이나 팔로군은 하나도 없습니다. 왜냐하면 태항산록이 워낙 넓고 깊어 활동할 데

가 얼마든지 있기 때문입니다. 우린 이렇게 자유롭게 오가는데 우
릴 잡겠다는 저놈들은 오히려 저 속에서 감옥살이를 하고 있는 꼴
이지요."

안내원이 비웃으며 한 말이었다.

태항산록은 산줄기가 겹겹으로 겹쳐져 펼쳐지고 뻗친 장대한
산악이었다. 그런데 나무들은 그다지 풍요롭지가 못했다. 산마을
들은 두 산줄기 사이의 평지나 골짜기의 산자락 또는 분지 같은
곳에 이루어져 있었다. 그 마을마다 가지고 있는 공통점은 계단식
으로 밭을 일군 것이었고, 감나무 호도나무 대추나무를 꼭 과수
원 하듯이 많이 가꾸고 있는 것이었다. 그리고 또 하나의 특색은
마을들이 모두 불탄 흔적과 허물어지고 무너진 데가 많다는 점이
었다.

"저게 모두 일본군들이 토벌 나와서 한 짓들입니다. 무고한 사람
들도 많이 죽였지요. 전과를 올리지 못하니까 무고한 인민들에게
분풀이를 한 거지요. 적진아퇴로, 일본군이 태항산을 넘어오면 조
선의용군과 팔로군은 미리 태항산을 벗어나 산록 주변의 크고 작
은 마을들을 상대로 선전·선동 활동에 들어갑니다. 그렇게 되니
열이 받친 일본군들은 엉뚱하게 인민들을 살해하고 방화하는 겁
니다. 다음에 차차 보게 되겠지만 저쪽, 일본군의 점령지 쪽의 태항
산 줄기에는 나무가 한 그루도 살아 있는 게 없다시피 합니다. 토벌
을 한다고 일본군들이 끝없이 불을 질러댄 겁니다."

자꾸 걸음이 빨라지며 안내원이 설명하고 있었다.

마을들을 지나고, 골짜기를 올라 산등성이를 넘고, 다시 나타나는 마을을 멀리 바라보며 또 산등성이를 넘으며 산은 자꾸 깊어져가고 있었다.

서산에 해가 뉘엿뉘엿 지기 시작하고 있었다. 까마귀떼가 검은 바람을 일으키며 휘돌다가 먼 숲으로 내려앉고 있었다. 비탈진 수수밭과 조밭 사이로 오솔길이 구불구불 나 있었다. 안내원의 걸음이 어찌나 빨라지고 있는지 그 뒤를 따르느라고 다른 사람들은 숨을 헉헉거렸다. 그들은 그때서야 안내원이 자신들의 느린 걸음에 맞추어주었다는 것을 알았다.

곡식밭이 끝나자 비탈의 경사가 급해졌다. 오솔길은 더 구불거렸다. 경사가 어찌나 심한지 서너 발짝 앞의 땅이 코에 부딪힐 지경이었다. 안내원은 어디로 갔는지 모습이 보이지 않았고, 그들만 비탈길을 오르느라고 숨을 몰아쉬고 있었다.

어디선가 까마귀떼의 까욱거리는 음산한 울음소리들이 들리고 있었다. 몸집 작은 새들의 쩍쩍거림도 숲속에서 들려왔다. 작은 산꽃들이 잡풀들 사이에서 앙증맞게 피어 있었다.

그들은 한동안 비탈길을 올라채서 고갯마루 가까이에 이르렀다. 안내원은 돌 위에 편안하게 앉아 담배를 피우고 있었다.

"수고들 하셨습니다. 마침내 다 왔습니다."

안내원은 왼쪽 팔을 들어 가리키며 벌떡 일어섰다.

"와아!"

"아아……."

"어머나!"

그들은 고갯마루에 올라서는 대로 탄성을 울렸다. 그들의 눈앞에 확 트인 조망은 아주 딴 세상이었던 것이다.

태항산록이 줄기줄기 굳건히 뻗어가며 우람한 봉우리들을 받치고 있는 속에 드넓은 분지가 아늑하게 깃들여 있었다. 깊고 깊은 산속에 그렇게 넓은 분지가 펼쳐져 있는 것은 자연의 오묘함이 아닐 수 없었다.

감나무 호도나무가 무리지어 여기저기 소담한 숲들을 이루고 있는 사이로 하얀 모래밭이 뱀 형상으로 길게 드리워져 있었고, 그 가운데로 석양빛을 반사하며 냇물이 흐르고 있었다. 그 강을 끼고 띄엄띄엄 자리잡은 마을들 주위로는 곡식밭들이 초록빛 비단을 펼쳐놓은 듯 곱고 싱그러웠다. 그 아름다운 전원풍경 속에 조선의 용군 본부며 팔로군 군구사령부가 있다는 것은 믿어지지 않았다.

"다들 가시지요. 저래뵈도 또 한 20리는 걸어가야 합니다."

안내원이 걸음을 옮겨놓았다.

"아이고, 이제 200리도 단숨에 가겠습니다."

어떤 사람이 들뜬 소리로 말했다.

그들은 누가 먼저라고 할 것 없이 비탈길을 뛰어 내려가기 시작했다. 반만리를 걸어온 그들의 다리에서는 새로운 힘이 솟고 있었다.

전동걸은 목욕을 끝내며 그때의 회상에서 벗어났다. 그는 얼굴을 닦다 말고 자신의 알몸을 내려다보았다. 그리고 두 다리에 불끈 힘을 주었다. 허벅지에 불뚝불뚝 근육이 드러났다. 여기 오기 전에는 아무리 힘을 주어도 밋밋했던 허벅지였다. 돌덩이처럼 단단한 그 근육에서 비로소 독립군이 된 것을 실감할 수가 있었다.

"하먼, 학병으로 끌려갈람사 독립군이 돼야겠제. 나가 인자 허는 말인디……, 니 아부님도 독립군이셨니라……."

어머니의 담담한 말이었다.

"예에? 그, 그럼 산소는 어딨나요?"

"독립군이 산소가 워디 있어. 만주땅 그 어디서 돌아가신 것이제."

그리고 어머니는 더 말을 하지 않았다.

독립군이 산소가 워디 있어…….

그 말은 지금도 귓속을 쟁쟁히 울리고 있었다. 어머니는 남편의 산소도 모르며 서러움을 삭이고 살아온 강인함 때문이었을까. 자신을 떠나보내면서도 눈물을 보이지 않았다.

이틀을 휴식한 다음 전동걸은 출동 명령을 받았다. 군복을 벗고 사복을 입으라고 했다. 조선의용군 군복은 팔로군과 똑같이 초록색이었다. 휴대하는 무기는 권총과 단검이었다. 동행은 고참병 한 명이었다. 둘 다 허름한 사복에 허름한 배낭. 누가 보거나 중국인 촌뜨기요 농사꾼이었다. 어디로 무엇을 하러 간다는 임무 하달이 없었다. 그건 고참병이 이미 알고 있을 거였다. 전동걸은 적진 침투인지 모른다고 생각했다.

코가 뭉툭하면서 강인한 인상인 고참병은 처음부터 발 빠르게 걸었다. 유격전 훈련을 하면서 유격전의 성패는 기동성에 달려 있다고 끝없이 강조했다. 조선의용군들은 하루에 평균 150리를 갈

수 있는 주력을 갖추고 있다고 했다. 적이 100리씩 추격해 온다면 50리의 차이는 이틀 만에 완전히 적의 배후를 칠 수 있게 되고, 옛날이야기에 흔히 나오는 축지법이란 따로 있는 게 아니라는 것이었다. 조선의용군에서 가장 빠른 사람이 하루 평균 200리를 걷는다고 했다. 어쩌면 그 사람이 바로 저 사람일지도 모른다고 전동걸은 생각했다. 키도 별로 크지 않은 사람이 성큼성큼 걸어가는데 5분이 미처 못 되어 간격이 벌어져 뛰어야 하는 것이었다. 신병들 중에서는 잘 걷는 축에 들었는데 그 사람 앞에서는 어림이 없었다.

분지를 벗어날 즈음에 의용군 20여 명이 밭에서 열심히 일을 하는 것이 보였다. 농사짓는 당번이 된 부대원들이었다. 조선의용군들은 자급자족 원칙이었다. 싸우면서 농사를 짓는 것이었다.

고참병은 말 한마디 없이 줄기차게 걷기만 했다. 서너 시간을 쉴 새없이 걸으니 전동걸의 다리는 뻣뻣하게 굳어져 오고 있었다. 그렇다고 쉬어가자고 할 수도 없었다. 어떤 임무수행을 겸한 시험인지도 몰랐던 것이다.

점심때가 되어 고참병은 꽤 번화한 동네에서 걸음을 멈추었다. 그는 바로 식당으로 들어갔다.

"힘들지요?"

전동걸의 물잔에 차를 따라주며 그가 처음으로 한 말이었다.

"아, 아닙니다."

전동걸은 당황해서 대답했다. 고참병은 서른 살쯤 되어 보였다.

"미안하오. 갈 길이 급해서 빨리 걷는 것이니 힘들더라도 좀 참으시오. 그 대신 식사는 양껏 하시오."

"예, 괜찮습니다."

혹시 무슨 일을 하러 가는지 말하려나 기대했지만 고참병은 더 입을 열지 않았다.

음식이 푸짐하게 나왔다. 전동걸은 오후에 또 정신없이 걸을 것을 생각해 배부르게 먹었다. 끓이지 않은 물을 먹으면 설사하고 열 오르고 구토하는 풍토병에 걸리기 때문에 따끈한 차도 네댓 잔이나 마셨다.

그러나 그게 큰 잘못이었다. 아픈 다리를 쉰 데다가 배가 불러 걷기가 너무 힘이 들었다. 고참병과 간격은 자꾸 벌어지는데 고참병은 인정사정없이 빨리 걸어가고 있었다. 먹은 것을 도로 토해낼 수도 없고, 전동걸은 '아이고, 이 미련한 놈아'를 되뇌며 헐떡거리고 뛰었다.

고참병은 해가 저도 걸음을 멈출 줄을 몰랐다. 전동걸은 이를 악물고 걸었다. 젊은 내가 질 수 있느냐 하는 오기가 뻗쳐오르고 있었다. 벌써 150리는 걸어오지 않았는가 싶었다.

고참병은 어두워서 더 걸을 수 없을 정도가 되어 어느 초라한 마을로 들어섰다. 여자노인네 혼자 사는 집에서 저녁밥을 얻어먹고 자려고 들어간 곳은 헛간이었다. 고참병은 헛간 바닥에다가 거적을 깔더니 태연하게 앉아 담배를 피워물었다. 전동걸도 거적 위에 앉을 수밖에 없었다. 말로만 들어온 팔로군식 생활을 처음으로 겪는 것이었다. 전동걸은 묘한 기분으로 담배를 맛있게 빨았다. 너무 빨리 걷느라고 담배 피울 틈도 없었던 것이다.

"일찍 잡시다. 내일 아침 일찍 떠나야 하니까."

고참병은 벌렁 드러누웠다.

전동걸도 따라 누울 수밖에 없었다.

헛간문 밖으로 밤하늘이 가득했다. 별밭이 휘늘어져 있었다. 중국하늘에서 바라보는 은하수가 묘하게 슬펐다. 견우와 직녀의 전설이 문득 떠올랐다. 그리고 이미화의 그 희고 가녀리고 안온한 얼굴이 은하수 저편에 걸려 있었다. 이미화와 몸을 섞었던 그날 밤을 생각하며 전동걸은 아른아른 잠에 빠져들고 있었다.

전동걸은 고참병이 깨워서야 눈을 떴다. 미처 어둠이 걷히지 않은 사방에는 짙은 안개가 자욱하게 끼어 있었다.

"물이나 한잔 마시고 떠납시다. 아침은 가다가 먹고."

고참병이 따끈한 차를 내밀었다. 먼저 일어나 차를 끓인 것이었다. 물이 나빠 의용군들도 중국사람들처럼 잎차를 상비하고 다녔다.

"아이고, 죄송합니다. 제가 먼저 일어나 했어야 하는데요."

전동걸은 정말 미안하고 면목이 없었다.

"아니오, 전혀 그런 신경쓰지 마시오. 팔로군이나 우리나 계급이 없는 군대요. 할 수 있는 사람이 먼저 하면 되는 거요."

고참병이 약간 웃었다.

계급이 없이 부서와 직책만 있는 군대, 그러면서도 목숨을 거는 명령이 통하고, 세력이 날로 확장되어 가고 있는 군대. 그것이 조선의용군이고 팔로군이었다. 이런 군대가 세상에 또 어디 있을까를 생각했다.

전동걸은 차를 한 모금 입에 담으면서 문득 첫날 조선의용군 본부에 들어섰던 때의 기억을 떠올렸다. 본부의 정면 벽에는 태극기와 중국공산당 기가 깃대를 서로 엇갈리게 해서 붙어 있었다. 그건 조선의용군과 팔로군이 공적 일본군을 상대로 합작투쟁을 하고 있다는 상징이었다. 그것은 가슴이 뭉클하도록 인상적이었다. 동경에서 사혁회가 꿈꾸었던 바가 바로 실현되고 있는 현장이었던 것이다.

조선의용군이 태극기를 내걸게 된 것은 팔로군 태항산군구사령관인 팽덕회 장군의 권유에 따른 것이라는 말을 며칠 뒤에 들었다. 젊은 축들은 붉은 기를 내세우자는 의견도 내놓았지만, 인민들의 광범위한 호응을 얻으려면 인민들의 눈에 친숙하고 감정이 융화되어 있는 태극기라야 좋다고 팽 장군이 권유했다는 것이었다.

고참병은 또 안개를 헤치며 걷기 시작했다. 하루종일 걷고 어제처럼 어두워져서야 숙소를 정했다. 전동걸은 오히려 다리가 풀려어제보다 걷기가 나아진 것을 느끼고 있었다.

다음날 점심은 어느 산골짜기에서 미리 준비한 빵을 먹었다.

"읽어보시오."

고참병이 접힌 종이를 불쑥 내밀었다.

전동걸은 종이를 펼쳤다.

조선동포 및 조선학도병에게 고함.

등사된 삐라의 제목이었다.

조선청년들은 조선의용군에 동참하라. 현재 일본군에는 조선의
학생들이 강제로 끌려와 있다. 그들이 탈출하면 동포들은 그들을
적극 보호하고, 조선의용군으로 안내하라. 학도병 여러분들은 하루
빨리 일본군을 탈출하여 조선의용군으로 오라.

전체가 한글로 된 삐라의 내용이었다.
"학병 두 사람이 일본군 점령지역 안에 지금 은신해 있소."
"학병이오?"
"석 달 전부터 이 삐라를 뿌린 효과일 거요."
전동걸은 가슴이 뜨겁게 벌떡거리는 것을 느끼고 있었다. 학병
들이 탈출하고 있구나……. 그건 생각만으로도 가슴 뜨거워지는
일이었다.
"여기서 한숨씩 잡시다."
고참병은 비탈에 몸을 눕혔다.
"……?"
전동걸은 어리둥절해서 고참병을 쳐다보았다.
"아, 저 비행기를 보시오."
고참병의 엉뚱한 말이었다. 전동걸은 고개를 젖혔다. 나뭇잎들
사이로 뚫린 저편 하늘로 새하얀 비행기가 날아가고 있었다. 태항
산으로 걸어오는 동안에 많이 보았던 P51 폭격기였다.

"저게 뜰 때마다 왜놈들은 망해가고 있소."

고참병의 말은 안내원이 했던 말과 똑같았다.

나무숲을 벗어난 비행기가 푸르른 하늘 저 높이 날아가고 있었다. 전동걸은 비행기가 반짝거리는 점으로 사라질 때까지 오래도록 바라보고 있었다.

어둡기 시작해서 그들은 산을 넘었다. 산 아래쪽이 일본군 점령 지역이었다. 산을 내려가 일본군의 망루를 몇 개나 피해가며 점령 지역 안으로 깊이 들어갔다. 배꼽을 넘는 강도 두 번이나 건넜다. 거의 자정에 가까워질 무렵 어느 산굽이에 있는 마을에 도착했다.

어떤 청년이 뒷산으로 앞장섰다. 바위들 사이를 비집고 들어가자 토굴이 나타났다. ㄱ 자로 꺾인 토굴 안에서 인기척이 들렸다. 청년이 성냥을 켰다. 과연 일본군복을 입은 청년 둘이서 있었다. 고참병과 전동걸은 그들을 와락 끌어안았다.

49

음모, 음모

여자들이 당산나무 아래서 웅성거리고 있었다.

"면에서 머시라고 허드랑가?"

"여자덜얼 어쩌겄다는 법이여?"

"여자덜도 잡아간다는 법이라든디."

"여자덜얼 멀라고?"

"무신 그리 얄랑궂인 법이 있능고?"

"여자도 징용 끌어간다는 것이랑마."

"머시여? 여자럴?"

여자들은 불안한 얼굴로 중구난방 떠들고 있었다.

"정읍댁언 어째 이리 안 온고."

"하매 올 때가 되았는디."

"구장이 또 질게 새살까는갑다."

"구장이 원체로 새살까기 좋아헝게."

"구장이 멀 알랑가?"

"구장이 면사무소서 다 듣고 왔다는 것 아니여."

더위가 한풀 꺾여 당산나무에서 우는 매미들의 울음소리에도 힘이 없었다. 들녘의 초록빛도 생기를 잃으며 노란 기색을 엷게 내비치고 있었다. 9월로 접어든 절기의 변화는 미묘하고도 정확했다. 성큼 높아진 하늘가로는 새하얀 뭉게구름들이 탐스럽고도 아름답게 뭉클뭉클 피어오르고 있었다.

"그려, 저그 정읍댁 온다!"

"어찌 저리 걸음이 천근이다냐?"

"일이 안 좋은감만."

"그럴란지도 몰르제."

여자들은 정읍댁에게로 우르르 몰려갔다.

"무신 법이랴?"

"여자덜 끌어간다는 것이 참말이여?"

"다 헛소문이제?"

여자들은 정읍댁을 둘러싸며 다투어 물어댔다.

"아이고메 이사람덜아, 저 그늘로 가서 차근허니 말허세."

정읍댁이 손을 내저었다.

"그려, 늦더우에 이마빡 까지네."

"이, 정읍댁이 심들 것이로구마."

여자들은 다시 당산나무 아래로 빠른 걸음들을 옮겼다.

정읍댁이 돌 위에 걸터앉고 다른 여자들은 그 앞에 둘러앉았다.

"고것이 무신 법인고 허니 말이여, 만으로 열두 살보톰 마흔 살 꺼정 배우자 없는 여자덜얼 끌어간다는 것이드만."

"배우자? 배우자가 머시여?"

"어따, 무식허면 눈치나 보고 가만히 있어야 본전 찾는 법 아니여."

"배우자가 서방 아니여, 서방."

정읍댁의 대꾸였다.

"글먼 첨보톰 쉰 말로 헐 것이제 뜸금없이 유식헌 문자 쓰고 긍가."

"아, 서방이고 임자고 딴소리 말어. 집구석마동 난리판굿 일어날 일 놓고."

"아니 글먼, 그놈으 소리가 큰애기고 과부고 임자 없는 여자덜언 다 잡아가겄다는 것 아니여?"

"그렁게 말이여."

"아아니, 요런 환장헌 놈덜이 있능가?"

"아니여, 만으로 열두 살이면 그냥 나이로 열시 살 아니라고? 고것이 어디 큰애기 축에 들기나 허간디? 솜털도 안 가신 풋것덜이제."

"긍게 말이시. 그 여자덜 끌어다가 어디다 써묵을라고 그런디야?"

"구장 말로넌 일본공장에 보낸다등마."

정읍댁의 힘없는 대꾸였다.

"일본공장? 촌여자덜이 공장에 가서 무신 일 허라고?"

"남자덜이 다 전쟁터에 나갔응게 여자덜이 공장일얼 히야 된다는 것이여."

"아이고 오살헐 놈덜, 즈그 왜년덜 끌어가제 어째 우리 조선여자
덜얼 끌어가."

"이 개잡녀려 새끼덜이 남정네라고 생긴 것언 다 끌어가등마 인
자 여자덜꺼정 끌어갈라고 지랄발광이구나. 아조 조선사람 씨럴
말리자고 작정얼 혔구만."

"아니여, 아니여. 쓰잘디읎는 소리덜 그만허고, 안 끌려갈 방도럴
찾어얄 것 아니여."

"잉, 그래야제."

"그 방도가 머시간디?"

"아, 정신 채려. 얼렁얼렁 시집보내 임자럴 맨글먼 될 것 아니여."

"맞네, 맞어. 왜놈덜도 헛똑똑이여."

"음마, 헛똑똑이넌 바로 자네시."

"워쩨?"

"아, 둔덕이 있어야 등얼 비비고, 실이 있어야 바늘을 쓸 것 아니
겄어. 총각이란 총각언 징병이다 징용이다 다 끌어갔는디 무신 수
로 시집얼 보내?"

"아이고메, 그러고 봉게 그러시."

"얼랴, 요 일얼 으쩐다?"

"참말로 탈났네. 우리 집언 딸이 싯이여."

"딸 읎는 집이 어디 있간디."

"요런 백여시 겉은 놈덜이 총각덜 먼첨 다 끌어가서 피허지 못허
게 해놓고 그런 법 맹글었구나!"

"영축없이 그렇구마."

"째보고 봉사고 안 개리고 사우 삼을 수도 없는 일이고 참말로 큰탈나부렀네 이."

여자들은 어깨를 늘어뜨리고 땅바닥에 주저앉으며 한숨들을 토해냈다. 새로 생긴 법에 대해서 여자들이 이렇게 관심을 나타내는 것은 전에 없는 일이었다. 전에 같으면 남자들이 나섰겠지만 그럴 만한 남자들은 다 징용에 끌려가서 없었던 것이다.

"딸년덜얼 다 죽일 수도 없고……."

"무신 놈으 시상이 갈수록 이 지랄인고……."

"참말로 더는 못살겄는디……."

여자들은 긴 한숨을 끌며 하나둘 흩어지기 시작했다.

연희네는 자기 집안에 해가 미치지 않게 된 것을 천만다행으로 안도하며 슬금슬금 자리를 떴다. 그러나 남편 걱정으로 가슴은 날마다 타들고 있었다. 어디에 있는지 편지라도 한 장 왔으면 좋으련만 감감무소식이었다. 그러나 남편이고 아들이고 징용에 끌려간 집치고 편지를 받은 집은 하나도 없었다. 분명 편지를 하지 못하게 하는 것이 틀림없었다. 그렇지 않고서야 편지를 보내지 않을 남편이 아니었다.

여자들이 그렇듯 신경쓰는 새 법은 다름 아닌 여자정신대근무령이었다. 총독부에서는 지난달 8월 23일 그 법을 공포하고 즉각 시행을 전국 행정조직에 하달했다. 그건 군대위안부를 더욱 적극적으로 조달하기 위한 관권의 동원이었다.

그 법은 전국적으로 회오리바람을 일으키기 시작했다. 딸 가진 집에서는 어느 곳에서나 혼인을 빨리 시키려는 소동이 벌어지고 있었던 것이다. 그럴 수밖에 없는 것이 여자의 정조를 생명과 맞바꿀 만큼 중하게 여기는 것은 계층이나 직업에 차이가 없이 공통된 절대가치였다. 그런 사람들이 시집 안 간 딸을 타국으로 떠나보낸다는 것은 상상할 수도 없는 일이었다. 그동안 위안부로 끌려간 여자들은 그나마 개인적으로 은밀히 접촉해서 사기를 치거나, 아무도 모르게 납치를 해갔기 때문에 개인의 문제로 덮여져 온 것이었다. 그런데 총독부가 여자동원을 법으로 공포하고 나서자 삽시간에 사회문제를 야기시킨 것이었다.

그런데 혼인소동만 일어나고 있는 것이 아니었다. 혼인소동과 함께 도처에서 총독부를 비난하는 소리와 일본에 대한 반감이 노골적으로 드러나고 있었다.

"징용이고 징병언 그렇다고 쳐. 처녀덜꺼정 끌어가겠다는 것이 말이나 되는 소리여?"

"하먼, 요것언 말이 안 되는 소리여. 총독부가 히도 너무허는 것이제."

"처녀허고 사기그릇은 내돌리면 금 가드라고, 동네 안에서 내돌려도 금이 가는 판에 일본으로 내돌리면 그것이 어찌 되겠어."

"두말허면 잔소리여. 아, 제사공장 방직공장 댕기는 처녀덜이 다 무신 꼴 났는지 보면 알 것 아니여. 조선 안에서도 태반이 신세 배래분 판에 부모 눈 없는 일본으로 감사 더 말헐 것이 머시가 있어."

"글먼 요것얼 으째야 쓰꼬?"

"으쩌기넌 으쩌. 막아야제."

"막아? 무신 수로?"

"어허, 그리 물컹허니 못난 소리 말어. 딸년덜 다 신세 망쳐갖고 와서 시집도 못 가고 평상 뒷방살이 시킴서 속 썩어 내래앉는 꼴 안 볼라먼 딸 가진 사람덜이 미리 한덩어리로 뭉쳐갖고 나서야제."

"어이, 그 말 한분 씨언허니 잘허능구만그랴."

"맞어, 그리 나스먼 되겄구마."

"하먼, 딸자석 신체 망치는 판에 무서울 것이 머시여."

"그 말 한분 잘혔네. 은제꺼정 이리 당허고만 살 것이여."

"그려, 당헐 일이 따로 있제. 사람이 당허고 사는 것도 한도가 있는 것이여."

"하먼, 요분참에 총독부가 아조 쌩똥 싸게 맨글어야 혀."

"그렇고말고. 총독부도 지 맘대로 안 되는 것이 있다는 걸 뵈줘야 혀."

동네에서 오가던 말은 이렇게 장터로 모아지며 힘을 받았다. 그런 심상치 않은 동요는 끄나풀이나 형사들을 통해 즉각즉각 보고되었다.

읍장 하시모토는 경찰서와 자체 조사를 통해서 그런 민심 동요가 심각하다는 것을 파악하고 있었다. 총독부에서는 20만 명에서 30만 명의 정신대를 동원할 모양인데 읍장으로서 고민이 아닐 수 없었다. 그러던 차에 도청으로부터 연락을 받았다.

여자정신대 문제로 민심의 동요가 심각함. 가급적 도회지와 중류
층 이상은 피하면서 비밀리에 요령껏 실시하여 민심의 동요를 최대
한 막을 것.

하시모토는 도청의 기동력에 감탄하고, 또 그 해결책에 감탄했다.
가급적 도회지와 중류층 이상은 피하면서……. 그건 바로 자신
이 빠져나갈 구멍을 뚫어주는 것이 아닐 수 없었다. 그 말을 뒤집
으면, '가급적 벽촌과 하류층에서 정신대를 동원할 것'이라는 뜻이
었다. 김제읍은 곡창지대의 핵심이면서 군산과 전주를 잇는 중간지
점의 도회지였다. 자신은 자연스럽게 정신대 동원 의무에서 빠져나
갈 수 있게 되어 있었다. 만약 체면치레가 필요하면 변두리의 하류
층에서 무슨 꼬투리든 잡아 약간 끌어내면 될 거였다.
하시모토는 께름칙해 왔던 기분이 활짝 밝아지는 것을 느끼며
간부회의를 소집했다.
"에에 또, 정신대 동원 문제로 민심이 별로 좋지 않다는 보고 내
용은 잘 알고 있고, 나도 그 사실을 직접 확인해 보기도 했소. 그동
안에 민심 동향이 또 어떻게 변해가고 있는지, 어디 파악하고 있는
대로 기탄없이 말해 보시오."
하시모토는 있는껏 거드름을 피우며 예닐곱 명의 간부들을 휘
둘러보았다.

"예에…… 말씀 사뢰기 죄송합니다만 민심이 가라앉지를 않고 악화일로에 있습니다."

오른쪽에 앉은 간부가 눈동자를 떨군 채 어렵사리 말했다.

"악화일로라……, 다음!"

하시모토는 왼쪽 간부에게 턱짓했다.

"예에…… 저 역시 심기 불편하실 말씀을 올리게 되어 면목 없습니다만 민심이 날로 나빠지고 있음을 어찌할 수가 없습니다."

"날로 나빠진다……, 거 왜 그 모양인가. 다음!"

하시모토의 턱끝은 오른쪽으로 돌아갔다.

"예에…… 그 날로 나빠지는 원인이 주로 여자들이 입을 쉴새없이 놀려대서 자꾸 나쁜 소문이 증폭되고 또 증폭되고 하는 것으로 사료됩니다."

"여자들이 입방아를 찧어댄다……, 여자라는 종자들의 주둥이는 어디서나 문제지. 다음!"

하시모토의 턱은 다시 왼쪽으로 돌아가며 혀를 찼다.

"예에…… 조선속담에 여자들 악담에는 오뉴월에도 서릿발이 친다는 말이 있습니다. 여자들이 모여 대일본제국과 총독부를 향해 온갖 악담들을 퍼붓고 있는데, 성전을 수행하고 있는 마당에 그건 몹시 불유쾌한 것인데 어찌해야 좋을지 참 난처한 바가 없지 않습니다."

"으으응, 그것 재수 없는 일이지. 여자는 백여우요, 요물이라고 하지 않았는가. 그걸 모조리 불경죄나 유언비어 유포죄로 잡아넣을 수도 없고……, 다음!"

하시모토의 눈초리에 독이 묻어나고 있었다.

"예에…… 저도 심해지고 있다는 말씀밖에 드릴 것이 없습니다."

"자아, 그 정도면 되었소. 에에 또 문제는……, 십분 좋게 보아주어 여자들이 자기네 딸들 징용당할까 봐 모성애가 발동되어 민심을 어지럽히고 있는데, 그걸 가라앉히는 방법은 단 하나, 자기네 딸들이 징용당하지 않을 거라는 사실을 확실하게 알게 하는 것 아니겠나!"

하시모토는 간부들을 눈 아래로 깔아보며 마치 무슨 엄청난 예언이라도 하듯이 목소리에 거만을 묻혀냈다.

"예에, 옳으신 말씀이십니다."

"예에, 지당하신 말씀이십니다."

간부들은 하나같이 아부와 아첨이 뚝뚝 떨어지는 목소리를 내며 머리를 두 번, 세 번 조아렸다.

"다들 똑똑히 들으시오. 내일부터 각 동네별로 구장 반장 등을 총동원하여 앞으로 정신대 문제에 대해서 떠들거나 악담을 하는 경우에는 바로 그 집 딸을 징용한다는 점을 강력히 주지시키시오. 그리고 구장 반장들에게는 바로 그런 집을 적발해 내라고 강력히 지시하시오. 지금 내가 내린 지시가 제대로 전달되었는가 안 됐는가의 여부는 경찰력을 통해 확인하겠소. 모두 알아듣겠소?"

하시모토는 위압적으로 명령을 내리며 간부들을 휘둘러보았다.

"예, 알겠습니다."

"예, 지시대로 하겠습니다."

간부들은 다시 일제히 머리를 조아렸다.

그러나 간부들의 얼굴에는 석연찮은 빛과 주저하는 빛이 역연했다. 하시모토는 가늘게 뜬 눈으로 그것을 놓치지 않고 있었다.

"하아, 왜들 그리 찜찜한 얼굴들이오? 할 말들 있으면 기탄없이 하시오."

하시모토는 담배를 탁자에 톡톡 두들기며 묘하게 웃고 있었다.

"예에…… 읍장님 지시사항은 명심, 시행하겠사옵니다만 그 지시대로 읍민들이 더 이상 떠들지 않고 일제히 입을 닫아버리는 경우에는 그게 좀 난처해지지 않을까 그런 생각이……."

오른쪽 첫 번째 간부가 말끝을 맺지 못하고 어물거리며 불안한 눈길로 하시모토의 눈치를 살피기에 분주했다.

"그런 걱정들인 줄 알았소. 그건 내가 알아서 책임질 테니까 여러분들은 내 지시나 확실히 시행토록 하시오. 만약 차후에 우리 읍에서 입 놀리는 자들을 내가 발견할 시는 여러분들을 문책할 것이니 그리들 아시오. 이상 회의 마치겠소."

하시모토는 먼저 자리를 차고 일어섰다.

간부들은 엉거주춤 일어나면서 여전히 미심쩍고 의아스러운 얼굴들이었다.

하시모토는 창밖을 내다보고 담배를 빨며 비식이 웃고 있었다. 도청의 지시가 어차피 도회지 제외로 방향이 잡히고 그 일을 공개적으로 추진하기를 원하지 않는 이상 그 지시를 곧이곧대로 밝힐 필요는 없었다. 그건 상부의 지시에 급급하는 것 같아 읍장의 체면이 서지 않는 것이었다. 그리고 자신의 방법대로 해야만 민심을 일시에 잠재울 수 있는 동시에 읍장의 막강한 권한을 읍민들에게 실감시킬 수가 있었다. 그뿐만 아니라 구장이나 반장들 중에서 과잉충성자들이 있어서 계속 입 놀리는 자들을 적발해 오는 경우 그때는 마음 놓고 징용을 할 수 있었다. 다수세력이 개개인의 이익을 따라 분산되어 버린 상태에다가 위반사항까지 있으니 그것이야말로 임자 없는 밤 줍기인 것이었다.

하시모토의 계산은 적중했다. 김제읍에서는 이틀 사흘 사이에 정신대 동원에 대한 불평불만은 마당의 눈을 쓸어버린 듯 말끔하게 사라졌다.

그 사실을 확인한 하시모토는 총무과장을 은밀하게 불렀다.

"지금부터 내가 하는 말 잘 들으시오. 앞으로 사오 일 안으로 변두리지역의 하층민들을 중심으로 정신대의 대상이 되는 딸을 가진 집들을 사오십 가구 조사하시오. 하층민이되 말썽을 일으킬 수 있는 소지가 없는 집으로 신경써서 고르시오. 이 일은 총무과장만 알아야 하고, 추진과정에서도 극비리에 진행되어야 하오. 특히 신경써야 할 것은 한 동네에 집중되어서는 안 된다는 사실이오. 분산, 분산시켜야 하는 것을 잊지 마시오. 이번 일을 잘 처리하면 내 그 공을 잊지 않겠소. 할 수 있겠소?"

하시모토의 그 목소리는 아주 낮았다.

"예, 최선을 다하겠습니다."

"나, 총무과장을 믿겠소."

하시모토는 은밀하게 웃으며 총무과장의 어깨를 두들겼다.

"예, 반드시 책임완수 하겠습니다."

총무과장은 무슨 뜻인지 알았다는 듯 낮은 대답에 힘이 뻗치고 있다.

총무과장을 내보낸 하시모토는, 총독부가 하는 일은 너무 서툴러. 내가 군문에 발을 들였더라면 딱 총독감인데, 하는 생각을 하고 있었다. 그까짓 여자 이삼십만을 동원하는 데 번거롭고 어리석게도 법이고 뭐고 공포할 것이 없는 일이었다. 행정조직에 긴급지시를 내려 전국 벽촌의 읍·면에 할당을 하면 아무 말썽 없이 감쪽같이 해치울 수 있는 일이었다. 그런 걸 괜히 법을 공포해 가지고 가뜩이나 시달리고 있는 사람들의 신경을 자극해 동요하게 만들고 한덩어리로 뭉치게 만드는 것이었다. 총독부 고급관리라는 것들은 그저 권세나 떵떵거리고 치부나 이골나게 잘했지 세상 판세 돌아가는 인심을 모르고, 일을 효과적으로 처리하는 묘수도 모르는 자들이었다. 기껏 한다는 짓들이 탁상머리에 둘러앉아 무작정 이 법, 저 법 만들어 대포를 쏘아대는 것만 능사로 삼는 아둔하고 요령 없는 것들이었다.

그러나 정작 하나만 알고 둘을 모르는 것이 하시모토였다. 하시모토는 제아무리 잘난 척해 봤자 정신대라는 것이 왜 필요하며 그동안 어떤 방법으로 조달되어 왔는지를 종합적으로 모르는 우물 안 개구리인 지방의 읍장일 뿐이었다. 그러나 총독부에서는 전쟁

상황은 급박해져 가고, 군인들의 사기는 떨어져가고, 군대위안부들은 대량으로 필요한데 그전처럼 소극적인 방법으로는 필요한 여자들을 충당할 수 없으니까 단시일 내에 목적을 달성하기 위해 법을 앞세워 적극적인 방법을 택한 것이었다.

일본이 '군용위안소'를 운영하기 시작한 것은 만주를 침략한 직후인 1931년이었다. 그때는 유곽에서 몸을 팔던 여자들을 모아 데려간 것이었다. 그런데 매춘부가 아닌 일반 처녀들 100여 명으로 일본군이 '육군위안소'를 직영으로 개설한 것은 중일전쟁이 터진 다음해인 1938년이었다. 이때부터 일본군은 일본의 낭인패거리들과 조선의 친일파 매춘업자들을 동원해 '돈벌이 좋은 공장에 취직시켜 준다', '여점원을 하면 돈도 벌고 공부도 할 수 있다', '간호부는 사람 대접받고 돈도 많이 벌고, 의사하고 결혼도 할 수 있다' 이런 거짓말을 꾸며대서 사기극을 벌이며 처녀들을 군용위안부로 끌어갔다. 그러다가 1941년 7월 조선총독부와 일본군은 직접 나서서 1만여 명의 처녀들을 종군위안부로 끌어가려고 전국적으로 '여자사냥'을 시작했다. 이때부터 경찰과 형사들이 처녀들의 납치에 앞장서기 시작했던 것이다. 낭인들과 매춘업자들의 각종 사기극과 경찰이 자행하는 납치극이 동시에 이루어지는 속에서 일본 육군성과 해군성은 진주만 기습 직후인 1941년 12월 말에 태평양전쟁의 전선 전역에 걸쳐 '기지위안소' 개설을 명령했다. 그리고 일본군은 조선여자들의 인원수를 '물품대장'에 올려놓고 각 부대에 '물품'으로 '배급'했다.

이때부터 총독부에서는 근로정신대로 위장된 종군위안부들을 손쉽게 끌어가기 위해서 친일파 지식인들과 문인들을 동원했다. 그들은 순회강연을 하고 잡지에 글을 쓰고 해서 총독부가 원하는 만큼 조선여성들을 종군위안부나 근로정신대로 끌어가는 데 큰 몫을 담당했다.

시인 주요한은 1941년 《국민문학》 11월호에 「댕기」라는 시를 썼다.

나라의 부름받고 가실 때에는
빨간 댕기를 드리겠어요
몸에 지니고 싸우시면
총알이 날아와도 맞지 않아요.

북쪽에서 돌아오는 기러기는
갈대 밑에 재우겠어요
꿈에 돌아오시는 당신은
원앙침에 주무시게 하겠어요.

아무르의 얼음도 여름에는 녹겠지요
녹았어도 소식이 없는 여름일랑
까만 댕기에 하이얀 간호복 입고
저도 나라 위해 있는 힘 다 바치겠어요.

서강 저녁놀의 타는 듯한 붉은 핏빛은

장렬하게 싸우다 산화하신 당신의 피
무언의 개선, 마을 역 앞에서
하이얀 댕기 드리우고 만세를 외치겠어요.

그리고 시인 노천명은 1942년 3월 4일자 《매일신보》에 「부인근로
대」라는 시를 썼다.

부인근로대 작업장으로
군복을 지으려 나온 여인들
머리엔 흰 수건 아미 숙이고
바쁘게 나르는 흰 손길은 나비인가

총알에 맞아 뚫어진 자리
손으로 만지며 기우려 하니
탄환을 맞던 광경 머리에 떠올라
뜨거운 눈물이 피잉 도네

한 땀 두 땀 무운을 빌며
바늘을 옮기는 양 든든도 하다
일본의 명예를 걸고 나간 이여
훌륭히 싸워주 공을 세워주

나라를 생각하는 누나와 어머니의 아름다운 정성은
오늘도 산만한 군복 위에 꽃으로 피었네

또한 시인 모윤숙은 친일의 시들을 쓰는 것만이 아니라 일본군
이 진주만을 기습한 직후에 '조선임전보국단'이란 친일어용단체가
주최한 강연회에서 '우리들 여성의 머릿속에 대화혼(大和魂)이 없
고 보면 이 위대한 승리의 역사는 이루어질 수 없는 것'이라며 여
성들이 일제의 전시동원체제에 적극적으로 협력하고 나설 것을 역
설했다.

그리고 이화여전 교장인 김활란은 1942년 《신세대》 12월호의
「징병제와 반도여성의 각오」라는 글에서 '이제야 기다리고 기다리
던 징병제라는 커다란 감격이 왔다. 반도여성은 웃음으로 내 아들
과 남편을 전장으로 보내야 한다'며 여성들이 일제의 전시동원에
앞장서라고 충동질하고 있었다.

그런데 1944년에 들어서면서부터 일본군의 전황은 급속도로 나
빠지기 시작했다. 따라서 병사들의 사기도 저하되고 있었다. 병사
들의 사기를 북돋우기 위해서 종군위안부들이 대량으로 필요하게
되었다. 그 급박한 문제를 해결하기 위해 총독부에서는 법이라는
칼을 휘두르고 나선 것이었다.

김제경찰서에서는 날마다 가난에 찌들려서 메마르고 궁상스러
운 사람들이 몇 명씩 끌려와 취조를 당하고 있었다.

"미국비행기가 날아와 폭격을 할 거라고? 누가 그랬어. 빨리 대!"

형사가 싸리나무 회초리로 상투 튼 오십객의 남자 목을 후려쳤다.

"아고! 아이고메에에……, 그냥 장터서, 장터서 들은 말이랑게라. 긍게 누가 그랬는지 어찌 알겠능게라. 죽을죄럴 졌구만이라. 살래주시게라, 살래주시게라."

겁에 질리고 양쪽 입꼬리에 침버캐가 낀 남자는 손을 싹싹 비비댔다.

"이새끼 이거 거짓말하는 것 봐. 그런데 왜 그 말을 여기저기다 퍼뜨리고 다녀. 누가 시켰지! 그게 누구야. 빨리 대!"

형사는 또 회초리를 사정없이 휘둘렀다.

"아크크크…… 아니랑게라, 아니랑게라. 하도 요상시런 말이라 혀본 것이제 시킨 사람 없구만이라. 지가 거짓말허먼 개아덜이구만요. 아이고 참말로, 이 가심얼 팍 짜개 뵐 수도 없고. 잘못혔구만이라우, 잘못혔구만이라우."

회초리로 후려칠 때마다 불에 덴 것처럼 몸을 솟구치는 남자는 그저 비느라고 정신이 없었다.

"너 같은 놈은 어찌 되는지 알아? 그따위 불온한 말로 민심을 어지럽히는 놈들은 다 사형이야, 사형!"

형사는 남자를 험상궂게 노려보며 쪽 편 손바닥으로 목을 자르는 시늉을 해 보였다.

"아이고메에에, 살래주시게라우, 다시넌 안 그럴 것잉게 한분만 살래주시게라우."

"너 같은 놈은 즉각 죽여야 해. 따라와!"

형사는 남자의 멱살을 잡아끌고 유치장으로 데려갔다.

밤이 되자 다른 형사가 나타났다.

"이봐, 너 정말 누가 시켜서 그런 말 퍼뜨리고 다닌 게 아냐?"

"하먼이라, 하먼이라. 하늘이 내래다보고 있구만요."

남자는 곧 울 듯이 철창을 붙들고 매달렸다.

"그래도 소용이 없어. 그런 말을 하고 다닌 죄는 그대로 남아 있으니까."

형사의 말은 싸늘했다.

"아이고메, 살래주시씨요, 살래주시씨요."

"글쎄에, 살아날 길이 있기는 있을 건데 말야⋯⋯."

"아이고메, 무신 일이고 시키는 대로 헐 것잉게 살래만 주시씨요."

"글쎄에, 그게 정말이야?"

"야아, 야! 살래만 주시씨요."

"그럼 내가 손을 써볼 테니까 딸을 정신대로 보낼 수 있어?"

"야아, 그러제라."

"그럼 여기다가 지장 눌러봐."

남자는 형사가 내민 인주를 엄지손가락에 묻혀 종이에 손도장을 눌렀다.

다음날이면 또다른 사람이 끌려와 취조를 당했다.

"이봐, 왜 남의 집 물건을 훔쳤지? 그것도 일본사람 상점 것을 말야!"

형사가 막대기로 책상을 톡톡 치며 여자를 노려보았다.

"야아, 하도, 하도 배가 고파서……."

옷도 남루하고 얼굴도 마를 대로 마른 여자가 눈물을 글썽거렸다.

"그 상점에서 몇 번이나 도둑질을 했지?"

"아, 아니구만이라. 요분이 첨이구만이라."

"잔소리 마라!"

형사가 막대기로 책상을 내리쳤다. 여자가 화들짝 놀라며 바르르 떨었다.

"그 상점에서 물건을 자꾸 도둑맞는다는데, 바른대로 대!"

형사가 눈을 치뜨며 버럭 소리를 질렀다.

"아니랑게라, 아니어라. 참말로 요분이 첨이어라."

부들부들 떠는 여자의 말에 울음이 묻어나고 있었다.

"거짓말하면 죄가 더 커진다는 걸 몰라? 좋은 말로 할 때 바른대로 대!"

"아이고메, 사람 환장허겄능거. 냄편이 징용 나가고 새끼덜 믹에 살리니라고 하도 배럴 곯다 봉게 나도 몰르게 그리된 것이구만이라. 참말로 첨이어라."

여자는 떨면서 손을 비비며 빌고 있었다.

"이게 정말 맞아야 정신 차리겠어!"

형사가 막대기로 여자의 어깨를 후려쳤다.

"워메!"

여자의 몸이 들썩했다.

"더 맞기 전에 빨리 대!"

형사가 또 막대기를 치켜들었다.

"아니어라, 아니어라. 나 복장 터져 죽겄소. 딱 침이랑게라."

손을 싹싹 비비대는 여자의 눈에서 눈물이 뚝뚝 떨어지고 있었다.

"말 안 해도 좋아. 넌 징역살이를 1년은 해야 해. 일어나!"

형사는 여자의 어깨를 잡아챘다.

"아이고메, 살래주시씨요, 살래주시씨요. 나가 1년이나 징역살이럴 허면 우리 새끼덜 다 굶어죽소. 한 분만 살래주시씨요."

여자는 유치장으로 끌려가며 발버둥치고 있었다.

"아이고메, 아이고메, 요 일얼 으째야 쓸끄나. 우리 새끼덜 다 굶어죽게 생겼는디 으째야 쓸끄나아."

여자는 유치장에 갇혀 통곡을 했다.

"이거 왜 이리 시끄럽게 떠들어. 여기가 당신네 안방인 줄 알아? 당장 입닥쳐!"

다른 형사가 나타나서 소리쳤다. 그런데 그 형사는 목소리만 클뿐 아까의 형사에 비해 썩 부드러운 태도였다. 여자는 그 기미를 눈치채고 철창에 매달렸다.

"나으리, 나으리, 나 좀 살래주시씨요. 나가 징역살이허면 우리 불쌍헌 새끼덜 다 굶어죽소."

"내가 아까부터 들어보니 사정이 딱하기는 한데, 아주머니가 지은 죄는 있고, 자식들은 살려야겠고, 아주머니가 내 누이동생 나이 또래라 도와주고 싶기는 한데……, 내 생각으로 아주머니가 풀려날 길은 딱 한 가지가 있소."

"고것이 머시다요? 풀려나기만 험사 무신 일이고 다 허겄소. 나 잠 살래주시게라."

여자는 철창 사이로 곧 머리를 내밀 것 같은 기세였다.

"정말이오?"

"하먼이라, 하먼이라."

여자는 마른침을 삼키며 고개를 마구 끄덕였다.

"그러니까 말이오, 큰딸을 정신대에 보내고 다른 자식들을 살리도록 하시오."

여자의 얼굴이 문득 굳어졌다.

"머시냐, 우리 큰딸이 열시 살밖에 안 묵었는디라?"

"만으로 열두 살부터니까 딱 맞소."

"그 에린것얼……."

"그게 무슨 소리요. 학교에 다니면 국민학교 6학년인데. 지금 국민학교 6학년들이 당당하게 정신대에 나가는 걸 보지도 못했소?"

여자는 철창을 놓고 주저앉으며 기운 다 빠진 소리로 중얼거렸다.

"벨수 없제라. 남은 자석덜 싯얼 살래야 헝게……."

50

패전의 길

파라오의 맑고 맑은 바다는 청록색으로 이루어진 무지개였다. 바닷물이 어찌나 맑은지 물 속의 검은 바위들이 꿰비치는 것은 말할 것도 없고, 잔물고기들이 헤엄치는 것도 환히 들여다보였다. 그리고 더 아름다운 것은 그 색깔이었다. 물의 깊이에 따라 녹색과 청색이 연한 색에서부터 진한 색까지 여러 층을 이루면서도 자연스럽게 어우러져 청록색 무지개로 피어나고 있었다. 수평선도 가이없이 넓었고, 아스라한 수평선 그 끝에서는 새하이얀 구름들이 언제나 뭉클뭉클 피어오르고 있었다.

순임이는 또 그 바다를 하염없이 바라보고 있었다. 순임이가 바라보고 있는 쪽은 서북쪽이었다. 그쪽이 조선 쪽이었던 것이다. 위안소의 여자들이나 노무자들은 한결같이 그쪽을 바라보고는 했다.

순임이는 머리가 어질어질하고, 눈앞이 흐리멍텅했으며, 속이 메슥거리면서 자꾸 구역질이 솟고 있었다. 606주사 때문이었다. 두 번째로 성병에 걸려 또 그 독한 606주사를 맞기 시작했다. 606주사는 어찌나 독한지 밥맛을 완전히 떨어지게 했고, 얼굴색깔까지 노랗게 변하게 했다. 그 주사가 원래 독하기도 독하지만 성병을 빨리 낫게 하려고 양을 많이 쓰기 때문이라고 했다. 위안소 여자들 사이에서는 606을 많이 맞으면 애기보를 상해 영영 아이를 못 낳게 된다는 말이 퍼져 있었다.

순임이는 또 죽고 싶은 생각에 사로잡히고 있었다. 그 맑고 푸르른 바다를 보면 언제나 죽고 싶은 유혹을 느꼈다. 그런데 성병까지 걸려 독한 주사약에 시달리는 신세가 되니 더 한심하고 비참해 죽고 싶은 마음은 더욱 절실해지고 있었다. 그러나 죽고 싶은 마음을 꼭 가로막는 사람이 있었다. 어머니였다.

"순임아, 돈 많이 벌 욕심 내덜 말어. 돈이 사람 따라와야제 사람이 돈 따라간다고 되는 법이 아닝게. 돈이야 되는대로 벌고 몸 성히야 쓴다 잉. 몸 성허니 와야 혀, 몸 성허니……."

끝내 문 앞에서 이별해야 했던 어머니의 눈물 젖었던 얼굴이 어김없이 떠오르는 것이었다.

그리고 삼월이가 바다에 빠져 죽은 후로는 죽는 것이 허망하고 무섭다는 것을 깨닫기도 했다. 삼월이는 군인들을 받지 않으려고 몸부림치다가 얻어맞기도 많이 얻어맞았다. 마루야마는 성질이 거친 만큼 매질도 무지막지했다. 아가씨들이 조금만 눈에 거슬려도 매질을 하는 마루야마가 돈벌이인 군인들을 받지 않으려고 하니 가만히 둘 리가 없었다. 그런데 삼월이는 온몸에 멍이 가실 날이 없도록 두들겨맞으면서도 군인들을 받지 않으려고 발버둥이었다. 맞는 것이 너무 딱해 아가씨들이 나서서 여러 말로 삼월이를 달래고 타이르기도 해보았다. 그러나 삼월이는 그 짓을 하는 게 죽기보다 싫다는 것이었다. 그렇게 맞으면서까지 군인을 받지 않으려는 삼월이의 마음을 아가씨들도 이해하지 못했다. 맞는 것으로 군인을 안 받는 게 아니라 맞고 나서 그 짓을 해야 했던 것이다. 아가씨들은 삼월이는 결국 맞아서 죽을 거라고 수군거렸다. 그러던 어느 날 삼월이는 마루야마에게 붙들려 군병원으로 끌려갔다. 삼월이는 며칠이고 돌아오지 않았다. 알고 보니 삼월이는 거기를 수술받은 것이었다. 거기가 너무 작아서 거기를 찢어 키우는 수술을 했다는 것이었다. 삼월이는 열흘 만에 돌아왔다. 마루야마는 그날로 삼월이의 방에 군인을 밀어넣었다. 그런데 군인을 물어뜯고 떠밀고 하는 소동은 마찬가지로 일어났다. 그날 밤 삼월이는 기절을 할 만큼 심하게 맞았다. 그런데 아침에 일어나보니 삼월이가 보이지 않았다. 해질녘에 찾아낸 삼월이는 바닷가에 둥둥 떠 있었다. 뒤늦게 찾아낸 삼월이의 신발은 작고 판판한 바위 위에 가지런히 놓여 있었는데, 그 끝이 서북쪽을 향해 있었다.

바다를 하염없이 바라본 채 순임이는 자꾸 풀을 뜯으며 아리랑을 읊조리고 있었다. 순임이의 눈에는 이제 바다는 보이지 않고 고향의 정경이 보이고 있었다.

다른 때 같았으면 지금 군인들에게 시달릴 시간이었다. 그러나 성병 때문에 주사를 맞는 동안은 군인들을 받지 않도록 되어 있었다. 아가씨들은 누구나 성병이 무섭고 임신하는 것이 무서워 꼭 고무주머니를 사용하게 했다. 그러나 오후 늦게 오는 하사관이나 밤중에 오는 장교들 중에는 고무주머니를 끼기 싫어하는 사람들이 적잖았다. 쇠투구(군인들은 콘돔을 그렇게 불렀다)를 끼면 맛이 안 난다는 것이었다. 그런 계급 높은 사람들에게 규칙위반을 내세우며 관계를 거부하면 마루야마의 매타작이 있을 뿐이었다. 마루야마는 1주일에 한 번씩 성병검사는 괜히 하는 거냐고 소리쳤다. 성병이 걸리면 치료하면 되니까 값비싼 손님들 비위부터 맞추라는 것이었다. 사병 1원 50전, 하사관 2원, 장교 2원 50전, 자고 가는 장교는 3원이나 4원이니 돈벌이에 눈이 시뻘건 마루야마로서는 당연한 것이었다. 그렇다고 마루야마는 처음에 약속했던 한 달에 30원씩의 돈을 주는 것도 아니었다. 은행에 저금했다가 고향에 돌아갈 때 한꺼번에 준다고 돈을 구경시키지도 않았다. 어떤 아가씨는 돈을 집에 부쳐야 하니까 매달 달라고 했다가 누굴 의심하는 거냐고 소리치는 마루야마에게 매질만 당했다.

"순임아, 니 여그서 머하노?"

순임이는 놀라며 고개를 돌렸다.

"이, 분옥이구나. 어여 와."

순임이는 분옥이를 올려다보며 스산한 웃음을 지었다. 그런데 분옥이라는 여자는 임신한 것이 완연히 표가 나도록 배가 불렀다.

"또 고향 생각허고 있었드나?"

분옥이는 배를 받치며 거북스럽게 순임이 옆에 앉았다.

"허먼 멀혀. 설거지넌 다 혔어?"

순임이는 풀잎을 씹으며 바다 저쪽에 눈길을 보내고 있었다.

"그래, 어물쩍 해치았다."

분옥이는 배가 불러지면서 군인들을 못 받게 되자 식당으로 옮겨 부엌일을 하게 되었다. 원래 일하던 원주민 둘 중에 하나를 내보낸 것이었다.

"인자 얼매나 남었어?"

순임이가 분옥이의 배에 눈길을 주며 물었다.

"한 달 좀 못 남았제."

"그걸 낳서 으쩐댜?"

"우짜기넌. 땅에 파묻어삐는 기지."

분옥이는 거침없이 말하고는 혀를 톡 찼다. 순임이의 얼굴이 괴로운 듯 찌푸려졌다.

"그래도 요것이 효잔 기라. 요것 덕에 그 더러분 짓 안 헌 기 발써 몇 달이고. 요것이 나오지 말고 고향 가기 전까지 그대로 있었으믄 얼매나 좋겄노."

분옥이가 쓰디쓰게 웃었다.

"담배 있소? 담배 없소. 담배 있소? 담배 없소."

좀 이상스럽게 들리는 조선말에 순임이와 분옥이는 동시에 고개를 돌렸다. 맨발에 헌옷을 걸친 원주민 노인이 똑같은 소리를 무슨 노래하듯 되풀이하며 지나가고 있었다.

"용타, 저 미런시러분 것덜이 조선말얼 다 헐지 알고 말다."

"우리 노무자 아자씨덜헌티 담배 얻어피울라고 일삼아 배운 것이제. 아리랑 잘 부르는 사람덜도 많덜 안혀. 아자씨덜이 여그다 냄기고 간 것이 아리랑허고 저 두 마디 말이로구만……."

순임이는 깊은 한숨을 쉬었다.

"그 말 듣고 보이 그렇네……."

분옥이도 한숨을 길게 쉬었다.

'담배 있소?' 하는 말은 원주민들이 조선노무자들에게 담배를 달라고 하는 말이었고, '담배 없소'는 노무자들의 대답이었다. 1939년까지만 해도 거기만 겨우 가린 채 발가벗고 살아온 원주민들은 담배를 뒤늦게 배워 그들이 접촉하기 쉬운 조선노무자들에게 얻어피우려고 했다. 그래서 그들은 일삼아 조선말 한마디를 배운 것이고, 담배를 배급받고 있는 노무자들로서는 그들에게 줄 담배까지 남아돌지 않아 '담배 없소'라는 말을 자주 한 것이었다.

둘이는 바다만 바라보고 있었다. 그들은 서너 달 전에 일어난 엄청난 사건의 충격에 또 휘말려들고 있었다.

파라오에는 그들이 도착하기 전에 벌써 조선의 노무자들이 500여 명 와 있었다. 그들 중에는 가족을 데리고 온 사람들도 약간 있었다. 그들을 노무자라고도 했고 개척단이라고도 했다. 그런데 파라오에 군인들이 증원되면서 문제가 생겼다. 증원된 일본군 속에는 징병으로 끌려나온 조선청년들이 삼사십 명 있었다. 그들은 파라오에 온 지 얼마 안 되어 노무자들과 접촉해서 한덩어리가 되었다. 그리고 일본군에 대항하고 나섰다. 일본군은 다른 섬에 주둔하는 군인들까지 동원해 그들에게 공격을 감행했다. 그 항전에 가담하지 않은 노무자 몇을 제외하고는 전원이 일본군의 집중포화 속에 몰사했다. 일본군은 그 시체를 한 구덩이에다 다 파묻어버렸다. 그들이 그렇게 쉽게 한덩어리가 될 수 있었고, 항전에 나섰던 것은 만용이 아니라 분명한 이유가 있었던 것이다. 미군은 파라오를 3월 31일과 4월 1일 이틀 동안 맹렬하게 공습했다. 그리고 또 미군은 사이판섬의 상륙작전을 6월 15일에 시작하면서 엄청난 공습을 가해대고 있었다. 바로 그 시기에 파라오에서는 그들이 뭉쳐 일어났던 것이다. 그러나 그들은 미군이 파라오에 상륙할 때까지 버티지 못하고 태평양 고도의 원혼이 되고 말았던 것이다.

"순임아, 우예 됐든지 간에 니나 나나 요새 그 드러분 짓 안 하니께네 천만다행인 기라. 와 요새 와서 군인놈덜이 그리 사납게 변허는지 우리 가스나덜이 시끕묵능다 아이가."

"즈그 놈덜이 쌈에 지게 생겼응게 지랄발광덜 허는 것이제."

"왜놈덜이 지기넌 지겠제?"

"하먼, 사이판섬얼 뺏긴 지가 은젠디."

"그라모 우리도 고향 갈 날 얼매 안 남은 거 아이가. 몸조심하제이."

"그려, 그래야제……."

순임이를 따라 분옥이도 한숨을 쉬었다.

1944년 6월 15일에 사이판섬의 상륙작전을 개시한 미군은 7월 10일에 작전을 성공시켰다.

며칠이 지난 아침나절이었다.

쾅! 콰당쾅쾅! 콰광쾅……!

느닷없는 폭음이 터지기 시작했다.

"에그머니나!"

"아이고메!"

"어무이요!"

아가씨들은 제각기 비명을 지르며 방에서 뛰쳐나왔다. 계속 터지는 폭음과 함께 집이 곧 무너져내릴 듯이 흔들리고 있었다.

"나가자, 여기 있으면 죽는다."

"아니야, 곧 끝날 거야. 이런 일 한두 번 당했나 뭘."

금방 패가 갈라졌다. 반수는 벌써 집을 뛰쳐나가고 있었고, 나머지 반수는 우물쭈물하고 있었다.

먼저 위안소를 나간 여자들이 빈터를 가로질러 숲속으로 막 들어섰을 때였다. 새로 터지는 폭음들과 함께 위안소가 불길에 휩싸였다.

"저, 저……."

"안 돼, 안 돼……."

그들은 숲속에서 발을 굴렀다.

위안소는 폭삭 무너지며 불붙어 타고 있었다. 그러나 살아 나오는 사람은 하나도 없었다.

"분옥아……, 분옥아아……."

순임이는 나무를 붙든 채 분옥이를 부르며 부들부들 떨고 있었다.

폭탄은 쉴새없이 떨어지고, 코롤 시내는 여기저기서 검은 연기와 함께 불길이 솟고 있었다. 사이렌 울리는 소리와, 양철지붕에 소나기 쏟아지듯 하는 총소리와, 사람들의 비명과 아우성, 군인들이 내닫는 군홧발소리와, 폭음과 폭음이 얽히고설키고 뒤엉키며 코롤 시내 일대는 수라장이 되고 있었다.

"폭탄이 이쪽으로도 떨어진다!"

"여그 있으면 안 되겄다. 산으로 피허자."

그들은 숲속을 뛰기 시작했다. 순임이는 손등으로 눈을 씩씩 문지르고는 그들을 따라 뛰었다.

폭격은 하루종일 계속되었다. 산에서 바라보는 코롤 시내는 완전히 불바다였다. 비행기는 코롤 시내만이 아니라 섬 안에 있는 건물이라는 건물에는 차근차근 폭탄을 떨어뜨리고 있었다.

폭격은 밤에도 계속되었다. 어디에서 불빛만 반짝했다 하면 여지없이 그곳에 폭탄이 떨어졌다.

폭격은 다음날에도 계속되었다. 그리고 다음날도 계속되었다. 사람들은 산으로 밀려들었다. 그러나 먹을 것을 가진 사람은 거의 없었다. 폭탄은 대중없이 산에도 떨어지기 시작했다. 찢기고 터진 사람들의 시체가 여기저기 널브러졌다. 사람들은 배가 고파 허덕거리며 폭탄을 피해다니다가 뒤늦게 왜 산을 폭격해 대는지 알았다. 군인들이 산으로 피했기 때문이었다.

폭격은 나흘, 닷새 계속되었다. 순임이네 일행은 열셋에서 여덟으로 줄었다. 다섯이 폭탄에 맞아 죽었다. 그들은 굶다 못해 골짜기의 개울에 있는 커다란 달팽이를 잡아먹기로 했다. 그동안 산열매는 많은 사람들이 다 따먹어 동이 나버렸다. 산에서 쌀을 가지고 있는 것은 군인들뿐이었다. 군인들은 분대별로 몰려다니며 낮에만 밥을 해먹었는데, 그들은 눈빛이 이상한 게 제정신들이 아닌 것 같았다.

폭격은 파라오와 가까운 섬들에도 매일같이 계속되고 있었다.

"세상에 무슨 비행기도 그리 많고 무슨 폭탄도 그리 많니."

"왜놈덜 씨럴 말릴 작정인갑다."

"왜놈덜 씨 말릴라쿠다가 우리도 다 죽겠다."

순임이네 일행은 이제 다섯으로 줄었다. 그들은 이제 도마뱀과 쥐도 잡아먹었다. 원주민들이 하는 것을 보고 배운 것이었다. 그들은 사람의 꼴이 아니었다.

그들은 어느 날 밤에 군인들에게 둘러싸였다. 군인들은 총을 들이대며 옷을 벗으라고 했다. 군인들은 예닐곱 명 되었다.

"좋아요. 얼마든지 위안을 해줄 테니까 그 대신 쌀을 좀 줘요. 우리는 며칠 동안 내내 굶어서 죽을 지경이에요."

누군가가 나서서 말했다.

"아, 바로 조센삐로구나. 좋아, 주지."

그들은 군인들의 담요를 깔고 치마를 걷어올려야 했다.

순임이와 관계를 한 군인은 엎드린 채 울었다. 알고 보니 그들은 내일 싸우러 나간다고 했다.

"우리는 오늘 밤이 마지막이다. 내일 나가면 다 죽는다. 너희들은 살아서 돌아가거라."

어느 군인이 한 말이었다.

그리고 그들은 세 번, 네 번 달려들었다. 그러나 여자들은 군소리 한마디 안 하고 그들을 받아주었다.

순임이는 그 군인을 꼭꼭 안아주었다. 우는 일본군은 처음 보았던 것이고, 그도 어느 집 귀한 아들이라는 생각에 딱하고 불쌍한 생각이 들었던 것이다.

새벽에 군인들은 떠나갔다. 그 군인은 순임이에게 쌀을 다 털어 항고(군용 반합)까지 주고 갔다.

폭격은 열흘을 넘겼다. 순임이네는 셋으로 줄었다. 산골짜기마다 시체 썩는 냄새가 진동하고 있었다. 순임이는 항고를 꼭 들고 다니며 도마뱀이며 쥐를 거기에다 익혀 먹었다.

열사흘째 되는 날 순임이는 폭격을 당했다. 혼자 남은 아가씨가 순임이를 부르며 통곡했다.

보름 만에 폭격이 끝나고 비행기에서 삐라를 뿌렸다. 조선사람은 손을 들고 나오라고 한글로 씌어 있었다. 연합군은 1944년 9월 15일에 파라오의 한 섬인 페리류에 상륙했던 것이다.

"빨리 타라, 빨리빨리!"

야마가타가 손을 내저으며 소리치고 있었다.

자동차들이 먼지를 일으키며 줄지어 달리고, 군인들이 어지럽게 뛰고 있었다. 폭음은 사방에서 진동하고 있었다.

복실이 일행은 정신없이 자동차로 떠밀려 올라갔다. 포장 친 차 안에서 군인들 몇 명이 그녀들의 손을 잡아끌었다.

자동차가 출발하고 한참이 지나서였다.

"한씨 아저씨 어디 있지?"

한 아가씨가 두리번거렸다.

"으응, 안 보이네."

"야마가타하고 저 앞에 타고 있겠지 뭐."

"아닌디. 한씨넌 야마가타 꼬붕으로 우리럴 감시나 허제 그럴 자격이 없는디."

복실이의 말이었다.

"그래, 그 말이 맞아. 그런데 어딜 갔지?"

"도망간 거 아이가?"

"맞어, 그 백여시가 그랬을랑가도 몰러. 얼렁 야마가타헌티 알리자. 이대로 있다가넌 일찍 말 안 혔다고 우리가 또 매타작당허는디."

복실이가 야무지게 말했다.

"그래야 되겠다. 우리가 당할 필요는 없잖아."

"맞다, 벌 끼 없어 매 벌게 생겼나."

그래서 그들은 목소리 합쳐 '야마가타 상!'을 외쳐댔다. 그런데 그 목소리들은 묘하게 생기가 돌고 있었다.

자동차가 멈추고 야마가타가 뒤로 뛰어왔다.

"뭐야!"

야마가타의 목소리가 신경질적으로 찢어졌다.

"한씨가 없어요, 한씨."

어느 아가씨가 일부러 '한씨'라고 말했다.

"뭐, 뭐라고? 와타나베가 없어!"

야마가타가 펄쩍 뛰듯이 놀랐다.

"어디 갔나요?"

다른 아가씨가 묘한 어투로 물었다.

"이놈이, 이런 족제비 같은 놈이 도망을 갔구나. 이런 죽일 놈이."

야마가타는 들고 있던 막대기로 자동차를 치며 소리질렀다.

아가씨들은 웃음을 참으며 눈길을 주고받고 있었다.

야마가타는 앞으로 갔다가 되돌아와서 차에 올라탔다. 자기가 아가씨들을 감시하겠다는 뜻이었다.

"나쁜 놈의 새끼, 은혜를 배신하다니. 제놈이 가면 어딜 가. 폭탄에 맞아 뒈지겠지. 조센징, 개만도 못한 놈!"

야마가타는 이빨로 말을 갈아내듯이 하며 부들부들 떨고 있었다.

아가씨들은 야마가타가 당한 것을 고소해하고 있었다. 그러나 한씨에 대한 밉고 괘씸한 감정은 더 커지고 있었다. 자신들을 여기까지 끌고 와서 그렇게 못되게 군 것도 원한이 맺혔는데 형편이 위급하게 되니까 혼자서 미꾸라지새끼처럼 도망을 가버린 것이었다.

그런데 아가씨들은 새로운 사실을 깨닫고 있었다. 일본군이 몰리고 있는 전세는 생각보다 훨씬 불리하다는 점이었다. 얼마나 이길 가망이 없으면 한씨가 도망을 갔을 것인가.

페구에서 만달레이로 옮겨올 때 벌써 쫓기고 있다는 것을 다 눈치챘던 것이다. 만달레이로 와서도 하루도 편한 잠을 잔 날이 없었다. 비행기의 폭격은 날로 심해지고 있었다. 그런데 두 달이 못 되어 또 어디론가 쫓겨가고 있는 것이었다. 그 눈치 빠른 한씨가 도망을 가버린 것은 일본군이 도저히 이길 수 없다는 것을 알았기 때문일 거였다. 일본이 지면 우리는 어떻게 되는 건가……. 아가씨들은 한씨가 도망가 버린 충격과 함께 불안에 휩싸이고 있었다.

복실이는 또 말숙이를 생각하고 있었다. 페구를 떠나올 때 말숙이는 함께 오지 못했다. 실성한 것이 낫지 않아 더 쓸모가 없으니까 버리고 말았던 것이다. 차가 떠나고 나서야 그걸 알았고, 함께 데리고 가야 한다고 야마가타에게 덤벼들었다가 흠씬 두들겨맞기만 했다. 실성한 말숙이가 어디를 떠돌고 있는지 생각할수록 기가 막힐 뿐이었다. 어쩌면 진작 세상을 떠났는지도 모를 일이었다. 매일 폭탄은 질정없이 떨어지고, 먹을 것은 없고, 실성한 말숙이가 살아갈 수 있는 땅이 아니었다. 또 말라리아에라도 걸리면 더 가망이 없는 일이었다.

"바쿠온! 바쿠온!"

자동차가 갑자기 멈추면서 들려온 외침이었다.

"빨리 내려, 빨리!"

야마가타가 차에서 뛰어내리며 소리쳤다.

아가씨들은 재빨리 차에서 뛰어내리면서도 전혀 놀라지 않았다. 그놈의 '바쿠온!'이란 소리는 그동안 신물 나게 들어온 것이었다.

"저 정글로 들어가, 정글로!"

야마가타가 겁 실린 얼굴로 방정맞을 만큼 빠른 손짓을 하며 외치고 있었다.

자동차들을 숲 가까이 밀어붙이느라고 야단법석이었다. 비행기에서 눈에 띄지 않게 하려는 것이었다.

쾅! 콰광! 쾅!

가까이에서 폭탄이 터지기 시작했다. 복실이 일행은 정글 속을 마구 뛰었다. 자동차에서 한 발짝이라도 더 떨어지자는 것이었다. 야마가타가 앞장섰고, 함께 타고 있었던 군인들이 아가씨들을 뒤따르고 있었다.

"됐어, 여기 서!"

야마가타가 뛰기를 멈추었다.

무성한 나뭇잎들이 얼크러져 하늘이 잘 보이지 않았다. 키 큰 나무들만 울창한 것이 아니었다. 그 아래로는 또 온갖 종류의 풀들이 무성하게 우거져 있었다. 그 풀들도 풀이라고 하기엔 어울리지 않을 정도로 키도 크고 잎도 억셌다. 여름뿐인 땅에서 가장 신바람 나는 것은 정글을 이루고 있는 나무들과 풀이었다. 아가씨들은 조그만 바위 옆에 오글오글 모여앉았다.

"그렇게 한데 모이지 말고 멀찍멀찍 떨어져. 몰사하고 싶지 않으면 빨리 떨어지란 말야!"

야마가타는 신경질적으로 소리쳤다.

아가씨들은 마지못해 나무 하나씩을 등지듯 안듯 하며 서로 떨어져 섰다. 정글 속에서는 낮에도 모기가 날아다니고 있었다. 아가씨들은 폭탄보다도 당장 눈앞에 있는 모기에 질겁을 했다. 그들에게 말라리아는 성병만큼 무서운 병이었다. 아니, 성병은 606주사를 맞으면 낫기나 하지만 말라리아는 키니네를 먹어도 잘 낫지를 않았다. 균이 워낙 독해서 그런다는 것이었다. 몸이 약한 사람은 하루거리로 오르는 열에 부들부들 떨며 한두 달 앓다가 시름시름 죽어갔다. 말라리아로 죽은 아가씨가 서넛이었다. 일본군 90퍼센트가 말라리아 보균자인 것처럼 아가씨들도 다 한 차례씩은 말라리아를 앓았던 것이다.

폭탄은 계속 떨어지고, 정글에서는 놀란 새들이 요란스럽게 울어대며 날개를 퍼득거리고 있었다. 원숭이들도 날카롭게 꽥꽥거리며 어지럽게 날뛰고 있었다.

"어머, 자동차가 탄다!"

"아이고메, 큰일났네."

아가씨들의 눈길이 일제히 자동차 쪽으로 쏠렸다. 자동차는 한두 대가 불타고 있는 것이 아니었다.

"칙쇼! 칙쇼!"

야마가타는 마구 욕을 해대며 막대기로 풀줄기들을 후려치고 있었다.

그려, 그려, 잘헌다. 아조 다 불질러부러라.

복실이는 속시원한 것을 느끼며 자동차들이 다 불타버리기를 바라고 있었다.

쾅! 쾅! 콰광!

폭탄은 정글 속에도 떨어지기 시작했다. 자동차가 불타는 것을 보고 군인들이 정글 속에 숨었다고 생각하는 것이 분명했다.

"엄마아!"

"엄니이!"

아가씨들은 혼비백산 뛰기 시작했다. 군인들도 이리저리 뛰었다.

"너무 멀리 가지 말어! 너무 멀리 가지 마!"

그 경황 중에서도 야마가타는 소리소리 지르며 아가씨들을 단속하기에 바빴다.

이대로 도망을 가버리면 어떨까!

복실이는 아름드리 나무 뒤에 숨으며 생각했다. 그때 불현듯 떠오르는 얼굴이 있었다. 식당에서 일하던 원주민 아주머니들이었다. 한씨가 그렇게 도망을 칠 줄 알았더라면 자신도 그 아주머니들에게 숨겨달라고 부탁했어야 했다. 그럼 그 아주머니들은 틀림없이 도와주었을 것이다. 그 아주머니들은 가난해서 식당에서 일을 할 뿐 일본사람들을 아주 미워했고, 강제로 끌려와 그 짓을 하는 자신들의 처지를 무척 딱해했던 것이다. 식당에서 일하는 아주머니들은 데리고 다니지 않고 그때그때 새로 구했다. 복실이는 이번에 옮겨가는 곳에서 아주머니들하고 잘 사귈 생각을 하며 마음을 고쳐먹었다. 여기서 도망치다가 잡히면 반 죽게 얻어맞을 것이고, 잡히지 않는다고 해도 어디가 어딘지 알 수가 없고, 당장 한 끼 먹을 것도 수중에 없었던 것이다.

"으아악!"

느닷없이 터진 여자의 찢어지는 비명이었다.

"뭐야! 왜 그래, 왜!"

놀란 야마가타가 그쪽으로 허둥지둥 뛰어갔다. 아가씨들도 그쪽으로 몰렸다.

"뱀이……, 뱀이…….'"

왼쪽 다리를 붙들고 주저앉은 미순이가 하얗게 질린 얼굴로 더듬거렸다. 미순이의 발목에는 바늘로 찔러놓은 것처럼 뱀의 이빨자국들이 찍혀 있었고, 뱀은 어디로 달아났는지 흔적도 없었다.

"이거 큰일났군. 이봐, 군인들! 빨리 와봐, 빨리. 뱀에 물렸다."

야마가타가 허둥거리며 군인들을 부르고, 아가씨들은 미순이를 둘러싸고 조바심을 쳤다. 독사에게 물리면 즉사하니까 숲속에 함부로 들어가지 말라는 말을 그동안 자주 들어왔던 것이다.

"무슨 뱀이었어요?"

군인 서너 명이 뛰어왔다.

"모르겠어, 모르겠어…….'"

"어디 봅시다. 독사면 큰일인데."

아가씨들은 군인들에게 자리를 비켜주었다. 군인 하나가 무릎을 꺾고 엎드리며 미순이의 발목에 입을 대려는 순간이었다. 미순이가 피그르 쓰러졌다.

"아니!"

"미순아아!"

미순이는 눈을 번히 뜬 채 숨이 끊어져 있었다. 아가씨들은 하얗게 질려 입을 다물지 못했다. 꼭 거짓말처럼 그렇게도 빨리 사람이 죽어버리는 것을 믿을 수가 없었던 것이다.

"그러니까 뱀에 물리지 말아야지요."

군인들이 돌아가며 말했다.

"어쩌지요?"

미순이를 내려다보며 한 아가씨가 울먹였다.

"풀을 꺾어 덮어."

야마가타의 대꾸였다.

"저 군인들보고 좀 묻어달라고 그러세요."

"군인들이 민간인 무덤 파는 일도 있나."

야마가타가 내쏘았다.

"우리가 그냥 민간인인가요? 그동안 군인들한테……."

"잔소리 말앗!"

야마가타가 홱 돌아서 버렸다.

아가씨들은 울면서 잎이 크고 넓은 풀줄기들을 꺾기 시작했다.

미순이는 간호원이 되는 줄 알고 선도금 같은 것도 없이 끌려왔다고 했다. 미순이는 아버지의 소작 신세를 면하게 해드리려고 했던 것인데 이 꼴이 되었다며 서글프게 웃고는 했었다. 미순이는 노래를 꽤나 잘해 모두 좋아했던 것이다. 그동안 미순이가 부르고 따라서 합창한 아리랑만 해도 수백 번은 될 것이었다. 복실이는 특히 미순이가 슬프디슬프게 부르는 〈울밑에 선 봉선화야〉를 좋아했었다.

미순아, 잘 가그라 잉…….

복실이는 흐르는 눈물을 주체하지 못하며 손이 찢기거나 말거나 억센 풀잎 줄기를 꺾어대고 있었다.

폭격이 끝나고 정글을 벗어났다. 그들의 차는 파편에 몇 군데가 우그러지고 찍히고 했을 뿐이었다.

"깊이 파지 말고 빨리빨리 묻어라."

"집합, 집합!"

폭격으로 죽은 군인들이 있는 모양이었고, 사방은 어수선하고 시끄러웠다.

"차 뺏기기 전에 빨리빨리 타!"

야마가타는 미순이가 죽은 것은 까맣게 잊어버린 듯 자동차가 무사한 것만 좋아서 벙글거렸다.

계속 폭격을 당하면서 정글로 숨고, 다시 차를 타고 해서 나흘 만에 도착한 곳이 라시오였다. 만달레이에서 그랬듯 그들은 어느 커다란 2층집으로 들어갔다. 어떤 부자가 살았던 집인지 방도 많았고, 고급스러워 보이는 가구들도 더러 남아 있었다.

아직 준비가 되지 않아 저녁밥은 가까운 부대로 먹으러 갔다.

"야아, 위안부들이다!"

"아, 반갑소. 우리 위안 좀 잘해주게."

"다들 예쁜데. 히히…….""

군인들이 반색을 했고, 이를 드러내며 헤벌쭉 웃기도 했다.

"빌어먹을 놈들."

"아이구 징그러워."

목소리를 낮춘 아가씨들은 부르르 부르르 몸서리를 쳤다.

저녁밥을 먹고 돌아오는데 키 작은 하사 하나가 야마가타를 따라왔다. 아가씨들은 그 하사가 한씨 대신 배치되는 것임을 직감했다.

"내일부터 일 시작이다. 빨리빨리 자기들 방 청소해."

방 배정을 끝낸 야마가타의 지시였다.

"저거 아주 독하게 생겼다."

"그려, 작은 꼬치가 맵드라고 아조 깡아리가 있게 생겼는디."

아가씨들은 자기네 방으로 돌아가며 하사에 대해 수군거렸다. 역시 그들의 예감대로 그 하사는 한씨 대신 배치된 것이었다.

이튿날부터 아가씨들은 인육지옥으로 빠져들었다.

"아이고메, 어찌 된 것이 우로 올라올수록 이놈덜이 성난 짐승덜이 된다냐."

"그것도 모르나. 전쟁터는 가찹제, 언제 죽을란지는 모르제 하니 께네 물불 안 개리고 덤비는 거 아이가."

"맞았어, 다 죽기 전에 발광들을 하는 거야. 그나저나 우리 조선청년들이나 자주 만났으면 좋겠다. 그 사람들 아니면 무슨 소식을 들을 수 있어야지."

"그래, 기왕이면 조선청년들이 말 한마디라도 정이 붙고……."

아가씨들은 누구나 조선청년들을 기다렸다. 조선청년들을 만나는 것만으로도 숨통이 트였고, 그들한테서 궁금한 소식을 한두 마디씩 들을 수 있었던 것이다.

며칠이 지나 그들은 이동병력을 받게 되었다. 그들은 또 한바탕 까마귀떼에게 뜯길 각오를 했다. 그런데 들이닥친 군인들은 그들의 각오를 비웃듯 거칠고 난폭하기 짝이 없었다. 먼지투성이인 구두를 신은 채 방에까지 들어오는가 하면, 아가씨들보고 각반을 풀고 구두를 벗기라고 명령했다. 하사관이나 장교들은 가끔 그런 경우가 있었지만 사병들은 그런 일이 없었던 것이다. 그러니 아가씨들이 그 요구를 들을 리 없었다. 그러자 그 군인들은 거침없이 따귀를 갈기고 들었다. 이 방, 저 방에서 아가씨들의 비명과 울음소리들이 터지고 그들의 욕설로 시끌덤벙해졌다.

그런데 이상한 것은 야마가타와 하사의 태도였다. 그들은 이 방, 저 방으로 부산스럽게 뛰어다니며 '원하시는 대로 다 위안해 드려. 이분들은 특별한 분들이야' 하면서 아가씨들을 달랬다.

아가씨들은 그동안 눈치가 늘어 재빨리 태도를 바꾸었다. 괜히 거친 사람들을 상대로 폭행을 당할 필요가 없었던 것이다. 그런데 그들의 횡포는 그것으로 끝나지 않았다. 자기들도 옷을 홀랑 다 벗고는 아가씨들에게도 다 벗으라고 했고, 고무주머니를 끼우지 않으려고 했고, 일을 한 차례로 끝내는 것이 아니라 담배 한 대를 피우고는 또 달려들고 또 달려들었던 것이다. 아가씨들이 그걸 거부하면 칼을 뽑아 목에다 들이댔다. 정해진 30분 안에 몇 번을 하든 응해야 한다는 것이었다. 야마가타와 하사가 똥 집어먹은 상이 되면서도 고개를 끄덕였으니 아가씨들은 그 일을 당할 수밖에 없었다. 그러면서 아가씨들은 그들이 도대체 어떤 특수부대인지 관심이 쏠리지 않을 수 없었다.

아가씨들은 하루종일 짓이겨져 또 걸음들을 엉기적이며 식당으로 모여들었다.

"그것들 만주에서 온 놈들이래."

조선청년을 만났다는 아가씨의 말이었다.

"만주? 그게 어떤 부댄데?"

"그건 말 안 해. 비밀이래."

"아이고야, 만주라카믄 멀리서도 왔네."

싸움에 지게 생겼으니까 만주의 군인들까지 끌어오는 거라고 복실이는 생각했다.

그건 극비리에 이루어지고 있는 관동군 투입이었다.

며칠이 지나 복실이는 조선청년을 만나게 되었다. 복실이는 우울해 보이는 그 청년을 정성스럽게 대해주었다.

"요새 전쟁판이 어찌 돼가고 있는게라?"

복실이는 청년의 이마에 맺힌 땀을 닦아주며 물었다.

"형편없소. 우리 부대는 반수 이상이 죽어 부대를 재편성하려고 일시 퇴각한 거요. 일본은 곧 질 거요."

청년은 담배연기를 내뿜으며 속삭이듯이 말했다.

"글먼 어쩌실랑가요?"

"나도 모르겠소. 학병들은 기회만 있으면 영국군 쪽으로 탈주하고 있는데……."

"글먼 오빠도 그리허시제라."

"……."

청년은 복실이를 빤히 쳐다보고 있다가 울 듯한 얼굴이 되며 복실이의 머리를 쓰다듬었다.

"아가씨나 조심해요. 여기서 전쟁터가 얼마 안 되니까."

그리고 몸을 일으켰다.

51

아이누족의 온정

일이 끝나고 나면 막사 안은 뒤숭숭해졌다. 노무자들은 십장이나 감독 모르게 수군수군하고 불안한 기색을 감추지 못했다. 도로공사는 거의 마무리되어 가고 있었다. 도로공사가 완전히 끝나면 어디로 가게 될 것인지 며칠 전부터 여러 말들이 오가고 있었다.

"아무래도 유바리탄광으로 가게 될 것 같다던데."

"뭐라구? 유바리탄광?"

"아니, 그 생지옥이라카는 탄광 아이가?"

"맞구만. 한분 들어갔다 허면 살아서 나오기 에롭다는 탄광이 거그여."

"아니야, 비행장이 더 급해 비행장 닦으러 간다는 말도 있어."

"맞다, 나도 그런 말 들었는 기라."

"글쎄, 그런 말이 있기도 한데 어떤 것이 맞는지 알 수가 있어야지."

"그나저나 어디가 더 나슬랑고?"

"그야 석탄가루 안 마시는 것만으로도 비행장이 낫지."

"하모. 날마다 굴속에 드가먼 해럴 한분 지대로 보나, 숨얼 한분 지대로 쉬나. 어데 그뿐이가. 굴 무너져 저승객 되는 것언 우짜고."

"그래, 석탄 캐내기 어렵고 굴 무너질지 모를 나쁜 데로만 우리 조선사람들을 딜여민대잖아."

"그도 그렇고, 잘 묵지도 못헌 속에 석탄가리 1년만 마시면 다 펫병쟁이 된다는 것 아니여."

"맞다, 운 좋게 살았다캐도 펫병쟁이로 집 찾아가믄 머하겄노."

"그러게 말여. 땡전 한 닢 벌지도 못하고 맨주먹 쥔 신세에 펫병쟁이나 돼서 집 찾아가면 그 꼴 참 한심스럽지."

"아이고, 처자석덜 어찌 사는고 몰르겄다. 위째 요새넌 꿈도 잘 안 꿔지고."

"그러게 말여. 기한이 넘었으니 목이 빠지게 기다리고 있을 텐데."

"다 굶어죽지나 안 했는지 모리겠다. 내사 마 처자석만 생각허믄 가심에서 피가 솟는다."

"아이고 이놈으 신세, 전쟁이나 어서 끝나야 집으로 가제."

그들의 이야기는 언제나처럼 또 집 생각, 집 걱정으로 모아지며 한숨들이 깊어지고 있었다.

타아햐앙사아리 머엇해던가아……

누군가가 노래를 시작했다.

손꼽아아 헤에어보니…….

곧 막사 안의 목소리들이 합해졌다.
그들이 단체행동으로서 유일하게 제지를 받지 않는 것이 노래하
는 것이었다. 그래서 작업장에서도 점심때 같은 때는 모여앉아 노
래를 불렀다. 노래를 부르면 슬픔도 서러움도 깊어지는 것 같으면서
도 한편으로는 수심도 달래지고 힘겨운 것도 이겨낼 수 있고는 했
다. 제일 많이 부르는 노래가 아리랑이었고, 그 다음이 〈도라지〉였
다. 그리고 누가 무슨 노래를 시작하건 곧 합창이 되었다.

아아리라앙 아아리라앙 아아라아리요오…….

노래는 아리랑으로 바뀌면서 이내 또 합창으로 어우러졌다.
아리랑은 진작부터 조선총독부가 부르지 못하게 한 금지곡이었
다. 그런데 조선이 아니라서 그런지 어쩐지 일본인 감독들은 노무
자들이 합창하는 아리랑을 전혀 개의치 않았다. 오히려 어떤 감독
은 흥얼흥얼 따라 부르기도 했다. 어쩌면 대부분의 일본인들은 아
리랑이 금지곡이라는 것을 모를지도 몰랐다.
그런데 일본인 감독만 아리랑을 흥얼거리는 것이 아니었다. 북해
도의 원주민인 아이누족들까지 아리랑을 부를 줄 알았다. 그동안

조선의 노무자들이 이곳저곳의 공사장에서 수없이 아리랑을 불러 온 결과였다.

물론 조선노무자들과 아이누족들과는 접촉이 철저히 금지되었다. 공사장이 아이누의 마을에서 가까운 듯하면 감독과 십장들의 감시는 더욱 철저해졌다. 조선노무자들은 일본사람들과 완연히 다른 아이누족들을 먼발치에서 바라볼 뿐이었다. 아이누족들도 일본경찰의 통제를 받고 있어서 그런지 공사장에는 접근할 생각도 하지 않고 멀리 지나다녔다. 그러면서 그들은 끝없이 바람결에 실려오는 아리랑을 익힌 것이었다.

아이누족들은 세 가지 점에서 일본사람들과 다른 것이 금방 표가 났다. 첫째 얼굴들이 검었고, 둘째 키가 작으면서 몸통이 굵고 동그라며, 셋째 머리카락을 완전히 뒤로 넘겨 색색의 치장을 하고 있었다. 그들은 대부분 일본옷들을 입고 있었지만 그 특이한 생김은 한눈에 일본인과 다른 종족임을 구분할 수 있게 했다.

조선노무자들은 그 아이누족과 일본인들과의 관계를 별로 오래 걸리지 않아 알게 되고는 했다. 북해도가 원래 아이누족들의 땅이었는데 일본사람들이 빼앗았고, 살기 좋은 땅은 일본사람들이 다 차지하고 아이누족들은 산간으로 밀려 천대받고 산다는 사실이었다. 그 사실을 알게 됨과 동시에 왜 아이누족들과 접촉을 못하게 하는지도 깨닫게 되었다. 조선사람들과 아이누족들은 같은 처지였던 것이다.

노무자들 사이에서는 자기들끼리도 함부로 입에 올리지 않는 은밀한 사실이 하나 있었다. 아이누족들한테 도망가면 살 수 있다는 것이었다. 그러나 노무자들은 쉽게 도주를 감행하지 못했다. 도망자들이 잡혀와 처형당하는 참혹한 꼴을 보았기 때문이다.

"여기는 섬이다. 아무리 도망쳐 보아야 사방이 빙빙 둘러 바다다. 갈 곳이 없으니 도망칠 생각은 안 하는 게 좋다. 그런데 바보 같은 놈들이 가끔 도망을 친다. 그런 놈들은 반드시 잡힌다. 너희들도 일본경찰의 조직망과 수사력이 어떤지 잘 알고 있지 않은가. 그리고 잡혀온 놈들은 절대로 살려두지 않는다. 너희들은 딴생각을 하지 않으리라 믿는다. 그러나 또 바보 같은 놈이 생기는 경우, 그놈이 어떤 꼴로 죽어가는지 그때 보면 잘 알 것이다."

배에서 내리자마자 국민복 차림을 한 일본사람이 한 말이었다.

차득보네가 투입된 곳은 도로공사장이었다. 북해도에서 조선노무자들이 일하는 곳은 세 군데라고 했다. 탄광, 비행장, 도로공사장인데, 그중에서 제일 나쁜 곳이 탄광이라는 것이었다. 차득보는 도로공사장에 떨어진 것을 그나마 큰 다행으로 여겼다. 그러나 도로공사장의 노동도 쉬운 것이 아니었다. 하루에 12시간씩 하는 중노동은 농사일보다 몇 갑절 더 힘이 들었다. 땅을 파고, 돌을 지고, 밀차를 밀고, 땅을 다지고 하는 쉴 틈 없는 일들이 농사일보다 중노동인 데다가, 그 일에는 농사일과는 달리 흥겨움이나 즐거움이 없었던 것이다. 일에 흥이 돋지 않고 즐거움을 느낄 수 없으면 세상에 그 일처럼 힘겨운 일이 없는 것이었다. 농사일이야 정성을 들이고 힘을 쏟는 만큼 작물이 실하게 잘 자라는 것이 눈에 보이고, 그

보람은 알찬 수확으로 결실되는 것이었다. 그러나 도로공사는 아무리 고되게 해보았자 남는 것이라고는 아무것도 없는 헛일이었다. 더구나 명색이 자작농으로 살아온 차득보로서는 도로공사가 더욱 허망하고 지겹기만 했다.

도로공사는 평지만이 아니라 보통 힘드는 것이 아니었다. 낮은 산줄기를 끊어내거나 경사진 산비탈을 깎아내게 될 때는 다이너마이트를 터뜨리고, 바위를 깨내고 하기 때문에 큰 부상을 입거나 목숨을 잃을 위험도 많았다. 그런데 그런 일들이 한층 힘겹고 고된 것은 배고픔 때문이었다. 한철 허리 휘는 농사는 밥심으로 짓는다는 말이 있었다. 아침 먹고, 샛밥 먹고, 점심 먹고, 샛밥 먹고, 저녁 먹고……, 그런데 그 밥이 그릇에 담긴 것보다 위로 솟긴 것이 더 많은 고봉밥이 아니었던가. 그런 푸짐한 밥을 먹고도 한바탕 논일을 해대고 방귀 몇 번 뀌고 나면 푹 꺼져버리지 않았던가. 그런데 농사일보다 훨씬 억지 기운 써야 하는 중노동을 하면서 먹는 것이라고는 딱 세 끼 밥뿐이었다. 그것도 말이 좋아 세끼지 그 양을 다 합해 놓아보았자 농사철 고봉밥 한 그릇이 될까 말까였다. 더구나 반찬이라고는 단무지 한 가지가 제멋대로 나오다 말다 하는 그 밥을 먹고 하루에 12시간씩 일을 하자니 그 누구나 배가 고프고 기운이 달려 헉헉거렸다. 그렇다고 적당히 요령을 피울 수도 없었다. 그것을 막으려고 책임량을 정해놓고 있었고, 그것도 모자라 십장이나 감독들은 죽도며 몽둥이를 휘두르고 다녔다. 그리고 그들의 뒤에는 언제나 연락만 하면 트럭을 타고 득달같이 나타나는 경찰들이 있었다. 그러니 탄광만 생지옥이 아니었다.

그 고통을 견디다 못해 4개월쯤 되어 마침내 한 사람이 밤중에 도망을 갔다. 남은 사람들은 눈 뒤집힌 십장들에게 몽둥이찜질을 당했다. 어처구니없게도 도망가는 것을 지키지 못한 죄였다. 그러나 그들은 터무니없이 매질을 당하면서도 도망간 사람을 원망하지 않았다. 오히려 그 사람이 잡히지 않기를 빌었다.

송아지만한 개를 앞세운 경찰들이 수색을 나서기 시작했다. 도망간 사람은 이틀 만에 잡혀오고 말았다. 그 사람의 처형은 곧 공개적으로 이루어졌다.

노무자들 500여 명을 공사장에 모아놓고 그 사람을 끌어왔다. 그런데 손을 뒤로 묶인 그 사람은 팬티밖에 입지 않은 알몸이었다. 그 사람은 노무자들이 막사별로 줄지어 앉은 앞쪽의 빈터에 세워졌다. 노무자들 양쪽으로는 경찰들이 열 명씩 총을 들고 서 있었다. 그 사람을 잡아온 경찰들이었다. 그리고 그 경찰들 앞에는 산줄기를 끊으면서 깨낸 돌들이 수북하게 쌓여 있었다.

"에에 또, 너희들이 여기 도착했을 때 내가 뭐라고 했었나! 도망가 봐야 소용없다고 했었지. 저놈을 봐라. 저놈이 바로 내 말을 믿지 않은 악질 배반자다. 그때 내가 뭐라고 했지? 도망가는 놈은 절대로 살려두지 않는다고 했다. 저런 놈은 시범조로 처벌해야 한다. 그런데 저놈한테만 죄가 있는 것이 아니다. 저놈이 도망갈 수 없도록 철저히 감시하지 않은 너희들에게도 죄가 있다. 그러니 너희들 손으로 저놈을 시범조로 처단해서 너희들의 시범을 삼도록 하겠다. 지금부터 처단을 실시하라!"

총감독은 일본사람들이 좋아하는 '시범조'라는 말을 되풀이했다.

"앞줄 일어섯!"

감독 하나가 나서서 구령했다.

앞줄의 노무자 50명이 일어섰다.

"똑똑히 들어라. 준비 명령에 따라 각각 25명씩 양쪽에 있는 돌을 하나씩 집어들고 신속하게 3보 앞에 쳐진 줄에 맞춰선다. 그리고 실시 명령에 따라 저놈을 향해서 일제히 돌을 힘껏 던져라. 만약 돌을 던지지 않거나, 엉뚱한 방향으로 던지거나, 힘없이 던지는 놈들은 모두 경찰서로 끌어갈 것이다. 다들 똑똑히 알아들었지! 자아, 지금부터 시작하겠다. 준비이!"

노무자들은 양쪽으로 갈라져 돌무더기에서 돌을 집어가지고 다시 일렬로 늘어섰다. 노무자들과 그 사람과의 거리는 20여 미터 정도였다.

"실시이!"

노무자들의 손에서 돌들이 날아갔다. 돌들이 빗발치는 속에서 그 사람은 비명을 지르며 쓰러졌다.

"다음 줄, 일어섯!"

두 번째 줄의 노무자들이 일어서는데 저쪽에서는 십장 두 명이 쓰러진 그 사람을 일으키고 있었다. 그 사람의 이마와 얼굴, 가슴팍 같은 데서 피가 내비치고 있었다. 눈을 꼭 감은 그 사람은 허리를 약간 구부린 채 푸들푸들 떨고 있었다.

"준비이!"

뒤에 앉은 노무자들은 모두 고개를 떨구고 있었다.

"실시이!"

빗발치는 돌들과 함께 그 사람은 또 비명을 지르며 쓰러졌다.

"다음 줄, 일어섯!"

그 사람의 몸 여기저기에서는 피가 흘러내리기 시작하고 있었다.
바위에서 깨져나온 그 돌들은 날카롭기 그지없었다. 그 사람의 허
리는 좀더 구부러져 있었다.

"준비이!"

까마귀 서너 마리가 까욱거리면서 날아가고 있었다.

"실시이!"

빗발치는 돌들에 떠밀려 그 사람은 또 비명을 지르며 넘어졌다.

"다음 줄, 일어섯!"

그 사람의 몸에서 흐르는 피들이 엇갈리고 있었다. 푸들푸들 떨
리는 그 사람의 몸은 흔들리고 있었다.

"준비이!"

차득보는, 나도 사람인가, 우리가 이게 사람인가, 하는 생각으로
입술을 깨문 채 떨고 있었다.

"실시이!"

빗발치는 돌들에 파묻히듯 하며 그 사람의 비명은 들리지 않았다.

"다음 줄, 일어섯!"

그 사람의 몸은 피투성이가 되어 있었다. 두 십장이 물러서자 그

사람은 더 서 있지 못하고 머리부터 곤두박이고 말았다. 십장 둘이 달려갔다.

"안 되겠습니다. 정신을 잃었습니다."

십장 하나가 소리쳤다.

"그만하면 됐다. 매달아라."

총감독이 명령했다.

"좌측 25명, 빨리 삽과 곡괭이를 가져와!"

감독이 서 있는 노무자들에게 명령했다. 앉아 있던 노무자들은 일제히 고개를 들었다. 그들은 모두 그 사람을 파묻으려고 한다고 생각했다.

"우측 25명, 저 십장들 앞으로, 뛰어어갓!"

노무자 25명은 땅을 팠고, 나머지 25명은 십장들이 시키는 대로 공사장의 각목을 가져다가 십자가를 급조했다. 그리고 기절한 그 사람을 십자가에다 묶었다.

곧 십자가가 세워졌다. 십자가에 매달린 그 사람은 정신을 잃은 채 온몸이 피투성이가 되어가고 있었다.

"이것으로 공개처형을 마친다. 저놈에게 절대로 손대지 마라. 만약 손대는 놈은 저놈과 똑같은 방법으로 또 처형할 것이다. 지금까지 소요시간 40분, 오늘 작업을 40분 연장한다. 이상!"

총감독의 말이었다.

노무자들은 각기 십장을 따라 공사장으로 흩어져 갔다.

차득보는 그 사람이 그 정도에서 기절한 것을 고맙게 생각했다.

그가 더 버티었더라면 자신도 곧 돌팔매질을 하게 되어 있었던 것이다.

그런데 저 사람은 어찌 될 것인가……. 피를 저렇게 흘리고, 아무도 손대지 못하게 하고……, 결국 죽을 수밖에 없지 않은가…….

차득보는 아까부터 몇 번이고 공허 스님을 생각했다. 이런 경우에 공허 스님은 어찌했을 것인가. 그러나 어떻게 했을 것인지 알 수가 없었다.

일을 끝내고 막사로 돌아와서도 사람들은 약속이나 한 것처럼 그 일을 입에 올리지 않았다. 그렇다고 딴 이야기를 하는 것도 아니었다. 다른 날과는 다르게 모두 일찍 잠자리에 누웠다. 그렇다고 잠이 든 것도 아니었다.

이튿날 작업장에 나간 사람들은 소스라치게 놀랐다. 그 사람의 몸뚱이가 보이지 않을 정도로 까마귀들이 새까맣게 달라붙어 있었던 것이다. 사람들은 그 광경을 보고 너무 질려 소리치지도 못했다. 까마귀떼는 인기척을 느끼면서도 전혀 날아갈 기미 없이 검은 날개들을 퍼득이고 괴기스럽게 까욱거리며 무언가를 다투어 쪼아대고 있었다.

노무자들은 그쪽을 쳐다보지 않으려고 애쓰며 일에 매달렸다. 그쪽에서는 하루종일 까마귀들의 까욱거림이 귀신의 울음소리처럼 들려오고 있었다. 그들은 비로소 어떤 꼴로 죽는지 보여주겠다던 총감독의 말을 실감하고 있었다.

일을 마치고 돌아가던 그들은 아침보다 더 기겁을 하고 말았다.

그 많던 까마귀들은 다 어디론가 날아가고 없는데 그 사람의 시체에서는 사람의 형체가 거의 남아 있지 않았던 것이다. 너덜너덜한 시체에서 남은 것이라고는 팔다리와 등 쪽의 살과 가죽이었다. 눈에서부터 내장 전체는 흔적도 없이 사라져버린 것이었다.

사람이 하루 만에 그렇게 참혹한 꼴이 되어버리는 것을 난생처음 목격한 노무자들은 저녁밥을 먹지 못했다. 그 이번에 놀란 것은 식당의 여자들이었다.

"아니, 왜들 이러시유?"

"무슨 일들 있었소?"

"아니, 금식투쟁 벌이는 거요?"

아무도 대답하는 사람이 없었다.

곧 십장들이 달려왔다.

"빨리 밥들 처먹어."

"내일 일들 어떻게 하려고 이래!"

"이새끼들, 배고프단 말도 다 거짓말이로군."

십장들은 곧 주먹을 휘두를 듯이 설치고 돌아갔다.

"비위가 상해서 못 먹겠는 걸 어떻게 해요."

"내일 책임량 다하면 될 거 아닙니까."

"너무 그라지덜 마이소. 우리가 개돼지가 아닌 기라요."

참다못한 노무자들이 한마디씩 했다.

"좋아, 책임량만 다하면 됐어."

"그래, 그 꼴 보고 한 끼 굶는 것도 효과 있는 일이다."

"옳아, 밥 굶으면서 도망갈 마음 싹 씻어내라."

십장들이 코웃음 흘리며 돌아섰다.

노무자들은 속 쓰린 배고픔 속에서 그 사람을 생각했다. 그리고 역시 도망가서는 안 된다는 생각도 했다.

노무자들은 다음날 아침밥은 먹었다. 배도 고프고, 일을 나가야 했던 것이다.

노무자 50명은 점심시간에 뽑혀나가 그 사람을 땅에 묻었다. 총 감독은 봉분을 만들지 못하게 했다. 그 사람의 죽음은 흔적도 없이 감추어지고 말았다. 노무자 명단에 빨간 글씨로 '소모'라고 쓰면 그만일 뿐이었다.

그리고 며칠이 지나면서 그 사람이 왜 잡혔을까 하는 말이 조심스레 나오게 되었다.

"더 멀리 달아났어야 하는데 동작이 너무 느렸던 거야."

"아니, 아마 아이누를 만나지 못하고 헤매다가 잡혔을 거야."

"그게 아니야. 소지품을 놓고 가서 개가 냄새를 맡게 한 게 잘못이야."

다 그럴듯한 말이었다. 차득보는 그 말들을 곱씹어 생각해 보았다. 소지품을 두고 간 것부터가 치밀하지 못했다는 생각이 들었다.

도로공사는 끝없이 계속되고 있었다. 섬이라고 했지만 바다는 보이지 않았고, 노무자들은 고향 쪽인 서쪽하늘을 바라보며 탄식하고 아리랑을 불렀다. 그 누구도 돈을 벌 생각은 하지 않았다. 한 달 18원에서 밥값 12원 제하고, 강제로 3원을 저금하고, 나머지 3원으로 배급 나오는 담배와 술 값을 내고 나면 빈털터리가 되었다. 3원을 저금하지 않겠다고 나섰다가 불령선인으로 몰려 매타작을 당한 사람도 있었다. 저금한 돈을 집에 돌아갈 때 준다고 했지만 그건 거짓말이라는 말이 떠돌기 시작했다. 계약기간을 어기면서 조선으로 보내주지 않자 생겨난 말이었다. 약속을 지키라고, 집에 돌려보내 달라고 수십 명이 집단항의를 하고 나섰다가 무장경찰 200여 명이 출동했다. 그들은 모두 트럭에 실려가 멍이 들도록 폭행을 당하고 돌아왔다. 계약기간이 1년인 사람도 있었고 2년인 사람도 있었다. 그러나 그건 끌어오기 쉽게 하려고 마음대로 정한 것일 뿐이고, 이제 아무 소용도 없게 된 것이었다. 총을 앞세워 계약기간도 제놈들 마음대로 안 지키는데 저금한 돈도 안 주면 그만 아니냐 하는 말이 나오게 되었다. 노무자들은 시름겹게 고개를 끄덕였다.

그런데 며칠이 지나 한 사람이 목을 매달아 자살을 해버렸다. 집에 돌아가지 못하게 된 사람이었다.

"죽느니 도망을 갔어야지."

"잡힌 다음을 생각해서 못 갔겠지."

"무슨 소리야. 왜 꼭 잡힐 것만 생각해. 안 잡힌 사람들도 있는데."

"잡혀서 그렇게 끔찍하게 죽고 싶지 않았던 거지."

"기왕 죽을 바에야 도망가고 봐야지. 잡히고 안 잡히고는 반반 아니냔 말야."

"그야 자네 생각이고, 그 사람은 잡히는 것만 생각한 게 아닌가."

그 자살을 놓고 노무자들의 의견은 엇갈렸다. 차득보는 도망가야 된다는 쪽이었다. 아이누마을까지만 가면 살아난다는 것이었다. 아이누족은 일본사람들에게 감정이 많기 때문에 자기들과 같은 처지에 있는 조선사람들을 동정한다는 것이었다.

서너 달이 지나서 또 한 사람이 도주했다. 그 사람도 집에 돌아가지 못하게 된 사람이었다. 다시 경찰이 동원되고 야단법석이 일어났다. 그러나 이틀, 사흘이 지나고, 다시 닷새가 넘었지만 그 사람은 잡혀오지 않았다. 노무자들은 전혀 그 사람의 일을 입에 올리지 않았다. 그러나 서로서로 쳐다보는 눈빛들은 윤기 나고 안도하고 있었다. 열흘이 지나자 경찰들도 수색을 단념하는 눈치였다.

그리고 서너 달이 지나서야 노무자들은 소곤소곤 그 사람의 이야기를 시작했다.

"그 사람, 평소에도 발이 아주 빨랐어."

"그러게 말야. 운수를 잘 타고나기도 했을 거야."

"아니야, 그 사람이 똑똑해. 소지품부터 하나도 안 남겨놓은 걸 봐."

"그야 앞사람이 한 실수니까."

"그나저나 그 사람은, 우리가 집으로 돌아갈 때는 어쩌려는 걸까?"

"원 별걱정 다 하네. 그 사람도 집에 가는 거지 뭐."

"아니, 그때 잡혀서 또 당할 것 아니냔 말이지."

"참, 사람 답답한 소리만 하네. 전쟁 끝나 우릴 보내주는 판인데 그 사람이 당하긴 왜 당해."

"그럼 도망가는 것이 장땡이게?"

"그거 인자 알았나? 삼십육계보다 한 수 위가 도망치는 거란 말도 모르나?"

도망에 성공한 그 사람은 노무자들 사이에서 가장 부러운 존재가 되었다. 차득보의 마음에서도 그 사람은 지워지지 않았다.

도로공사가 끝마무리되어 가면서 노무자들의 얼굴에는 실망의 빛이 짙어지기 시작했다. 다음에 옮겨갈 곳이 비행장이 아니라 탄광이라는 것이 확실해지고 있었기 때문이었다.

차득보는 마음을 공글리기 시작했다. 절대로 탄광까지 끌려 들어가지는 않을 작정이었다. 진작 도주를 하고 싶었지만 실수 없이 완전하게 하려고 계획을 치밀하게 짜면서 기회를 노려왔던 것이다. 그동안 도로공사를 해오면서 줄기차게 살펴온 것이 어느 방향, 어디쯤에 아이누마을이 있는가 하는 것이었다. 그러나 그건 쉬운 일이 아니었다. 도로공사는 자꾸 이동하면서 진행되는 것이었고, 아이누마을은 눈에 띄지 않기 때문이었다. 그러나 지속적으로 신경을 쓰며 유심히 살피면 차츰 잡히는 것이 있었다. 먼발치로나마 아이누들이 지나다니는 것을 볼 수 있는 곳도 있고 또 어떤 곳에서는 전혀 볼 수 없기도 했다. 그리고 별다른 짐 없이 다니는 아이누들이 있는가 하면 어느 지역에서는 큰 짐들을 지고 다니는 것이었다. 아이누들이 몸 가볍게 다니는 데는 마을이 별로 멀지 않다는 것이었고, 짐을 지고 다니는 데는 마을이 산골 그 어딘가 멀다는 뜻이었다.

차득보는 도로공사를 따라 이동하면서 그런 곳의 위치·거리·방향·지형 같은 것을 눈에 익히고 헤아리고 했다. 대부분의 노무자들은 반년을 일을 하고도 자기들이 얼마 정도의 거리를 도로로 닦았는지 모르고 있었다. 그러나 차득보는 그 거리가 몇십 리쯤 되고 어느 지점에서 방향이 어느 쪽으로 바뀌는지를 거의 정확하게 알고 있었다. 등짐을 지면서 그냥 걷는 것이 아니라 발걸음 수를 몇 번씩이고 세었고, 땅을 다지면서 그저 어기어차 소리만 맞추는 것이 아니라 사방을 살피고 또 살폈던 것이다. 차득보는 특히 산세를 유심히 살폈다. 어차피 도로는 도주에 쓸모가 없는 것이었고, 아이누족들은 산속에 살고 있었던 것이다.

아침부터 날씨는 꾸물거렸다. 차득보는 하늘을 힐끔힐끔 올려다보면서 가슴이 두근거리기 시작했다.

제발 비가 와라. 좍좍 쏟아져라.

차득보는 간절하게 빌고 있었다. 비만 오면 도주를 감행할 작정이었다. 비가 오면 도주하기에 이중 삼중으로 좋았다. 제일 좋은 것이 경찰 수색견의 추적을 따돌릴 수 있었다. 비가 많이 올수록 빗물에 냄새가 지워지기 때문이었다. 그리고 빗소리에 이쪽의 행동을 완전히 감출 수 있었다. 또한 수색대의 출동을 늦추고, 수색을 둔화시킬 수 있었다.

오후가 되면서 빗방울이 후둑거리기 시작했다.

아이고메 하느님!

차득보는 하늘을 우러러보며 부르짖었다.

천둥이 치면서 비가 쏟아지기 시작해 한 시간쯤 먼저 일을 마쳐야 했다. 그건 바로 늦가을에 어김없이 북해도를 지나가는 태풍이었다. 차득보는 탈주를 완전히 작정했다.

천둥번개 속에 비는 거세게 내리고 있었다. 빗소리와 바람소리 때문에 이쪽 막사에서 일부러 고함을 쳐대도 저쪽 막사에서 들리지 않을 지경이었다. 노무자들은 다른 날보다 일찍 잠이 들었다. 차득보도 태평스럽게 눈을 감았다. 십장들의 방은 막사의 왼쪽 문 양쪽에 칸막이되어 있었다.

차득보는 자정 가까이까지 기다리기로 했다. 저녁을 먹고 나면 매일 술 한잔씩을 하는 십장들은 그 시간이면 세상 모르고 곯아떨어질 거였다.

차득보는 계획을 바꾸었다. 산을 타넘기로 했던 것을 도로를 이용하기로 했다. 비가 생각보다 억세게 쏟아지니까 개에게 추적당할 염려가 거의 없었고, 산은 기동력이 떨어질 뿐만 아니라 갑자기 불어난 골짜기들의 급류에 휩쓸릴 위험이 컸고, 개의 추적을 따돌릴 수 있게 된 기회에 도로를 이용하면 산을 타는 것보다 두세 배는 더 멀리 도주할 수 있었던 것이다.

십장들의 방에서 땡! 땡! 시계가 울리기 시작했다. 빗소리 속에서도 차득보의 곤두세운 귀에는 그 소리가 또렷하게 들리고 있었다. 시계는 11번을 울렸다.

차득보는 살금살금 일어났다. 발끝으로 걸어 십장들 방으로 가서 귀를 기울였다. 드렁드렁 코고는 소리만 요란했다. 그는 제자리로 돌아와 소지품 보따리를 꺼내 허리에 질끈 동여맸다. 그리고 오른쪽 문으로 살금살금 걸어갔다. 변소를 오가는 문이라 잠겨 있지 않았다. 숨을 멈추며 살짝 들어 밀었다. 몸이 빠져나갈 만큼 열리자 잽싸게 밖으로 나왔다. 그리고 재빨리 문을 닫았다. 옆에 누가 서 있어도 알아볼 수 없을 만큼 캄캄한 어둠 속에서 비가 기세 좋게 내리고 있었다.

차득보의 눈앞에는 모든 것이 환히 떠오르고 있었다. 막사들 주위로는 철조망이 쳐져 있었고, 정문 초소에는 두 명의 경비원이 배치되어 있었다. 변소 뒤의 철조망을 넘으면 산으로 이어지는 길이었다. 그 길을 따라 일단 산으로 들어가서 방향을 바꿀 작정이었다.

차득보는 숨을 들이켜며 빗속으로 나섰다. 아내와 아이들의 얼굴이 떠올랐다. 변소 뒤를 돌아 철조망에 이르렀다. 혁대에 찔러둔 수건을 빼내 손을 감았다. 그리고 철조망을 기어올랐다. 평소에 보아두었던 대로 나무기둥 옆을 타고 오르는데도 철조망은 심하게 흔들렸다. 철조망에 다 올라 아래로 뛰어내렸다. 빗소리와 바람소리는 역시 고마웠다.

차득보는 대중 잡아 산 쪽으로 뛰기 시작했다. 어둠에 눈이 익으면서 흐릿한 형체들이 드러나기 시작했다. 평소에 눈여겨보아 두었던 산은 별로 높지 않았다. 큰 산줄기에서 뻗어내린 여러 개의 지맥 중에서 하나였고, 그 끝부분에 솟은 작은 봉우리였다. 빨리 골짜기를 찾아가기로 했다. 골짜기에는 그동안 쏟아진 비가 몰려 흘러내리고 있을 거였다. 그 물줄기를 타고 내려가며 냄새를 완전히 지울 작정이었다. 그러면 제아무리 냄새를 잘 맡는 개라도 더는 어쩔 수가 없게 될 거였다.

골짜기에는 역시 물이 세차게 흘러 내려가고 있었다. 차득보는 무릎까지 차오르는 물 속을 걸었다. 골짜기를 따라서 내려가면 도로에 이르게 되어 있었다. 그는 미끄러지고 넘어져 가며 도로에 다다랐다. 일단 탈주에 성공했다는 안도감이 벅차올랐다. 그러나 다음 순간 새까만 까마귀떼의 퍼드득거림과 괴기스러운 울음소리들이 떠올랐다. 차득보는 왈칵 소름이 끼치는 걸 느끼면서 주먹을 부르쥐었다. 그는 도로에 발을 디디면서 왼쪽으로 방향을 잡아 뛰기 시작했다.

비는 강해지다가 약해지다가 하며 끊임없이 내렸다. 차득보는 줄기차게 뛰면서 한 가지 안타까운 게 있었다. 바람이 등뒤에서 불었으면 좋으련만 맞받으면서 뛰자니 힘도 들고 속력도 나지 않는 것이었다. 그러나 비가 오는 것만도 천행인데 그것까지 바랄 수는 없었다.

날이 희미하게 트일 때까지 한 번도 쉬지 않고 뛰었다. 얼굴을 흘러내리는 비를 계속 핥아먹어 목마른 줄을 몰랐다. 날이 더 밝아지기 전에 몸을 숨겨야 했다. 대강 짐작으로 칠팔십 리는 온 것 같았다. 아이누들을 보았던 지점을 되살려가며 차득보는 산속으로 들어가기 시작했다. 산길을 따라서 산등성이 두 개를 넘었다. 그러자 분지가 나오면서 특이하게 생긴 초가집 대여섯 채가 빗발 속에 멀리 보였다.

"아이고메, 고맙십니다!"

차득보는 나무를 부둥켜안으며 가쁜 숨과 함께 이 말을 토해냈다.

아이누의 초가집은 온몸에 털이 난 짐승처럼 집 전체가 짚인지 풀인지 모를 것으로 뒤덮여 있었고, 그 가운데 창문이며 큰 문 같은 것이 달려 있었다. 차득보는 비안개 부옇게 서린 산비탈을 뛰어 내려가기 시작했다.

산속이라 바람이 별로 심하지 않았다. 분지에는 밭농사가 지어져 있었고, 어떤 밭들은 벌써 추수한 흔적이 보였다. 밭 가의 도랑으로는 물이 넘치며 흘러가고 있었다.

차득보는 첫 번째 집의 큰 문을 두들겼다. 집을 뒤덮고 있는 것은 억새풀 종류였다. 안에서는 아무 인기척이 없었다. 잠들이 깨기는 너무 이른 새벽이었다. 그렇다고 기다릴 수는 없었다. 차득보는 다시 문을 두들겼다.

안에서 무슨 말이 들렸다. 그러나 차득보는 알아들을 수가 없었다. 일본말이 아니었던 것이다. 아이누말인 것이 분명했다.

"조선사람입니다. 도와주십시오. 저는 조선사람입니다."

차득보는 일본말로 또박또박 말했다.

"아버지, 조선사람이래요."

안에서 들려온 일본말이었다.

"어서 문 열어라."

차득보는 손을 가슴에 얹으며 안도의 숨을 길게 내쉬었다. 숨길을 따라 그의 눈은 내려감기고 고개는 한정없이 수그러들고 있었다.

"어서 들어오시오."

문이 열리며 차득보를 맞이한 것은 머리 하얀 오십객의 남자였다.

"죄송합니다, 고맙습니다."

차득보는 안으로 들어서며 공손하게 인사했다.

"어서 올라오시오. 춥지요?"

주인이 다정하게 웃으며 차득보의 손을 잡았다. 비에 젖을 대로 젖은 차득보의 몸에서는 물이 뚝뚝 떨어지고 있었고, 그의 입술은 시퍼랬다. 차득보는 위로 올라가지 못하고 머뭇거렸다. 그때 젊은 여자가 가지고 나온 수건을 젊은 남자가 받아 차득보에게 건네주었다.

"예, 고맙습니다."

차득보는 또 머리를 공손하게 숙였다. 공허 스님이 여동생을 찾아주려고 자신을 데리고 주막에 찾아갔을 때 이후로 그만큼 고마운 것은 이번이 처음이었다. 공허 스님의 말을 듣고 일본말을 배워둔 것이 마침내 큰 효험을 보고 있는 것이었다. 차득보는 머리와 얼굴을 대충 닦았다.

"저쪽으로 가서 옷부터 갈아입으시오."

주인이 옷을 내밀었다.

"예에, 정말 고맙습니다."

차득보는 머리를 숙이고 또 숙였다.

젊은이가 웃으면서 한쪽 방문을 열어주었다. 차득보는 일본옷으로 갈아입었다. 그때서야 그는 몸이 부들부들 떨리도록 추운 것을 느꼈다.

차득보가 옷을 갈아입고 나오자 주인이 담요를 내밀면서 뒤집어 쓰라는 시늉을 했다. 차득보는 또 고맙다고 인사하고 담요로 몸을 감쌌다.

주인이 담배를 권하는데 젊은 여자가 차를 끓여가지고 왔다.

"자아, 추운데 어서 드시오."

"예, 고맙습니다, 고맙습니다."

차득보는 정말 눈물겹도록 고마웠다. 그 사람들의 따뜻한 정성에 그는 내가 언제 남한테 이런 인정을 베풀어본 적이 있는가 하는 생각을 했다.

"여긴 오래 있을 데가 못 됩니다. 곧 여길 떠나서 안전한 데로 가세요. 그곳에 조선사람들 몇이 사는데, 조선사람들이 오면 자기네들한테 보내달라고 우리보고 부탁을 했어요. 그 사람들은 이제 우리 아이누하고 똑같아요. 여긴 샤모들이 오늘이라도 들이닥칠 위험이 있으니까요. 우리 아들이 그곳까지 모셔다드릴 겁니다."

주인은 차를 마시며 말했다. '샤모'는 아이누족들이 일본인들을 경멸해서 부르는 아이누말이었다.

"예, 예, 고맙습니다."

아침을 먹고 곧 떠날 채비를 갖추었다. 젊은 여자는 그동안에 차득보의 옷을 짜서 불에 쪼여가지고 거의 다 말린 상태였다. 차득보는 다시 옷을 갈아입고 나섰다.

"편히 가시오."

"이 은혜 평생 잊지 않겠습니다."

차득보는 그야말로 코가 땅에 닿도록 인사를 했다.

젊은이와 함께 산을 넘고 또 넘었다. 빗속을 하루종일 걸었다. 젊은이가 싸온 점심을 동굴 비슷한 데서 먹었다.

"조선사람들은 샤모들보다 몸집도 더 크고, 기운도 더 세고, 얼굴도 더 잘생겼는데 왜 샤모들한테 당하며 사는지 모르겠어요. 우리 아이누는 수가 너무 적어 당했지만."

젊은이가 점심을 먹으면서 한 말이었다.

"예, 권력을 잡고 있던 대신 몇 놈이 나라를 팔아먹은 겁니다. 그래서 백성들이 나라를 되찾으려고 30년 넘게 독립투쟁을 해오는데도 우리 조선은 신식무기를 만들어내지 못하고 일본놈들은 신식무기를 얼마든지 만들어내니 싸워서 이길 수가 없는 거지요."

차득보는 얼굴을 들 수 없는 수치심을 느끼며 이렇게 말했다.

깊은 산중의 분지에 도착한 것은 저녁밥때가 다 되어서였다. 집이 10여 채가 서로 감싸듯 다정하게 모여 있었다.

"조선사람이 왔소, 조선사람!"

젊은이는 어느 집의 문을 두들기며 목청 높이 외쳤다.

문을 열고 뛰쳐나온 사람은 한눈에 알아볼 수 있는 조선사람이었다.

그 사람은 차득보를 얼싸안았다.

"어서 오시오. 얼마나 고생이 많았소."

"예에……, 고맙구만요, 고맙구만요……."

차득보는 목이 메고 있었다. 동포라는 것이 이렇게도 좋은 것인가……, 차득보는 난생처음으로 동포의 뜨거운 피를 절절히 느끼고 있었다.

집 안으로 들어간 차득보는 깜짝 놀랐다. 아이를 안고 부끄러운 듯 인사하는 여자는 분명 아이누였던 것이다.

"놀라셨지요? 제 아냅니다."

스물대여섯 되어 보이는 그 남자는 씨익 웃었다.

"예에, 그러시구만요……."

아침에 젊은이의 아버지가 '그 사람들은 이제 우리 아이누하고 똑같아요' 했던 말뜻을 비로소 알아차렸다.

"난 외삼촌집으로 가겠어요."

젊은이가 밖으로 나갔다.

"예, 이따가 연락할게요. 모두 모여 술 한잔해야지요."

"술이 있어요?"

"그럼요. 샤모가 여기까진 못 오니까 맘놓고 담가먹어요."

"예, 좋지요. 연락하세요."

두 사람은 아주 절친한 사이였다.

"자아, 몸 닦고 옷부터 갈아입으세요."

그 남자는 아내가 가지고 나온 수건과 옷을 차득보에게 건네주었다.

차득보는 옷을 갈아입으며 자신이 너무 운이 좋다고 생각했다. 여기 있는 사람들이 아이누마을 몇 군데에나 그런 부탁을 해놓고 있는지 궁금하기도 했다.

"자아, 편히 앉으세요. 저는 강상호라고 합니다."

"예, 저는 차득보라고 헙니다."

"여기에 우리 조선사람이 전부 다섯입니다. 서로 줄을 대서 모인 거지요."

"다 여그서 혼인얼 허셨능게라?"

"아닙니다. 혼인한 사람은 셋입니다. 다른 두 분은 고향에 처자가 있어서요."

"글먼 도망 나오신 지 오래되셨능가요?"

"예, 3년 됐습니다."

"예에. 근디 지럴 이리 구해주신 것이 너무 고마운디, 그런 부탁 얼 그 동네에만 허셨능게라?"

"아닙니다. 한 스무 개 마을에 해놓고 있습니다."

"아, 그러시구만요. 근디 이리 도망 나와 사는 사람덜이 멫이나 되는지 다 아시는게라?"

"다는 알 수가 없고요, 150명이 되는 것까지는 알고 있습니다."

"참 아이누 이 사람들 고마운 사람들입니다."

"예, 사람들이 순하고 인정이 많습니다. 그나저나 징용 끌려나온 사람들이 얼마나 되는지, 그 고생들이 참 큰일입니다."

"예, 그 수야 말로 헐 수 없이 많컸지요. 죽기도 억수로 죽고……."

강상호의 아내가 차를 끓여왔다.

"추운데 어서 드세요."

"예에……."

차득보는 잔을 들며 다시 목이 메었다.

일제는 160여만 명을 강제징용했고, 30여만 명의 여자들을 위안부와 정신대로 끌어갔고, 4,500여 명의 학도병을 포함해 징병으로 전쟁터에 끌려간 젊은이들은 40여만 명이었다.

52

신새벽

아흔아홉 골짜기를 거느린 지리산 준령에도 봄이 오고 있었다. 한발 늦은 봄이었지만 4월의 양광은 지리산 준령에 쌓였던 눈을 다 녹이고, 골짜기 골짜기의 응달에 숨은 눈까지 녹이면서 나무마다 풀마다 새 움을 틔워내고 있었다. 웅장하고 장엄한 자태의 지리산은 우아하고 환상적인 유록색 비단옷을 갈아입고 있었다. 백설로 치장했을 때의 지리산은 신령스러웠고, 눈이 녹으며 흑회색의 모습을 드러냈을 때의 지리산은 위엄이 충만했고, 이제 싱그러운 유록색이 번지고 있는 지리산은 자애스러웠다. 산 높고 골 깊으되 그 준령 또한 몇십 리에 뻗치며 산맥을 이루어내고 수많은 골짜기를 거느렸으니 누구나 함부로 범접하지 못하고 멀리서 바라보며 감탄하는 산, 그것이 지리산이었다.

전라남북도와 경상남도에 '지리산의 도령들' 소문이 퍼진 지는 이미 오래되었다. 그 소문은 가지가지였다. 독립군으로 나서기 위해 훈련을 하고 있다고도 했고, 나라를 구하기 위해 도를 닦고 있다고도 했고, 왜놈들 총에 이길 수 있는 무술을 연마하고 있다고도 했다. 그 소문들의 한 가지 공통점은 그들이 '나라를 되찾기 위해' 지리산에 있다는 것이었다. 그리고 그들을 그냥 '청년들'이라고 부르지 않고 '도령들'이라고 높여 부르는 것에서 그들이 하는 일을 장하게 생각하고 있는 마음을 나타내고 있었다.

그 여러 가지 소문들과 달리 그들이 누구인가 하는 것만은 어느 사람의 말이나 다 똑같이 일치하고 있었다. 그들이 학병으로 끌려가기를 거부하고 지리산으로 들어갔다는 사실이었다. 그런데 그들의 수가 몇 명인가 하는 것은 또 구구각색이었다. 200명이라는 사람도 있었고, 300명이라는 사람도 있었고, 400명이라는 사람도 있었다.

그런데 이상한 일이었다. 그런 소문을 경찰서에서 모를 리가 없었다. 그런데도 그 어느 곳 경찰도 그들을 잡으려고 지리산으로 들어갔다는 말이 없었다. 사람들은 그 까닭을 너무나 잘 알았다. 경찰들이 수백 명 지리산으로 들어가 보았자 지리산이 워낙 높고 크고 넓어 도령들을 잡을 도리가 없기 때문이었다. 사람들은 경찰들이 꼼짝을 못하는 그 사실이 통쾌해 '지리산 도령들' 이야기를 하고 또 했다.

학병을 피해 지리산에 들어온 학생들은 화전민들의 거처를 따라 여러 골짜기에 분산되어 있었다. 화전민들의 거처 가까이에 자리잡은 것은 화전민들의 덕을 보려는 것이 아니었다. 화전민들이 살고 있는 곳은 산에서 생계를 유지할 수 있는 생활조건이 잘 갖추어져 있었던 것이다. 그 지혜를 배워 학생들은 움막을 쳤다. 그리고 화전민들과 인간관계를 돈독히 하면서 그들의 의식을 깨우쳐나가려는 것이었다. 또한 화전민들은 가끔씩 산 아래로 왕래하기 때문에 바깥소식을 들을 수 있는 통로였다.

송준혁은 피아골에 있었다. 피아골의 양달에는 작은 산꽃들이 피어나고 나무들의 실가지마다 연초록의 새잎들이 마치 신비스러운 기적처럼 피어나고 있었다.

송준혁의 동료들은 산밭을 파엎다가 일손을 잠시 쉬고 있었다. 밭두렁에 둘러앉은 그들은 여섯이었다. 모두 열 명이었는데 넷은 그 어딘가에서 보초를 서고 있었다. 만일의 사태에 대비해 그들은 24시간 번갈아가며 보초를 서는 생활을 입산할 때부터 지금까지 계속해 오고 있었다. 그들은 또다른 군대생활을 하는 셈이었다.

"선생님이 오실 때가 되지 않았나?"

누군가가 담배연기를 날리며 말했다.

"글쎄, 선생님이야 아무 예고도 없으신 분이니까."

그들이 말하는 선생님이란 이현상을 가리키는 것이었다.

"요새 전황은 어찌 돼가는지 모르겠군."

"태평양 섬들을 다 뺏긴 지가 작년 말이니 지금쯤 동남아세아도 거의 다 뺏겨가는 것 아닐까."

"아마 그러기가 쉬울 거야. 일본은 이제 풍전등화야. 국민학교 4학년까지 근로동원을 시키고 있으니 그게 최후의 발악이고 단말마의 비명이 아니고 뭐겠어."

"참, 그 평양사단에서 검거된 학생들은 어찌 됐을까?"

"글쎄, 중형을 받게 되겠지."

"그 사람들도 우리처럼 미리 대처했어야 하는데."

"그러게 말야. 거긴 학생들을 이끌 지하조직이 없었던 모양이야."

"아니야. 있었어도 선생님 같은 탁견을 가진 사람이 없었을지도 모르지."

"그래, 그 말이 맞을지도 몰라. 우리도 선생님 아니었으면 그 학생들 같은 신세가 됐을지도 모르지."

"그러니까 지도자란 필요한 거지."

"그렇지. 어쨌거나 그 학생들이 안됐어."

그들이 말하고 있는 것은 작년 12월에 일어난 평양사단 사건이었다. 그건 다름 아니라 평양사단에서 훈련을 받고 있던 학도병들이 훈련소를 탈출하여 항일게릴라전을 전개하려고 계획했다가 발각되어 70여 명이 검거되었던 것이다. 그 사건이 세상에 던진 충격은 대단했다. 남자들은 징용·징병·학병으로 무차별 끌려가고, 여자들마저 정신대로 끌려가고, 국민학교 4학년 이상은 근로동원에 끌어내면서 일제의 탄압은 극에 달하고 있는 상황에서 그들이 무장게릴라전을 계획했다는 것은 실의와 절망에 빠져 있는 조선사람들을 고무시킨 한줄기 빛이었던 것이다.

휘이 휙!

북쪽 등성이에서 날카로운 휘파람소리가 올렸다. 얼핏 들으면 무슨 새소리 같았지만 그건 선요원을 통과시켰다는 보초의 신호였다.

여섯 사람의 눈길이 일제히 그쪽으로 쏠렸다.

"또 무슨 좋은 소식이 있나?"

한 사람이 급하다는 듯 몸을 일으켰다.

"틀림없이 좋은 소식이 있겠지."

다른 사람도 일어나며 말했다. 그러자 나머지 사람들도 하나둘 자리를 털고 일어났다.

"아, 저기 오는군."

한 사람이 커다란 바위를 돌아 모습을 드러냈다. 그 사람은 재빠른 동작으로 산비탈을 타내리고 있었다.

"아, 어서 오시오."

이쪽에서 높인 목소리로 반겼고

"아, 안녕들 하시오."

선요원이 손을 흔들며 화답했다.

"저 기분 좋은 기색을 보니까 좋은 소식이 있는 것 같은데."

"맞어, 그런 것 같네."

그들은 서로를 쳐다보며 화색이 돌았다.

"동지들, 아주 대특보요, 대특보!"

선요원이 그들과 악수를 나누며 부풀어오르는 목소리로 말했다.

"기다리고 있었소. 그게 뭐요?"

"예, 너무 놀라지들 마세요. 마침내 며칠 전에 미군이 오키나와 상륙에 성공했소!"

"와아아 —."

그들은 두 팔을 뻗쳐올리며 환성을 터뜨렸다.

미군의 오키나와 상륙—그것은 두 달 전에 있었던 마닐라 탈환과 이오섬(유황도) 상륙과는 전혀 다른 의미였다. 미군의 마닐라 탈환과 이오섬 상륙은 동남아 전세의 변화로 일본의 부분적 패배에 불과했지만 오키나와 상륙은 바로 일본영토의 상륙으로, 일본의 전면적 패배를 뜻하는 것이었다.

"그럼 일본본토 상륙도 얼마 안 남은 것 아닙니까?"

"글쎄요, 그건 시간이 좀 걸릴지도 모를 문제지요. 왜냐하면 이번 오키나와 상륙도 3개월이나 걸렸으니까요. 섬 주민 전체를 총동원해 저항을 꾀했기 때문입니다."

"아니, 주민들까지 전쟁터로 내몰았단 말입니까?"

"예, 주민들을 총알받이로 써먹은 것인데, 그거 왜놈들답지 않습니까. 그놈들이 좋아하는 소위 사무라이식 말입니다."

"야비한 놈들 같으니라고."

그들이 지리산 속에 있으면서도 나라 밖에서 최근에 일어난 사건들까지 샅샅이 알고 있는 것은 '미국의 소리' 단파방송을 청취하고 있기 때문이었다. 그 소식은 이렇게 선요원들을 통해서 각 조직으로 전해지고 있었다. 그런데 오키나와를 점령당한 위기 속에서 일제가 일억총옥쇄(一億總玉碎)라는 새로운 구호를 외치기 시작했다는 것을 학생들은 아직 모르고 있었다. 일억총옥쇄의 일억이란 일본사람들 7천만, 조선사람들 3천만을 합한 것이었다. 그러니까 일억총옥쇄란 일본과 천황에게 충성을 다 바쳐 일본사람 7천만과 조선사람 3천만은 다같이 깨끗하게 죽자! 하는 뜻이었다. 그건 패전의 위기에 직면한 일제가 발악적으로 내세운 집단자살의 구호였다. 그런데 지식인들은 총독부가 조작하고 있는 승전의 보도에 취해 일본이 조선을 200년 동안 지배할 거라는 사실을 굳게 믿으며 일억총옥쇄를 여기저기서 열창하기 시작했던 것이다.

"그리고 또 한 가지 큰 소식이 있습니다. 히틀러가 자살했습니다."

"예?"

"아니, 히틀러가?"

"그럼 독일은 완전 패전한 것 아닙니까?"

"그렇지요. 그쪽 전쟁은 다 끝난 거지요."

"그럼 일본의 패배는 정말 목전에 와 있습니다. 그쪽의 병력이 이쪽으로 대거 투입되면 일본이 무슨 수로 견디겠어요."

"그렇지요. 금년 안에 결판이 날 수도 있습니다. 우리 모두 힘냅시다."

"예, 힘냅시다."

그들은 목소리를 합쳤다.

"이건 교잽니다."

선요원이 배낭에서 등사물 한 뭉치를 꺼냈다.

선요원은 인사를 마치기 바쁘게 돌아섰다. 그들은 가슴 울렁이는 감정 속에서 다음 조직을 향해 순식간에 등성이를 넘어가는 선요원을 지켜보고 있었다.

지리산에 분산되어 있는 학생조직은 열 명을 단위로 하고 있었다. 산속에서 많은 수가 집단적으로 거처할 만한 장소가 마땅치 않았고, 만일의 사태에 대비해 피해를 최소화하고 기동력을 살리자는 것이었다. 그 열 명씩의 조직을 긴밀하게 연결시키고 있는 것이 선요원들이었다. 선요원들은 두 가지로 구분되었다. 본부 선요원과 소대 선요원이었다. 본부 선요원들은 지역을 분할해서 각 소대에다 본부의 지시와 긴급사항 같은 것을 수시로 전하고, 정규적으로 사상교재를 배달했다. 그리고 소대 선요원들은 소대와 소대 사이의 연락만을 맡았다.

선요원들로 연결되는 조직체계 속에서 그들은 지리산에 있는 학생들의 총수가 얼마인지 모르고 있었다. 그리고 본부의 선요원들이라고 해도 지역을 분할해서 임무를 맡고 있었기 때문에 전체 숫자는 알 수가 없었다. 그들은 대충 200여 명으로 짐작할 뿐이었다. 그 총수를 정확히 알고 있는 사람은 단 하나, 이현상이었다. 그는 사회주의 지하운동가답게 학생조직을 군대편제로 구성한 다음 철저한 점조직으로 운영하고 있었다. 그건 만약의 사태로 몇몇이 붙들려가게 되더라도 조직 전체가 노출되지 않도록 하는 방법이었다.

각 소대원들이 가장 중요하게 실시하고 있는 것이 사상학습이었다. 그건 물론 사회주의 사상이었다. 하루도 빠짐없이 학습하고 토론하는 날들이 쌓이면서 그들은 사회주의자로 변모하고 강화되어 나아가고 있었다. 바로 송준혁이 그런 전형적인 예였다. 그는 농과를 전공하면서 막연한 독립의식만 가지고 있었지 사회주의 사상은 본격적으로 접하지 못했던 것이다. 그런데 지리산 생활을 통해서 그는 견고한 사회주의자로 단련되어 가고 있었다.

그들이 두 번째로 중시하는 것이 체력단련이었다. 그들은 날마다 기본적인 운동과 노동을 했다. 그리고 1주일에 두 번씩 골짜기를 치올라 준령까지 등산을 했다. 어느 소대나 준령에 오르면 천왕봉에서부터 노고단에 이르는 지리산 연봉들을 관망할 수가 있었다. 그리고 날씨가 맑을 때는 사방으로 수십 리 밖까지 바라볼 수 있었다. 가까이로는 백운산에서부터 멀리로는 덕유산까지, 그리고 그 아랫세상을 바라보면서 그들은 조국을, 독립을, 인민을 생각하고는 했다. 그 등산은 단순히 체력단련만이 아니라 평소의 학습을 반추하고 음미하며 의식을 강화시키는 기회로 작용하고 있었다.

그리고 그들이 세 번째로 열성을 바치고 있는 일은 농사짓기였다. 자급자족을 위해서가 아니라 최선을 다해 조직의 운영비를 절감하자는 노력투쟁이었다. 산속에서 그들의 능력으로 자급자족한다는 것은 애당초 불가능한 일이었고, 자금조달의 어려움을 다소라도 해결하자는 자구책이었다. 그들은 화전민들을 스승으로 받들며 농사를 지어 식량의 반을 해결하고 있었다. 그리고 농사를 지으면서 인민적 삶을 체득하는 것도 하나의 목적이었다. 거의가 농사노동을 해본 바 없는 그들로서는 농사짓기를 통해서 이론과 현실을 일치시키는 훈련을 하고 있었다.

그러한 그들의 생활규범과 질서를 제시하고 지도하는 총책은 이현상이었다. 그러나 그들은 이현상을 자주 볼 수는 없었다. 그는 서너 달에 한 번 정도로 나타났는데 그때마다 옷차림이 달랐다. 변장을 하고 아랫세상을 다니다가 돌아온 모습이었다. 그는 학생들에게 많은 말을 하지 않았다. 말보다는 행동과 실천으로 무엇인가를 보여주고 깨닫게 하는 사람이었다.

"우리 민족은 반드시 해방됩니다. 일제는 지금 망해가고 있습니다. 이건 악한 자는 하늘의 벌을 받는다는 식의 추상적인 말이 아닙니다. 우리는 객관적인 사실의 진행 속에서 일제의 패망을 확인하고 있습니다. 여러분은 해방의 그날에 대비하기 위해 오늘을 성심껏 살며 분투해야 합니다."

그가 학생들에게 하는 말은 이런 정도로 짧았다.

그들은 산밭에 감자며 고구마를 심고, 옥수수와 조도 뿌렸다. 텃밭에는 상추와 아욱 같은 것도 뿌렸다. 그리고 산나물도 많이 뜯어 무쳐먹고 응달에 말렸다.

화사하면서도 서러운 꽃 진달래가 무리지어 피었다 꽃송이째로 떨어져 지면서 4월이 갔다. 철쭉은 피어나기가 아직 일러 5월을 기다리고, 지리산은 유록색 만발한 속에 차츰 초록빛으로 변해가고 있었다.

언제나 그렇듯 아무런 예고 없이 그들 앞에 이현상이 나타났다. 선요원과 또 한 명이 수행하고 있었다.

"동지들, 수고가 많소."

이현상은 학생들의 손을 일일이 잡으며 악수했다.

송준혁은 다른 학생들과 마찬가지로 깊이 고개를 숙였다. 그러면서 할아버지가 이분 같았을까 하는 생각을 또 하고 있었다. 그리고 아버지는 왜 이분같이 하지 않은 것일까도 연달아 생각했다. 폐병 때문에 아버지는 사실상 운동을 중단한 것 같은데, 지금 죄 없는 옥고를 치르고 있으니 문제였다.

"여러분, 기쁜 소식을 전합니다. 지난달부터 전국의 주요 도시에서 소개가 실시되고 있습니다. 미군기의 폭격을 피하기 위해섭니다. 그리고 사흘 전인 5월 2일에 영국군이 버마 랑군을 점령했습니다. 이로써 일제는 작년부터 본토를 폭격당하는 동시에 이제 동남아 전선에서는 동으로부터 미군에게, 서로부터 영국군에게, 북으로부터 중국군에게 대협공을 당하는 최악의 사태에 빠졌습니다."

본부 요원의 말이었다.

그들은 일제히 반색을 하면서도 다른 때와 같이 환성을 지르지는 않았다. 이현상 앞이었던 것이다.

"동지들, 이제 일제는 패망했습니다. 다만 항복의 절차가 남아 있을 뿐입니다. 여러분은 새로운 각오로 새 출발에 임해주기 바랍니다."

이현상은 이 말을 남기고 유록색 아기잎들이 햇살에 반짝이는 봄숲 속으로 사라져갔다.

"저것 좀 봐!"

누군가의 말에 그들은 모두 고개를 하늘로 젖혔다. 아지랑이 기운 아른거리는 하늘 저 높이 새하얀 비행운을 남기며 반짝거리는 점으로 비행기가 날아가고 있었다. 최근에 부쩍 자주 나타나기 시작한 B29였다. 그들은 언제까지고 그것을 바라보고 있었다.

어디선가 소쩍새가 구슬프고 애절하게 봄 한나절을 울고 있었다.

"좋은 말로 할 때 쌀을 내놔!"

사내는 고약하게 치뜬 눈으로 홍씨를 꼬나보았다. 다른 일본사내는 어슬렁거리며 집 안을 살피고 있었다.

"몇 번이나 말해야 허요. 없소."

홍씨는 싸늘하게 내쳤다.

"다 알고 왔다니까. 집을 뒤져야 알겠어!"

사내는 발로 땅을 구르며 으름장을 놓았다.

"맘대로 허시요. 만일에 뒤져서 안 나오면 어쩔라요?"

마루에서 사내를 내려다보는 홍씨의 매운 눈길에 싸늘한 위엄이 서려 있었다.

"뭐야? 건방지게 말이 많아. 기우치 상, 말로 안 되겠소. 뒤집시다."

사내가 일본사내에게 말했다.

"당연하지. 처음부터 뒤졌어야지. 쌀 감춘 불령선인들이 말로 해서 내놓는 것 봤소?"

일본사내가 고개를 까딱거리며 하는 말이었다.

두 사내는 집 안을 뒤지기 시작했다.

홍씨는 까딱도 안 하고 꼿꼿이 서 있었고, 늙은 머슴은 헛간 그늘에 쪼그리고 앉아 곰방대만 뻐끔거리고 있었다. 머슴도 오래전부터 젊은 사람이 없어 늙은 사람을 쓸 수밖에 없었다. 역시 농사일은 기운이 밑천이라 소출이 줄어들 수밖에 없었다. 그렇다고 걱정할 것이 아무것도 없었다. 작년 6월부터 미곡강제공출제가 실시되면서 농사지은 쌀을 빼앗기고 배급을 타먹는 꼴로 변했던 것이다.

지금 집뒤짐을 하고 있는 두 사내는 미곡공출과 배급을 맡고 있는 식량영단(食糧營團)에서 나온 것이었다. 자작농인 경우에 그런 집뒤짐을 당하는 것은 예사가 되어 있었다. 그러나 그건 추수철에 벌어진 일이었지 그 뒤로는 별로 없었던 것이다. 홍씨는 딴 트집을 잡으려고 이러는 것이라고 생각하고 있었다. 아들 동걸이 때문에 줄곧 주목을 받아오고 있었던 것이다.

자작농들은 공출로 빼앗기는 것이 억울해 쌀을 숨기는 경우가 적지 않았다. 그럴 수밖에 없는 것이 공출가격이라는 것이 총독부에서 일방적으로 책정한 형편없는 헐값인 데다가 그 돈마저 온갖 잡부금과 강제저축으로 공제해 버려 사실상 그냥 빼앗기는 것이나 마찬가지였다. 그러나 홍씨는 쌀을 감추는 짓은 하지 않았다. 그랬다가 들키는 날에는 아들의 문제까지 덧날까 봐서였다. 그저 금예네에게 몇 말 주어 아이에게 먹이도록 했다.

두 사내는 집뒤짐에 이골이 나서 장독대, 헛간 잿더미, 똥장군 속까지 살피고, 담 밑까지 헤집고 다녔다. 그러나 숨긴 일이 없으니 나오는 게 있을 리 없었다.

"하, 숨겨도 아주 단단히 숨겼구만."

사내가 손바닥을 털며 떫은 입맛을 다셨다.

"이거 이상하지 않소. 다른 장소 어디다 빼돌린 것 아니오?"

일본사내가 고개를 갸웃거렸다.

홍씨는 방으로 들어가며 방문을 탕 닫아버렸다.

"갑시다. 제보가 잘못된 것 같소."

사내가 앞서 대문 쪽으로 돌아섰다.

"글쎄, 별로 부자 같지도 않은데. 쌀을 숨겼더라도 이런 집에 5월
까지 남아 있을 리도 없고……."

일본사내가 혀를 차며 뒤따랐다.

"에이이, 못된 놈. 징용 징병에 안 끌려갈라고 뒷돈 써감서 그 자리
하나 얻어내서 허고 댕기는 짓이라고넌…… 에이이, 쯧쯧쯧…… 저
것이 어디 양반집 자석이고 배왔다는 놈이여, 저거……."

늙은 머슴이 혀를 차대며 곰방대를 돌에다 마구 두들기고 있었다.

식량영단이라는 데 취직을 해서 공출에 나서고 배급 주는 일을
하고 있는 30대의 조선사내들은 전부가 징용을 피해 사회적 배경
과 돈으로 그 자리를 차지한 신종 친일파들이었다. 그들은 공출원
과 배급원의 일만이 아니라 수색원의 일까지 하고 다니면서 사람
들의 원성을 사고 있었다.

"할아부지, 쟁기질 안 나가요?"

물동이를 이고 들어오던 부엌데기 처녀가 머슴에게 물었다.

"아이고, 이놈으 시상 농사지서 머허겄냐. 땅얼 그냥 놀리는 것이
낫제."

머슴이 더디게 몸을 일으켰다.

"음마, 경찰서에 잽혀갈 소리만 골라감서 허시요 잉."

처녀가 부엌으로 들어가며 퉁을 놓았다.

"야아야, 사정얼 몰르면 말얼 말어라. 사람 속터져 죽겄응게."

머슴이 혀끝이 떨어질 정도로 세차게 혀를 찼다.

"아니, 무신 일 있었소?"

처녀가 앞머리에 묻은 물기를 털며 부엌에서 나왔다.

"그려, 난리가 났제."

"무신 난리라?"

처녀가 눈이 휘둥그레지며 안방 쪽을 재빨리 살폈다.

"식량영단인지 개콧구녕인지 허는 놈덜이 나왔다."

"아니, 그 잡것덜이 왜 우리 집얼 와라. 가실허는 것도 아닌디."

"에이, 벽창호시."

"무신 소린게라?"

"집 뒤지로 왔당게."

"쌀 숨켔다고라?"

"삼천리 돌아 인자 아네."

"그래 어찌 되았소?"

"어찌 되았겄어?"

"숨킨 것이 없덜 않은게라?"

"그려, 헛탕쳤제."

"염병헐 놈덜, 개지랄도 에진간히 허고 댕기네."

처녀가 대문 쪽에다 침을 내뱉었다.

"인자 나 맘 알겄어?"

"야아, 저 잡것덜 꼬라지 뵈기 싫여 실은 다 땅 엎어불고 농새 안 지어야 허요."

"그려, 그려. 인자 옳은 말 허능구마. 말이라도 그리혀야 속이 풀리제."

머슴이 고개를 끄덕끄덕하며 어줍게 웃었다.

그런데 사실 농사를 짓지 않고 놀리는 논들이 있었다. 관청에서는 식량증산을 외쳐대고 있었지만 그 반대로 놀리는 논들은 이삼 년 사이에 부쩍 늘어나고 있는 형편이었다. 그건 대지주들의 논으로 소작인들을 구하지 못한 것이었다. 그럴 수밖에 없는 것이 소작인들을 징용과 징병으로 엄청나게 끌어갔기 때문이었다. 총독부에서는 1944년에 농사를 짓지 못하고 놀리는 논을 50여만 정보로 집계할 정도였다.

그러나 식량의 감소는 그것으로 끝나지 않았다. 농사를 짓고 있는 논들도 노인들이나 여자들이 소작살이를 하는 판이라 소출이 감소할 수밖에 없었다. 그런 데다 공출 실시로 지주들은 전처럼 소작인들을 닦달하지 않았고, 자작농들도 농사에 열성을 바치지 않았다. 또한 쌀을 감추는 것도 식량 감소의 한몫을 거들었다. 이렇듯 이중 삼중의 원인이 겹쳐져 식량 감소는 심해지고, 그럴수록 총독부에서는 공출할당량을 높이고, 악순환은 계속되면서 식량영단의 횡포는 극심해지고 있었다.

총독부에서는 공출 실시와 함께 미곡의 유통을 일체 금지시켰다. 크고 작은 쌀장수들이 일제히 문을 닫았고, 역마다 경찰들이 나서서 승객들의 짐을 일일이 조사하는 사태가 벌어지고 있었다. 중학생 이상의 승객들이 가지고 있는 짐들을 전부 수색해서 곡물이 나오면 무조건 압수하는 것이었다. 일본농촌의 식량 감소도 조선농촌의 경우와 마찬가지여서 일제는 군량미 조달마저 궁지에 몰리고 있었다.

"할아부지, 그러고 송진 받고 칡넝쿨 걷는 것 어찌 되았능게라. 곧 걷으러 올 것인디요."

처녀가 걱정스레 머슴을 쳐다보았다.

"아이고 썩을 놈에 것, 나도 몰르겄다."

머슴이 짜증스럽게 한숨을 내쉬었다.

"아이고메, 그러면 어짤라고 그요? 당허기넌 아짐씨가 당헐 것인디."

처녀가 펄쩍 뛰며 안방 쪽을 흘깃 살폈다.

"요런 오살헐 놈덜이 온갖 잡것덜얼 공출허라고 지랄발광이니 농새도 심이 부치는 판에 사람이 어찌 살겄냐. 니가 어찌 잠 히봐라."

"음마, 나라고 노는지 아요. 아주까리씨 뿌래야제, 삼씨에 목화씨 뿌래야제, 나도 공출허니라고 팔자에 없는 농새꾼 일꺼정 허는 것 몰라서 그요?"

처녀가 당차게 공박을 해댔다.

"빌어묵을 놈덜이 인자 똥도 공출허라고 헐 거이다. 에잇, 천하에 몹쓸 개종자덜 걸으니라고."

머슴은 침을 내뱉으며 지게를 지고 낫을 들었다.

"어디 가요?"

"칡넝쿨인지 왜놈덜 할애빈지 걷으로 가제 어디 가야."

늙은 머슴은 벌컥 쏴지르며 밖으로 나갔다.

총독부가 실시하고 있는 공출은 쌀만이 아니었다. 놋그릇들을 제일 먼저 공출하기 시작해서 해가 갈수록 공출의 종류가 불어나 작년에는 콩·조·수수 같은 잡곡을 비롯해서 목화·아주까리·삼줄·채소·칡넝쿨·송진·솔가지 등 그 종류를 셀 수 없을 정도로 많아졌다. 그런 것들을 집집마다 할당했기 때문에 여자들은 텃밭 한쪽이나 울타리가를 따라 목화·아주까리·삼씨 같은 것들을 따로 뿌려 농사 아닌 농사를 지어야 했다. 사람들은 그런 잡일에 시달리며 왜 그런 것들이 전쟁에 필요한지 의아해했다.

홍씨네 머슴은 수심 깊은 타령을 느리게 흥얼거리며 산으로 오르고 있었다. 입성 남루하고 핼쑥하게 마른 계집애들이 쑥을 뜯고 있었다. 보릿고개의 굶주림이 극에 달한 판에 죽거리는 쑥밖에 없었던 것이다.

"거그 김샌 아니여?"

홍씨네 머슴이 저쪽에서 낫질을 하고 있는 사람에게 말을 걸었다.

"누구여? 잉, 천샌 아니라고."

저쪽 남자가 홍씨네 머슴을 알아보며 무겁게 허리를 폈다.

"멀 그리 부지런히 혀?"

홍씨네 머슴 천 서방은 그쪽으로 발길을 옮겼다.

"아이고, 요거 헐 짓얼 헝가. 개아덜놈덜헌티 드러운 꼴 안 당헐라고 칡넝쿨 걷고 있네."

김 서방이 등을 쿵쿵 소리나게 두들기며 긴 한숨을 쉬었다.

"나도 시방 그 잡놈에 칡넝쿨 걷으로 나오는 참이시."

천 서방이 지게를 벗어던지며 허리춤에서 곰방대를 뽑았다.

"아이고, 인자 칡넝쿨도 동이 나부렀네. 양얼 다 채울라먼 더 짚이 들어가야 되겄구마."

"으째 안 그러겄어. 니나 나나 다 나스는 판인디. 앉소, 담배나 한 대썩 꼬실리세."

천 서방이 털퍽 주저앉았고, 김 서방이 그 옆에 자리잡고 앉았다.

"안사람언 잠 어쩐가?"

천 서방이 담배쌈지를 건네며 물었다.

"차아암……" 김 서방이 먹구름덩이 같은 한숨을 토해내고는, "가망이 없구만……" 하며 저 멀리 눈길을 보냈다.

"그것 참 난리시. 사람이 호랭이가 열두 번 물어가도 정신얼 채래야 살드라고 아무리 복장 터지고 가심 무너지는 일 많이 당해도 맘얼 강단지게 묵어야 되는디."

천 서방이 안쓰러워하는 얼굴로 끌끌끌 혀를 찼다.

"그려, 아덜놈덜 둘이 징용에 끌려나갈 때꺼지만 혀도 할망구가 속아파험스로도 그냥저냥 견디드마 딸년이 정신댄가 머신가로 끌려나간게 그리 허망허니 병이 나불드랑게. 맘이 병이란 옛말이 어찌 그리 맞는지."

김 서방은 담배를 빨며 시름 깊게 말하고 있었다.

"그렇기도 헐 것이여. 에미덜 맘이란 것이 독헐 적에넌 참 독허다가도 허물어질라먼 그리 허망허니 허물어진당게. 내 마누래도 아덜 둘이 돈 벌어올 것이라고 오륙 년얼 잘 전디등마 죽었단 소식 듣고넌 똑 거짓말맨치로 열흘얼 못 넘기고 눈얼 감아불드랑게. 참, 나도 팔자가 꼬부랑 막대기 팔자지만 김샌 팔자도 다 늙어 참 고약허시."

천 서방은 쓴 입맛을 다셨다.

"참말로, 내 말년 팔자가 이리 비비꾀일지 누가 알었간디. 왜놈덜이라면 인자 자다가도 치가 떨리능마."

"그려, 그려, 당연지사제. 그려도 너무 속 태우덜 말어. 그리 당헌 사람덜이 한둘이 아닝게 자석덜 생각히서라도 김샌언 기운 채래서 자석덜 기둘려야제."

"그리 맘묵을라고 애넌 쓰는디……."

김 서방이 또 짙은 한숨을 토해냈다. 그의 얼굴은 그가 입고 있는 무명옷만큼 바래고 삭아 있었고, 주름지고 처진 눈꼬리에는 눈물이 지적지적했다.

"나 인자 가볼라네."

"어이, 애쓰소."

두 사람은 서로를 바라보며 서글픈 웃음을 나누고 헤어졌다.

아들 둘과 딸 하나를 징용과 정신대에 빼앗기고 또 공출할 칡넝쿨을 걷느라고 산비탈을 타고 있는 김 서방의 팔자에 비하면 자신의 팔자는 그래도 나은 편이라고 생각하며 천 서방은 산을 오르고 있었다.

며칠이 지나 홍씨네 마을은 시끌덤벙해졌다. 여자들까지 긴 칠팔 명이 두 명씩 조를 짜서 이 집, 저 집에서 시비를 일으키고 있었다. 그들은 국민총력연맹에서 나온 사람들이었다.

"안 되어라, 안 돼. 우리넌 멀로 밥 묵고 살으라고 인자 숟그락 젓 그락꺼정 뺏어갈라고 드요."

부엌데기 처녀가 두 팔을 쫙 벌려 부엌문 앞에 버티고 서서 기를 세웠다.

"빨리 비켜나지 못해. 성전이 급하다고 했잖아!"

종아리가 절반 이상 올라간 짧은 검정색 통치마에 하얀 인조저 고리를 받쳐 입은 젊은 여자가 날카롭게 소리쳤다.

"금메, 숟그락 젓그락 뺏어가 불면 손꾸락으로 밥 묵고 국 묵으라 그것이요?"

처녀는 조금도 기죽지 않고 당차게 맞서고 있었다. 그 기세에는 자기 영역인 부엌을 아무렇게나 침범당하지 않겠다는 뜻도 엿보이 고 있었다.

"정말 말 안 들을 거야. 꼭 완력을 써야 되겠어!"

사십 중반의 남자가 처녀를 곧 잡아챌 것 같은 사나운 기세로 불쑥 다가섰다.

"을선아, 그만허면 되았다. 다 맘대로 가지가게 문 활짝 열어줘라."

그때까지 마루에서 그 시비를 내려다보고 있던 홍씨의 말이었다.

"아이고메, 아짐씨이……."

을선이가 울상이 되며 홍씨를 쳐다보았다.

"니 말대로 손꾸락으로 묵고 살자."

홍씨는 이 말을 남기고 방으로 들어가 버렸다.

남자가 을선이를 밀쳤고, 을선이는 얼굴을 가리며 울음을 터뜨렸다. 남자와 여자는 거침없이 부엌으로 들어가 살강 위의 나무함에 담긴 숟가락과 젓가락 들을 몰아잡아 자루에다 넣었다. 살강 위에 엎어놓은 그릇들 중에서 놋그릇이라고는 단 하나도 없었다. 벌써 이삼 년 전에 놋그릇들은 말할 것도 없고 놋제구(祭具), 심지어 놋요강까지 다 쓸어갔던 것이다. 그래서 그릇들은 사기로 바뀌었고, 제구는 기계로 깎아 붉은 칠을 한 나무제구로 바뀐 것이었다. 그것들도 거의가 일본사람들이 만들어내는 것이라 엉뚱한 사람들을 떼부자 만들어주었던 것이다.

마침 홍씨댁에 와 있던 금예는 죽어라고 자기 집으로 뛰고 있었다.

"엄니, 엄니 수, 숟그락……."

금예는 사립을 뛰어들며 다급하게 말을 토해냈다.

"발써 다 쓸어갔다……."

외손자를 업은 보름이가 스산한 얼굴로 말했다.

"아이고메!"

금예는 울부짖으며 주저앉았다. 아들 제일이의 숟가락만은 안 뺏기려고 달려왔던 것이다. 그것은 아이 낳기를 바라며 남편이 징용 끌려가기 전에 장만해 주고 간 것이었다.

53

허깨비군대

쿵! 쿵!

딸랑, 딸랑, 딸랑…….

쿵! 쿵!

딸랑, 딸랑, 딸랑…….

느닷없이 울려대는 요란한 소리에 윤철훈은 무선송신을 멈추며 후닥닥 일어났다. 순간적으로 아찔해졌던 그의 의식은 섬광처럼 빠르게 작동하기 시작했다.

저건 도둑놈들이 아니다. 헌병대의 기습이다. 전파가 탐지됐다. 어떻게……, 뒷문으로 도망가나? 아니다, 때가 늦었다. 괜히 길안내를 해주는 것이다. 아이들, 아이들을 구해야 한다.

쿵! 쿵!

딸랑, 딸랑, 딸랑…….

사진관 문을 부수는 소리와, 문을 칠 때마다 문에 달린 종이 자지러지듯 울려대고 있었다.

윤철훈은 집으로 연결되어 있는 비상연락줄을 마구 잡아당겼다. 그걸 잡아당기면 안방에서 종이 울리도록 되어 있었다.

쿵! 쿵!

딸랑, 딸랑, 딸랑…….

우지끈! 삐지직…….

윤철훈은 줄을 잡아당기기를 멈추었다. 그리고 가위로 줄끝을 잘라버렸다. 줄매듭만 손에 남고, 줄은 자취 없이 밖으로 빠져나가 버렸다.

우당탕탕!

"빨리빨리!"

"샅샅이 뒤져라!"

군화소리들과 함께 터지고 있는 일본말이었다.

윤철훈은 줄매듭을 쓰레기통에 버리며 눈을 감았다. 아내와 아이들의 얼굴이 떠올랐다.

절대로 여기 올라와선 안 돼!

그는 아내에게 말했다. 그건 이미 정해둔 규칙이었다. 영리한 아내를 믿었다. 아내는 침착하고 기민하게 대피할 것이다. 그리고 아이들을…….

"손들엇!"

윤철훈은 눈을 떴다. 서너 개의 총구멍이 바로 눈앞에 있었다.

그는 천천히 손을 들어올렸다.

헌병 둘이 달려들어 그의 팔을 꺾었다. 그리고 등뒤로 쇠고랑을 채웠다.

"딴 놈들 있나 더 뒤져라!"

"무전기 여기 있습니다."

"좋아, 빨리 챙겨."

윤철훈은 암실에서 촬영실로 끌려나왔다.

"다른 놈들은 없습니다."

"틀림없나?"

"옛, 두 번씩 확인했습니다."

"무전기 압수했습니다."

"됐다, 가자!"

윤철훈은 계단을 내려가면서 다시 아내와 아이들을 생각하고 있었다. 아내와 아이들이 하얼빈으로 가서 조직의 도움을 얻어 국경을 무사히 넘자면 사오 일은 걸릴 거였다.

여보, 아이들 잘 부탁해……. 애들아, 건강하게 잘 커야 한다…….

윤철훈은 아내와 아이들을 작별했다. 이렇게 잡힌 이상 살아날 길은 없었다. 아내와 아이들이 무사한 것만도 천행이었다.

윤철훈은 자동차로 밀려 올라갔다. 자정을 넘긴 밤거리는 적막에 싸여 있었다.

한곳에 너무 오래 있었어.

윤철훈은 이 생각을 했다. 그러나 이내 고개를 저었다. 직종상 어쩔 수 없는 일이었다. 또, 옮겨다녔더라도 결국 장춘 시내였으니까 어차피 탐지될 수밖에 없었다.

그래, 방심은 그것이었어…….

윤철훈은 청산가리를 휴대하지 않았던 것을 후회했다. 그건 너무 오래 무사해서 비롯된 방심이었다. 단 몇 초로 끝내버릴 일을 너무 길게 끌게 된 것이었다.

차은심은 비상종이 울려대는 것에 놀라 잠이 깼다. 다급하게 울려대던 비상종이 뚝 끊겼다. 그건 남편이 위기에 빠졌다는 신호인 동시에 빨리 피하라는 신호였다. 차은심은 두 아이를 깨워 뒷마루방 아래 파놓은 지하실로 피했다. 한 시간이 넘도록 신경을 곤두세우고 있었지만 집을 뒤지는 기척은 전혀 없었다. 남편 혼자 잡혀간 것이 분명했던 것이다. 차은심은 밖으로 나와 사진관의 동정을 살폈다. 사진관에서는 아무런 인기척이 느껴지지 않았다. 사진관으로 올라가 보고 싶은 마음이 간절했다. 그러나 그건 어리석은 유혹이었다. 냉정해야 했다. 남편은 남편만이 아니라 조직원이었다. 자신도 아내만이 아니라 조직원이었다. 조직의 규율을 엄수해야 했다. 그리고 자신은 두 아이의 어머니였다. 아이들을 지키기 위해서도 냉정해야 했다.

차은심은 방으로 들어왔다. 두 아이는 겁난 얼굴로 꼭 붙어앉아 있었다. 자신을 쳐다보는 그 말똥말똥한 눈을 보자 차은심은 가슴이 찡 울리며 왈칵 눈물이 나려고 했다.

"자라니까 아직 안 자니?"

차은심은 두 아이를 감싸안았다.

"잠 안 와."

큰아이가 말했다.

"나 무서워."

작은아이가 말했다.

"아니야, 괜찮아. 비행기가 가버렸으니까 이젠 자도 돼."

"비행기가 왜 밤에 오고 그래?"

작은아이가 물었다.

"그야 비행사 맘대로니까 그렇지."

큰아이의 대꾸였다.

"엄마, 형 말이 맞어?"

"음, 맞다."

"비행기는 밤이 캄캄하지 않나?"

"자동차처럼 불켜고 다니는데 뭐가 캄캄해."

"엄마, 형 말이 맞어?"

"으음, 맞네."

"비행기는 새도 아닌데 어떻게 하늘을 날아다녀?"

"멍청이, 그야 비행기니까 그렇지."

"못써. 동생한테 그런 말 하면."

"엄마, 형 말이 이젠 안 맞지?"

"으음, 반은 맞고 반은 안 맞는데."

"그럼 왜 날아다녀요?"

큰아이가 불만스럽게 말했다.

"응, 그건 너희들이 담에 더 크면 자세하게 알게 될 건데, 비행기가 새처럼 날아다닐 수 있게 기계장치를 해서 그런 거야. 그 기계장치는 공부를 많이 하면 알 수 있게 돼."

"거봐, 형도 틀리는 게 있지."

작은아이가 형에게 혀를 낼름했다.

"요게 그냥."

"에이, 그러다 또 싸울라고. 자아, 이제 그만 자자."

차은심은 두 아이를 눕혔다.

"아빠는?"

큰아이가 눈을 올려떴다.

"사진관에서 일하시지."

"아빠는 맨날 일이야."

작은아이가 방싯 웃었다.

"그래, 너희들 잘 키우려고 그러시지."

차은심은 두 아이의 눈을 손바닥으로 가렸다.

"엄마는 안 자?"

"말 그만하고 어서 자라니까."

차은심의 가슴은 울고 있었다. 이 어린것들에게 아버지가 없어지다니…… 그건 너무 기막힌 일이었다. 시종 긴장하고 불안한 생활이었지만 이런 일이 닥치리라고는 생각하지 않았었다. 일본이 패망하고, 임무를 무사히 마치고 돌아갈 줄 알았었다. 일본의 패전은 임박해 오고 있었다. 관동군은 대거 중국전선으로 이동하고 있었고, 일본군은 영국군과 미군에게 계속 패배하고 있었다. 소련으로 돌아갈 날도 머지않았었던 것이다. 그런데 어쩌다가 탐지되었단 말인가. 어디에서 허점이 생긴 것일까…….

아이들은 곧 잠이 들었다.

차은심은 눈물을 참아가며 짐을 챙기기 시작했다. 하얼빈행 아침 첫차를 타야 했다. 짐은 작은 가방 하나로 줄였다. 짐 때문에 행동이 둔해져서는 안 되었고, 누구 눈에나 가벼운 여행을 떠나는 것으로 보여야 했다.

날이 밝자마자 뒷방의 식모를 깨웠다.

"며칠 동안 길림의 친척집에 다녀올 테니까 너도 집에 가서 쉬어라."

차은심은 하얼빈과 정반대인 길림을 간다고 했다.

"아저씨 식사는 어쩌고요?"

"눈치 없기는. 아저씨도 함께 가시니까 그렇지."

"네에, 알겠어요. 며칠 계시다 오세요?"

"응, 닷새다."

"첫차로 갈 테니까 너도 어서 준비해라."

"네에, 고마워요 아주머니."

차은심은 아이들을 깨워 손수 낯을 씻기고 옷을 갈아입혔다.

"엄마, 우리 어디 가?"

작은아이가 들떠서 물었다.

"응, 친척집에 간다."

"친척집이 어딘데?"

큰아이가 벙글거리며 물었다.

"응, 엄마 바쁘니까 자꾸 묻지 말어."

"아빠도 같이 가?"

작은아이의 물음이었다. 이 말은 그냥 피할 수가 없었다.

"아니, 아빠는 일이 바쁘시니까 우리만 가는 거야."

"아, 좋다. 아빠하고 같이 가면 재미없어. 아빤 무서우니까."

큰아이가 손뼉을 쳤다.

"그래, 그래. 아빠하고 같이 가면 우리 맘대로 못 놀아. 그치?"

작은아이도 깡충거렸다.

차은심의 가슴은 눈물로 젖고 있었다.

"으응, 아빠 어디 계셔? 인사하고 가야지."

큰아이가 집을 나서다 말고 두리번거렸다.

"응, 아빠는 바쁜 일로 누구 만나러 가셨다. 그냥 가도 괜찮아. 어서 가자."

"치이, 아빤 맨날 바빠."

작은아이가 서운한 얼굴로 입을 삐쭉했다.

저것들이 무슨 마음이 쓰이는 것인가…….

차은심은 울컥 솟는 눈물을 참느라고 속입술을 깨물었다.

기차표는 2등으로 샀다. 3등을 타고 조사받는 것을 피하기 위해서였다.

"기차 안에서 떠들면 안 돼. 시끄럽게 하면 일본순사가 잡아가니까. 쓸데없는 말 하지 말고 얌전하니 가야 해. 알겠어?"

차은심은 두 아이를 똑바로 쳐다보며 엄한 얼굴로 일렀다.

두 아이는 시무룩해지며 고개를 끄덕였다. 조선에서도 그렇지만 만주에서도 '일본순사'는 아이들에게 옛날이야기에 나오는 호랑이보다 훨씬 더 위력이 컸던 것이다.

기차가 하얼빈을 향해 출발했다. 차은심은 창밖을 내다보며 솟구치는 울음을 씹어넘기고 있었다.

여보, 이게 뭐예요. 당신 혼자 두고……, 아이들만 아니었으면 저는 안 떠날 텐데…… 정말 미칠 것만 같아요……, 사랑해요…….

아무리 참으려고 애써도 눈물이 비어져나와 차은심은 화장실을 찾아갔다. 기차는 하얼빈까지 펼쳐진 몇백 리 평원을 거세게 달리기 시작하고 있었다.

한편 윤철훈은 지하고문실에서 혹독한 고문을 당하고 있었다. 취조는 헌병대 도착 즉시 시작되었었다. 그건 한시라도 빨리 조직을 일망타진하겠다는 의도였다.

"사진관을 차려놓고 무전송신을 해온 스파이! 여러 말 하지 않겠다. 하수인들을 대라."

뱀 같은 인상의 대위가 차분하게 말했다.

"……"

윤철훈은 아내가 아이들을 데리고 국경을 넘을 때까지는 입을 열지 않기로 작정하고 있었다.

"안 들리나? 하수인들을 대."

얼굴이 얇고 턱이 뾰족한 대위의 목소리가 약간 빳빳해졌다.

"……."

윤철훈은 첫 번째 시도하고자 했던 것이 무위로 돌아간 것을 안타까워하고 있었다. 차에서 내리며 헌병들을 걷어차고 도주하려고 했었다. 그건 살기 위해서가 아니었다. 사격을 유도해서 자신을 쏘게 하려는 것이었다. 가장 빨리 그리고 손쉽게 죽는 방법은 그것밖에 없었다. 그런데 차에서 내리기 전에 벌써 헌병 둘이 양쪽에서 팔짱을 단단하게 끼어버렸던 것이다.

"신사적으로 하려고 했는데 대접을 안 받겠다 그건가? 다시 묻는다, 빨리 하수인들을 대!"

눈이 유리알처럼 반들거리는 대위의 목소리가 팽팽하게 곤두섰다.

"……."

윤철훈은 어떠한 일이 있어도 역전에서 밥장사를 하는 최규승과 인력거꾼 하 서방을 입에 올리지 않으리라고 또다시 결심하고 있었다. 자신이 죽으면 그뿐 그 사람들까지 희생시켜서는 안 될 일이었다.

"정말 피를 봐야 알겠나!"

마침내 대위가 감정을 폭발시키며 책상을 내리쳤다.

"……!"

그 순간 윤철훈의 머리에 번쩍 떠오르는 생각이 있었다. 이발소와 음식점 주인을 하수인으로 끌어들이자는 생각이었다. 그들한테서 필요한 정보를 얻어냈다고 하면 타당성도 있고, 사실 그들을 통해 얻어낸 정보들을 실토하면 그들은 물론이고 그들에게 그런 말을 흘려준 장교들까지 걸려들게 되는 것이었다. 최규승과 하 서방을 보호하면서 왜놈들끼리의 분란을 야기시키는 것, 그것이야말로 너무 효과적인 방법이 아닐 수 없었다.

"이봐! 이새끼 지하실로 끌어가."

벌떡 일어선 대위가 윤철훈을 걷어차며 소리질렀다.

윤철훈은 가죽채찍고문, 고춧가루물고문, 전기고문을 차례로 당하며 아침을 먹고, 점심까지 먹었다. 그러면서 그는 다시 시간조정을 했다. 이발소와 음식점 주인을 끌어들이게 되면 그들이 조사받는 동안에 그만큼 시간을 벌 수 있었다. 아내가 아침 첫차를 탔다면 지금쯤 하얼빈에 도착할 시간이었다. 오후 취조부터는 입을 열기로 했다.

"자아, 또 시작해 보실까? 아직도 고문이 부족하신가? 걱정할 것 없어. 우린 폴란드에서 수입한 45가지의 고문방법을 가지고 있어. 그리고 보다시피 기운 센 고문기술자들도 얼마든지 확보하고 있고. 네놈이 입을 안 여는 건 하수인들을 도망시키려는 의돈데, 그게 네놈 뜻대로 되진 않아. 오늘 아침 9시를 기해서 신경 전역에 비상령을 내렸으니까. 네놈이 버텨봐야 오늘 못 넘기고 입을 열게 만들 수 있어. 어때, 더 맛을 볼 테야, 실토를 할 거야? 누군가, 하수인들이?"

대위가 낮고 싸늘하게 말했다.

"예, 저어……."

윤철훈은 대위를 힐끗 보며 주먹질에 맞고 터진 아랫입술에 침을 발랐다.

"좋아, 어서 말해."

대위가 긴장하며 의자를 바짝 끌어당겼다.

"저어……, 사쿠라이발소하고 아사히음식점 주인들이……."

"사쿠라이발소하고 아사히음식점 주인들? 그거 내지인들 아닌가?"

대위가 깜짝 놀랐다.

"예……."

"아니, 내지인들이 너하고 한패라는 거야?"

대위는 믿지 못하겠다는 반응이었다.

"예, 그들이 군사정보를 빼내줬습니다."

윤철훈은 일부러 '군사정보'라고 못을 박았다.

"이런 죽일 놈들이 있나. 조센징한테 군사정보를 빼주는 매국노 짓을 하다니. 이봐, 당장 출동 준비. 이놈을 꼼짝 못하게 묶어둬."

대위는 시뻘겋게 흥분해서 소리쳤다.

윤철훈은 양쪽 손목과 발목을 고정된 쇠사슬에 묶이며 쾌재를 부르고 있었다. 대위의 반응은 생각보다 훨씬 뜨거웠던 것이다.

헌병들은 지하실을 뛰쳐나갔다. 윤철훈은 고개를 뒤로 젖히며 희미하게 웃었다. 손목과 발목을 쇠사슬로 묶는 건 그 어떤 자해행위도 못하게 하려는 것이었다.

윤철훈은 생각을 가다듬기 시작했다. 이발소와 음식점 주인들은 그 사실을 적극 부인할 것이다. 그러나 그들에게 올가미를 씌우는 것은 간단했다. 그동안 입수했던 중요한 군사정보를 구체적으로 제시하며 그것들을 전부 그들한테서 입수한 것으로 몰아대면 되는 것이었다. 그들은 올가미를 빠져나가려고 몸부림을 치겠지만 그러나 그들의 말보다는 자신의 말을 더 믿게 되어 있었다.

어디 너희들끼리 한바탕 두들겨패고 맞고 해봐라. 장교도 몇 놈쯤 쇠고랑을 차보고.

윤철훈은 멍든 얼굴로 비식이 웃고 있었다. 그는 자신의 뜻대로 죽지 못한 것이 오히려 잘된 일인지도 모른다고 생각했다. 마지막으로 그런 보복이라도 하고 죽는 것이 그래도 뜻있는 일이라 싶었다. 소련스파이에게 이용당한 일본인들과 군사정보가 흘러나가게 한 장교들. 전시하의 군사재판에서 그들은 사형을 면키 어려울 것이고, 재수가 좋아야 무기징역일 거였다.

윤철훈은 그동안 무선송신해 온 정보들을 간추려보았다. 만주 주둔 관동군의 실태를 비교적 정확하게 파악해서 보낸 것이 보람이라면 보람이었다. 관동군은 한마디로 종이호랑이였고 허깨비였다. 무적의 70만 관동군―그건 이제 허풍이고 위장에 지나지 않았다. 중국과 동남아 전선으로 엄청나게 투입되고 있어서 이젠 지난날의 관동군이 아니었다. 그건 너무 놀라운 사실이었다. 정보를 수집한 사람이 놀란 형편이었으니 그 정보를 수신한 소련에서는 얼마나 더 놀라고 또 반가워했을 것인가.

어쩌면 임무가 거의 끝나가고 있는 시점에서 이런 불행을 당했는지도 모른다. 일본의 패전은 얼마 안 남은 것 같았다. 중국과 동남아 전선에서 패배가 거듭되고, 만주가 이렇게 비었는데 유럽전선에서 승리한 소련군이 만주로 진격하면 일본은 그야말로 사면초가, 패망할 수밖에 없었다. 그러나 어찌할 수 없는 일이었다. 아내와 아이들이 무사한 것만으로도 천행이었다. 이제 남은 것은 더 고통당하지 않고 어떻게 해서든 빨리 죽는 것이었다.

"이새끼, 왜 거짓말이야! 네놈이 스파이라는 걸 전혀 모르고 있는데."

대위가 지하실로 뛰어들며 외쳤다.

"허, 그야 당연하지요. 스파이가 스파이라고 하면서 활동하는 법도 있나요? 그 사람들은 나한테 술 얻어마시고, 화투해서 돈 따먹고 하면서 자기들도 모르게 스파이 하수인 노릇을 했지요. 이 사실도 부인한다면 나한테 데려오세요. 그 사람들한테 어떤 군사정보를 얻었는지 하나하나 다 밝혀줄 테니까요. 그럼 그 사람들은 그 정보를 누구한테서 빼냈는지 알게 될 것 아닙니까."

윤철훈은 태연하게 말했다.

"뭐, 뭣이라고. 이놈이 아주 악질적인 방법을 썼네. 병신 같은 새끼들이 조센징놈의 꾀에 당하다니."

대위는 책상다리를 걷어차며 다시 밖으로 나갔다.

한참이 지나 이발소와 음식점 주인이 지하실로 끌려 들어왔다. 풀죽은 그들은 윤철훈을 보자 자기들의 결백을 주장하듯 욕을 퍼부었다.

"이 개같은 놈아!"

"요런 쳐죽일 놈아!"

"당신들을 이용해서 미안하오."

윤철훈은 그들의 목에 올가미를 씌우는 기분으로 똑똑하게 말했다.

"저놈 말 들었지! 저놈이 이용했다는데도 너희들은 이용당하지 않았다는 거야?"

대위가 소리를 꽥 질렀다. 그 소리가 지하실을 크게 울렸다.

"글쎄, 군사기밀이 될 만한 것은 알려준 게 없다니까요."

이발소 주인이 부들부들 떨었다.

"예, 예, 저도 조센징한테 그런 것 알려준 일이 없습니다."

음식점 주인도 떨며 말했다.

"병신 같은 새끼들, 조센징한테 이용이나 당하고. 스파이한테 이용당한 네놈들 죄가 얼마나 큰지 알기나 해?" 대위는 두 사람을 증오스럽게 노려보고는, "이새끼들 끌고 올라가 유치장에 처넣어. 대질심문은 이따가 하겠다." 그는 두 부하에게 일렀다.

"대위님, 저는 잘못한 게 없습니다."

"대위님, 한 번만 눈감아 주십시오."

두 사람은 지하실을 끌려나가며 절박하게 소리치고 있었다.

대위는 담배를 피워물며 천천히 의자에 앉았다.

"너 소속이 어디야? 공산당이야, 국민당이야?"

대위는 그런 행위를 하는 조선사람은 으레껏 중국의 그 어느 쪽에 속한다고 단정하고 있었다.

윤철훈은 어떻게 대답할까를 순간적으로 생각했다. 그러나 굳이 소련이라는 것을 기피할 필요가 없었다. 괜히 공산당이나 국민당 어느 쪽이라고 했다가 거짓말한 것이 드러나 곤욕을 치를 수도 있었고, 대위가 예상하지 못하고 있는 소련을 들이대 놀라는 꼴도 좀 보고 싶었다.

"쏘련이오."

"뭐, 뭐라고?"

대위는 윤철훈의 생각보다 훨씬 더 놀랐다.

"너 정말 쏘련이야?"

대위의 목소리가 칼날이었다.

"예."

"하, 이것 참!"

주먹으로 책상을 치는 대위는 무척 낭패스러운 얼굴이었다.

대위는 담배를 빡빡 빨고 나서 반도 안 탄 담배를 구둣발로 잉끄려댔다.

"이새끼, 쏘련 어디로 송신했나?"

"블라디보스토크입니다."

"침투도 거기서 했나?"

"예."

"다른 조직이 또 있지?"

"그건 모릅니다. 저는 혼자였으니까요."

"잔소리 마라. 다른 조직을 대!"

"고정스파이가 고정스파이끼리 연락이 안 된다는 건 상식 아닙니까. 특히 쏘련조직은 단독활동입니다."

"블라디보스토크에서 몇 놈이나 훈련을 받았나?"

"그때부터 저 혼자였습니다."

"사진관 개설자금도 그때 가져왔나?"

"예."

"다시 말한다. 여기서 포섭한 조센징 조직을 대."

"그건 정말 없습니다. 왜냐하면 저의 주임무가 군사기밀 탐지였기 때문에 조선사람을 포섭해 보았자 아무 쓸모가 없었습니다. 그래서 장교들의 출입이 잦은 고급 이발소와 고급 음식점의 주인들에게 접근한 것입니다."

"사진관에도 장교들 출입이 많았지?"

"예."

"여우 같은 놈. 정보수집을 많이 했나?"

"아닙니다. 위장에는 효과가 있었지만 정보수집에는 별로 효과가 없었습니다. 사진관은 이발소나 음식점하고는 달라서 이야기를 많이 하게 되지도 않고, 제가 조선사람이라 장교님들이 하시해서 감히 무슨 말을 붙일 수도 없었습니다."

윤철훈은 술술 말을 꾸며대고 있었다.

"한 달에 몇 번씩이나 송신했나?"

"정규적으로 하지 않았습니다. 언제나 전파를 탐지당할 위험이 있었기 때문에 꼭 필요한 정보들을 모아 한꺼번에 보냈습니다."

"여우 같은 놈, 바로 그래서 네놈을 그리 오래 못 잡았던 거야. 이발소와 음식점에서 빼낸 정보가 뭐지?"

"주로 병력이동 상황이었습니다."

"그걸 그자들이 어떻게 알지?"

"그런 고급 영업소의 단골손님들은 거의가 장교님들이시고, 부대가 이동하면 장교님들도 이동해서 영업에 지장이 생기니까 그 주인들은 부대이동에 관심이 많았습니다. 그리고 장교님들이 이동을 앞두고 이발하고, 술 드시면서 무심코 이동한다는 말을 많이 해주었습니다. 그런 말들 중에는 어떤 부대가 어느 곳으로 이동한다는 식의 중요한 정보가 적지 않았습니다."

윤철훈은 이발소와 음식점 주인 그리고 장교들을 한 올가미에 넣어 조이고 있었다.

"하, 이런 여우 같은 놈이 다 있나!"

대위는 한숨을 푹 쉬며 담배를 빼물었다.

그 한숨소리에서 윤철훈은 승리의 쾌감을 맛보고 있었다.

"넌 너 나름대로 수집한 정보를 벌써 다 송신했고, 넌 이미 잡혀 있다. 지금까지 대답은 사나이답게 잘했다. 지금부터 묻는 말도 사나이답게 대답하라. 알겠나?"

대위가 다가와 윤철훈의 오른손 쇠사슬을 풀어주었다. 그리고 불을 붙인 담배를 내밀었다.

"예, 알겠습니다."

윤철훈은 고분고분하게 행동을 취하기로 작정하고 있었다. 자신을 믿게 해야 이발소와 음식점 주인 그리고 장교들의 올가미가 더 조여질 수 있었던 것이다.

"관동군이 어디로 이동하고 있다고 생각하나?"

"중국전선입니다."

"다른 데는?"

"그건 잘 모르겠습니다."

윤철훈은 '동남아전선'은 살짝 피해 섰다. 이건 완전히 유도심문의 시작이었다. 송신된 내용을 파악하려는 것이었고, 그에 따른 응급대책을 강구할 수도 있었던 것이다.

"관동군이 얼마나 된다고 알고 있지?"

"관동군 사령부에서 말하는 대로 70만으로 알고 있습니다."

"그래, 그동안 부대이동 정보에 관심을 많이 쓴 모양인데, 얼마나 이동했다고 생각하나?"

"글쎄요, 제가 짐작하기로는 한 3분의 1 정도가 아닐까 합니다."

윤철훈은 담배연기를 깊이 빨아들였다. 이거야말로 핵심적 질문이었다. 절반이 넘을 것으로 파악하고 있었지만 슬쩍 3분의 1로 줄였다.

"3분의 1이라. 꽤나 정확하게 아는 편이군."

대위가 고개를 끄덕이며 웃었다. 윤철훈은 그 웃음이 안도하는 웃음이라는 것을 놓치지 않고 있었다. 윤철훈은 또 승리의 쾌감을 맛보고 있었다.

"너 같은 놈은 조센징인 게 아깝다."

대위는 이 말을 남기고 지하실을 나갔다.

새끼, 건방지게 까부는군. 관동군이 허깨비군대라고 송신된 것이나 알아둬.

윤철훈은 담배를 맛있게 빨며 쓰게 웃고 있었다.

다음날부터 나흘 동안 이발소와 음식점 주인과 대질심문이 계속되었다. 윤철훈은 계획대로 그들을 몰아댔다. 그들은 그런 말 한 일 없다고 펄펄 뛰었지만 그때마다 몽둥이질이며 채찍질을 당할 뿐이었다. 그들에게 요구하는 것은 그런 정보를 흘린 장교들을 대라는 것이었다. 그들은 매를 견디다 못해 장교들의 이름을 대고는 했다. 수사는 윤철훈의 의도대로 그들 사이의 싸움으로 변해 있었다. 윤철훈은 저희들끼리 두들겨패고 물어뜯는 싸움을 느긋한 마음으로 즐기고 있었다.

윤철훈은 '특별수송자'가 되어 6일 만에 차에 실려 헌병대를 떠났다. 물론 윤철훈은 자신이 '특별수송자'인 것을 모르고 있었고, 알았다 하더라도 그 뜻이 무엇인지를 모르기는 마찬가지였다. '특별수송자'란 세균전부대에 생체실험용으로 보내는 그들의 암호였다.

윤철훈은 어디로 가는지도 모르고 기차를 탔다. 헌병 둘이 감시를 했고, 등뒤로 채워진 쇠고랑은 풀어주지 않았다. 윤철훈은 이제 마지막 길을 가는 거라고 생각했다. 전시상황 속에서 스파이는 재판이고 뭐고 없이 총살을 시키면 그만이었던 것이다.

아내와 아이들이 심한 갈증처럼 보고 싶었다. 고문의 고통만큼 진한 그리움으로 보고 싶었다. 그것들이 애비 없는 한세상을……, 어둠 짙은 차창에 아내와 두 아이의 모습이 어리고 있었다. 윤철훈은 눈물을 씹으며 아내와 아이들에게 작별인사를 했다.

어보, 아이들을…… 얘들아, 건강하게…….

기차는 어둠 속을 줄기차게 달리고 있었다. 윤철훈은 이번 사건의 마무리에 더없이 만족을 느끼고 있었다. 그들에게 자체 분란을 일으키게 만든 것도 통쾌했지만 최규승과 하 서방이 무사하게 된 것이 무엇보다 기뻤다. 이제 남은 것은 자신이 빨리 그리고 편하게 죽는 것뿐이었다.

윤철훈은 줄곧 기차에서 뛰어내릴 기회를 노리고 있었다. 그러나 헌병은 변소까지 따라다녔다.

새벽에 기차에서 내리고 보니 하얼빈시의 빈강역이었다.

왜 여기로 데려온 것일까……?

너무 뜻밖이라 윤철훈은 잠시 멍해졌다. 하얼빈, 아내가 좋아한 도시였다. 도시의 형태는 모스크바를 본뜨고, 건물들은 유럽풍으로 지은 신하얼빈은 길바닥까지 돌을 네모지게 깎아 반원형 연속 무늬로 치장한 도시였다. 아내는 그런 도시의 꾸밈보다는 바로 도시 옆을 흘러가고 있는 그 폭넓은 송화강과, 강변에 줄지어 선 가로수, 그리고 송화강에 지는 노을을 좋아했다. 잠시 거쳐가면서 다시 오기로 약속했었다. 그러나…….

윤철훈은 자동차에 실려가면서도 아무리 생각해 보았지만 왜

하얼빈으로 데려온 것인지 짚이는 것이 아무것도 없었다.

윤철훈은 헌병대에서 내렸다. 조사를 다시 하나 하는 생각에 윤철훈은 가슴이 섬뜩해졌다. 유치장에 갇혀서 하루를 보냈다. 점심도 굶기며 하루종일 아무도 얼씬거리지 않았다. 늦은 저녁밥을 먹고 윤철훈은 또 차에 태워졌다. 아무리 노려도 빨리 그리고 편하게 죽을 기회는 오지 않았다.

어느 건물 안에서 차를 내렸다. 헌병 둘이 윤철훈의 팔짱을 단단히 끼었다. 윤철훈은 그들을 따라 어두운 마당을 가로질러 계단으로 내려갔다. 지하실로 내려가는 계단의 불빛은 너무 흐려 계단이 잘 보이지 않을 정도였다. 문 앞을 지키고 있던 헌병 둘이 문을 열어주었다. 안으로 들어가자 불빛이 밝아졌다. 또 문이 나타나면서 헌병 하나가 지키고 있었다. 지하실에서는 습기와 함께 곰팡이냄새가 진했다.

두 번째 문을 통과하자 복도와 함께 양쪽으로 사무실 같은 것이 나타났다. 아주 넓은 지하실이었다. 왼쪽 첫 번째 사무실로 들어갔다. 네다섯 명의 헌병들이 앉아 있다가 그들을 맞이했다.

윤철훈을 데리고 온 헌병 중의 하나가 서류를 내밀었다. 서류 확인이 끝나자 두 헌병은 돌아갔다. 윤철훈은 다시 두 헌병에게 끌려 복도로 나왔다. 윤철훈은 오른쪽 두 번째 방으로 끌려갔다. 방으로 들어서던 윤철훈은 흠칫 놀랐다. 사람들이 열대여섯쯤 있었던 것이다. 윤철훈은 다른 사람들과 연결되어 있는 쇠사슬에 발목이 묶였다. 윤철훈은 그들이 모두 심한 고문을 당했다는 것을 한눈에

알아보았다. 그들은 거의가 얼굴에 피멍이 잡히고, 옷에 피얼룩이
든 채 맥이 빠져 있었다. 그들을 헌병 하나가 지키고 있었다.

헌병들은 한 시간 간격으로 교대를 하면서 그들이 서로 말도 못
하게 하고 앉지도 못하게 했다. 그들은 밤이 깊어 지하실에서 끌려
나왔다. 그들은 뒷문이 달린 뚜껑 덮은 차에 밀려 올라갔다. 헌병
둘이 타고 뒷문이 닫히면서 차가 출발했다.

한동안이 지나자 차가 심하게 덜컹거리기 시작했다. 하얼빈 시내
를 벗어나 비포장도로를 달리는 것이었다.

그래, 이제 죽으러 가나 보다…….

윤철훈은 눈을 감은 채 생각했다.

차가 한 시간 남짓 달려 덜컹거리기를 멈추었다. 그리고 차가 멈
추고, 철문 열리는 소리가 나고, 또 차가 멈추고, 철문 열리는 소리
가 나고 하기를 네댓 차례 했다.

그들은 차에서 끌려내렸다. 차는 지하실 입구에 멈춰 있었다. 그
들이 끌려간 곳은 목욕탕이었다. 헌병들은 간 곳이 없고 육각몽둥
이를 든 건장한 청년들이 그들을 지휘했다.

목욕을 시켜? 이곳이 도대체 무엇을 하는 곳인가?

총살을 시키리라는 예상이 빗나가고 전혀 엉뚱한 일이 벌어지고
있어서 윤철훈은 갑자기 의심이 솟았다. 그렇다고 육각몽둥이를
휘둘러대는 거친 청년들에게 물을 수도 없는 일이었다. 만약 그런
말을 꺼내면 그 청년들은 대답 대신 육각몽둥이로 입을 부술 것
같은 기세였다.

목욕을 끝낸 그들은 번호가 찍힌 푸른 죄수복으로 갈아입었다.
윤철훈은 자신의 번호를 내려다보았다. 2983.

여기가 감옥인가? 아닌데, 감옥이 아닌데.

한밤중에 죄수들을 목욕부터 시키는 감옥이 있을 리 없고, 목욕시설도 너무 좋았던 것이다. 윤철훈은 의심이 부쩍 더 생겼다.

그들은 2층 감방으로 끌려갔다. 윤철훈은 3인감방으로 밀려 들어갔다. 눈높이로 구멍이 난 철문이 쿵 닫혔다.

윤철훈은 다른 두 사람이 중국공산당 지하공작원이라는 것을 알았다. 그들도 이곳이 무엇을 하는 곳인지 무척 궁금해했다.

이튿날 아침밥을 먹자마자 윤철훈네 감방문이 덜컹 열렸다.

"셋 다 빨리 나와. 예방주사 맞으러 가야 하니까."

육각몽둥이를 든 청년 셋이 버티고 서 있었다.

세 사람은 청년 셋에게 팔을 붙들려 각기 다른 방향으로 끌려갔다.

"자아, 호열자 예방주사를 맞게."

오십객의 남자가 윤철훈의 팔에 주삿바늘을 꽂았다.

54

해방 그리고 비극

내륙인 만주의 7월 중순은 폭염으로 끓고 있었다. 개들이 그늘에서도 혀를 빼물고 헐떡거렸고, 나뭇잎들마저 한낮에는 맥을 못쓰고 시들거렸다. 그 지글거리는 폭염을 헤치고 먼지를 뽀얗게 일으키며 달려온 자동차 두 대가 지삼출네 마을 앞에 멈추었다. 포장 친 자동차 속에서 군인들 20여 명이 뛰어내렸다. 총을 든 그들은 2개조로 나뉘어 한 패는 마을로 뛰어들었고, 다른 한 패는 들로 흩어져 갔다.

마을로 들어선 군인들은 둘씩 짝을 지어 이 집, 저 집을 덮치기 시작했다.

지삼출의 집에도 군인이 들이닥쳤다.

"머시여!"

마당가 나무그늘에서 잠든 손자에게 부채질을 해주고 있던 지삼출이 놀라 벌떡 일어났다.

늙은 지삼출을 힐끗 쳐다본 두 군인은 아무런 대꾸도 없이 집 안을 뒤지기 시작했다.

"워메, 놀래라. 사람 간떨어지겠네!"

부엌에서 나오던 무주댁이 군인과 맞부딪치며 질겁을 해서 소리 쳤다.

두 군인은 기민한 동작으로 집 안을 다 뒤지고 옆집으로 뛰어 갔다.

"어째 또 저런다요?"

무주댁이 겁먹은 얼굴로 부산하게 남편 쪽으로 다가왔다.

"몰르겄네, 빌어묵을 놈덜." 지삼출은 혀를 차고는, "딴 집에 가보 소. 또 무신 연고로 저 지랄덜인지." 그의 찡그려진 얼굴에 불안한 기색이 드러나 있었다.

"누가 숨어든 것도 아니고 요상시러라."

무주댁이 치마말기를 추슬러올리며 잰걸음질을 쳤다.

개가 짖어대고, 군인들의 외침이 터지고, 여자들의 비명소리가 울리고, 마을은 금방 수라장이 되고 말았다.

"손들엇!"

"손 번쩍 들엇!"

군인들의 외침이 여기저기서 울리고 있었다.

"아이고, 저놈덜이 어쩔라고 남자덜얼 또 저리 싹 몰아댄다냐……."

허리가 약간 굽은 무주댁은 군인들이 하는 짓을 보며 허둥대고 있었다. 무주댁의 머리에도 세월의 눈이 하얗게 내려 있었다.

군인들은 늙은이와 어린아이들만 빼놓고 남자들을 무작정 내몰고 있었다.

"아이고메, 난리 나부렀소. 남자라고 생긴 것언 다 잡아가요."

무주댁은 숨을 할딱거리며 남편에게 말했다.

"머시여? 무신 일인고?"

지삼출이 놀라며 벌떡 몸을 일으켰다. 주름살 많고 머리 흰 외양에 비해 아직도 기력은 실해 보였다.

"또 군대 끌어갈라는 것 아니겠소?"

무주댁도 산전수전 다 겪어 눈치 빠르게 말했다.

"그렇겄제. 쌈에 판판이 진다는 소문이등마."

지삼출이 바지끈을 새로 조여 묶으며 눈썹이 꿈틀했다.

만주에는 조선에 비해 일본의 전황이 훨씬 빠르고 정확하게 전해지고 있었다. 그건 중국공산당 지하공작원들을 통해서 퍼지는 것이었다. 그래서 관동군에서는 유언비어 유포죄로 사람들을 닥치는 대로 잡아넣고 있었다. 그래도 일본이 질 거라는 소문은 끈질기게 나돌았다. 그리고 사오 개월 전부터는 중국에서 돈벌이를 하던 온갖 조선장사꾼들이 돈들을 챙겨가지고 압록강을 넘어가고 있다는 소문도 퍼지고 있었다. 큰비 올 것을 쥐들이 제일 먼저 알 듯 세상 판세 돌아가는 것은 장사꾼들이 제일 빨리 아는 법인데 그들이 괜히 압록강을 넘어가겠느냐는 말이 일본의 패망을 아주 설득력 있게 설명하기도 했다.

무슨 죄를 진 것처럼 남자들이 두 손을 들어올리고 자동차 있는 데로 끌려나왔다. 군인들이 살벌한 기세로 그들에게 총을 겨누고 있었다. 들에서 일을 하던 사람들도 두 팔을 든 채 논두렁에 한 줄로 서서 잡혀오고 있었다.

잡혀나온 40여 명은 자동차 앞에 두 줄로 세워졌다. 동네사람 200여 명이 반원을 그리며 그들을 에워싸고 있었다. 군인들 10여 명은 잡혀온 사람들을 겨냥하고 있었고, 다른 10여 명은 동네사람들을 겨냥하고 있었다.

지휘봉을 든 장교가 두 줄로 선 사람들을 유심히 살펴나가기 시작했다.

"너!"

장교가 지휘봉으로 가리키면 뒤따르는 군인이 그 사람을 잽싸게 끌어내 따로 세웠다.

햇볕은 쨍쨍 내리쬐고, 땅은 후끈후끈한 열기를 뿜어내고, 폭염으로 숨이 막히는 속에서 무거운 침묵이 드리워지고 있었다.

"너!"

장교의 목소리만이 침묵을 쨍 울리고는 했다.

"너!"

"너!"

40여 명 중에서 지적당한 사람은 14명이었다.

"나머지 사람은 해산시켜."

장교의 명령에 따라 군인들은 14명을 제외한 나머지 사람들을 해산시켰다. 그들은 나이가 많아 보이거나 어려 보이는 두 축이었다.

"에에 또, 여기에 뽑힌 14명은 영광스럽게도 대일본제국의 성전에 참전할 수 있는 기회를 갖게 되었다. 너희들은 모두 황은을 입은 이들을 열렬한 박수로 환송하도록!"

장교가 동네사람들을 향해 한 말이었다.

"아이고, 나는 마흔셋이오. 우리 큰아들이 봄에 군대에 나갔소."

한 남자가 앞으로 나서며 외쳤다. 그 남자는 뼈대가 굵고 몸이 건장해 나이보다 다소 젊어 보였다.

"잔소리 마라!"

장교가 빠락 소리질렀다.

"저 사람 말이 맞으요. 나이도 마흔셋에다가, 큰아들이 군대에 나갔는디 아부지꺼정 나가는 것언 너무 과허요."

지삼출이 앞으로 나서며 말했다.

"닥쳐라! 이 늙은이."

장교가 눈을 부릅떴다.

무주댁이 뛰어나와 지삼출을 잡아끌었다.

"우리 아덜언 인자 열여섯밖에 안 되았소."

한 여자가 뛰쳐나와 자기 아들을 붙들었다. 그 총각은 키가 클 뿐 어머니의 말마따나 얼굴에는 앳된 티가 그대로 남아 있었다.

"뭣들 하느냐, 빨리 태워라!"

장교가 지휘봉으로 허공을 후려치며 외쳤다.

군인들이 우르르 달려들어 14명을 총대로 밀어제쳤다. 아들을 붙들었던 여자는 땅바닥에 나뒹굴어지고, 그들은 자동차로 떠밀려 올라갔다.

자동차 두 대는 곧 출발했다. 사람들은 그때서야 다른 자동차한 대에도 어느 동네에서 끌려가는 사람들이 타고 있다는 것을 알았다.

"아이고 이놈덜아, 이놈덜아, 그 에린것얼……, 이 죽일 놈덜아……."

그 여자는 땅을 치며 통곡하고 있었다. 동네사람들은 멍하니 서있었다.

끝이 안 보이게 넓은 벌판은 푹신하고 두툼한 질감으로 푸르렀고, 강렬한 햇살은 볏잎들에 부딪히며 들녘을 눈부시게 장식하고있었다. 그 들녘 가운데로 넓게 뚫린 길을 따라 두 대의 자동차는또 흙먼지를 뿌옇게 일으키며 멀어져 가고 있었다.

그런데 이틀이 지나 지삼출은 큰아들도 군대에 끌려갔다는 소식을 들었다.

"아니, 머시여? 서, 선상도 군대로 끌어가?"

지삼출은 60리 길을 내달아온 큰며느리를 멍하니 바라보며 말을 더듬었다. 큰아들은 소학교 선생만이 아니었다. 나이도 마흔하나였다. 그러나 무엇보다도 심약하고 특히 총에 겁이 많아 일찍이독립군으로 나서지 못했던 큰아들이 군대생활을 어떻게 견뎌낼 것인지 앞이 암담하기만 했다. 그리고 큰아들 작은아들을 모두 일본군에 빼앗기자고 평생을 싸워온 것인가 하는 생각으로 심정은 너무 착잡했다.

"벨수 있냐, 요것이 조선사람덜 팔자다. 맘 강단지게 묵고 무사허니 돌아오기럴 기둘리자. 소문도 그렇고, 왜놈덜 허는 꼬라지럴 봐도 그렇고, 이놈덜이 망헐 날이 바로 눈앞으로 닥쳤응게."

지삼출은 큰며느리에게 힘주어 말했다. 그건 그저 위로의 말이 아니었다. 모든 정황으로 보아 지삼출은 일본이 곧 망하리라는 확신을 가지고 있었다.

"왜놈덜이 망허기넌 망허겄소?"

무주댁이 옷고름에 눈물을 찍어내며 물었다.

"두고 보소, 절대로 금년 못 넘길 것잉게. 그간에 나가 점친 말 틀리는 것 봤능가?"

"아이고, 그리만 됨사 얼매나 좋겄소. 당신이 점친 말이야 열에 아홉언 맞었제라. 큰아가, 아부님 말씸 믿고 기운 채리자 잉?"

무주댁은 큰며느리를 다독거렸다.

"야아, 그리허겄구만요."

큰며느리가 머리를 조아렸다.

한편, 남만석네 집단부락에서도 다급한 징병이 실시되고 있었다. 그런데 그쪽에서는 세대주를 제외한 그 자식들로 국한하고 있었다. 왜냐하면 집단부락을 운영해야 했기 때문이다. 집단부락은 일본군이 전쟁을 수행하는 데 아주 기능적이고 효율적인 후방기지들이었다. 여름에는 군량미를 생산해 내고, 겨울에는 연료를 생산해 내는 조직이니 아무리 형편이 급하더라도 그 조직을 파괴할 수는 없는 일이었다.

"아니, 요것이 무신 소리여? 어찌서 우리 아그덜이 왜놈군대럴 나가?"

"금메 말이여, 여그가 조선도 아니고 만주 아니여?"

"그렇제. 만주꺼정 와서 그 고상히 갖고 키운 자석덜 아니라고."

"하먼, 요것언 말이 안 되는 것이여. 즈그덜 좋자고 허는 쌈에 어쩨 우리 자석덜얼 끌어가."

"그려, 요것언 그냥 당헐 일이 아니여."

"하먼, 따질 것언 따져야제. 다른 일도 아니고 자석덜 일 아니여?"

"그렇제. 시상에서 질로 중헌 일이여."

집단부락 경비대장한테 징집통지를 받은 부모들은 쉽게 뜻을 모았다. 그러나 총을 들이댄 군인들 앞에서 그들은 따지고 어쩌고 할 엄두를 내지 못했다.

그동안 만주의 조선사람들은 조선에서와 마찬가지로 징용이나 징병에 많이 끌려갔다. 일본의 선만일여(鮮滿一如) 정책에 따라 만주의 조선사람들도 일본이 좋을 대로 이용되었던 것이다. 그러나 전에는 징용이나 징병으로 끌어가려면 며칠 전에 통지서를 발부하는 최소한의 절차는 밟았던 것이다. 그런데 이번 징병은 그런 형식적 절차도 없이 총을 들이대고 마구잡이로 끌어가기에 정신이 없었다. 그만큼 사태가 급박해진 것이었다. 그건 제2차 세계대전의 상황변화 때문이었다. 2개월 전에 독일은 결국 항복하고 말았다.

유럽전선에서 독일군을 도맡다시피 해서 승리를 이룩한 소련은 연합국 안에서의 발언권을 강화하는 동시에 일본의 문제에 정면으로 대응할 수 있는 힘을 확보한 것이었다. 유럽전선에서 승리한 병력을 만주에 투입하면 일본을 쉽게 제압할 수 있는 상황이 도래해 있었다. 이런 급박한 상황변화 앞에서 일본은 최대 위기를 느꼈다. 그동안 중국과 동남아 전선을 막느라고 병력을 빼돌려 관동군은 형편없이 허약해져 있었던 것이다. 그런데 유럽전선에서 승리한 사기를 앞세우고 소련군이 소만국경을 돌파해 공격을 해오는 날에는 꼼짝없이 당할 수밖에 없는 위기에 봉착해 있었다. 그 위기를 막아내기 위해서 관동군은 부랴부랴 병력 충당에 나선 것이었다.

지만복은 송화강 건너 하얼빈 외곽지역에 있는 훈련소로 끌려갔다. 폭염 속에서 실시되는 훈련은 하루 12시간을 넘었다. 낮이 긴 여름의 해가 뜨기 전에 시작된 훈련은 해가 지고 어스름이 내릴 때까지 계속되었다.

"영웅 나폴레옹은 자기의 사전에는 불가능이 없다고 했다. 그건 바로 우리 관동군을 두고 하는 말이다. 우리 관동군에는 불가능이 없다. 훈병 여러분은 영예스러운 관동군으로서 지금 불가능을 가능으로 바꾸는 신화를 창조하고 있는 주인공들이다. 그 신화는 무엇인가? 1주일, 단 1주일 만에 신병훈련을 완수하는 일이다. 영광스러운 황군, 무적의 관동군 용사로서 여러분은 대일본제국의 명예를 쌍견에 짊어지고 있다. 신화를 창조하라! 최선을 다하라! 관동군 용사에게 불가능은 없다!"

매일 아침 훈련교장에서 교관들이 핏대를 세우며 외쳐대는 소위 정훈교육이었다.

정말 신병훈련은 1주일간이었다. 겨우 7일 동안에 제식훈련, 사격훈련, 돌격훈련까지 하자니 하루에 12시간 이상을 강행하지 않을 수가 없었다. 폭염은 기승을 부리고, 먹는 것은 부실하고, 훈련은 강행되고, 훈련병들은 견디다 못해 픽픽 쓰러졌다. 그러나 쓰러지는 사람들에게 휴식이라고는 없었다. 정신력이 해이되었다 하여 조교들의 군홧발이 빗발칠 뿐이었다. 맞아죽지 않으려면 쓰러지지 말아야 했다.

지만복은 마흔이 넘은 나이에 낙오되지 않으려고 사력을 다하고 있었다. 사나흘이 지나면서 죽는 사람들이 생겨나고 있었던 것이다. 지만복은 자식들만을 생각했다. 그 어린것들 때문에도 개죽음을 할 수는 없었다.

그런데 훈련병들 사이에 쉬쉬하면서 이상한 소문이 퍼지고 있었다.

"선생님, 혹시 그 소문 들으셨어요?"

같은 내무반에 있는 소학교 제자가 지만복에게 속삭였다.

"무슨 소문?"

지만복은 지친 눈으로 생기 도는 제자를 바라보았다. 제자는 이제 열여덟 살이었다.

"못 들으셨군요? 선생님 말입니다, 곧 쏘련군이 만주로 쳐들어온다는 겁니다."

제자는 더 목소리가 낮아졌다.

"뭐라구?"

지만복은 번쩍 정신이 들었다. 그처럼 반가운 소식이 없었던 것이다.

"쏘련군이 만주로 쳐들어오면 우리 조선사람들은 어떻게 되나요?"

검게 빛나는 제자의 눈은 지만복에게 산수문제를 풀듯 답을 요구하고 있었다.

"글쎄다……, 그게 말이야……, 그게 그러니까…….";

지만복은 혼란에 빠져들었다. 그것은 단순한 덧셈과 뺄셈이 아니었던 것이다.

"그게 말이야 좀 복잡한 문제다. 쏘련이 들어와 일본을 쳐부수면 우리 조선사람들에게는 그보다 더 좋은 일이 없지. 헌데 말이다, 곤란한 문제는 일본군이 되어 있는 우리 조선남자들이다. 우린 쏘련군에게 총을 쏘아야 하는 일본군이고, 쏘련군이 볼 때에는 우린 적군일 뿐이니 말이다."

지만복의 얼굴은 어두워졌다.

"선생님, 그건 간단하잖아요. 우린 총을 안 쏘면 되지요."

제자는 재빨리 말했고, 지만복은 제자를 딱한 눈길로 바라보았다.

"그게 그런 뜻이 아니다. 총을 쏘고, 안 쏘고가 문제가 아니라 우리가 일본군이라는 게 문제란 말이다."

"선생님, 그건 하나도 걱정할 게 없어요. 쏘련군이 진짜로 쳐들어왔다 하면 그때는 도망가면 되잖아요."

제자는 또 거침없이 말했다.

"너!"

지만복은 소스라치며 재빨리 주위를 살피고 제자를 응시했다.

"……그러면 안 되나요?"

제자는 계면쩍어하며 말을 어물거렸다.

"안 되는 게 아니라 큰일난다. 그런 생각으로 자칫 잘못했다가는 어떻게 되는지 아냐? 왜놈들 총에 총살당하기 쉽다. 그런 생각은 아예 하지를 말아라. 알겠느냐?"

"예에……."

"그냥 대답만 해선 안 돼. 경거망동했다가 큰 변 당하면 어찌 되겠느냐. 이런 때일수록 진중해야 한다. 알겠지?"

지만복은 다시 다짐했다.

"예에……."

제자는 소학생처럼 풀이 죽었다.

"그리고 말이다, 그런 말 다시는 딴사람한테 꺼내서는 안 된다. 그런 말 한 것을 여기 교관이나 조교들이 알게 되면 어떻게 되겠느냐? 고이 살아남지 못한다. 알겠지?"

"예에……."

지만복은 불안한 속에서도 희망을 얻었다. 훈련을 이겨내기가 한결 수월했다. 소련군이 기왕 일본군을 치려면 하루라도 빨리 치기를 그는 고대하고 있었다.

"요새 아무런 근거 없는 유언비어를 날조하여 유포시키고 있는 놈들이 있다. 그런 놈들은 적발 즉시 총살이다. 장병 여러분들은 추호도 현혹되지 말기를 바란다."

교관과 내무반장들이 열을 올려 협박하기 시작했다. 그러나 그들은 유언비어가 어떤 것인지는 입에 올리지 않았다. 그걸 입에 올리면 모르고 있던 훈련병들까지 알게 될 거라는 염려 때문일 거였다. 그러나 그 유언비어가 어떤 것인지 모르는 훈련병은 하나도 없었다.

지만복은 가까스로 훈련을 견디어내고 기성 부대로 떠났다. 자동차들은 산이라고는 볼 수 없는 광막한 벌판을 달리기 시작했다. 차는 쉴새없이 덜컹거리며 요동쳤고, 신병들은 포장 친 차 속의 찜통더위와 함께 끊임없이 조리질당하면서 기진맥진해지고 있었다.

그들은 어느 강가에서 밥을 해먹을 때나 어느 들판에서 야영을 하게 될 때마다 다른 차를 타고 온 사람들에게 서로 묻고는 했다.

"우리 지금 어디로 가고 있는 거요?"

"글쎄요, 잘 모르겠어요."

"해가 저쪽에서 뜨니까 동쪽으로 가고 있는 건 틀림없지요?"

"그쪽이 동쪽이긴 한데, 차가 꼭 동쪽으로만 가고 있는 것 같지는 않아요."

"어쨌거나 넓게 잡아 동쪽이면 쏘런 쪽이 맞지요?"

"그렇지요. 쏘런 쪽이지요."

그들은 어렴풋이 소만국경지대로 가고 있다는 것을 알았다.

그들은 사흘 만에 부대에 도착했다. 지만복은 막사 안에 붙어 있는 달력을 보고서야 7월 24일이라는 것을 알았다. 이튿날은 모처럼 휴식이었다. 그 하루 동안에 신병들은 부대에 대한 이런저런 소식들을 앞다투어 물어날랐다. 소련땅 하바로프스크가 한 200리쯤 떨어져 있다는 것, 고참병들 중에 조선사람은 별로 없다는 것, 부대 앞에 흘러가는 큰 강이 흑룡강이라는 것 등이었다. 그런데 그들이 무엇보다 놀란 것은 그 부대에서는 소련군이 쳐들어온다는 것이 전혀 비밀이 아니었던 것이다. 오히려 일전불사를 외치며 신병들의 사기를 북돋우려 하고 있었다. 그러나 신병들은 사기가 오르기는커녕 잔뜩 겁을 집어먹었다. 총도 제대로 쏠 줄 모르는 자신들의 능력을 너무나 잘 알고 있었던 것이다.

아아, 총알받이 하려고 끌려온 것이로구나⋯⋯!

지만복은 참담한 심정으로 이 생각에서 놓여나지 못하고 있었다. 직업도 나이도 불문하고 징집을 했을 때부터 관동군이 얼마나 위기에 몰려 있는지는 짐작했었다. 그런데 7일 간의 속성훈련에다가, 그런 엉터리훈련을 받은 조작군인을 최전방인 국경부대에 배치하는 것을 보면 관동군의 위기는 예상보다 훨씬 더 심각한 것이 틀림없었다.

'⋯⋯도망가면 되잖아요.'

어린 제자의 말이 떠올랐다.

지만복은 도망갈 수 있다면 도망가고 싶었다. 일본을 위해서 소련군에게 총을 한 방이라도 쏠 이유가 없었고, 이런 속 빈 군대에 있다가 개죽음당하는 것은 너무 뻔한 일이었던 것이다.

"미리 경고한다. 너희들 중에 혹시라도 탈주를 도모하는 자가 있을지 모른다. 그러나 그런 생각은 일찌감치 버려라. 여기서부터 신경에 이르기까지, 다시 말해서 만주의 절반인 동부 전역에 헌병대 조직망이 거미줄처럼 쳐져 있다. 제아무리 영리하고 날쎈 놈이라고 하더라도 부대 밖 이삼십 리를 벗어나지 못하고 체포된다. 다 알다시피 전시하의 도망병은 무조건 사살이다. 비겁한 짓으로 더럽게 죽지 말고, 황군으로서 충성을 다하라!"

대대장이 신병환영사에 덧붙인 말이었다.

속이 빈 군대인 것처럼 그 말도 터무니없는 공갈협박인지도 몰랐다. 그럴 가능성은 다분했지만 그러나 이 국경에서부터 길림까지는 너무나 까마득하게 멀었다. 아무런 경계나 조사가 없어도 걸어서 가기에는 몇 달이 걸릴 수천 리 길이었다. 지만복은 이러지도 저러지도 못할 암담한 심정으로 잠을 이룰 수가 없었다.

하루를 쉰 이튿날부터 신병들은 총 대신 삽과 곡괭이를 들었다. 그들은 참호파기에 동원된 것이었다.

"이건 단순히 방어선이 아니다. 너희들 개개인의 목숨을 지킬 생명선이다. 최단시간 내에, 최장의 거리를 파도록, 최선을 다하라!"

키가 작으면서도 독기가 성성한 중대장이 쇳소리를 내며 외친 말이었다.

미친놈들, 말은 그저 뻔질나게 잘 내뱉는군. 밥은 그저 배가 고파 허리를 펼 수 없도록 주면서도 뭐, 최단시간 내에, 최장의 거리를 파도록, 최선을 다하라?

지만복은 쓰게 웃었다. 어렸을 때 배가 많이 고팠었지만 나이들고 나서 이처럼 배가 고프기는 처음이었다. 양이 너무 적어 그야말로 수저를 놓으며 배가 고팠다. 젊은 사람들은 그저 '아이고, 배고파 죽겠네'를 훈련소에서부터 입에 달고 살았다. 기성 부대에 오면좀 나아지려나 했던 꿈은 사라진 것이었다. 일본군은 군인만 모자라는 것이 아니라 식량도 모자라는 것이 분명했다. 지만복은 초라한 일본군의 허상을 쓴웃음으로 바라보고 있었다.

참호는 서서 총을 쏠 수 있는 깊이와 두 사람이 왕래할 수 있는넓이로 파야 했다. 그런데 참호파기는 하루이틀로 끝나지 않았다.소대별로 독립된 그 작업은 1차방어선이 끝나면 2차방어선으로이어지고, 2차방어선이 구축되면 3차방어선으로 이어지고 있었다.

3차방어선이 거의 완성되어 가고 있는 어느 날이었다.

쿵! 꽝! 쿵쾅!

난데없는 폭음이 울리기 시작했다.

"전투 준비! 전투 준비!"

"쏘련군이다, 쏘련군!"

웨에엥엥엥…….

폭음과 외침과 사이렌소리가 뒤엉키고, 군인들이 이리저리 어지럽게 뛰고, 부대마다 일대 소란이 벌어지고 있었다.

마침내 소련군이 8월 8일을 기하여 일본에 선전포고를 함과 동시에 소만국경 전역에 걸쳐서 공격을 감행한 것이었다. 그런데 조선·중국·소련 세 나라의 국경이 맞닿고 있는 두만강 하류의 핫산

일대에서는 소련군이 당일로 두만강을 넘어 함경북도로 진격해 들어왔던 것이다. '무적의 관동군' 못지않게 '귀신도 잡는 국경수비대'라고 뽐내던 그들이 전쟁 개시 단 몇 시간 만에 무너지고 만 것이었다. 그것은 바로 드넓은 전선에 걸쳐 장기전을 수행하느라고 일본군이 얼마나 허약해져 있는가를 단적으로 보여주는 예였다.

쿵! 콰당탕탕! 콰광!

소련군의 탱크들이 가로로 일직선을 이루어 진격해 오며 불을 뿜어대고 있었다.

"기관총! 기관총을 난사하라!"

소대장이 허둥거리며 목이 터지도록 외쳐댔다.

따다다다다…….

지만복네 소대의 기관총들이 숨이 넘어가고 있었다.

쿵! 쿵쾅! 콰당탕!

기관총 사격에 탱크들은 끄떡도 하지 않고 밀려들고 있었다. 그건 마치 코끼리떼에게 콩알을 던지는 격이었다.

"수류탄, 수류탄 투척! 수류탄 투척!"

소대장이 갈팡질팡하며 목소리가 갈라지고 있었다.

지만복네 소대의 고참병들이 수류탄을 던지기 시작했다. 신병들은 소총밖에는 가진 것이 없었다.

쿵쾅쾅쾅! 콰당탕탕탕……!

수류탄의 폭음은 흔적도 없고, 탱크들은 더 거세게 불을 뿜어대며 몰려오고 있었다. 코끼리떼에게 돌을 던져 코끼리떼를 성나게 한 꼴이었다.

"소대, 제2선으로 후퇴하라! 제2선으로 후퇴하라!"

소대장이 허겁지겁하며 목소리가 찢어지고 있었다.

지만복네 소대원들은 허둥지둥 참호를 벗어나 제2방어선으로 내뛰기 시작했다.

그런 식으로 제3방어선에서마저 밀려나게 되기까지 하루 반이 걸렸다. 13일 동안 죽을힘을 다해 팠던 세 개의 방어선은 단 하루 반 만에 다 무너진 것이었다.

"소대, 후퇴! 후퇴!"

지만복네 소대원들은 무작정 벌판을 뛰기 시작했다. 그런데 탱크들이 그들을 앞질러버렸다. 그들을 앞지른 탱크들은 그들을 향해 대가리를 돌렸다.

와아, 와아!

그들의 뒤에서는 소련군이 함성을 지르며 쫓아오고 있었다. 그들은 완전히 포위당한 것이었다. 그들은 총을 땅바닥에 떨어뜨리기 시작했다.

지만복네 중대원 3분의 1 정도가 죽고 나머지는 다 포로가 되었다. 신병들은 총 한번 제대로 쏘아보지 못했던 것이다.

소만국경의 관동군들은 그 어느 부대나 이틀을 넘기지 못하고 무너졌다. 조선으로 진격한 소련군은 이틀 만인 8월 10일에 웅기를 점령했고, 12일에는 나진과 청진을 점령하고 있었다.

지만복은 포로가 된 중대원들과 함께 집과는 반대쪽인 아무르강(흑룡강)을 건너가고 있었다. 조선사람들과 지만복은 소련땅을 밟으며 집들이 있는 동쪽하늘을 뒤돌아보고 또 돌아보았다. 높푸른 하늘에 흰구름이 무심히 떠가고 있을 뿐이었다.

한편, 남만석네 집단부락에서는 뜻밖의 외침에 놀라 사람들이 잠에서 깨어나고 있었다.

"왜놈덜이 다 없어졌다! 왜놈덜이 다 도망갔다아!"

어떤 사람이 이쪽 마당, 저쪽 마당으로 팔을 휘젓고 뛰며 마치 울부짖듯이 외쳐대고 있었다.

"머, 머시라고?"

"무신 소리여? 저것이 무신 소리여?"

"왜, 왜놈덜이 도망얼 가?"

집집마다 사람들이 뛰쳐나오고 있었다. 그들은 우르르 사무실로 몰려갔다. 사무실 문이 활짝 열려 있었고, 일본군들의 모습은 보이지 않았다. 만주경찰들도 없었다. 그들은 사무실로 뛰어들었다. 흩어진 책상 위에 총 서너 자루가 나뒹굴어져 있었다.

"밤새 다 도망갔구마."

"어쩐 일이까?"

"어쩐 일이긴. 전쟁에 진 것이제."

"글먼 우리도 고향 가야 되겠네."

"하먼, 가야제."

"와아, 인자 살았다."

그들은 마당으로 나왔다. 여자들과 아이들까지 모두 마당으로 나와 있었다. 동이 트고 있었다. 아침햇살이 그들의 얼굴을 비추고 있었다. 그들은 말을 잊고 있었다.

"우리도 얼렁 고향 찾어가자아!"

누군가가 힘차게 외쳐댔다.

"와아—."

아이들까지도 모두 팔을 뻗쳐올리며 환호성을 질렀다.

"저그 창고에 곡식이 있을 것이여. 그것보톰 노놔갖고 짐얼 싸야제."

"그려, 그래야 노자도 맨글제."

"자아, 여자덜허고 아그덜언 물러스거라."

남자들은 길 떠날 채비를 착착 서두르기 시작했다.

창고의 곡식을 풀어 식구 수에 따라 배급을 시작했다. 내일 떠나기로 하고 여자들은 짐싸기를 서둘렀다.

곡식 배급은 오후가 되어서야 끝이 났다. 참으로 오랜만에 집집마다 밥을 푸짐하게 지었다. 배가 불거지도록 밥을 많이 먹은 사내아이들은 마당에 나와 옷을 걷어올리며 서로 배 크기를 자랑했다.

이튿날 아침에 남자들은 자식이 군대에 끌려간 집들은 어떻게 할 것인가를 의논했다. 이런저런 말들이 오갔지만 결국 다같이 떠나기로 했다. 고향에 찾아올 수 있는 나이이니 떠날 때 같이 떠나자고 의견이 모아졌다.

그들은 점심까지 싸가지고 길을 떠났다. 여자고 남자고 힘닿는 데까지 짐들을 이고 지고 있었다. 100가구 600여 명의 행렬은 꽤나 길었다.

그들이 한 20리쯤 걸었을 즈음이었다. 저 왼쪽에서 사람들이 떼지어 이쪽으로 몰려오고 있었다. 그들은 무슨 소리를 외치며 달려오고 있었는데, 손에는 무슨 연장 같은 것들을 들고 있었다.

"저것이 머시여?"

"글씨, 요상헌디?"

"우리헌트로 쫓아오고 있는 것 아니여?"

"잉, 그런 기색인디."

불안스러운 말들이 오가면서 그들의 발걸음은 자연히 멈추어졌다.

이쪽으로 달려오고 있는 사람들의 무리가 점점 가까워지면서 그들의 외침도 좀더 분명하게 들렸다. 그건 중국말들이었고, 그들의 손에 들린 것들은 여러 가지 연장이었다.

"뙤놈덜이 우리 해꼬지헐라고 오네!"

"그려, 왜놈덜 도망간 것 알고 땅 뺏긴 원한 갚을라고 오는겨."

"맞구마. 요 일얼 으쩌제?"

"큰탈났구만."

"벨수 없소. 싸와야제."

"무신 수로. 우리넌 맨주먹인디."

"근다고 앉어서 처자석꺼정 다 죽일라요?"

"그려, 처자석덜언 살래야제."

"다덜 짐 내려!"

여자고 남자고 다 짐들을 내렸다.

"우리가 저놈덜얼 맡을 것잉게 여자덜언 새끼덜 델꼬 저짝으로 내빼."

나이 제일 많은 남자가 서쪽을 가리켰다. 모두의 눈길이 그쪽으로 쏠렸다. 이쪽으로 몰려오고 있는 중국사람들과는 반대쪽, 그쪽에는 망망한 광야가 펼쳐져 있었다.

"일본놈 주구들을 쳐죽여라!"

"저 주구들을 몰살시켜라!"

중국사람들의 외침이 확실하게 들리고 있었다. 그들이 손에 손에 든 연장이 도끼 낫 쇠스랑 같은 것들인 것도 뚜렷하게 보였다.

"멋덜 허능겨. 얼렁 가!"

나이 많은 사람이 발로 땅을 구르며 소리쳤다.

남자들은 자기 아내와 자식들의 등을 떠밀었다.

"죽기 살기로 내빼야 혀. 저놈덜이 따라오지 못허게."

나이 많은 사람이 목터지게 소리질렀다. 여자들이 아이들의 손을 잡고 뛰기 시작했다.

"와아, 주구놈덜 죽여라아!"

중국사람들이 100여 미터도 못 되게 가까워져 있었다.

"돌이고 머시고 다 집어들어!"

나이 많은 사람의 명령에 따라 100여 명의 남자들이 싸울 태세를 갖추었다.

"한 놈도 남기지 말고 다 죽여라!"

"깨끗하게 원수를 갚아라!"

중국사람들이 연장을 휘두르며 그들에게 달려들었다. 그들은 중국사람들과 얼크러졌다.

"으악!"

"어이쿠메!"

처절한 비명 속에 피가 튀는 난투극이 벌어지고 있었다. 그러나 그 싸움은 쉽사리 끝나지 않고 있었다. 조선사람들이 피를 흘리면서도 중국사람들에게 덤벼들고 또 덤벼들었다. 어떤 사람들은 중국사람의 연장을 뺏어 싸우기도 했다.

여자들은 아이들을 데리고 광막한 벌판 저쪽으로 기를 쓰며 도망가고 있었다. 그들은 압록강과 두만강과는 점점 멀어지고 있었다. 남자들이 거의 다 쓰러져갈 즈음 여자들과 아이들의 모습은 끝없는 광야 저쪽에 점으로 사라져가고 있었다.

〈끝〉

덧붙임: 그들은 그날 이후 오늘날까지 그때를 '해방'이라 부르지 않고 '그 사변'이나 '그때 사변'이라 부르며 살고 있다.

글감옥에서 가출옥

10년 8개월의 세월

『태백산맥』 10권 1만 6,500장을 6년 동안에 썼고, 이제 『아리랑』 12권 2만 장을 4년 8개월 만에 마친다. 두 작품을 쓰면서 10년 8개월의 세월이 흘러간 것이다.

그러나 10년 8개월의 세월은 꼬박 작품을 쓰는 데만 소요된 시간들이고, 실제로 흘려보낸 세월은 더 길다. 나는 『태백산맥』을 마흔 살에 시작했는데 이제 쉰이 넘어 있다. 그 세월 속에는 『아리랑』을 준비한 기간이 들어 있고, 또 『태백산맥』을 쓰기 전에는 그것을 준비한 기간이 놓여 있다. 그러니까 두 작품에 바친 실제 세월은 15년이 넘는 것이다.

나는 작품을 쓰는 동안에 가끔 혼란에 빠지고는 했었다. 이것이 사람 사는 것인가? 내가 왜 이러고 있는가? 내 인생은 어디에 있는

가? 이런 혼란과 회의가 발동하는 것은 하루도 빠짐없이 글을 써야 하는 갇힌 생활에 지치고 있을 때였다.

아내는 누가 내 생활을 물으면 '먹고 자고 쓰고, 먹고 자고 쓰고의 연속'이라고 대답하곤 했다. 아내는 시인답게 운율까지 형성되는 언어배합으로 표현한 것인데, 그 말은 아무런 꾸밈없이 내 생활을 있는 그대로 나타낸 것이었다. 사실 나는 10년이 넘는 세월 동안, 특히 『아리랑』을 쓴 5년여 동안은 그런 생활의 되풀이 속에서 살아냈다. 그 결과 『태백산맥』보다 두 권이 더 많은 『아리랑』을 1년 반이나 빠르게 써낸 것이다.

물론 '먹고 자고 쓰는' 글감옥의 생활로 나를 밀어넣은 것은 나 자신이었다. 그리고 글감옥 속의 장기수 생활을 선택한 것도 나 자신이었다. 왜 그랬는가? 거기에는 여러 가지 이유가 있다. 나는 『태백산맥』을 구체적으로 취재하던 1980년대 초에 벌써 식민지시대도 대하소설로 쓰기로 하고 『태백산맥』과 함께 『아리랑』의 제목을 정해두었던 것이다. 나는 그 짐을 빨리 벗어야 했다. 둘째는 소설 쓰는 기간을 최대한 단축하자는 것이었다. 왜냐하면 대하소설이 쓰는 기간이 길어지면서 후반으로 갈수록 소설적 긴장을 상실하는 경우가 흔한데 그 함정에 빠지지 않기 위해서였다. 셋째는 전업작가로서 이 세상의 모든 노동자들이 기본적으로 하고 있는 만큼의 노동은 해야 한다는 것이었다. 넷째는 계획해 둔 작품들이 많아 하루라도 빨리 『아리랑』을 써버려야 했다.

이런 이유들로 계획된 『아리랑』 집필기간은 4년이었다. 그런데 인생사란 뜻대로 되는 것이 아니어서 8개월이나 예정이 빗나가고 말았다. 『태백산맥』이 무슨 여덟 개 단체로부터 국가보안법 위반 혐의로 고발을 당해 수사를 받고, 위궤양이 세 번씩 재발하고, 외아들 도현이가 현역으로 군대에 나가 이런저런 일들이 벌어지고 세상사 순탄치만은 않았던 것이다.

그러나 소설을 끝내놓고 보니 8개월 정도 늦어진 것이 그나마 큰 다행이라는 생각이 든다. 더 큰일들이 벌어져 더 늦어질 수도 있는 것이 인생살이니까. 나는 처음의 계획을 실천하느라고 『아리랑』을 쓰는 동안 거의 사람을 만나지 않았고, 강연이며 작품심사 같은 것도 모두 뿌리쳤다. 그래서 반주 한두 잔이 아닌 흔히 말하는 술판에서 술을 마시지 않은 것이 5년이 넘었고, 양복 차려입고 외출한 것이 열 번도 안 된다. 그러다 보니 지금 있는 양복이며 구두가 모두 10여 년 전 것들이다.

그런 생활 속에서 나는 문득문득 내 인생이 증발해 버리는 것 같은 착각도 느끼고, 내 삶이 너무 공허하다는 허망감에 사로잡히기도 했던 것이다. 그러나 돌아서서 보면 『태백산맥』 10권이 쌓여 있고, 12권을 향해 불어나고 있는 『아리랑』이 보이는 것이었다. 그러니 나의 그런 심정을 그 누구에게 하소연할 수도 없었다. 내 인생의 나날들은 분명 소설 속에 손해 보는 일 없이 알알이 엮어지고 있다는 것은 이성적 판단이고 결과론인 것이며, 소설을 쓰는 과정에서는 내 인생이 소설에 잡혀먹히고 있다는 순간적 착각이 뜬금없이 일어나고는 했었다. 어쨌거나 『태백산맥』과 『아리랑』을 쓰면서 내 장년 15년의 세월은 흘러갔고 나는 이제 글감옥에서 10년 8개월 만에 가출옥한 기쁨을 맛보고 있다.

『아리랑』의 밑뿌리

나는 초등학교 시절에 옛날이야기를 너무 좋아해 사랑방을 찾아다니다가 숙제를 못해 가 종아리깨나 많이 맞았었다. 옛날이야기를 좋아하다 보니 당연히 사회생활 시간을 좋아할 수밖에 없었다. 그런데 6학년 때 사회 과목을 배우면서 이해할 수 없는 의문을 갖게 되었다. 36년 동안 일본에게 나라를 빼앗기고 모든 동포들이 일본사람들에게 짓밟히며 수없이 죽고 고통을 당했다는데 책에 나오는 것은 고작 안중근 의사요, 유관순 누나에 33인 정도였다.

그럼 나머지 사람들은 다 무엇을 하고 당하고만 있었단 말인가? 이것이 내가 갖게 된 의문이었고, 나는 마침내 선생님에게 그 질문을 했다. 그런데 사범학교를 갓 나온 선생님은 씨익 웃으며 '건방진 놈, 담에 크면 알게 된다' 할 뿐이었다.

그러나 중학생이 되어도 그 의문은 풀리지 않았다. 그런데 고등학생이 되어 역사 시간이 아닌 국어 시간에 느닷없이 어떤 시조 한 수를 대하게 되었다.

다 깨어지는 때에 혼자 성키 바랄소냐
금이야 갔을망정 벼루는 벼루로다
무른 듯 단단한 속을 알 리 알까 하노라

이것은 고등학교 1학년 국어 교과서에 실린 육당 최남선의 「깨진 벼루의 명(銘)」이라는 시조였다.

국어 선생은 쓰게 웃으며 '친일을 안 할 수 없었던 입장을 쓴 거다' 이 한마디로 지나쳐갔다. 그때 한 번 읽고 지나갔고, 그후에 그 어떤 시험에도 문제로 나온 바 없는 그 시조를 지금까지 또렷하게 기억하고 있는 것은 무엇 때문인가. 그건 그 시조에 대해 내가 품었던 분노 때문이었다.

나의 분노는 두 가지 사실에서 비롯되고 있었다. 첫째는 친일 한 자가 어찌 이렇게 뻔뻔스런 변명을 할 수 있는가 하는 것이었고, 둘째는 어떻게 이런 시조가 교과서에 실릴 수 있는가 하는 점 때문이었다. 꽤나 긴 세월이 지난 뒤에 깨달은 사실이지만, 그건 친일파들이 우리 사회의 정치·경제·사회·문화 등 모든 분야를 속속들이 장악한 현실 속에서 벌어진 일이었다. 그러니까 그 시조는 교육 분야를 장악한 친일파들이 교과서를 통해서 자기들의 입장을 변호함과 동시에 후대들을 최면시켜 비판의식을 마비시키고, 또한 상황불가피론을 주입시켜 자기들의 편을 만들려는 주도면밀한 음모로 취해진 일이었다.

다시 최남선의 시조를 읽어보라. 그 시조 아닌 시조에 친일파들이 눈 하나 깜짝 하지 않고 내세우는 '상황불가피론'과 '책임회피', '책임전가'가 얼마나 충실하고 뻔뻔하고 교묘하게 잘 나타나고 있는가. 이것은 바로 1960년대를 풍미하고, 1970년대에 절정을 이루었던 친일파들의 자기 변호를 넘어선 역습논리인 '그때 조금씩이라도 친일 안 한 놈이 어디 있느냐', '네가 그때 살았으면 별수 있었을 것 같으냐', '너는 뭐가 잘났다고 그러느냐', '이제 와서 친일이고 뭐고 따지는 건 다 촌놈들 짓이야' 이런 언행들이 횡행하게 만든 바탕을 이룬 것이었다.

나는 최남선으로 대표되는 반역의 역사에 대한 분노와 실망을 안은 채 대학생이 되었다. 문학에 일생을 걸기로 하고 대학에 가서 깨달은 것은 '대학은 문학을 가르쳐주는 곳이 아니다'는 단 한 가지 사실일 뿐이었다. 그와 마찬가지로 일제시대에 대한 의문도 '나 스스로 풀어가야 한다'는 것을 깨달으며 대학을 졸업했다. 그리고 작가가 되어 나는 그 문제를 풀기 위해 노력하면서 친일파의 문제에 대해 단호한 입장을 견지했다. 그래서 나는 1970년대에 선배들은 물론이고 같은 세대에게도 '촌놈'이라는 비웃음을 곧잘 당했다. 그러나 나는 그런 태도를 오히려 속으로 강화해 가면서 식민지시대를 꼭 소설로 써야 한다는 결심을 굳혀가고 있었다.

친일파들이 모든 분야를 장악한 새 나라에서 독립운동가라서 취직이 안 되고, 일제의 고등계 형사질을 하며 독립운동가들을 고문했던 자들이 새 나라의 경찰로 둔갑해서 똑같은 지하실에서 다시 독립운동가들을 공산주의자로 몰아 고문하고, 친일파들에 대한 연구를 하던 젊은 학자가 사회진출이 완전 차단되어 버린 사실 같은 것들을 구체적으로 확인해 가면서 나는 끝없이 괴로워했고 아픔을 겪었고 밤잠을 설쳤다. 그러면서 반역의 역사에 대한 나의 분노는 이성화되었고, 증오는 논리화되어 갔다. 그 이성적 분노와 논리적 증오는 소설을 써야 한다는 욕구와 열정으로 변모했다.

『태백산맥』을 쓸 때도 그랬지만『아리랑』을 쓸 때도 '그렇게 줄기차게 원고를 써낼 열정이 어디서 나오느냐', '도대체 어떻게 그렇게 긴장을 유지할 수 있느냐' 하는 물음을 더러 받고는 했다. 나는 그때마다 긴 세월에 걸쳐서 내 가슴속에 차돌맹이처럼 응결되어 온 그런 과정을 다 이야기할 수가 없어서 그저 웃었을 뿐이다. 아마 앞으로도 그럴 것이다.

나는『아리랑』을 시작하면서 나 자신의 의지를 어느 부분 믿을 수가 없어서 써붙인 글이 있다.

36년 동안 죽어간 우리 민족의 수가 400여만! 200자 원고지 2만 매를 쓴다 해도 내가 쓸 수 있는 글자 수는 얼마인가!

이건 '아리랑 집필계획'이란 종이 아랫부분에 빨간색으로 쓴 나 자신에 대한 경고문이었다.

나는『아리랑』을 쓰면서, 쓰는 일 자체에서 오는 지겨움과 괴로움에 부딪힐 때마다 그 시대를 처절한 고통 속에서 위대하게 싸우다 죽어간 많은 분들을 생각하고 또 생각하며 나를 추스르고는 했다.

이제 이 글을 쓰려고 '아리랑 집필계획'이란 종이를 다시 꺼내보니 참 감회가 묘하다. 종이는 누르스름하게 변색되어 있지만 빨간 글씨는 여전히 선명하고, 용케도 2만 장을 써냈구나 하는 생각과 함께 과연 내가 그 400여만의 원혼들을 위로할 수 있을 만큼 글을 써냈는가 하는 생각이 돌이켜지기도 한다.

지구를 세 바퀴 이상 돈 발길

나는 『아리랑』을 왜 쓰며, 무엇을 쓰고자 하는지에 대해서는 한 부(部)가 바뀔 때마다 작가의 말을 통해서 대충 밝혔다. 그건 한마디로 줄이면, 분단대립으로 반토막 나고, 또 친일파들에 의해서 의도적으로 차단시키고 망각을 조장한 식민지시대의 역사를 구체적이며 총체적으로 바로 알고, 우리 모두가 식민지시대에 대해 가지고 있는 굴복감과 패배감, 수치심을 진실한 역사 사실들을 통해 우리의 식민지시대는 저항과 투쟁과 승리의 역사였음을 확인시키고, 우리 모두에게 상실되어 있는 민족적 긍지감과 자긍심, 자존심을 회복하게 하려는 것이었다.

그 작업에 충실하기 위해 나는 많은 취재여행을 해야 했다. 왜냐하면 식민지가 되면서 우리 민족은 세계 여러 지역으로 유랑하는 삶을 살아야 했던 것이다. 식민지시대의 역사를 총체화하는 소설에서 그 유랑의 삶들을 포괄해야 하는 것은 필수적이었다. 그것은 사회주의자들의 독립운동을 민족주의자들의 독립운동과 동일선상에 올려놓는 일과 함께 『아리랑』에서 최초로 시도하는 작업이었다.

그래서 나는 그 유랑의 삶터를 찾아 세계 여러 곳을 다녔다. 중국 두 번, 미국 세 번, 동남아시아 세 번, 러시아 두 번, 일본 세 번,

이 취재여행의 거리를 전부 이어놓으면 지구를 세 바퀴 이상 돈 것이 될 것이다. 그 지역들은 모두 『아리랑』의 무대가 되었고, 그러다 보니 『아리랑』은 그 무대가 제일 넓은 소설이 될 수밖에 없었다.

나는 그 취재여행들을 통해서 두 번, 세 번 계속 확인하게 된 것이 우리 민족의 우수성이었다. 하와이나 샌프란시스코에서도, 만주에서도, 연해주에서도 '조선족'의 근면성과 성실성 그리고 자주성은 객관적으로 인정받고 있었고, 현지의 동포들 또한 그런 점들에 대한 긍지감과 자존심을 분명하게 가지고 있었다. 나는 그 동포들을 보면서 정작 모국에 살고 있는 오늘의 우리를 많이 생각하지 않을 수가 없었다. 무책임과 거짓말과 속임수가 횡행하고 정부마저 '총체적 부정'이라고 정의 내리지 않을 수 없게 된 사회. 우리에게 민족적 긍지감과 자존심은 얼마나 있는가를 자꾸 되묻게 되었다. 그리고 그 대답이 부정적일수록 『아리랑』을 써야 할 이유는 더 분명해졌다.

'총체적 부정'의 실체는 최근 2년 동안에 2개월 간격으로 계속 일어난 대형사고로써 너무 확실하게 입증되었다. 그러나 그런 비극이 완전히 끝난 것이 아니라 앞으로도 계속 일어나리라는 전문가들의 진단이 더 문제다. 오늘의 이 수치스럽고 끔찍한 비극은 우리가 부정하려야 부정할 수 없는 우리 모두의 어제의 삶의 결과인 것이다.

그런데 우리 모두의 삶 속에 체질화되어 있는 무책임과 거짓말과 속임수의 근원은 어디에 있는가. 대부분 전문가들은 돈이 절대

권능을 발휘하고 돈이 최고의 가치가 된 천민자본주의가 주범이라고 진단한다. 일정 부분 맞는 말일 것이다. 그러나 나는 보다 더 근본적인 원인이 있다고 생각한다. 그것은 바로 친일파 민족반역자들이 횡행한 이 사회의 40년과 직결되어 있다. 다시 말하건대 친일파 민족반역자, 그들이 누구인가? 기회주의자 이기주의자 파렴치한의 표본이 아닌가. 그들이 저 대통령에서부터 사회 구석구석의 기득권을 장악한 채 40년을 지배한 이 땅에 어찌 정의가 있고 양심이 있을 수 있었겠는가. 천민자본주의도 바로 그자들에 의해서 잉태되었음을 주시하지 않으면 안 된다.

그래서 나는 『아리랑』을 통해서 친일파 민족반역자들이 얼마나 나쁜 짓을 했는가도 소상히 쓰려고 노력했고, 그들이 왜 민족의 이름으로 단죄되어야 하는지를 밝히고자 했다.

이제 우리는 해방 50주년을 맞았다. 이 시점을 계기로 우리가 해야 될 두 가지 중대한 일이 있다고 생각한다. 첫째는 민족통일에 대한 남북의 진정하고 진실된 태도 확립이다. 둘째는 친일파 민족반역자들이 만연시킨 사회적 병폐를 일소시키는 일이다. 그러기 위해서 먼저 반민족행위자 특별처벌법을 제정해야 한다. 이 말에 나를 시대착오적인 미친놈이라고 비웃을 사람이 많을 것이다. 그러나 이 말의 근거는 우리와 똑같은 비극을 겪은 이스라엘을 근거로 하는 것이다. 그들은 민족의 범죄에 대해서는 공소시효라는 것을 아예 인정하지 않고 영원히 처단하는 단호성을 보이고 있다. 그 단호성은 그들만의 것이 아니라 프랑스에서 배운 바도 적지 않을 것이다.

그러나 나는 우리나라에서 그것이 불가능하다는 것을 너무나 잘 알고 있다. 그러면서도 그런 말을 하는 것은 이 시대를, 작가로서의 의지를 표현하고자 함이다. 그리고 그 불가능성 때문에 나는 내 힘으로 할 수 있는 일로서 『아리랑』을 쓴 것이다.

내 문학의 중간결산

나는 1970년에 작가생활을 시작했다. 그러니까 금년으로 25년이 되었다. 나는 『아리랑』을 끝내면서 내 문학의 중반이 마무리되었다고 생각한다. 이 말은 앞으로 20여 년은 더 쓰겠다는 의지이고 바람이기도 하다. 그러나 이것이 꼭 과욕은 아니라고 생각한다. 앞으로 20여 년이면 내가 70세가 넘는 나이이기는 하지만, 나는 주색잡기도 안 할 뿐만 아니라 바라는 것은 오로지 좀더 좋은 글을 쓰는 것뿐이고, 머지않아 이 공해로 찌든 서울을 떠날 계획이니까 과히 큰 욕심은 아니지 않은가 싶다.

소설이 끝나가면서 몇몇 잡지에 인터뷰를 했는데 그때마다 '다음 작품은 뭐를 쓸 거냐'고 물었다. '한창 고통을 당하고 있는 산모에게 다음에 어떤 아이를 낳을 거냐고 물으면 뭐라고 대답하겠느냐'고 나는 반문하곤 했다. 앞으로 시간 여유를 가지며 많은 쓸 거리들을 다시 정리하면서 다음 작품을 준비하려 한다. 새 작품을 쓰게 되는 시기가 언제가 될지 그건 나도 모른다. 그러나 그다지 오래 걸리지는 않을 거라는 예감이 이 글을 쓰면서도 느껴진다.

장기수는 혼자서만 징역살이를 하는 것이 아니다. 누구든 옥바라지하는 사람이 있게 마련이다. 내 경우도 예외는 아니었다. 내가 글감옥에 갇혀 지내는 동안 아내도 나와 함께 감옥살이를 했다. 아내는 지속적인 노동에 따른 건강유지를 위해 애쓴 것만이 아니었다. 아내는 내 소설의 감정사요 교정사로서의 역할까지 하느라고 참으로 애를 많이 썼다. 꼭 두 번씩 읽고 문장이 좀 이상하거나 묘사가 마땅치 않은 것들을 일일이 종이에 적어 내가 확인하게 하고는 했다. 쓰기에 지쳐 있는 나는 그때마다 짜증도 부리고 마땅찮아하기도 했지만 인쇄가 되기 전에 결국 고분고분 다 고치고는 했다.

나는 거의 매일 밤 새벽 두세 시 전에는 잔 일이 없는데, 내가 늦게 잠자리에 들어가면 아내는 금방 잠이 깨면서 몇 매를 썼느냐고 물어 전체 매수를 계산하고 다시 잠이 들었고, 또는 몇 매를 썼을 거라고 미리 말을 하기도 했다. 그런데 그 예상이 열 번에 아홉 번은 적중하는 것이었다. 그럴 때마다 나는 '아이고, 이 귀신!' 하고는 했다. 아내는 그토록 긴장하며 살아온 것이다. 그런데 내가 아내에게 준 것은 '여보, 다 썼다!' 한 외침뿐이었다. 아내는 눈물겨워하며 내 외침을 정말 무슨 큰 선물인 양 받아들였다. 그러면서 하는 말이 '정말 끝나는 날이 오긴 오네요' 했다. '아니, 그럼 못 끝낼 줄 알았어?' 내가 묻자 아내는 기쁨과 눈물이 엇갈리는 듯한 얼굴을 슬그머니 돌려버리는 것이었다.

아마도 아내는 그런 위기감을 더러 느꼈던 모양이다. 그도 그럴 것이 나는 1992년 6월에 위궤양이 발병하여《한국일보》연재를 20일간 중단하는 사태가 벌어졌었고, 그후로 꼭 1년에 한 차례씩 2년 동안이나 재발했던 것이다. 그러니까 금년 6월은 세 번째 재발이 예정된 달이었던 것이다. 그뿐만 아니라 1994년 1월에는 팔을 너무 많이 부려먹어 오른쪽 어깨가 마비증상을 보이고 관절이 쑤시고 결려 글을 쓸 수가 없을 지경이 되어버렸다. 한 달 이상 침을 맞으면서 가까스로 위기를 넘겼다. 그러나 계속 쓰다 보니까 또 서너 달 전부터 어깨에 통증이 시작되고, 팔과 손등 네 번째 손가락 부분에 마비증상이 일어났다. 급한 대로 물파스를 계속 발라대며 막바지 부분을 쓰고 있었으니 아내는 얼마나 조마조마 했을 것인가.

아내는 『아리랑』을 반쯤 쓴 것이나 마찬가지다. 아내가 끝없이 고맙고, 그 고마움에 답하는 길은 아내를 더욱 사랑하는 것밖에 없다. 김초혜여, 정말 고생 많이 했다.

아, 그리고 또 한 사람 도현이가 있구나. 도현이는 작가의 아들로 태어난 고역을 톡톡히 치러냈다. 도현이가 초등학교 4학년 때 『태백산맥』을 시작했는데 어느덧 대학 3학년을 마치고 군대생활까지 끝내게 되었다. 그동안에 도현이는 친구 한번 집에 데려오지를 못하고 학창시절을 보냈다. 아버지가 글쓰는 데 방해가 될까 봐 제가 먼저 알아서 취한 조처였다. 도현이는 내가 서재에 없는 틈을 타 슬그머니 내 책상 위를 거쳐가고는 했다. 얼마나 썼는지를 보려는 것이었다. 원고에 매달리느라고 아들과 긴 이야기 한번 못했다. 어머니와 함께 긴장하고 살아온 도현이에게 미안하고, 아버지 노릇

제대로 하지 못한 것은 더욱 미안하다. 앞으로는 그 미안함도 갚아 나가야겠다.

『아리랑』을 위해 나를 도와주신 분들이 도처에 너무 많다. 그분들께 깊은 감사의 인사를 드린다.

1995년 7월

趙 廷 來

1943년 전남 승주군 선암사에서 아버지 조종현과 어머니 박성순 사이의
        4남 4녀 중 넷째(아들로는 차남)로 태어남. 아버지는 일제시대 종교
        의 황국화 정책에 의해 만들어진 시범적인 대처승이었음.

1948년 '여순반란사건'을 순천에서 겪음.

1949년 순천 남국민학교 입학.

1950년 충남 논산에서 6·25를 맞음.

1953년 작은아버지들이 살고 있던 벌교로 이사. 최초의 자작 문집을 만들
        었고, 글짓기에서 전교 1등상을 받음.

1956년 광주 서중학교 입학.

1958년 아버지가 서울 보성고등학교로 전근.

1959년 서울로 이사. 광주 서중학교 제34회 졸업. 보성고등학교 입학.

1962년 보성고등학교 제52회 졸업. 동국대학교 국문학과 입학.

1966년 대학 졸업과 동시에 육군 사병 입대.

1967년 시인 김초혜와 결혼.

1969년 육군 병장 제대.

1970년 《현대문학》 6월호에 「누명」이 첫회 추천됨. 12월호에 「선생님 기행」으
        로 추천 완료. 동구여상에서 교직 근무 시작.

1971년 중편 「20년을 비가 내리는 땅」《현대문학》, 단편 「빙판」《신동아》,
        「어떤 전설」《현대문학》 발표. 「선생님 기행」이 일본어로 번역됨.

1972년 중편 「청산댁」《현대문학》, 단편 「이런 식이더이다」《월간문학》 발
        표. 부부 작품집 『어떤 전설』(범우사) 출간. 중경고등학교로 전근.
        아들 도현을 낳음.

1973년 중편 「비탈진 음지」《현대문학》, 단편 「거부 반응」《현대문학》, 「타이

거 메이저」《일본 한양》, 「상실기」를 「상실의 풍경」으로 개제《월간문학》에 발표. 10월 유신으로 교직을 떠나게 됨.《월간문학》편집일을 시작. 「청산댁」이 일본에서 간행된『한국전후대표작선집』에 번역 수록.

1974년 중편 「황토」 작품집『황토』에 수록. 단편 「술 거절하는 사회」《월간문학》, 「빙하기」《현대문학》, 「동맥」《월간문학》 발표. 작품집『황토』(현대문학사) 출간.

1975년 단편 「인형극」《현대문학》, 「이방 지대」《문학사상》, 「선염병」을 「살풀이굿」으로 개제《신동아》에 발표. 「발아설」을 「삶의 흠집」으로 개제《월간문학》에 발표. 「황토」가 영화화됨. 월간문학사 그만둠.

1976년 단편 「허깨비춤」《현대문학》, 「방황하는 얼굴」《한국문학》, 「검은 뿌리」《소설문예》, 「비틀거리는 혼」《월간문학》 발표. 장편『대장경』을 민족문학 대계의 일환으로 집필 완성. 월간 문예지《소설문예》인수, 10월호부터 발간.

1977년 중편 「진화론」《현대문학》, 「비둘기」《소설문예》, 단편 「한, 그 그늘의 자리」《문학사상》, 「신문을 사절함」《소설문예》, 「어떤 솔거의 죽음」《창작과비평》, 「변신의 굴레」《신동아》, 「우리들의 흔적」《소설문예》 발표. 작품집『20년을 비가 내리는 땅』(범우사) 출간. 10월호를 끝으로《소설문예》의 경영권을 넘김.

1978년 중편 「미운 오리 새끼」《소설문예》, 단편 「마술의 손」《현대문학》, 「외면하는 벽」《주간조선》, 「살 만한 세상」《월간중앙》 발표. 작품집『한, 그 그늘의 자리』(태창문화사) 출간. 도서출판 민예사 설립.

1979년 단편 「두 개의 얼굴」《문예중앙》, 「사약」《주간조선》, 「장님 외줄타기」《정경문화》 발표. 중편 「청산댁」이 KBS 〈TV문학관〉에 극화 방영.

1980년 단편 「모래탑」《현대문학》, 「자연 공부」《주간조선》 발표. 도서출판 민예사의 경영권을 넘기고 주간의 일을 봄. 장편『대장경』(민예사) 출간. 문고본『허망한 세상 이야기』(삼중당) 출간.

1981년 중편 「유형의 땅」《현대문학》, 「길이 다른 강」《월간조선》, 「사랑의 벼랑」《여성동아》, 단편 「껍질의 삶」《한국문학》 발표. 중편 「청산댁」

이 프랑스어로 번역 출간.

1982년 중편 「인간 연습」《한국문학》, 「인간의 문」《현대문학》, 「인간의 계단」 《소설문학》, 「인간의 탑」《현대문학》, 단편 「회색의 땅」《문학사상》, 「그 림자 접목」《소설문학》 발표. 작품집 『유형의 땅』(문예출판사) 출간. 중 편 「인간의 문」으로 대한민국문학상 수상. 중편 「유형의 땅」으로 현 대문학상 수상. 중편 「유형의 땅」이 MBC TV 6·25 특집극으로 방영.

1983년 중편 「박토의 혼」《한국문학》, 단편 「움직이는 고향」《소설문학》 발 표. 대하소설 『태백산맥』을 원고지 1만 5천 매 예정으로 《현대문 학》 9월호부터 연재 시작. 연작 장편 『불놀이』(문예출판사) 출간. 『불 놀이』가 MBC TV 6·25 특집극으로 방영.

1984년 중편 「운명의 빛」을 「길」로 개제 《한국문학》에 발표. 단편 「메아리 메아리」《소설문학》 발표. 장편 『불놀이』 영어로 번역. 중편 「박토의 혼」 독일어로 번역. 작품 「메아리 메아리」로 소설문학작품상 수상. 도서출판 민예사에서 《한국문학》을 인수하고, 주간을 맡아 12월 호부터 발간.

1985년 중편 「시간의 그늘」《한국문학》 발표. 대하소설 『태백산맥』 연재 집 필을 위해 매달 안양의 라자로마을에 10여 일씩 칩거.

1986년 『태백산맥』 제1부 4천 8백 매 완결(《현대문학》 9월호). 제1부를 3권 의 단행본으로 출간(한길사).

1987년 『태백산맥』 제2부를 《한국문학》 1월호부터 연재 시작하여 12월호 까지 3천 2백 매 완결. 제2부를 2권의 단행본으로 출간.

1988년 『태백산맥』 제3부를 《한국문학》 3월호부터 연재 시작하여 12월 호까지 3천 2백 매 완결. 제3부를 2권의 단행본으로 출간. 작품집 『어머니의 넋』(한국문학사) 출간. 신문사 문학 담당 기자와 문학평 론가 39인이 뽑은 '80년대 최고의 작품' 1위 『태백산맥』(《문예중앙》, 1988년 여름호). 성옥문화상 수상.

1989년 『태백산맥』 제4부를 《한국문학》 1월호부터 연재 시작하여 11월호 까지 4천 5백 매 완결. 제4부를 3권의 단행본으로 출간(전 10권 완간).『태백산맥』완결을 고대하며 투병하시던 아버지의 별세를 소설을 쓰다가 전화로 연락받음. 소설의 완결까지 연재 1회분 반을 남겨놓은 상태에서 아버지의 장례를 치름. 문학평론가 48인이 뽑은 '80년대 최대의 문제작' 1위 『태백산맥』(『80년대 대표소설선』, 1989년, 현암사). 80년대의 '금단'을 깬 대표 소설 『태백산맥』(《한겨레신문》, 1989. 12. 28).

1990년   새 대하소설 『아리랑』의 집필을 위해 중국 만주, 동남아 일대, 미국 하와이, 일본, 러시아 연해주 등지를 취재 여행. 12월 11일부터 《한국일보》에 2만 매로 예정된 『아리랑』연재를 시작. 출판인 34인이 뽑은 '이 한 권의 책' 1위 『태백산맥』(《경향신문》, 1990. 8. 11). 현역 작가와 평론가 50인이 뽑은 '한국의 최고 소설' 『태백산맥』(《시사저널》, 1990. 11. 22). 동국문학상 수상.

1991년   『아리랑』연재 계속. 작품 『태백산맥』으로 단재문학상 수상. 『태백산맥』으로 유주현문학상 수여가 결정되었지만 수상을 거부함. 이를 계기로 그 상이 폐지되었음. 『태백산맥』연구서 『문학과 역사와 인간』(한길사) 출간. 전국 대학생 1,650명이 뽑은 '가장 감명 깊은 책' 1위 『태백산맥』, '대학생 필독 도서' 1위 『태백산맥』(《중앙일보》, 1991. 11. 26).

1992년   『아리랑』연재 계속. 대검찰청에서 『태백산맥』이 국가보안법상의 이적 표현물과 적에 대한 고무 찬양에 저촉되는지를 내사한 결과 작가에 대한 의법 조치나 책의 판금을 문제 삼지 않기로 했다고 발표. '학생이나 노동자들이 읽으면 불온 서적 소지·탐독으로 의법 조치할 것이며, 일반 독자들이 교양으로 읽는 경우에는 무관하다'는 내용의 대검 발표는 모든 언론들의 비판과 조롱거리가 됨. 대검의 그런 공식적 태도는 『태백산맥』 1부가 단행본으로 발간되면서부터 작가에게 몇 년 동안에 걸쳐 줄기차게 가해져 온 모든 수사 기관들의 음성적 압력과 억압 그리고 협박이 대표적으로 표출된 것에 지나지 않음. 일본의 출판사 집영사와 『태백산맥』 전 10권 완역 출

판 계약 체결, 일본에서 대하소설을 완역 계약한 것은 최초. 한국
의 지성 49인이 뽑은 '미래를 위한 오늘의 고전 60선'에 『태백산맥』
선정(《출판저널》, 1992. 2. 20). 서울리서치 조사 독자 500명이 뽑은
'가장 기억에 남는 작품' 1위 『태백산맥』(《조선일보》, 1992. 8. 25).

1993년　『아리랑』 연재 계속. 외아들 도현이 육군 사병 입대. 중편 「유형의
땅」이 영어로 번역되어 현대한국소설집(제목 『유형의 땅』, 샤프 출판
사) 출간.

1994년　6월 『아리랑』 제1부 「아, 한반도」를 3권의 단행본으로 출간(도서출
판 해냄). 8월 제2부 「민족혼」을 3권의 단행본으로 출간. 10월 제3부
「어둠의 산하」 중 일부가 제7권으로 출간. 12월 제8권 출간. 신문 연
재로는 원고량을 다 소화할 수가 없어서 《한국일보》 연재를 중단
하고 후반부 집필에 전념. 4월에 8개의 반공 우익 단체들이 작품
『태백산맥』과 작가를, 역사를 왜곡하여 국가보안법을 위반한 불온
서적 및 사상 불온자로 몰아 검찰에 고발함. 거기에다 이승만의 양
자에 의해 이승만의 명예훼손죄 고발도 첨가됨. 6월에 치안본부
대공수사실(속칭 남영동)에서 수사를 받았고, 그 후 몇 개월에 걸
쳐 출두 요구와 거부를 반복하는 동안에 『아리랑』 집필에 치명적
인 피해를 받음. 『태백산맥』 영화화(태흥영화사), 영화 개봉을 앞두
고 작가를 고발했던 반공 우익 단체들이 영화를 상영하면 극장과
영화사를 폭파하고 불 지르겠다고 공공연한 공갈 협박을 자행하
여 대대적인 사회의 물의를 일으킴. 전국 애장가 720명이 뽑은 '가
장 아끼는 책' 1위 『태백산맥』(《한겨레신문》, 1994. 10. 5).

1995년　2월 『아리랑』 제3부 「어둠의 산하」 중 일부인 제9권 출간. 5월 제4부
「동트는 광야」 중 일부인 제10권 출간. 7월 25일 총 2만 매의 『아리랑』
집필 완료, 4년 8개월 만의 결실. 7월 제11권 출간. 8월 해방 50주년을
맞이하며 제12권 출간(전 12권). 『태백산맥』을 출판사를 옮겨서 출간
(도서출판 해냄). 「조정래 특집」(《작가세계》 가을호). 서울대학교 신입생
218명이 뽑은 '가장 감명 깊게 읽은 책' 1위 『태백산맥』, '가장 읽고 싶

은 책' 1위 『태백산맥』(《한겨레신문》, 1995. 3. 15). '우리 사회에 가장 영향력이 큰 책'《시사저널》 조사 2위 『태백산맥』, 3위 『아리랑』(《시사저널》, 1995. 10. 26). 20대 남녀 독자 294명이 뽑은 '가장 읽고 싶은 책' 1위 『아리랑』(《도서신문》, 1995. 12. 30). 《한겨레21》의 독자들이 뽑은 '1995년의 좋은 인물'에 선정(《한겨레21》, 1995. 12. 28). 사회 각 분야 전문가 47인이 뽑은 '올해의 좋은 책' 1위 『아리랑』(《출판문화》, 1995, 송년 특집호). 1천만 명 서명을 목표로 하는 '태백산맥·아리랑 작가 조정래 노벨문학상 추천 서명인 발대식'이 1995년 11월 28일 종로 탑골공원에서 시민 단체 자발로 이루어짐(《중앙일보》, 1995. 11. 30).

1996년   단일 주제 비평서인 『태백산맥』 연구서 『태백산맥 다시 읽기』 권영민 집필로 출간(도서출판 해냄). 『아리랑』 연구서 『아리랑 연구』 조남현 외 11인의 집필로 출간(도서출판 해냄). 세 번째 대하소설을 위해 독일, 프랑스, 미국 등 취재 여행. 중편 「유형의 땅」 이탈리아어로 번역. 프랑스 아르마땅 출판사와 『아리랑』 전 12권 완역 출판 계약 체결. 일본에서 『태백산맥』 완역과 마찬가지로 프랑스에서 한국의 대하소설을 완역 계약한 것은 최초의 일. 미혼 직장 여성 502명이 뽑은 '친구에게 가장 권하고 싶은 책' 1위 『태백산맥』, 3위 『아리랑』, '가장 감명 깊게 읽은 책' 1위 『태백산맥』, 4위 『아리랑』(《동아일보》《조선일보》, 1996. 1. 18). 전국 20세 이상 독자 1천 200명이 뽑은 '가장 기억에 남는 소설' 1위 『태백산맥』(《동아일보》, 1996. 4. 29). '우리 사회에 가장 영향력이 큰 책'《시사저널》 조사 1위 『태백산맥』, 5위 『아리랑』(《시사저널》, 1996. 10. 24).

1997년   새 대하소설을 위해 베트남, 사우디아라비아 등 취재 여행. '『태백산맥』 100쇄 출간 기념연'을 3월 6일 프라자호텔에서 개최(도서출판 해냄 주최), 증정본 겸 기념본으로 『태백산맥』 양장본 100질을 제작. 대하소설로 100쇄 발간은 최초의 일이며, 450만 부 돌파는 한국 소설사 100년 동안의 최고 부수라고 각 언론이 보도. 3월부터 동국대학교 첫 번째 만해석좌교수가 됨. 장편 『불놀이』 영역판(전경자

교수 번역)이 미국 코넬대학교 출판부에서 출간. 프랑스 유네스코에 서『불놀이』번역 시작. 각 대학 수석 합격자 40명이 뽑은 '후배들에게 가장 권하고 싶은 소설' 1위『태백산맥』, 5위『아리랑』(《중앙일보》, 1997. 2. 25). 전국 국문과 대학생 150명이 뽑은 '가장 좋은 소설' 1위『태백산맥』, 4위『아리랑』(《조선일보》, 1997. 5. 15). 서울대학생 1천 명이 뽑은 '가장 감명 깊게 읽은 소설' 1위『태백산맥』, 4위『아리랑』(《조선일보》, 1997. 7. 23). 1997년 서울 6개 대학 도서관의 문학 작품 대출 1위『태백산맥』(《동아일보》, 1997. 12. 28). 전남 보성군청에서 추진하던 '태백산맥 문학공원' 사업이 자유총연맹과 안기부의 개입·방해로 전면 좌초(《시사저널》, 1997. 9. 18).

1998년　『아리랑』프랑스어판 제1부 3권이 4월 말에 출간(아르마땅 출판사). 문예진흥원 번역 지원으로 작품집『유형의 땅』프랑스어로 번역 시작. 세 번째 대하소설『한강』을《한겨레신문》창간 10주년을 기념하여 5월 15일부터 연재 시작.『태백산맥』사건은 이때까지도 미해결인 채 국가보안법 위반 혐의자로 검찰에 걸려 있었음. 20·30대 사무직 남·여 600명이 뽑은 '지금까지 살아오면서 가장 기억에 남는 책'(전 세계의 작품을 대상) 한국출판연구소 조사 남자 국내 1위『태백산맥』, 여자 국내 1위『태백산맥』(《동아일보》, 1998. 4. 21). 서울대학 도서관 대출 1위『아리랑』(《조선일보》, 1998. 7. 23). 제1회 노신(魯迅)문학상 수상.

1999년　《한국일보》조사, 문인 100명이 뽑은 지난 100년 동안의 소설 중에서 '21세기에 남을 10대 작품'에『태백산맥』선정(《한국일보》, 1999. 1. 5).《출판저널》특별 기획, 각 분야 지식인 100인이 선정한 '21세기에도 빛날 20세기 책들(국내 모든 저작물 대상)' 36종에『태백산맥』선정됨(《출판저널》1999년 신년 특집 증면호).《한겨레21》창간 5돌 특집, 전국 인문·사회 계열 교수 129명이 뽑은 '20세기 한국의 지성 150인'에 선정됨(《한겨레21》, 1999. 3. 25). MBC TV〈성공시대〉70분 특집방영 '소설가 조정래'.『조정래문학전집』전 9권(도서출판 해냄) 출간.『태백산맥』일어판 1·2권(집영사) 출간. 장편『불놀이』프랑스 유네스코에서 프랑스어판(아르망 출판사) 출간. 소설집『유형의 땅』이 문예진흥원 선정으로 프랑스어판(아르망 출판사) 출간. 출판인 50인이 뽑은 20세기 최고 작가 2위(《세계일보》, 1999. 12. 18).《중앙일보》선정 '20세기 명저 국내 20선(국내 모든 분야 망라)'에『태백산맥』선정됨(《중앙일보》, 1999. 12. 23).《중앙일보》신정 '20세기 한국의 베스트셀러'에『태백산맥』『아리랑』이 동시에 선정. 30개 중에서 한 작가의 두 작품이 동시에 선정된 것은 유일함(《중앙일보》, 1999. 12. 23).

2000년 『태백산맥』일어판 10권 완간(집영사). 9월 29일,『아리랑』의 발원지인 전북 김제시에서 시민의 이름으로 '조정래 대하소설 아리랑 문학비'를 벽골제 광장에 세우고, 제1호 명예시민증 수여. 그날 10시 29분에 첫 손자 재면(在勉)이가 태어나 희한한 겹경사를 이룸.

2001년 「어떤 솔거의 죽음」이 그림을 곁들인 청소년 도서로 출간(다림출판사). 광주시 문화예술상 수상. 자랑스러운 보성(普成)인상 수상. 11월『한강』제1부「격랑시대」를 3권의 단행본으로 출간(도서출판 해냄). 12월 제2부「유형시대」를 3권의 단행본으로 출간.

2002년 1월 3일 총 1만 5천 매의『한강』집필 완료. 3년 8개월 만의 결실. 1월『한강』제3부「불신시대」의 일부를 2권의 단행본으로 출간. 2월「불신시대」의 나머지를 2권의 단행본으로 출간.『한강』전 10권 완간. 1월 17일 작품 집필 때문에 6개월 동안 미루어왔던 탈장 수술 받음. 12월 등단 33년 만에 첫 번째 산문집『누구나 홀로 선 나무』출간(문학동네).

2003년 중편「안개의 열쇠」《실천문학》, 단편「수수께끼의 길」《문학사상》발표. 2월 'Yes24 회원 선정 2002년의 책'에서『한강』이 남자 1위, 여자 2위. 3월 만해대상 수상. 4월 제1회 동리문학상 수상. 5월 프랑스 아르망 출판사에서『아리랑』전 12권 완역 출간. 유럽 지역에서 한국의 대하소설이 완간된 것은 최초의 일. 5월 16일 전북 김제시에서 건립한 '조정래 아리랑문학관' 개관식 개최. 생존 작가의 문학관이 세워진 것은 처음 있는 일. 둘째 손자 재서(在緒) 태어남.

2004년 4월 30일 프랑스의 시인이며 극작가인 테르지앙(Terzian)이 『아리랑』을 희곡화하여, 『분노의 나날』로 출간(아르마땅 출판사). 7월 1일 희곡집 『분노의 나날』을 『분노의 세월』로 시인 성귀수 씨가 번역 출간(도서출판 해냄). 8월 20일 『태백산맥』 프랑스어판 제1권 출간(아르마땅 출판사). 9월 1일 중편 「유형의 땅」이 독어판으로 출간(독일 페페르코른 출판사). 12월 15일 만화 『태백산맥』 1권이 박산하 씨 그림으로 출간(더북컴퍼니 출판사). 12월 20일 『태백산맥』 일어판 문고본 계약 (일본 집영사).

2005년 단편 「미로 더듬기」《현대문학》. 1월 1일 《문화일보》 2005년 신년 특집으로 〈광복 60돌 '한국을 빛낸 30인'〉에 선정. 5월 26일 순천시에서 '조정래 길'을 지정하고 표지석 개막식 개최(낙안 구기-승주 죽림 사이). 4월 1일 서울지방검찰청에서 『태백산맥』 고소 고발 사건에 대해 만 11년 만에 무혐의 결정 내림. 5월 20일 MBC TV에서 〈조정래〉 3부작 제작(『태백산맥』 고소 고발 사건의 발단과 수사 경과, 무혐의 결정이 내려지기까지의 전 과정). 6월 23일 인터넷 서점 Yes24와 포털 사이트 네이버가 진행한 '네티즌 추천 한국 대표 작가-노벨문학상 후보를 추천해 주세요'에서 네티즌 6만 명이 참여해 조정래를 1위로 선정. 또, '한국인에게 큰 감동을 준 작품'으로 『태백산맥』을 1위로 선정. 8월 10일 장편 『불놀이』 독어판 이기향 씨 번역으로 출간(페페르코른 출판사). 8월 15일 『태백산맥』 프랑스어판 3권 출간. 8월 13~21일 인천시립극단에서 광복 60주년 기념 특별 공연으로 연극 〈아리랑〉을 인천종합문화예술회관에서 공연. 10월 5일 MBC TV와 『태백산맥』 드라마 계약.

2006년 장편 『인간 연습』 분재 1회 《실천문학》. 3월 15일 『태백산맥』 프랑스어판 4권 출간. 4월 10일 〈한국소설 베스트〉 시리즈로 『유형의 땅』 포켓북 출간(일송포켓북). 4월 15일 「미로 더듬기」로 현대불교문학상 수상. 6월 28일 장편 『인간 연습』 출간(실천문학사). 장편 『오 하느님』

분재 1회 《문학동네》, 10월 15일 『태백산맥』 프랑스어판 5권 출간.

2007년   1월 5일 한국 문학 대표작 선집 27 『황토』 출간(문학사상사). 1월 29일 『아리랑』 100쇄 돌파 기념연 개최(도서출판 해냄). 3월 26일 장편 『오 하느님』 단행본 출간(문학동네). 4월 20일 『태백산맥』 프랑스어판 6권 출간. 8월 10일 조정래 소설집 『어떤 전설』 출간(책세상). 10월 25일 '큰 작가 조정래의 인물 이야기(위인전 시리즈)' 첫 다섯 권(신채호, 안중근, 한용운, 김구, 박태준) 출간(문학동네). 11월 30일 『태백산맥』 프랑스어판 7, 8, 9권 출간. 12월 27일 『태백산맥』 프랑스어판 전 10권 완간.

2008년   4월 7일 KYN과 『아리랑』 TV 드라마 계약. 4월 10일 『교과서 한국문학』 시리즈 조정래편 5권 출간(휴이넘 출판사). 5월 1일 『죽기 전에 꼭 읽어야 할 책 1001』에 『태백산맥』이 선정됨. 서기 850년경에 씌어진 『아라비안나이트(천일야화)』에서부터 최근에 이르기까지 1,200여 년 동안 발표된 전 세계의 소설을 대상으로 평론가·학자·작가·언론인 등으로 구성된 국제적인 전문가 집단이 참여하여 1,001편을 가려 뽑은 책으로 우리나라 작품으로는 『태백산맥』과 『토지』가 뽑혀 수록됨(영국 카셀 출판사, 번역서 마로니에북스). 11월 20일 '큰 작가 조정래의 인물 이야기' 제6권 『세종대왕』, 제7권 『이순신』 출간(문학동네). 11월 21일 '조정래 태백산맥 문학관' 개관식(전남 보성군 벌교읍 회정리 『태백산맥』이 시작되는 지점). 12월 11일 '자랑스러운 동국인상' 수상. 12월 23일 '사회 각 분야 가장 존경받는 인물' 문학 분야 1위로 선정됨(《시사저널》 제1,000호 기념 특대호 특집).

2009년   3월 2일 『태백산맥』 200쇄 돌파 기념연 개최(도서출판 해냄). 대하소설로 200쇄 돌파는 최초. 9월 30일 자전 에세이 『황홀한 글감옥』 출간(시사IN북). 10월 26일 2007년 출간한 장편소설 『오 하느님』을 『사람의 탈』로 제목을 바꿔 개정 출간. 11월 18일 장애문화예술인들을 위한 'Art 멘토 100인 위원회 1호' 위원으로 위촉됨(한국장애인문화진흥회).

2010년	장편소설『허수아비춤』을 계간지《문학의 문학》여름호에 600매 분재함과 동시에, 인터넷서점 인터파크에도 2개월간 60회로 연재한 후 10월 1일 단행본으로 출간(도서출판 문학의문학). 11월 10일 장편『불놀이』, 12월 1일 장편『대장경』개정판 출간(도서출판 해냄). 12월 2일 경남 창원에서 '고려대장경 팔각 불사 1,000년 기념'으로 장편『대장경』을 오페라로 공연(경남음악협회). 12월 22일 장편『허수아비춤』이 독자들이 뽑은 '2010 최고의 책'으로 시상식 거행(인터파크 도서). 12월 26일 장편『허수아비춤』이 '2010 네티즌 선정 올해의 책'이 됨(Yes24).
2011년	4월 대하소설『태백산맥』『아리랑』『한강』전자책 출시, 이와 동시에 장편소설 및 중단편소설집도 개정 출간과 동시에 전자책 출시 결정. 6월 3~4일 예술의전당에서 '고려대장경 팔각 불사 1000년 기념' 오페라〈대장경〉공연(경남음악협회). 4월 25일 초기 단편 모음집『상실의 풍경』개정판 출간, 5월 30일 중편「황토」와 7월 25일 중편「비탈진 음지」를 장편으로 전면 개작해 단행본『황토』『비탈진 음지』로 출간, 10월 10일『어떤 솔거의 죽음』개정판 출간(이상 모두 도서출판 해냄).
2012년	2월 유비유필름과『태백산맥』드라마판권 계약. 4월 영국 놀리지펜 출판사와『태백산맥』의 영어·러시아어 번역출간 계약. 4월 30일『외면하는 벽』개정판 출간(도서출판 해냄). 7월 중편「유형의 땅」이 전경자의 영어번역으로 영한대역『유형의 땅』으로 출간(도서출판 아시아). 9월 30일『유형의 땅』개정판 출간(도서출판 해냄), 11월에는《출판저널》이 뽑은 '이달의 책'으로 선정됨. 10월 5일『사람의 탈』영어판 출간(Merwin Asia).『금서의 재탄생』(장동석 저, 북바이북)과『금서, 시대를 읽다』(백승종 저, 산처럼)에서 금서로서의『태백산맥』을 집중 조명함.
2013년	2월 23일 참여연대로부터 공로패 받음. 2월 25일 단편집『그림자 접목』개정판 출간(도서출판 해냄). 3월 대하소설『아리랑』의 뮤지컬 제작을 위해 신시컴퍼니(대표 박명성)와 판권계약 체결. 3월 25일

부터 인터넷 포털 사이트 네이버에 『정글만리』 일일연재를 시작, 7월 10일 108회를 끝으로 연재 종료와 동시에 7월 12일 단행본 전 3권으로 출간(도서출판 해냄). 10월 7일 『정글만리』 중국어판 출판 계약 체결. 『정글만리』에 대해; 10월 7일 문화계 인사 60인이 선정한 '2013 출판부문 1위.' 10월 24일 《중앙일보》·교보문고가 공동 선정한 '2013년 올해의 좋은 책 10.' 11월 26일 제23회 한국가톨릭 매스컴상 수상(출판부문). 12월 9일 출간 5개월 만에 100만 부 돌파 최단 기록. 12월 11일 한국예술평론가협의회 선정 제33회 '올해의 최우수 예술가상' 수상(문학부문). 12월 14일 《동아일보》가 선정한 '2013 올해의 책.' 12월 20일 Yes24 네티즌 선정 '2013년 올해의 책' 1위. 12월 21일 《조선일보》가 선정한 '2013년 올해의 책.' 12월 26일 인터파크도서 '제8회 인터파크 독자 선정 2013 골든북 어워즈'에서 골든북 1위, 골든북 작가부문 1위. 12월 30일 알라딘 독자 선정 '2013년 올해의 책' 1위.

2014년　1월 8일 《매일경제》·교보문고 공동 선정 '2014년을 여는 책 50'. 1월 10일 국립중앙도서관 통계, '2013년 도서관에서 가장 많이 이용한 도서' 1위. 3월 6일 뮤지컬 〈태백산맥〉 개막, 3월 8일까지 공연(순천시립예술단). 3월 15일 『정글만리』 100쇄 돌파(『태백산맥』 2번, 『아리랑』 1번에 이어 네 번째 100쇄 돌파가 됨). 6월 12일 벌교읍 부용산 아래, 복원된 보성여관(소설 속의 남도여관)으로 이어진 '태백산맥길' 첫머리에 조성된 '태백산맥 문학공원 기념조형물 제막식'이 열림. 높이 3미터, 길이 23미터의 조형물에는 작가의 약력, 『태백산맥』에 대한 평가, 『태백산맥』의 줄거리, 그리고 작가의 흉상이 조각되어 있다. 그런데 그 조각은 모두를 놀라게 할 만큼 특이하고도 독창적이다. 조각가인 서울대학교 이용덕 교수는 세계 최초의 기법인 '역상(逆像) 조각'으로 그 창조성을 감동적으로 보여주고 있다. 9월 20일 제1회 심훈문학대상 수상. 12월 15일 인터뷰집 『조정래의 시선』 출간(도서출판 해냄).

2015년   6월 15일『아리랑 청소년판』출간(조호상 엮음, 백남원 그림, 도서출판 해냄). 7월 16일 뮤지컬 〈아리랑〉 개막, 9월 5일까지 공연(신시컴퍼니). 8월 5일 장편소설『허수아비춤』개정판과 함께, 문학 인생 45년을 담은『조정래 사진 여행: 길』출간(도서출판 해냄). 10월 3일 제2회 이승휴문화상 문학상 수상.

2016년   7월 12일 장편소설『풀꽃도 꽃이다』(전 2권) 출간(도서출판 해냄). 10월 4일『정글만리』를 영어로 옮긴『The Human Jungle』이 브루스 풀턴 교수와 윤주찬 씨의 번역으로 미국 현지에서 출간(Chin Music Press Inc). 11월 8일『태백산맥 출간 30주년 기념본』(전 10권) 및『태백산맥 청소년판』(전 10권) 출간(조호상 엮음, 김재홍 그림, 도서출판 해냄).

2017년   7월 25일~9월 3일 뮤지컬 〈아리랑〉 공연(신시컴퍼니). 11월 21일 은관문화훈장 수훈. 11월 30일 시조시인 조종현, 소설가 조정래, 시인 김초혜의 문학적 성과를 기념하고 그 정신을 이어나가고자 전라남도 고흥군에 설립된 '조종현 조정래 김초혜 가족문학관' 개관.

2018년   2월 9일 〈2018 평창 동계올림픽대회〉 성화 봉송(오대산 월정사 천년의 숲길). 4월 20일 맏손자 조재면과 함께 집필한『할아버지와 손자의 대화』출간(도서출판 해냄).

2019년   장편소설『천년의 질문』을 네이버 오디오클럽에 오디오북 형태로 30회 연재한 후 6월 11일 단행본 전 3권으로 출간(도서출판 해냄). 11월 2일 조정래 작가의 문학적 성취를 기리고 국내 문학을 대표하는 중견 작가의 작품 활동을 지원하기 위해 제정된 '조정래문학상' 제1회 개최(전남 보성군 벌교읍민회). 11월 11일 '서점인이 뽑은 올해의 작가'로 선정됨(한국서점조합연합회). 12월 12일『천년의 질문』이 '2019년 올해의 책'으로 선정됨(Yes24).

2020년   3월 1일 서울 종로구 배화여고에서 열린 〈3·1절 101주년 기념식〉에서 묵념사 집필·낭독. 6월 25일 강원도 철원군 백마고지 전적지에서 6·25전쟁 70주년 기념 '한반도 종전기원문' 집필·낭독, 이 기원문은 김정은 북한 국무위원장, 도널드 트럼프 미국 대통령, 안토니우 구테흐스 유엔 사무총장 등에게 전달됨. 7월 2~4일 뮤지컬 〈아리랑〉 공연(전주시립예술단). 8월 1일 등단 50주년을 기념하며 자전 에세이 『황홀한 글감옥』 개정판 출간(도서출판 시사IN북). 10월 15일 대하소설 『태백산맥』 『아리랑』, 11월 30일 『한강』의 등단 50주년 개정판 출간(도서출판 해냄). 『한강』 100쇄 돌파(『태백산맥』 2번, 『아리랑』 1번, 『정글만리』 1번에 이어 다섯 번째 100쇄 돌파가 됨). 10월 15일 반세기 문학 인생 및 남녀노소 독자들의 질문 100여 개에 대한 작가의 답을 담은 산문집 『홀로 쓰고, 함께 살다』 출간(도서출판 해냄).

2021년　4월 30일 장편소설 『인간 연습』 개정판 출간(도서출판 해냄). KBS와 한국문학평론가협회가 공동으로 진행한 연중기획 〈우리 시대의 소설〉에 『태백산맥』 선정 및 방영됨(제26화).

2022년　6월 18일 경남 창원에서 콘서트 오페라 〈대장경〉 공연(창원문화재단). 『천년의 질문』 경기도 공공도서관 60대 이상 대출 1위 도서 선정.

2023년　4월 영국 펭귄-랜덤하우스가 '펭귄 클래식' 시리즈 최초로 출간한 한국문학 번역 선집 『The Penguin Book of Korean Short Stories』에 「유형의 땅」 번역 수록. 브루스 풀턴 교수가 편집하고 권영민 교수가 서문을 씀. 윌라 오디오북 대작 라인업으로 조정래 대하소설 3부작과 『정글만리』를 독점 공개하기로 함. 7월 24일 『태백산맥』을 시작으로 10월 『아리랑』, 12월 『한강』 공개. 10월 28~29일 태백산맥문학관 개관 15주년 기념행사로 북토크와 문학기행 등 진행.

아리랑 12

제1판 1쇄 / 1995년 8월 1일
제1판 27쇄 / 2001년 2월 5일
제2판 1쇄 / 2001년 10월 10일
제2판 24쇄 / 2006년 9월 10일
제3판 1쇄 / 2007년 1월 30일
제3판 37쇄 / 2020년 5월 5일
제4판 1쇄 / 2020년 10월 15일
제4판 4쇄 / 2023년 12월 31일

저자 / 조정래
발행인 / 송영석

발행처 / (株)해냄출판사
등록번호 / 제10-229호
등록일자 / 1988년 5월 11일(설립일자 | 1983년 6월 24일)

04042 서울시 마포구 잔다리로 30 해냄빌딩 5·6층
대표전화 / 326-1600 팩스 / 326-1624
홈페이지 / www.hainaim.com

ⓒ 조정래, 1995, 2001, 2007, 2020

ISBN 978-89-6574-942-4
ISBN 978-89-6574-943-1(세트)